Diogenes Taschenbuch 21641

detebe

Ray Bradbury

Der Tod kommt schnell in Mexico

Erzählungen

Aus dem Amerikanischen von Walle Bengs

Diogenes

Titel der 1984 erschienenen
Originalausgabe:
›A Memory of Murder‹

Deutsche Erstausgabe

150/88/36/1
ISBN 3 257 21641 6

Inhalt

Hammett? Chandler? Keine Bange!

Ein Vorwort

Als in den frühen vierziger Jahren meine ersten Detektivgeschichten und Krimis in *Dime Detective*, *Dime Mystery Magazine*, *Detective Tales* und *Black Mask* veröffentlicht wurden, kam es im Hammett-Chandler-Cain-Lager keineswegs zu sofortigen Verzweiflungsausbrüchen. Tatsache ist, daß sie sich auch in der Folgezeit nicht einstellten. Eine Gefahr war ich nie. Ein ernsthafter Herausforderer konnte ich, um es mit den unsterblichen Worten Marlon Brandos zu sagen, gar nicht erst sein.

Immerhin habe ich überlebt, und eins meiner vergötterten Vorbilder war Leigh Brackett, die sich jeden Sonntagmorgen am Muscle Beach von Santa Monica, Kalifornien, mit mir traf, um dort meine öden Imitationen ihrer *Stark on Mars*-Stories oder einen Abklatsch ihrer erstklassigen Detektivgeschichten zu lesen, die in all den bereits erwähnten Magazinen zu erscheinen begannen. Ich lag für gewöhnlich am Strand und heulte vor Neid, wie leicht ihre Helden sich weiterentwickelten, in Abenteuer verstrickten, starben oder überlebten, um sich alsdann zu Tode zu grämen. Wie sie es schaffte, sich durch meine ersten, todlangweiligen Machwerke zu ackern, vermag ich nicht zu sagen. Das Ganze läßt sich nur mit dem Wort »Freundschaft« erklären.

Leigh Brackett wußte, daß ich mit Leib und Seele Schriftsteller werden wollte. Ich hatte noch nicht zu meiner wahren Stimme gefunden, obwohl ich ab und an im

Genre des Übernatürlichen die eine oder andere meiner wirklichen Stärken zu entdecken begann, gelegentlich auch in einem Science-Fiction-Stoff, der nicht allzu peinlich war. Leigh war meine liebevolle Lehrerin, und ich mußte mich erst noch von ihrem Einfluß befreien, der soviel Anregung wie Einschränkung bedeutete.

Die meisten der in dieser Auswahl enthaltenen Geschichten wurden geschrieben, um Leigh zu gefallen, um ein gelegentliches »Gut gemacht!« oder – ziemlich gelegentlich – ein »Das ist das beste, was du bisher geschrieben hast!« einzuheimsen.

In dem Jahr, in dem ich von der Los Angeles High School abging, erlegte ich mir die eiserne Regel auf, den Rest meines Lebens jede Woche eine Story zu schreiben. Ich wußte, daß es ohne Masse keine Klasse geben konnte. Ich spürte, daß meine Geschichten in jener Zeit so schlecht waren, daß nur Übung meinen Kopf vom Müll befreien und den guten Ansätzen Raum schaffen konnte. In der Zwischenzeit mühte ich mich, so viel Lesestoff – guten, schlechten, nichtssagenden, hervorragenden – durch meine Pupillen zu jagen, bis er mir schließlich wieder aus den Fingerspitzen quoll.

Jeden Montag schrieb ich also die erste Fassung irgendeiner Geschichte nieder, die mir gerade in den Sinn kam. Am Dienstag schrieb ich die zweite Fassung. Am Mittwoch, Donnerstag und Freitag folgten die dritte, vierte und fünfte Fassung. Am Sonnabend ging die endgültige Fassung in die Post. Am Sonntag spannte ich einen Tag mit Leigh am Strand aus, und am Montag saß ich wieder da und fing die nächste Story an. So geht es nun schon vierundvierzig Jahre. Ich schreibe immer noch eine Geschichte pro Woche oder das entsprechende Pensum. Derzeit schreibe ich sieben oder acht Gedichte oder einen Einakter oder drei Kapitel eines neuen Buchs oder einen Essay. Heute wie vor all den Jahren kommt dabei dieselbe

Zahl von Seiten heraus; irgendwo zwischen achtzehn und zweiunddreißig pro Woche.

Ich beeile mich hinzuzufügen, daß all dies keineswegs eine mechanische Angelegenheit war. Ich führte keineswegs Buch; ich hatte es gar nicht nötig. Ich liebte, was ich tat, genau wie eine Mutter ihr Baby mag, ob entzückend oder häßlich. Sie können meine Kinder mögen oder nicht, aber zu der Zeit, als ich sie schrieb, ließ ich meine Schreibmaschine klappern, was das Zeug hielt, und fuhr die Seiten in die Scheuer. Gott hält seine Hand über junge Schriftsteller, damit sie in dieser Zeit gar nicht erst merken, wie furchtbar schief sie gelegentlich mit ihren Erzeugnissen liegen. Das ist das ganze Geheimnis der Massenproduktion. Die guten Geschichten, die man schreibt, sind hinterher Schutz und Schild für den ganzen Mist, den man, wie man später entdeckt, in all den Jahren hinter sich gelassen hat. Es gleicht sich alles aus. Und wenn man das Schreiben liebt, ist eben alles ein Abenteuer.

Die Folge war, daß sich Detektivgeschichten, ebensosehr wie Fantasy, Science Fiction und Übernatürliches als meine wahre Stärke entpuppten. Mein Talent entwickelte sich in den letzteren Genres schneller, weil sie intuitiv waren. Meine Einfälle zu übersinnlichen, Fantasy- und Science-Fiction-Stories trafen mich wie Blitzschläge und rissen mich geradewegs an meine Schreibmaschine. Die Detektivgeschichten dagegen gingen mir nicht so flüssig von der Hand, weil sie genaues Nachdenken erforderten und meine Fähigkeit beschnitten, meiner Intuition freien Lauf zu lassen. Die Folge war, daß sie recht häufig auf beiden Beinen hinkten. Heute, viele Jahre danach, mit tieferem Wissen auf diesem Gebiet und nachdem mir Ross Macdonald ein paar Lektionen erteilt hat, habe ich das Gefühl, daß ich es vielleicht durchaus besser hinbekäme. Ich bin mir dieses Gefühls immerhin so sicher, möchte ich hinzufügen, daß ich vor kurzem meinen ersten Mystery-Kriminalroman abgeschlossen habe, *Der Tod ist ein einsames Geschäft* (Diogenes, 1987).

Nun zu den Geschichten in dieser Sammlung. Zuerst einmal zu den Titeln: Mir wäre sehr recht, wenn einige besonders mäßige getilgt und geändert würden, ganz einfach, weil ich diese Titel, die die Herausgeber diesen Geschichten, ohne um meine Erlaubnis zu bitten, einfach aufgepappt haben, nicht leiden kann. »Eine halbe Stunde in der Hölle« und »Ein Zirkus voller Leichen« sind schließlich nicht eben meisterliche Beispiele gelungenen Titelmachens. Als die Herausgeber »Die Frau in der Truhe« und »Die lange Nacht«, *meine* Titel, durchgehen ließen, war ich regelrecht erstaunt.

Mit dieser Sammlung liegt nun vor Ihnen ein Überblick über die Art und Weise, wie ich in den frühen vierziger Jahren schrieb und damit zu überleben suchte, mit der Hilfe von Leigh Brackett, die mir über manches Hindernis hinweghalf. Ich schlingerte, baute Bockmist. Manchmal verlor ich, manchmal gewann ich auch. Aber ich versuchte es immer wieder. Vielleicht besitzt diese Sammlung nur historischen Wert, für diejenigen nämlich, die ein besonderes Interesse an meinen Arbeiten in einem Genre haben, die vielen unbekannt sind, doch kann ich meine Lieblingsgeschichten verraten – »Die lange Nacht« und »Die Frau in der Truhe« – und nebenbei anmerken, daß »Ein kleiner Mörder« mir als eine der besten Geschichten erscheint, die ich jemals geschrieben habe, gleich in welchem Genre. Sie war immerhin so erfolgreich, daß sie ein Dutzend Romane und Filme beeinflußte, die in den letzten zehn Jahren geschrieben und produziert worden sind.

Was die übrigen Geschichten angeht, so müssen Sie sie schon selber lesen und entscheiden. Doch ich hoffe, daß Sie ein mildes Urteil fällen und mich noch einmal mit einem blauen Auge davonkommen lassen. Ich war schließlich Anfang Zwanzig und hatte noch einen langen Weg vor mir, während Hammett, Chandler und Cain wie Riesen an einem fernen Horizont standen und ich am Strand lag und schwitzte und mir von Leigh Brackett manchen guten Rat geben ließ. Ich hoffe, daß ihr teurer Geist mir nicht zürnen wird, wenn ich dieses Buch und seine Geschichten ihr widme: In Liebe.

Ray Bradbury

Ein kleiner Mörder

Wann ihr zum ersten Mal der Verdacht gekommen war, daß es ihr ans Leben ging, konnte sie nicht sagen. Den ganzen Monat schon diese kleinen, versteckten Anzeichen, diese schwachen Ahnungen, aus Tiefen in ihr wie Gezeitenströmen; als blickte man hinaus auf die vollkommen friedliche Fläche eines Tropengewässers, als wollte man in ihm baden und entdeckte, just als sich das Wasser um einen schlösse, daß Ungeheuer in ihm hausten, gleich unter der Oberfläche – nie gesehene, böse, unförmige Wesen mit vielen Tentakeln und messerscharfen Flossen, vor denen es kein Entrinnen gab.

Um sie herum begann der Raum zu schwanken, in einer Woge von Hysterie. Über ihr scharfe Schneidinstrumente und Stimmen und Gesichter hinter sterilweißen Masken.

Mein Name, dachte sie. Wie war der noch?

Alice Leiber. Es fiel ihr wieder ein. David Leibers Frau. Doch Trost gab es ihr nicht. Sie war allein mit diesen leisen, flüsternden, weißgewandeten Leuten und diesen heftigen Schmerzen, dieser würgenden Übelkeit und der Angst vor dem Tod.

Ich werde ermordet, vor ihren Augen. Diese Ärzte, diese Schwestern merken gar nicht, welch verborgenes Unheil mir geschehen ist. Auch David nicht. Niemand weiß es, nur ich – und der Killer, der winzige Mörder, der gnomenhafte Meuchler.

Ich sterbe, und ich kann es ihnen jetzt nicht einmal sagen. Sie würden lachen und sagen, ich rede wirres Zeug daher, wie eine im Delirium. Sie werden den Mörder sehen und in den Arm nehmen und sich niemals vorstellen können, daß er schuld ist an meinem Ende. Und ich liege hier auf den Tod, vor Gott und den Menschen, und niemand wird mir meine Geschichte abnehmen, alle werden sie mir mißtrauen, mich mit Lügen trösten, mich nichtsahnend zu Grabe tragen und mich betrauern; und meinen Verderber werden sie unter ihren Schutz und Schirm nehmen.

Wo David wohl ist? fragte sie sich. Im Warteraum, wo er eine Zigarette nach der anderen raucht und auf das träge Ticken der qualvoll langsamen Uhr hört?

Schlagartig brach ihr der Schweiß aus allen Poren, und zugleich entrang sich ihr ein Schrei der Agonie. Jetzt. Jetzt! Versuch's doch und bring mich um, schrie sie. Versuch's doch, versuch's. Aber ich werde nicht sterben! Ich nicht!

Dann kam die Leere. Das Nichts. Der Schmerz schwand, ganz plötzlich. Erschöpfung und Dunkel. Das war das Ende. O Gott! Sie fiel und fiel, durchbrach ein schwarzes Nichts, das dem nächsten und nächsten und nächsten wich...

Schritte. Sachte, sich nähernde Schritte.

Von weither sagte eine Stimme: »Sie schläft. Stör sie nicht.«

Der Duft von Tweed, Pfeife, einem bestimmten Rasierwasser. David beugte sich über sie. Und hinter ihm der makellose Geruch von Dr. Jeffers.

Sie öffnete die Augen nicht. »Ich bin wach«, sagte sie leise. Es war eine Überraschung, eine Erleichterung, sprechen zu können, nicht gestorben zu sein.

»Alice«, sagte jemand, und es war David, über ihren geschlossenen Augen, der ihre schlaffen Hände nahm.

Du möchtest den Mörder kennenlernen, David? dachte sie. Ich höre in deiner Stimme die Bitte, ihn sehen zu dürfen; also bleibt mir nichts anderes übrig, als ihn dir zu zeigen.

David stand über sie gebeugt. Sie machte die Augen auf. Das Zimmer nahm feste Konturen an. Mit schwacher Hand schlug sie das Deckchen zurück.

Der Mörder sah zu David Leiber auf, aus seiner rotgesichtigen, blauäugigen Winzlingsruhe. Seine unergründlichen Augen blitzten.

»Holla!« rief David Leiber strahlend. »Wenn *das* kein Prachtkerl ist!«

An dem Tag, an dem David Leiber kam, um seine Frau und sein neugeborenes Kind nach Hause zu holen, hatte Dr. Jeffers schon auf ihn gewartet. Er lotste ihn zu einem Sessel in seinem Sprechzimmer, gab ihm eine Zigarre, rauchte selber auch eine an, ließ sich auf der Kante seines Schreibtischs nieder und paffte lange Zeit in ernstem Schweigen. Dann räusperte er sich, sah David Leiber direkt ins Gesicht und sagte: »Deine Frau mag das Kind nicht, Dave.«

»Was!?«

»Es ist sehr schwer für sie gewesen. Sie wird im kommenden Jahr viel Liebe brauchen. Ich habe damals nicht viel gesagt, aber im Kreißsaal ist sie regelrecht hysterisch geworden. Diese absonderlichen Dinge, die sie da geäußert hat – ich mag das hier nicht weiter ausbreiten. Ich will nur sagen, daß sie das Kind als fremd empfindet. Allerdings kann das ja auch eine Sache sein, die wir mit einer oder zwei Fragen klären können.« Er zog noch einmal an seiner Zigarre; dann sagte er: »Ist dieses Kind ein ›Wunschkind‹, Dave?«

»Warum fragst du das?«

»Es ist sehr wichtig.«

»Ja. Ja, es ist ein ›Wunschkind‹. Wir haben es zusammen geplant. Alice war vor einem Jahr noch so glücklich, als...«

»Tja, das macht die Sache schon schwieriger. Wenn das Kind nämlich ungewollt gewesen wäre, würde es sich ganz einfach um den Fall einer Frau handeln, die mit ihrer Mutterrolle hadert. Aber das trifft auf Alice nicht zu.« Dr. Jeffers nahm die Zigarre aus dem Mund und fuhr sich mit der Hand übers Kinn. »Dann muß es etwas anderes sein. Vielleicht etwas Verdrängtes aus ihrer Kindheit, das jetzt zum Durchbruch kommt. Oder es könnten die üblichen, vorübergehenden Zweifel und Unsicherheiten jeder Mutter sein, die so ungewöhnliche Schmerzen wie Alice durchlebt hat und dem Tod so nahe war. Ist es das, müßte es sich in kurzer Zeit von selbst geben. Ich dachte mir, ich sollte es dir trotzdem sagen, Dave. Das wird dir helfen, es leicht zu nehmen und darüber hinwegzusehen, wenn sie irgend so etwas sagt wie – nun, daß sie wünschte, das Kind wäre tot zur Welt gekommen. Und wenn es nicht werden will, dann kommt ihr drei eben mal bei mir vorbei. Ich freu mich immer, wenn ich alte Freunde wiedersehe. Da, nimm noch eine Zigarre mit, für – äh, für das Baby.«

Es war ein heiterer Frühlingsnachmittag; der Wagen glitt zügig über breite, von Bäumen gesäumte Boulevards. Blauer Himmel, Blumen, eine laue Brise. Dave redete viel, zündete sich die Zigarre an, redete weiter. Alice antwortete ohne Zögern und freundlich, entspannte sich mit zunehmender Dauer der Fahrt. Doch sie hielt das Kind nicht fest, nicht liebevoll, nicht mütterlich genug, um das flaue, quälende Gefühl von Dave zu nehmen. Sie schien nur mehr eine Porzellanfigurine im Arm zu halten.

»Also,« sagte er schließlich mit einem Lächeln, »was für einen Namen sollen wir ihm denn nun geben?«

Alice sah auf die vorüberhuschenden, frisch ergrünten Bäume. »Das müssen wir doch nicht jetzt entscheiden. Ich möchte gerne noch warten, bis uns ein besonderer

Name für ihn eingefallen ist. Und puste ihm keinen Rauch ins Gesicht.« Ihre Sätze flossen ineinander, ohne sich im Ton zu unterscheiden; auch im letzten lag kein mütterlicher Vorwurf, keine Besorgnis, keine Verärgerung. Sie machte einfach den Mund auf, sagte es so hin.

Ihr Gatte, beunruhigt, warf die Zigarre aus dem Fenster. »Tut mir leid«, sagte er.

Das Kind, über dessen Gesicht in raschem Wechsel Sonnenstrahlen und Baumschatten huschten, ruhte in der Armbeuge seiner Mutter. Seine blauen Augen öffneten sich wie frische, blaue Frühlingsblüten. Schmatzende Töne drangen aus dem winzigen, rosigen, lebhaften Mund.

Alice warf einen raschen Blick auf ihr Kind. Ihr Mann spürte, wie sie an seiner Seite zitterte.

»Kalt?« fragte er.

»Es zieht. Mach lieber das Fenster zu, David.«

Es war mehr als die Kälte. Langsam kurbelte er die Scheibe hoch.

Zeit zum Abendessen.

Dave hatte den Kleinen aus dem Kinderzimmer geholt und mit Hilfe vieler Kissen schief und krumm in den nagelneuen Hochstuhl gepfropft.

Alice sah beim Essen auf Messer und Gabel. »Er ist noch nicht groß genug für einen Hochstuhl«, sagte sie.

»Aber Spaß macht es trotzdem, ihn hier zu haben«, sagte Dave gutgelaunt. »Zur Zeit macht überhaupt alles Spaß. Sogar im Büro. Ich stecke bis zur Nasenspitze in Aufträgen. Wenn ich nicht schwer aufpasse, mache ich dieses Jahr noch fünfzehntausend zusätzlich. He – sieh dir doch mal den Kleinen an. Der Sabber läuft ihm bis zum Kinn.« Er langte hinüber, um dem Kind mit seiner Serviette den Mund abzuwischen. Aus den Augenwinkeln nahm er wahr, daß Alice nicht einmal hinsah. Er brachte die Sache zu Ende.

»Ich habe den Eindruck, daß dich so was nicht besonders interessiert«, sagte er, während er sich wieder seinem Teller zuwandte, »aber im Grunde müßte man doch annehmen, daß eine Mutter immerhin ein klein wenig Interesse für ihr eigenes Kind aufbringt.«

Alice reckte das Kinn. »Sag so etwas nicht! Nicht wenn er dabei ist! Später, wenn es unbedingt sein muß.«

»Später?« rief er. »Ob er dabei ist, ob er nicht dabei ist – wo ist da der Unterschied?« Er fing sich sofort, schluckte; es tat ihm leid. »In Ordnung. Okay. Ich weiß, versteh's ja.«

Nach dem Abendessen ließ sie ihn den Kleinen nach oben bringen. Sie bat ihn nicht darum; sie *ließ* es ihn tun.

Beim Hinuntergehen sah er sie beim Radio stehen und Musik hören, die sie nicht wahrnahm. Ihre Augen waren geschlossen, ihre ganze Haltung nachdenklich, in sich versunken. Sie fuhr zusammen, als er kam.

Plötzlich war sie bei ihm, an ihm, sanft, behend; wie sie immer gewesen war. Ihre Lippen suchten ihn, bannten ihn. Er war wie vor den Kopf geschlagen. Jetzt, wo der Kleine fort war, droben, aus dem Raum, begann sie wieder zu atmen, zu leben. Sie war frei. Sie flüsterte, hastig, unaufhörlich.

»Danke, Schatz, danke! Daß du so bist, wie du bist. Verläßlich, so durch und durch verläßlich.«

Er mußte lachen. »Mein Vater hat immer zu mir gesagt: ›Sohn, zuerst kommt immer die Familie!‹«

Erschöpft schmiegte sie ihr dunkles, glänzendes Haar an seinen Nacken. »Und jetzt hast du's übertrieben. Manchmal wünschte ich mir, wir hätten es noch einmal so wie damals, als wir frisch verheiratet waren. Keine Verantwortung, nichts – nur wir. Nichts – auch kein Kind.«

Sie preßte seine Hände. Ihr Gesicht war von einem unnatürlichen Weiß.

»Ach, Dave, damals waren wir ganz für uns, du und ich.

Wir haben einander beschützt, und jetzt beschützen wir das Kind. Aber das Kind gibt uns keinen Schutz. Verstehst du? Als ich im Krankenhaus lag, hatte ich Zeit, über viele Dinge nachzudenken. Die Welt ist schlecht…«

»Wirklich?«

»Ja, allerdings. Aber Gesetze schützen uns vor ihr. Und wo es nicht die Gesetze tun, schützt uns die Liebe. Du bist durch meine Liebe davor geschützt, daß ich dir weh tue. Du bist verwundbarer für mich als jeder andere, aber die Liebe schützt dich. Und ich habe keine Angst vor dir, weil die Liebe alle deine Launen, deine unnatürlichen Begierden, deinen Haß, deine Unreife in Schach hält. Aber wie ist das bei diesem Kind? Es ist zu jung, um zu wissen, was Liebe ist, oder was das Gesetz der Liebe ist, oder was auch immer; wir müssen es ihm erst noch beibringen. Und so lange sind wir ihm schutzlos ausgeliefert.«

»Schutzlos einem Baby ausgeliefert?« Er hielt sie von sich und lachte gutmütig.

»Kennt ein Baby den Unterschied zwischen Gut und Böse?« fragte sie.

»Nein. Aber den lernt es.«

»Aber ein Baby ist so neu, so amoralisch, so… ganz ohne Gewissen.« Sie brach ab. Ihre Arme lösten sich von ihm, und sie drehte sich rasch um.

»Dieses Geräusch? Was war das?«

Leiber sah sich im Raum um. »Ich hab überhaupt nichts ge-«

Sie starrte auf die Tür zur Bibliothek. »Da drin«, sagte sie langsam.

Leiber ging durchs Zimmer, öffnete die Tür und knipste das Licht in der Bibliothek an und wieder aus. »Absolut nichts.« Er kam zu ihr zurück. »Du bist fix und fertig. Ins Bett mit dir – und zwar auf der Stelle!«

Sie machten das Licht aus und gingen zusammen langsam und geräuschlos die Treppe hinauf, ohne ein Wort zu sagen. Oben entschuldigte sie sich. »Ich rede wirres Zeug daher, Schatz. Verzeih mir. Ich bin so erschöpft.«

Er verstand es und sagte es auch.

An der Tür des Kinderzimmers blieb sie unentschlossen stehen. Dann drückte sie den Messinggriff heftig und ging hinein. Er sah zu, wie sie viel zu vorsichtig an das Kinderbettchen trat, hinabsah und erstarrte, als ob sie ins Gesicht geschlagen worden wäre. »David!«

Leiber kam nach, trat an das Bettchen.

Das Gesicht des Kindes war knallrot und patschnaß; sein winziger, rosiger Mund öffnete und schloß sich, öffnete und schloß sich. Seine Augen waren von einem feurigen Blau. Seine Händchen fuchtelten wild durch die Luft.

»Oh«, sagte David, »er hat wohl gerade geweint.«

»So?« Alice Leiber hielt sich am Gitter des Bettchens fest, um nicht das Gleichgewicht zu verlieren. »Ich hab ihn aber nicht gehört.«

»Die Tür war zu.«

»Und deshalb atmet er jetzt so schwer, ist sein Gesicht so rot?«

»Na klar. Armer kleiner Bursche. Liegt ganz allein im Dunkeln und weint. Heute nacht darf er bei uns im Zimmer schlafen. Für den Fall, daß er noch einmal schreit.«

»Du verziehst ihn«, sagte seine Frau.

Leiber spürte, wie ihm ihr Blick folgte, während er das Bettchen ins Schlafzimmer schob.

Er zog sich leise aus und ließ sich auf der Bettkante nieder. Plötzlich hob er den Kopf, fluchte in sich hinein und schnipste mit den Fingern. »Verdammt nochmal! Hab's ganz vergessen, dir zu sagen. Ich muß am Freitag nach Chicago fliegen.«

»Ach, David.« Ihre Stimme stand völlig verloren im Raum.

»Ich schiebe diese Reise schon zwei Monate vor mir

her, aber jetzt ist es so dringend, daß ich einfach fahren *muß.*«

»Ich hab Angst vor dem Alleinsein.«

»Bis Freitag haben wir doch die neue Köchin. Sie wird die ganze Zeit da sein. Ich bin nur ein paar Tage weg.«

»Ich hab Angst. Ich weiß nicht, wovor. Du würdest mir nicht glauben, wenn ich es dir sagen würde. Ich glaube, ich bin verrückt.«

Er war inzwischen im Bett. Sie verdunkelte das Zimmer; er hörte sie um das Bett herumgehen, die Decke zurückschlagen und hineinschlüpfen. Sie roch warm, fraulich. Er sagte: »Wenn du willst, daß ich noch ein paar Tage warte, könnte ich vielleicht...«

»Nein«, sagte sie ohne rechte Überzeugung, »du fährst. Ich weiß, daß es wichtig ist. Es ist nur – ich denke dauernd über das nach, was ich dir gesagt habe. Gesetze und Liebe und Schutz. Die Liebe schützt dich vor mir. Aber das Kind...« Sie holte tief Luft. »Was schützt einen vor ihm, David?«

Bevor er antworten konnte, bevor er ihr sagen konnte, wie töricht es war, so von Kindern zu reden, knipste sie mit einem Ruck die Bettlampe an.

»Da, sieh«, sagte sie und zeigte hin.

Der Kleine lag hellwach in seinem Bettchen, starrte ihn aus abgrundtiefen, blitzblauen Augen unverwandt an.

Das Licht ging wieder aus. Sie drängte sich zitternd an ihn.

»Es ist nicht nett, Angst vor dem Wesen zu haben, dem man das Leben geschenkt hat.« Ihr Flüstern wurde noch leiser, hart, hektisch. »Er hat schon einmal versucht, mich umzubringen! Er liegt da, hört zu, was wir sagen, und wartet darauf, daß du weggehst, damit er wieder versuchen kann, mich umzubringen! Ich schwör's!« Schluchzen brach aus ihr heraus.

»Bitte«, sagte er immer wieder, um sie zu beruhigen, »hör auf. Hör auf damit, bitte.«

Lange Zeit weinte sie im Dunkeln. Sehr spät erst ermattete sie, zitternd, an ihn gedrängt. Ihr Atem wurde sanft, warm, regelmäßig; ihr Körper würgte seine erschöpften Reflexe ab, und sie schlief.

Er döste.

Und gerade als seine Augenlider schwer wurden und ihn in tiefere, immer tiefere Gründe gleiten ließen, hörte er ein seltsames, schwaches Geräusch der Wachheit und Bewußtheit im Zimmer.

Das Geräusch winziger, feuchter, rosiger, schmatzender Lippen.

Das Baby.

Dann der Schlaf.

Am Morgen lachte die Sonne. Alice lächelte.

David Leiber ließ seine Taschenuhr über dem Bettchen kreisen. »Siehst du, Kleiner? Was Helles! Was Schönes! Ja doch, ja! Was Helles! Was Schönes!«

Alice lächelte. Sie sagte ihm, er solle ruhig nach Chicago fliegen, sie werde ganz tapfer sein. Kein Grund zur Sorge. Sie würde schon mit dem Kleinen fertig werden. Doch, sie würde schon mit ihm fertig werden – nur keine Bange.

Das Flugzeug hielt Ostkurs. Ein gewaltiger Himmel, Sonne und Wolken die Menge, und am Horizont das vorüberziehende Chicago. Dave versank im Strudel der Geschäfte, Sitzungen, Arbeitsessen, Telephonate, Konferenzen. Doch jeden Tag schrieb er einen Brief oder schickte ein Telegramm an Alice und den Kleinen.

Am Abend des sechsten Tages, den er von zu Hause fort war, kam das Ferngespräch. Los Angeles.

»Alice?«

»Nein, Dave. Ich bin's, Jeffers.«

»Doc!«

»Halt dich gut fest, mein Junge. Alice ist krank. Am besten, du nimmst das nächste Flugzeug nach Hause. Es ist 'ne Lungenentzündung. Ich tu, was ich kann, Kumpel. Wenn das nur nicht so schnell nach dem Kind passiert wäre. Was sie braucht, ist Kraft.«

Leiber ließ den Hörer auf die Gabel fallen. Er stand auf, ohne Beine, Arme, Leib zu spüren. Das Hotelzimmer verschwamm, löste sich auf.

»Alice«, sagte er und ging blindlings auf die Tür zu.

Propeller liefen an, drehten rund, stotterten, standen; Raum und Zeit waren durchmessen. David spürte seine Hand den Türgriff drücken, den Boden unter seinen Füßen faßbar werden, um sich die Wände des Schlafzimmers schwanken; und in der Spätnachmittagssonne stand Dr. Jeffers am Fenster und wandte sich ihm zu. Alice lag in ihrem Bett, wartend, ein Häufchen, hingeweht aus Winterschnee. Dann begann Dr. Jeffers zu reden, ruhig, ohne Unterlaß; ein Ton, der sich durch das Lampenlicht hindurch hob und senkte; ein sanftes Fließen, ein gütiger Wortfluß.

»Deine Frau ist eine zu gute Mutter, Dave. Sie machte sich mehr Sorgen um den Kleinen als um sich selbst...«

Irgendwo in der Blässe von Alices Gesicht zog sich plötzlich etwas zusammen, das sich wieder löste, bevor es jemand merkte. Dann begann sie stockend, mit schwachem Lächeln zu berichten; und sie erzählte, redete wie eine Mutter reden sollte, über dies und das und jenes; berichtete, ohne eine Stunde, ohne eine Minute auszulassen, vom Tun einer Mutter in einer Puppenhauswelt und dem Zwergenleben in dieser Welt. Doch sie konnte kein Ende finden; die Feder war bis zum äußersten aufgezogen, und ihre Stimme sprang vom Zorn zur Furcht und zum kläglichsten Anhauch von Abscheu, was Dr. Jeffers'

Miene um keinen Deut veränderte, aber Daves Herz den Rhythmus dieses Redeflusses aufzwang, der immer hektischer wurde und nicht enden wollte.

»Der Kleine hat einfach nicht schlafen wollen! Ich hab erst geglaubt, er ist krank. Er hat einfach in seinem Bettchen gelegen und hat geglotzt, und spät in der Nacht hat er dann zu schreien angefangen. So laut geschrien, und jede Nacht geschrien – die ganze Nacht geschrien. Ihn hab ich nicht beruhigen und mich hab ich nie ausruhen können.«

Dr. Jeffers nickte langsam mit dem Kopf, ganz langsam. »Hat sich mit Schlafentzug direkt in die Lungenentzündung getrieben. Aber jetzt ist sie mit Sulfonamiden vollgepumpt und auf der sicheren Seite der ganzen verflixten Sache.«

David fühlte sich elend. »Und das Kind? Was ist mit dem Kind?«

»Quietschvergnügt. Wie der Hahn im Korb.«

»Danke, Doc.«

Der Doktor ging hinaus und die Treppe hinunter, öffnete leise die Haustür und war fort.

»David!«

Er wandte sich ihrem verängstigten Flüstern zu.

»Es war wieder der Kleine.« Sie umklammerte seine Hand. »Ich versuche mir etwas vorzulügen, mir einzureden, ich sei verrückt, aber der Kleine hat gewußt, daß ich noch vom Krankenhaus her geschwächt war. Deswegen hat er die ganze Nacht gebrüllt, jede Nacht. Und wenn er mal nicht geschrien hat, war er viel zu ruhig. Ich hab gewußt, wenn ich Licht mache, liegt er da und starrt mich an.«

David spürte, daß sein Körper sich zusammenkrampfte wie eine geballte Faust. Ihm fiel der Anblick des Kleinen ein, das Gefühl, daß er da war, wach im Dunkeln, spät in der Nacht, wenn Babies eigentlich schlafen sollten; wie er dalag, hellwach, still wie ein Gedanke; ohne zu schreien, doch aus seinem Bettchen alles beobachtend. Er stieß den Gedanken beiseite. Das war doch einfach verrückt!

Alice redete weiter. »Ich war drauf und dran, den Kleinen umzubringen. Ja, das hab ich gewollt. Schon am ersten Tag, als du fort warst auf deiner Reise, bin ich in sein Zimmer gegangen und hab ihm die Hände um den Hals gelegt; und so bin ich lange dagestanden und hab nachgedacht und Angst gehabt. Dann hab ich ihm die Decke über den Kopf gezogen und ihn aufs Gesicht gedreht und ihn fest hineingedrückt und hab ihn so gelassen und bin aus dem Zimmer gerannt.«

Er versuchte sie am Weiterreden zu hindern.

»Nein, laß mich ausreden«, sagte sie heiser und sah zur Wand. »Als ich aus seinem Zimmer gegangen bin, hab ich mir gedacht, es ist ganz einfach. Jeden Tag ersticken Kinder. Keiner wird je dahinterkommen. Aber als ich zurückgekommen bin, um nachzusehen, ob er tot ist, David – da war er am Leben! Ja, er war am Leben, hatte sich auf den Rücken gedreht, hat gelebt und gelächelt und geatmet! Und danach hab ich ihn nicht mehr anrühren können. Ich hab ihn dort gelassen und bin nie mehr hingegangen, nicht, um ihm die Flasche zu geben oder nach ihm zu sehen oder wegen sonst etwas. Vielleicht hat ihn die Köchin versorgt. Ich weiß es nicht. Ich weiß nur, daß mich sein Gebrüll wachgehalten hat, und ich hab die ganze Nacht nachdenken müssen und bin durchs Haus gelaufen, und jetzt bin ich krank.« Sie war nun beinahe am Ende. »Der Kleine liegt da und denkt darüber nach, wie er mich umbringen kann. So ist es. Weil er weiß, daß ich so viel über ihn weiß. Ich empfinde überhaupt keine Liebe für ihn; zwischen uns ist nichts, was uns schützt; nie und nimmer.«

Sie war fertig. Sie fiel in sich zusammen und schlief

endlich ein. David Leiber betrachtete sie noch lange, unfähig, sich zu rühren. Ihm war das Blut in den Adern gefroren; nicht eine Zelle regte sich mehr; nirgends, gar nirgends.

Am nächsten Morgen war nur eines zu tun. Er tat es.

Er begab sich in das Sprechzimmer von Dr. Jeffers und erzählte ihm die ganze Geschichte und hörte sich Jeffers geduldige Erläuterungen an.

»Nun gehen wir die Sache mal schön langsam an, mein Junge. Es ist ganz natürlich, daß Mütter ihre Kinder hassen, jedenfalls zeitweise. Wir haben auch ein Wort dafür – Ambivalenz. Die Fähigkeit, zur gleichen Zeit zu lieben und zu hassen. Liebende hassen einander häufig. Kinder verabscheuen ihre Mütter...«

Leiber fiel ihm ins Wort. »*Ich* habe meine Mutter *nie* gehaßt.«

»Das wirst du natürlich nie zugeben. Wir Menschen gestehen uns den Haß gegen unsere Liebsten nie gern ein.«

»Alice haßt also ihr Kind.«

»Sagen wir es lieber so – sie leidet an einer Zwangsvorstellung. Sie ist einen Schritt über die schlichte, ganz gewöhnliche Ambivalenz hinaus. Das Kind ist durch einen Kaiserschnitt ins Leben getreten und hat Alice dabei ums Haar ihr eigenes gekostet. Sie macht das Kind dafür verantwortlich, daß sie beinahe gestorben wäre, und für die Lungenentzündung. Sie überträgt ihren eigenen Haß, hängt ihn der nächstliegenden Person an, die für sie als Ursprung allen Unheils herhalten kann. Das machen wir übrigens alle so. Da stolpern wir über einen Stuhl und verfluchen das Möbelstück, nicht unsere eigene Tolpatschigkeit. Wir verbocken beim Golf einen Schlag und schimpfen auf den Rasen oder unseren Schläger oder die Machart des Balls. Wenn uns ein Geschäft durch die Lappen geht, geben wir dem Herrgott, dem Wetter oder dem Schicksal die Schuld. Ich kann dir nur das sagen, was ich dir schon einmal gesagt habe. Gib ihr Liebe. Die beste Medizin auf Erden. Laß dir kleine Aufmerksamkeiten einfallen, die ihr deine Zuneigung zeigen, gib ihr Geborgenheit. Laß dir etwas einfallen, was ihr zeigt, wie harmlos und unschuldig das Kind ist. Gib ihr das Gefühl, daß dieses Kind das Risiko wert war. Nach einer Weile wird sie zur Ruhe kommen, nicht mehr an den Tod denken und anfangen, das Kind zu lieben. Wenn sie sich – na, so ungefähr im Lauf des kommenden Monats – nicht erholt, dann frag mich nochmal. Ich werde dir einen guten Psychiater empfehlen. Also erst mal Kopf hoch – und mach gefälligst ein anderes Gesicht.«

Als der Sommer kam, schien Ruhe einzukehren, schien es besser zu werden. Dave arbeitete, kümmerte sich im Büro um jede Kleinigkeit und fand dennoch viel Zeit für seine Frau. Sie unternahm lange Spaziergänge, gewann an Kraft, spielte ab und zu eine leichte Partie Badminton. Es kam kaum noch vor, daß sie solche Ausbrüche hatte. Sie schien sich von ihren Ängsten befreit zu haben.

Bis auf jene eine mitternächtliche Stunde, als eine plötzliche Sommerbö wild und warm um das Haus toste und die Bäume durchrüttelte wie eine Heerschar glänzender Tamburine. Alice wachte auf, zitternd, glitt hinüber in die Arme ihres Mannes, ließ sich von ihm trösten und fragen, was los sei.

Sie sagte: »Es ist was im Zimmer und beobachtet uns.«

Er knipste das Licht an. »Du hast wieder mal geträumt«, sagte er. »Aber es geht dir schon besser. Hast das schon lange nicht mehr gehabt.«

Sie seufzte, als er das Licht wieder ausknipste, und schlief sofort ein. Er hielt sie noch eine halbe Stunde im

Arm und sann darüber nach, welch süßes, verdrehtes Geschöpf sie doch war.

Dann hörte er die Schlafzimmertür ein klein wenig aufgehen.

An der Tür war niemand. Kein Grund, warum sie hätte aufgehen sollen. Der Wind hatte sich gelegt.

Er wartete. Es mochte eine Stunde sein, die er lautlos im Dunkeln lag.

Dann, weit weg, begann der Kleine in seinem Kinderzimmer zu heulen; ein Jaulen wie von einer winzigen, in der ungeheuren, tintenschwarzen Weite des Firmaments verlöschenden Sternschnuppe.

Es war ein kläglicher, einsamer Ton inmitten der Sterne, der Finsternis, des Atems dieser Frau in seinen Armen und des Windes, der wieder durch die Bäume zu rauschen begann.

Leiber zählte langsam bis hundert. Das Heulen hielt an.

Behutsam löste er sich aus Alices Arm, schlüpfte aus dem Bett, zog Hausschuhe und Morgenrock an und stahl sich leise aus dem Zimmer.

Er würde nach unten gehen, dachte er, ein wenig Milch warm machen, damit raufgehen und...

Die Schwärze unter ihm gab nach. Sein Fuß glitt ab, stieß ins Leere, rutschte über etwas Weiches, stieß ins Nichts.

Er griff mit beiden Händen wild um sich, fand Halt am Geländer. Sein Körper fiel nicht mehr. Er faßte Fuß, fluchte.

Das weiche Etwas, das seinen Fuß hatte abgleiten lassen, platschte und plumpste noch ein paar Stufen treppab. Sein Kopf dröhnte. Sein Herz hämmerte bis zum Hals, raste, durchzuckt von heftigen Stichen.

Wieso bloß lassen gedankenlose Leute überall im Haus irgendwelche Sachen herumliegen? Er griff mit spitzen

Fingern nach dem Gegenstand, der ihn ums Haar mit dem Kopf voran hätte die Treppe hinunterstürzen lassen.

Seine Hand erstarrte, geschockt. Ihm stockte der Atem. Sein Herz setzte aus, einen Schlag oder zwei.

Das Ding in seiner Hand war ein Spielzeug. Eine stattliche, dralle Puppe aus Stoffflicken, die er gekauft hatte, aus einer Laune heraus. Für...

Für den Kleinen.

Alice fuhr ihn am nächsten Tag zur Arbeit.

Auf halbem Weg in die Stadt bremste sie den Wagen, fuhr rechts ran und hielt an. Dann drehte sie sich auf dem Sitz herum und sah ihren Mann an.

»Ich will weg, Urlaub machen. Ich weiß nicht, ob du dir das im Moment erlauben kannst, Schatz, aber wenn nicht, dann laß mich bitte alleine gehen. Wir werden schon jemanden finden, der den Kleinen versorgt, da bin ich mir sicher. Aber ich muß ganz einfach eine Weile weg. Ich habe geglaubt, ich würde dieses... dieses *Gefühl* allmählich überwinden. Aber ich hab es nicht geschafft. Ich kann es nicht ertragen, mit ihm in einem Raum zu sein. Er sieht zu mir auf, als ob er mich genauso haßt. Ich kann ihn nicht einmal anfassen. Ich weiß nur eins – ich will fort, bevor irgend etwas passiert.«

Er stieg auf seiner Seite aus, ging um den Wagen herum, bedeutete ihr, hinüberzurutschen, stieg wieder ein. »Du wirst nur eins tun – du gehst zu einem guten Psychiater. Und wenn der einen Urlaub für angezeigt hält, na gut, in Ordnung. Aber so kann es nicht weitergehen; ich hab einen Magenkrampf nach dem andern.« Er ließ den Wagen an. »Ich fahre den Rest der Strecke.«

Ihr Kopf war gesenkt; sie versuchte die Tränen zurückzuhalten. Als sie sein Bürogebäude erreichten, blickte sie auf. »Also gut. Melde mich an. Ich rede mit wem du willst, David.«

Er küßte sie. »Jetzt bist du vernünftig, Lady. Meinst du, du kommst mit dem Wagen sicher nach Hause?«

»Natürlich, Dummerchen.«

»Na, dann sehn wir uns zum Abendessen. Fahr vorsichtig.«

»Mach ich das nicht immer? Tschüß.«

Er stand am Bordstein, sah zu, wie sie wegfuhr und der Wind ihr langes, dunkles, glänzendes Haar ergriff. Droben, eine Minute später, rief er Jeffers an und machte einen Termin bei einem verläßlichen Neurologen und Psychiater aus.

Die Arbeit zog sich zäh dahin. Die Dinge verschwammen in einem Nebel, und in diesem Nebel sah er immer wieder Alice, die nicht mehr wußte, wohin, und seinen Namen rief. So viel von ihrer Furcht war auf ihn übergegangen. Sie hatte ihn doch noch zu der Überzeugung gebracht, daß das Kind auf irgendeine Weise nicht ganz normal war.

Er diktierte lange, langweilige Briefe. Er überprüfte einige Lieferungen. Angestellte mußten zur Rede gestellt und auf Trab gehalten werden. Am Ende des Tages war er erschöpft, der Kopf tat ihm weh, und er war gottfroh, endlich nach Hause zu können.

Im Aufzug, auf der Fahrt nach unten, fiel ihm etwas ein. Was, wenn ich Alice von dem Spielzeug erzähle, dieser Stoffpuppe, auf der ich gestern nacht ausgerutscht bin? Herrgott, ob sie *das* nicht zur Besinnung brächte? Nein – ich werde es ihr nicht sagen. Zufall ist schließlich Zufall.

Der Himmel war taghell, als er im Taxi heimfuhr. Vor dem Haus bezahlte er den Fahrer, schlenderte gemächlich die betonierte Auffahrt hinauf und genoß das Licht, das immer noch am Himmel und in den Bäumen war. Die weiße Kolonialstilfront des Hauses wirkte unnatürlich still und unbewohnt, und dann fiel ihm ein, daß Donnerstag war und das Personal, das sie zeitweise hatten, heute samt und sonders frei hatte.

Er atmete tief durch. Hinter dem Haus sang ein Vogel. Auf dem Boulevard, einen Block weit entfernt, rollte der Verkehr. Der Türknopf drehte sich in seinen Fingern, gut geölt, ohne jeden Laut.

Die Tür ging auf. Er trat ein, legte den Hut mitsamt der Aktentasche auf einen Stuhl, begann sich aus dem Mantel zu schälen und schaute auf.

Ein letzter Sonnenstrahl strömte das Treppenhaus herab, vom obersten Fenster der Halle. Wo das Licht auftraf, nahm es die heiteren Farben der Stoffpuppe an, die am Fuß der Treppe lag und alle viere von sich streckte.

Doch er schenkte ihr keine Beachtung.

Er konnte nur auf eines sehen, unfähig, sich zu rühren, und nur immer wieder hinsehen. Zu Alice.

Alice lag blaß, ihr dünner Leib grotesk verbogen und verkrümmt, am Fuß der Treppe, wie eine zerschundene Puppe, die nie wieder spielen mag – nie wieder.

Alice war tot.

Das Haus blieb still, bis auf das Schlagen seines Herzens.

Sie war tot.

Er hielt ihren Kopf in den Händen, befühlte ihre Finger. Er umfaßte ihren Leib. Doch sie wollte nicht mehr leben. Sie versuchte es nicht einmal. Er rief ihren Namen, laut, viele Male, und er versuchte es noch einmal, indem er sie an sich preßte, um ihr ein wenig von der Wärme wiederzugeben, die sie verloren hatte; doch es half nichts.

Er stand auf. Er hatte wohl telephoniert. Er konnte sich nicht erinnern. Er fand sich plötzlich im Obergeschoß. Er öffnete die Tür des Kinderzimmers, ging hinein und stierte mit leerem Blick in das Bettchen. Ihm war schlecht. Er konnte nicht richtig sehen.

Die Augen des Kleinen waren geschlossen, doch sein

Gesichtchen war rot und feucht von Schweiß, als hätte er lange und laut geschrien.

»Tot«, sagte Leiber zu dem Kleinen, »sie ist tot.«

Dann begann er leise und sanft zu lachen, lange Zeit und ohne Pause, bis Dr. Jeffers aus der Dunkelheit hereintrat und ihn wieder und wieder ins Gesicht schlug.

»Hör auf damit! Reiß dich zusammen!«

»Sie ist die Treppe runtergefallen, Doc. Sie ist auf eine Stoffpuppe getreten und gestürzt. Ich wäre in der Nacht zuvor beinah auch auf ihr ausgerutscht. Und jetzt...«

Dr. Jeffers schüttelte ihn.

»Doc, Doc, Doc«, sagte Dave benommen, »'ne komische Sache. Komisch. Ich – mir ist endlich ein Name für den Kleinen eingefallen.«

Jeffers sagte nichts.

Leiber bog zwischen zitternden Händen den Kopf in den Nacken und sprach die Worte: »Am kommenden Sonntag werd ich ihn taufen lassen. Und weißt du, welchen Namen ich ihm gebe? Ich werd ihn Luzifer taufen lassen.«

Es war elf Uhr nachts. Fremde Menschen waren ins Haus gekommen, wieder gegangen und hatten seine Seele fortgenommen – Alice.

David Leiber saß in der Bibliothek, dem Doktor gegenüber. »Alice war *nicht* verrückt«, sagte er langsam. »Sie hatte allen Grund, Angst vor dem Kleinen zu haben.«

Jeffers brauste auf. »Fang jetzt bloß nicht auch noch an wie sie! Sie hat dem Kind die Schuld an ihrer Krankheit gegeben, jetzt hängst du ihm die Schuld an ihrem Tod an. Sie ist auf einem Spielzeug ausgerutscht, falls du das vergessen hast. Dafür kannst du doch nicht das Kind verantwortlich machen.«

»Luzifer, meinst du?«

»Hör auf, ihn so zu nennen!«

Leiber schüttelte den Kopf. »Alice hat in der Nacht etwas gehört, Bewegungen auf den Gängen. Willst du wissen, Doc, wer diese Geräusche gemacht hat? Sie kamen von dem Kleinen. Vier Monate alt, krabbelt durchs Dunkel, hört zu, was wir sagen. Versteht jedes Wort!« Er hielt sich an den Lehnen seines Sessels fest. »Und wenn ich das Licht angemacht habe – ein Baby ist ja so klein. Es kann sich hinter Möbeln verstecken, hinter einer Tür. Es kann sich an die Wand drücken. Da, wo man nicht hinsieht.«

»Ich will, daß du endlich damit aufhörst!« sagte Jeffers.

»Laß mich sagen, was ich denke, oder ich werde noch verrückt! Als ich nach Chicago mußte, wer hat Alice da wachgehalten, in die Übermüdung getrieben bis zur Lungenentzündung? Der Kleine! Und als Alice nicht gestorben ist, hat er versucht, *mich* umzubringen. Es war ganz einfach: Leg ein Spielzeug auf die Treppe, schrei mitten in der Nacht, bis dein Vater runtergeht, um dir Milch zu holen – und stürzt. Ein billiger Trick, aber wirksam. Mich hat er nicht erwischt. Aber Alice hat er damit umgebracht.«

David Leiber hielt lange genug inne, um sich eine Zigarette anzuzünden. »Ich hätte der Sache nachgehen müssen. Ich hab Licht gemacht, mitten in der Nacht, in vielen Nächten, und der Kleine lag da, die Augen weit offen. Die meisten Säuglinge schlafen fast immer. Der nicht. Der ist wachgeblieben und hat nachgedacht.«

»Kleinkinder *können* nicht denken.«

»Er war aber wach und hat seinen Grips angestrengt, *so gut er eben konnte.* Was wissen wir schon davon, was im Kopf eines Säuglings vor sich geht, zum Teufel nochmal? Er hatte allen Grund, Alice zu hassen; sie hat geahnt, was er war – ein normales Kind ganz bestimmt nicht. Irgendwas . . . anderes. Was weißt du schon von Säuglingen, Doc? Das Übliche – das ja. Du weißt natürlich, wie Kinder ihre Mütter bei der Geburt ums Leben bringen. Und warum? Könnte es der Widerwille dagegen sein, in eine derart beschissene Welt hinaus zu müssen wie diese?«

Leiber lehnte sich erschöpft zu Jeffers vor. »Es paßt alles zusammen. Mal angenommen, ein paar Babies von all den Millionen, die geboren werden, sind von Anfang an in der Lage zu sehen, zu hören, zu denken, sich fortzubewegen, wie es viele Tiere und Insekten können. Insekten kommen auf die Welt und sind selbständig. Die meisten Säugetiere und Vögel sind in wenigen Wochen soweit. Nur Kinder brauchen Jahre, bis sie sprechen und auf ihren dünnen Beinchen herumlaufen gelernt haben. Und nimm einmal an, *ein* Kind in einer Milliarde ist... *anders?* Wird mit perfekter Auffassungsgabe geboren, ist – instinktiv – fähig zu denken. Wäre das nicht die perfekte Tarnung, die perfekte Maskerade für alles, was dieses Kind tun wollte? Es könnte so tun, als sei es ein ganz gewöhnliches, hilfloses, plärrendes, unwissendes Baby. Mit nur ganz wenig Aufwand an Energie könnte es durch ein dunkles Haus krabbeln und lauschen. Und wie leicht es ist, oben an der Treppe ein Hindernis hinzulegen! Wie leicht es ist, die ganze Nacht zu plärren und die Mutter so fertigzumachen, daß sie eine Lungenentzündung bekommt! Wie leicht, schon bei der Geburt, so nah an die Mutter heranzukommen, *daß einige wenige geschickte Griffe eine Bauchfellentzündung bewirken könnten!«*

»Um Himmels willen!« Jeffers war aufgesprungen. »Das ist abscheulich, sowas zu sagen!«

»Es *ist* eine abscheuliche Sache, von der ich rede. Wie viele Mütter sterben bei der Geburt ihrer Kinder? Wie viele nähren solche winzigen, merkwürdigen Ausnahmen von der Regel, die auf die eine oder andere Weise Tod und Verderben um sich verbreiten? Merkwürdige, rosige, winzige Wesen, deren Hirne mit einer mörderischen Bösartigkeit arbeiten, die wir uns nicht einmal vorstellen können? Winzige, unverbildete Hirne, in denen das Gedächtnis der Gattung, Haß und ungezügelte Grausamkeit glühen, die nur einen Gedanken kennen – Selbsterhaltung. Und Selbsterhaltung hieß in diesem Fall, eine Mutter aus dem Weg zu räumen, die wußte, was für ein Monster sie geboren hatte. Ich frage dich, Doc, was in der Welt ist selbstsüchtiger als ein Säugling? *Nichts!*«

Jeffers sah finster vor sich hin und schüttelte ratlos den Kopf.

Leiber ließ seine Zigarette sinken. »Ich behaupte ja gar nicht, daß so ein Kind besonders kräftig sein muß. Nur so, daß es reicht, ein paar Monate früher als üblich ein bißchen herumzukrabbeln. Nur so, daß es reicht, die ganze Zeit zu lauschen. Nur so, daß es reicht, die ganze Nacht zu brüllen. Das ist schon genug – mehr als genug!«

Jeffers versuchte es auf die spöttische Tour. »Na gut – dann war es also Mord. Aber ein Mord muß schließlich ein Motiv haben. Und welches Motiv hatte das Kind?«

Leiber hatte die Antwort parat. »Wer hat mehr Frieden, mehr traumhafte Zufriedenheit, Ruhe, Geborgenheit, Traulichkeit, Trost und Nahrung, wer lebt so ungestört wie ein ungeborenes Kind? Niemand. Erst schwelgt es in einem endlosen, traumhaften Wunder aus Genuß und Stille. Dann wird auf einmal von ihm verlangt, seinen sicheren Hort zu verlassen, es wird gezwungen, ihn zu räumen, wird hinausgestoßen in eine lärmende, lieblose, selbstsüchtige Welt, wo man ihm zumutet, für sich selbst zu sorgen, zu jagen, sich vom Erjagten zu ernähren, um eine schwindende Liebe zu buhlen, die einst sein unbestrittenes Vorrecht war, in einem Chaos zu leben statt in innerer Ruhe und dem gewohnten Schlummer. Und diesem Kind *mißfällt* das! Die kalte Luft mißfällt ihm, die riesigen Räume, der plötzliche Abschied von allem Vertrauten. Und in den winzigen Windungen seines Hirns kennt dieses Kind nur eins, Selbstsucht – und Haß, weil dieser Traum so brutal zerstört worden ist. Und wer trägt die Schuld an dieser Entzauberung, an dieser brutalen Zerstörung eines Traums? Die Mutter. Da hat dieses Kind doch jemanden, den es mit seiner ganzen unwissenden Seele hassen kann. Die Mutter hat es ausgestoßen, hat es *ver*stoßen. Und der Vater ist kein bißchen besser – am besten, man bringt ihn auch gleich um die Ecke! Der ist doch genauso schuld – auf *seine* Weise!«

Jeffers fiel ihm ins Wort. »Wenn das stimmt, was du sagst, müßte jede Mutter auf der Welt ihr Kind als etwas betrachten, dem sie mißtrauen, vor dem sie sich fürchten müßte.«

»Und warum nicht? Hat das Kind denn etwa kein perfektes Alibi? Jahrtausendalte Glaubenssätze der Schulmedizin sprechen zu seinen Gunsten. Nach allem, was man von seiner Natur weiß, ist es hilflos, für nichts zur Rechenschaft zu ziehen. Das Kind wird geboren – und haßt. Und es kommt immer schlimmer, statt daß es besser wird. Anfangs kriegt das Kind ja noch ein gewisses Maß an Zuwendung, an Bemutterung. Aber im Lauf der Zeit wird das anders. So lang es noch ganz klein ist, hat ein Kind die Macht, die Eltern zu den komischsten Dingen zu zwingen, wenn es nur plärrt oder niest; schon beim kleinsten Pieps rennen sie los. Doch das Kind ahnt, daß selbst diese bescheidene Macht im Lauf der Jahre rasch dahinschwinden wird; für immer, auf Nimmerwiedersehen. Warum sollte es da nicht alle Macht an sich reißen, die es kriegen kann? Warum sollte es seine Stellung nicht mit allen Mitteln behaupten, solange es noch alle Vorteile auf seiner Seite hat? Ein paar Jahre, und es wäre zu spät, seinem Haß freien Lauf zu lassen. Die Zeit zum Zuschlagen wäre *jetzt.«*

Leibers Stimme war sehr leise, sehr sanft.

»Mein lieber, kleiner Junge; da liegt er nachts in seinem Bettchen, das Gesichtchen rot und verschwitzt, und völlig außer Atem. Vom Heulen? Nein. Vom langsamen Herausklettern aus dem Bett, vom Krabbeln langer Strecken durch düstere Korridore. Mein lieber, kleiner Junge. Ich bring ihn um.«

Jeffers reichte ihm ein Glas Wasser und ein paar Pillen. »Du wirst niemanden umbringen. Du wirst erst mal vierundzwanzig Stunden schlafen. Der Schlaf wird dir guttun. Da, nimm.«

Leiber spülte die Pillen hinunter, ließ sich weinend die Treppe hinaufführen in sein Schlafzimmer und bekam gerade noch mit, wie er ins Bett gesteckt wurde. Jeffers wartete, bis er in tiefen Schlaf zu sinken begann. Dann ging er aus dem Haus.

Leiber, allein und verlassen, fiel und fiel.

Dann hörte er ein Geräusch. »Was... was *ist* das?« fragte er schwach.

Etwas im Flur bewegte sich.

Dann schlief David Leiber ein.

In aller Frühe am nächsten Morgen fuhr Dr. Jeffers vor dem Haus vor. Es war ein herrlicher Morgen, und er war gekommen, um Leiber zur Erholung aufs Land zu fahren. Leiber war bestimmt noch oben und schlief. Jeffers hatte ihm genügend Beruhigungsmittel verpaßt, um ihn für mindestens fünfzehn Stunden außer Gefecht zu setzen.

Er klingelte. Keine Reaktion. Die Hausangestellten waren wohl noch nicht auf. Jeffers probierte die Tür, fand sie offen, trat ein. Er stellte seinen Arztkoffer auf den erstbesten Stuhl.

Etwas Helles verschwand oben an der Treppe aus dem Blickfeld. Es war nur die Andeutung einer Bewegung. Jeffers nahm sie kaum wahr.

Im Haus roch es nach Gas.

Jeffers rannte die Treppe hoch, stürzte in Leibers Schlafzimmer.

Leiber lag reglos im Bett, und der Raum war randvoll mit Gas, das aus einem geöffneten Hahn am Fuß der Wand in der Nähe der Tür zischte. Jeffers drehte ihn ab, riß sämtliche Fenster auf und rannte zu Leibers Leichnam zurück.

Die Leiche war kalt. Er war schon seit etlichen Stunden tot.

Heftig hustend, mit tränenden Augen rannte Jeffers aus dem Raum. Leiber hatte das Gas nicht selbst aufgedreht. Er *konnte* es gar nicht getan haben. Diese Beruhigungsmittel hatten ihn völlig umgehauen; er wäre vor Mittag bestimmt nicht aufgewacht. Es war kein Selbstmord. Oder sprach auch nur die geringste Wahrscheinlichkeit dafür?

Jeffers stand fünf Minuten im Flur. Dann ging er zur Tür des Kinderzimmers. Sie war geschlossen. Er machte sie auf. Er ging hinein, trat an das Bettchen.

Das Bettchen war leer.

Er stand eine halbe Minute schwankend neben dem Bettchen. Dann sagte er ins Leere: »Die Tür des Kinderzimmers ist zugefallen. Du konntest nicht mehr in dein Bettchen zurück, wo du sicher gewesen wärst. Du hast nicht bedacht, daß die Tür zufallen könnte. So eine Kleinigkeit wie eine zufallende Tür kann den schönsten Plan zunichte machen. Ich werde dich finden, irgendwo im Haus, wo du dich versteckt hast und so tust, als wärst du etwas, was du nicht bist.« Jeffers wirkte benommen. Er griff sich an den Kopf und lächelte schwach. »Jetzt rede ich schon wie Alice und David. Aber ich kann nicht das geringste Risiko eingehen. Ich habe zwar keine Gewißheit, aber ich darf kein Risiko eingehen.«

Er ging die Treppe hinunter, öffnete seinen Arztkoffer, der auf dem Stuhl stand, nahm etwas heraus und behielt es in der Hand.

Etwas raschelte den Flur entlang. Etwas sehr Kleines, sehr Leises. Jeffers drehte sich blitzschnell um.

Ich habe operieren müssen, um dich in diese Welt zu holen, dachte er. Dann werd ich jetzt auch operieren dürfen, um dich wieder aus dieser Welt zu schaffen...

Er tat ein halbes Dutzend langsame, entschlossene Schritte hinein in den Flur. Er streckte die Hand aus, ins Sonnenlicht.

»Guck mal, Kleiner! Was Helles. Was Schönes!«

Es war ein Skalpell.

Der Tod eines vorsichtigen Mannes

Du schläfst nur vier Stunden pro Nacht. Du gehst um elf zu Bett, stehst um drei auf, und alles ist kristallklar. So beginnt dein Tag, du trinkst deinen Kaffee, liest eine Stunde lang in einem Buch, lauschst dem leisen, fernen, unwirklichen Blabla und Gedudel der Nachtsender, und vielleicht gehst du dann ein bißchen spazieren, vergewisserst dich aber vorher immer, daß du deinen polizeilichen Sonderausweis dabeihast. Du bist schon öfters zu früher und ungewöhnlicher Stunde aufgegriffen worden, und es wurde so lästig, daß du dir schließlich eine spezielle Bescheinigung besorgt hast. Jetzt kannst du herumlaufen und pfeifen, wo du willst, die Hände in den Taschen, während die Hacken in leichtem, gemütlichem Tempo auf das Pflaster klacken.

Dies geht nun schon so, seit du sechzehn warst. Jetzt bist du fünfundzwanzig, und vier Stunden pro Nacht sind dir immer noch genug.

Du hast kaum Glasgegenstände im Haus. Du rasierst dich mit einem Elektrorasierer, weil du dich mit einem Rasierapparat gelegentlich schneiden würdest und du es dir nicht leisten kannst, Blut zu verlieren.

Du bist nämlich Bluter. Du fängst zu bluten an und kannst nicht mehr aufhören. Dein Vater war genauso – wenn er auch nur als abschreckendes Beispiel taugte. Er schnitt sich einmal in den Finger, ziemlich tief, und verblutete auf dem Weg ins Krankenhaus. Auf der mütterlichen Seite deiner Familie hat es ebenfalls Hämophilie gegeben, und so hat es auch dich getroffen.

In deiner Jackettinnentasche trägst du – immer! – ein

kleines Röhrchen mit Blutgerinnungstabletten. Wenn du dich geschnitten hast, schluckst du sie auf der Stelle. Das Gerinnungsmittel verteilt sich in deinem Körper und sorgt für den nötigen Kleister, um das Leck zu stopfen, aus dem das Blut entweicht.

So also sieht dein Leben aus. Du brauchst nur vier Stunden Schlaf und hältst dich von scharfkantigen Dingen fern. Die Zeit, die du jeden Tag deines Lebens in wachem Zustand verbringst, ist beinahe doppelt so lang wie die eines Durchschnittsmenschen, doch deine Lebenserwartung ist kurz; es läuft auf einen ironischen Ausgleich hinaus.

Es werden noch viele Stunden vergehen, bis die Morgenpost kommt. Also tippst du auf deiner Schreibmaschine viertausend Wörter einer Geschichte herunter. Um neun, wenn der Briefkasten vor deiner Tür klappert, stößelst du die Blätter fein säuberlich auf, klammerst sie mit einer Büroklammer zusammen, überprüfst den Durchschlag und legst beides in der Mappe mit der Aufschrift ROMAN IN ARBEIT ab. Dann siehst du, eine Zigarette rauchend, nach der Post.

Du nimmst die Post aus dem Briefkasten. Ein Scheck über dreihundert Dollar von einer großen Zeitschrift, zwei Ablehnungen von weniger bedeutenden Häusern und ein kleiner, mit grünem Bindfaden verschnürter Pappkarton.

Nachdem du die Briefe überflogen hast, wendest du dich dem Päckchen zu, machst die Schnur ab, hebst den Deckel, greifst hinein und ziehst das Ding heraus, das drin ist.

»Verdammt!«

Du läßt den Karton fallen. Ein Fleck, flüssig und rot, breitet sich über deine Finger. Etwas Helles ist herausgeschnellt wie ein Hackmesser, zum sirrenden, schnarrenden Klang einer Metallfeder.

Blut beginnt rasch und gleichmäßig aus deiner verletzten Hand zu laufen. Du starrst sie einen Moment lang an, starrst auf den scharfkantigen Gegenstand am Boden, die kleine, teuflische Vorrichtung aus einem Rasiermesser und einer gespannten Falle, die zuschnappte, als du sie herausnahmst, und dich kalt erwischt hat.

Fahrig, zittrig greifst du in deine Tasche, besudelst dich über und über mit Blut, holst das Röhrchen mit den Tabletten heraus und würgst gleich mehrere hinunter.

Dann, während du darauf wartest, daß das Zeug endlich gerinnt, wickelst du die Hand in ein Taschentuch, hebst vorsichtig, ganz vorsichtig den Apparat auf und stellst ihn auf den Tisch.

Nachdem du ihn zehn Minuten lang angestarrt hast, setzt du dich hin und steckst dir unbeholfen eine Zigarette an. Deine Lider zittern und zucken, und dein Blick nimmt die Gegenstände im Raum verschwommen, scharf und wieder verschwommen wahr, und schließlich hast du die Lösung.

... Irgend jemand kann dich nicht leiden...

Das Telephon klingelt. Du nimmst ab.

»Douglas hier.«

»Hallo, Rob. Jerry hier.«

»Ach, Jerry.«

»Wie geht's dir, Rob?«

»Gut, bis auf die Blässe und das Zittern.«

»Wieso?«

»Jemand hat mir in einer Schachtel eine Rasierklinge geschickt.«

»Mach keine Witze.«

»Im Ernst. Aber das hast du wohl nicht hören wollen.«

»Wie steht's mit dem Roman, Rob?«

»Den kriege ich nie fertig, wenn mir die Leute noch mehr scharfe Sachen schicken. Ich nehme an, mit der nächsten Post kriege ich eine geschliffene Schwedenvase.

Oder einen Zauberkasten mit einem großen, zerbrechlichen Spiegel.«

»Deine Stimme hört sich so komisch an«, sagt Jerry.

»Muß sie wohl. Was den Roman angeht, Gerald, mit dem geht es prächtig voran. Ich hab grade eben wieder viertausend Wörter geschafft. In dieser Szene beschreibe ich die tiefe Zuneigung von Anne J. Anthony zu Michael M. Horn.«

»Du rennst noch in dein Unglück, Rob.«

»Das hab ich grade eben selber gemerkt.«

Jerry murmelt irgendwas.

Du sagst: »Mike würde es nicht wagen, mich direkt anzurühren, Jerry. Anne genausowenig. Schließlich waren Anne und ich mal miteinander verlobt. Das war, bevor ich rausbekam, was sie machten. Die Parties, die sie feierten, die Spritzen, die sie den Leuten gaben. Morphium.«

»Kann schon sein, daß sie versuchen, das Buch auf irgendeine Weise zu verhindern.«

»Das glaub ich dir. Sie haben es bereits versucht. Mit diesem Karton, der mit der Post kam. Gut, vielleicht nicht *sie*. Aber es könnte ja auch einer von den anderen, irgendeiner von den anderen Leuten, die ich in dem Buch erwähne, einen Tip bekommen haben.«

»Hast du in letzter Zeit mal mit Anne gesprochen?« fragt Jerry.

»Ja«, sagst du.

»Und sie zieht dieses Leben immer noch vor?«

»Es ist ein wildes Leben. Du siehst jede Menge tolle Sachen, wenn du bestimmte Drogen nimmst.«

»Ich hätte das nie von ihr geglaubt. Sie sieht gar nicht danach aus.«

»Das ist dein Ödipuskomplex, Jerry. Du siehst in den Frauen nie das Weib. Sie erscheinen dir wie unberührte, blumenbekränzte, geschlechtslose Elfenbeinstatuen auf Rokokopostamenten. Du hast deine Mutter zu sehr geliebt. Gott sei Dank bin ich nicht so eindeutig fixiert. Anne hat mich eine Zeitlang an der Nase herumgeführt. Aber an einem Abend war sie derart aufgedreht, daß ich dachte, sie hätte einen Schwips, und dann hat sie mich auf einmal geküßt und mir eine kleine Spritze in die Hand gedrückt und gesagt, ›Na los, Rob, bitte! Du wirst es mögen‹, und die Spritze war so voll mit Morphium wie Anne.«

»Und das war's dann gewesen«, sagt Jerry am anderen Ende der Leitung.

»Das war's dann gewesen«, sagst du. »Ich hab dann mit der Polizei und dem Rauschgiftdezernat gesprochen, aber da ist irgendwo ein Haken, sie trauen sich nicht, etwas zu unternehmen. Entweder das, oder sie werden ordentlich geschmiert. Ein bißchen von beidem, nehme ich an. In jeder Institution gibt es immer irgendwo jemanden, der sich querlegt. Bei der Polizei ist immer einer, der sich nebenher ein bißchen Geld verdient und den guten Ruf der Truppe kaputtmacht. Das ist Tatsache. Das läßt sich nicht ausschließen. Menschen sind nun mal Menschen. Ich übrigens auch. Wenn ich diesen Quertreiber nicht so aus dem Weg schaffen kann, dann eben anders. Dieser Roman von mir, das muß ja wohl nicht extra gesagt werden, wird dafür sorgen.«

»Du könntest selbst mit dabei draufgehen, Rob. Glaubst du wirklich, daß dein Roman die Jungs vom Rauschgiftdezernat dazu bringt, etwas zu unternehmen?«

»Genau.«

»Und du kriegst keine Klage an den Hals?«

»Dafür hab ich vorgesorgt. Ich unterschreibe einen Vertrag mit meinem Verlag, der ihn von jeder Verantwortung freistellt, weil alle Personen in diesem Roman frei erfunden sind. Wenn ich dem Verlag etwas vorgelogen habe, trifft ihn kein Verschulden. Wenn ich verklagt werde, werden die Tantiemen des Romans für meine Verteidigung verwandt. Und ich habe massenhaft Beweise. Nebenbei gesagt, es ist ein verdammt guter Roman.«

»Jetzt mal im Ernst, Rob: Hat dir wirklich jemand ein Päckchen mit einer Rasierklinge geschickt?«

»Ja – und genau darin liegt die größte Gefahr für mich. Reichlich spannend. Sie würden es nie wagen, mich schlicht und einfach um die Ecke zu bringen. Aber wenn ich an meiner eigenen, naturgegebenen Achtlosigkeit und der ererbten Bluterkrankheit stürbe, wer würde ihnen die Schuld daran geben? Sie würden mir nie die Kehle durchschneiden, das wäre zu auffällig. Aber eine Rasierklinge oder ein Nagel oder das Lenkrad meines Wagens, mit kleinen Klingen präpariert... ist alles furchtbar melodramatisch. Und wie geht's mit deinem Roman voran, Jerry?«

»Mühsam. Wie wär's mit einem gemeinsamen Lunch heute?«

»Das ist ein Wort. Im ›Brown Derby‹?«

»Du willst wohl unbedingt Ärger kriegen. Du weißt verdammt gut, daß Anne dort jeden Tag mit Mike ißt!«

»Regt meinen Appetit an, Gerald, alter Junge. Bis später dann.«

Du legst auf. Deine Hand ist jetzt wieder in Ordnung. Du pfeifst, während du sie im Bad verbindest. Dann siehst du dir den Apparat mit der Rasierklinge etwas genauer an. Ein primitives Ding. Die Wahrscheinlichkeit, daß es überhaupt funktionierte, lag bei fünfzig zu fünfzig.

Du setzt dich hin und schreibst, stimuliert von den Ereignissen dieses Morgens, weitere dreitausend Wörter.

Der Türgriff deines Wagens ist in der Nacht auf Rasierklingenschärfe zugefeilt worden. Eine Blutspur hinter dir lassend, kehrst du ins Haus zurück, um noch einen Verband anzulegen. Du schluckst deine Pillen. Das Bluten hört auf.

Nachdem du die beiden neuen Kapitel des Buchs in deinem Wertfach bei der Bank deponiert hast, fährst du weiter und triffst dich vor dem ›Brown Derby‹ mit Jerry Walters. Er wirkt so angespannt und schmal wie immer, mit dunklen Ringen unter den Augen, die hinter dicken Brillengläsern funkeln.

»Anne ist drinnen.« Er grinst dich an. »Und Mike ist bei ihr. Also, ich frag mich, warum wir ausgerechnet hier essen müssen.« Sein Lächeln erstirbt, und er starrt dich an, starrt auf deine Hand. »Du brauchst sofort was zu trinken! Nichts wie rein. Anne sitzt an dem Tisch da drüben. Nick ihr doch zu.«

»Mach ich ja gerade.«

Du beobachtest Anne, die in einem sportlichen, mit Gold- und Silberfäden durchwirkten, einer Mönchskutte ähnelnden Kostüm an einem Ecktisch sitzt, eine Kette aus aztekischen Bronzegliedern um den braunen Hals. Ihr Haar hat denselben Bronzeton. Neben ihr, hinter einer Zigarre und einem Rauchschleier, sitzt die ziemlich große, schlanke Gestalt von Michael Horn, der exakt so aussieht, wie er ist: Spieler, Drogenkenner, Genießer par excellence, Frauenheld, Machtmensch, Träger von Diamanten und Seidenunterwäsche. Du würdest ihm nicht die Hand schütteln wollen. Die Nägel wirken zu geschliffen.

Du setzt dich, bestellst einen Salat. Du ißt ihn, während Anne und Mike nach ihrem Cocktail an deinem Tisch vorbeikommen. Du sagst »Hallo, Tiger« zu Mike Horn, mit leichter Betonung auf letzterem.

Hinter Horn ist sein Leibwächter, ein zweiundzwanzigjähriger Bursche aus Chicago namens Britz, mit einer rosa Nelke am Revers seines schwarzen Jacketts und Brillantine im schwarzen Haar; seine Augenwinkel werden von kleinen Muskeln nach unten gezogen, was ihn bekümmert dreinschauen läßt.

»Hallo, Rob, mein Schatz«, sagt Anne. »Wie geht's deinem Buch?«

»Bestens, bestens. Ich hab ein tolles neues Kapitel über dich, Anne.«

»Dank dir, Schatz.«

»Und wann läßt du endlich diesen Lulatsch mit seiner Ganovenvisage sausen?« fragst du, ohne Mike anzusehen.

»Sobald ich ihn umgebracht habe«, sagt Anne.

Mike lacht. »Das'n guter Witz! Na, dann gehn wir mal weiter, Baby. Ich hab genug von diesem Wichser.«

Du wirfst das Besteck weg. Irgendwie krachen massenhaft Teller herunter. Du triffst Mike um ein Haar. Aber Britz und Anne und Jerry stürzen sich auf dich, und so setzt du dich wieder. Das Blut pocht in deinen Ohren. Irgendwer hebt das Besteck auf und gibt es dir.

»Bis dann«, sagt Mike.

Anne geht zur Tür hinaus, ausschwingend wie das Pendel einer Uhr, und du zählst den Takt mit. Mike und Britz folgen ihr.

Du siehst auf deinen Salat hinunter. Du greifst nach deiner Gabel. Du stocherst in dem Zeug herum.

Du gabelst einen Happen auf. Führst ihn zum Mund.

Jerry starrt dich an. »Um Gottes willen, Rob, was ist denn los?«

Du sagst nichts. Du nimmst die Gabel von den Lippen.

»Was ist denn los, Rob? Spuck's aus!«

Du spuckst.

Jerry flüstert einen Fluch.

Blut.

Du kommst mit Jerry aus dem Taft Building und sprichst inzwischen Zeichensprache. In deinem Mund befindet sich ein Tampon. Du riechst nach Antiseptika.

»Ich kapiere immer noch nicht, wie«, sagt Jerry. Du gestikulierst mit den Händen. »Ja, ich verstehe – die

Schlägerei im ›Derby‹. Die Gabel hat sich beim Aufprall auf den Boden verbogen.« Du gestikulierst von neuem. Jerry liefert die Erläuterung zu deiner Pantomime. »Mike oder Britz liest sie auf und schiebt dir an ihrer Stelle eine präparierte, angeschärfte Gabel unter.«

Du nickst so heftig mit dem Kopf, daß du rot anläufst.

»Oder vielleicht doch Anne?« fragt Jerry.

Nein, du schüttelst den Kopf. Du versuchst pantomimisch zu erklären, daß Anne, wenn sie von dieser Sache erführe, Mike auf der Stelle den Laufpaß geben würde. Jerry begreift nicht und linst dich durch seine dicken Gläser an. Du schwitzt.

Die Zunge ist ein schlechter Ort für Wunden. Du hast mal einen Burschen gekannt, der eine Wunde an der Zunge hatte. Die Verletzung verheilte nie mehr, obwohl sie immerhin zu bluten aufhörte. Und stell dir das einmal bei einem Bluter vor!

Du gestikulierst wieder und quälst dir ein Lächeln ab, während du in dein Auto steigst. Jerry sieht dich fragend an, denkt nach, begreift. »Ah ja!« Er lacht. »Willst du sagen, jetzt fehlt dir nur noch ein Stich in den Hintern?«

Du nickst, gibst ihm die Hand, fährst los.

Auf einmal ist das Leben gar nicht mehr so lustig. Das Leben ist etwas Reales. Das Leben ist der Stoff, der beim geringsten Anlaß aus deinen Gefäßen strömt. Unbewußt wandert deine Hand wieder und wieder zu deiner Jackettasche, wo die Tabletten verborgen sind. Die guten, alten Pillen!

Ungefähr in diesem Augenblick fällt dir auf, daß du verfolgt wirst.

Du biegst an der nächsten Kreuzung links ab, und du überlegst in fliegender Hast. Ein Unfall. Du bist bewußtlos und blutest. Im Zustand der Bewußtlosigkeit wirst du dir nie und nimmer eine Dosis dieser wertvollen kleinen Pillen in deiner Tasche verpassen können.

Du trittst das Gaspedal durch. Der Wagen schießt los. Du blickst nach hinten, und der andere Wagen folgt dir immer noch, holt auf. Eins über den Schädel, die winzigste Schnittwunde, und du bist endgültig erledigt.

An der Wilcox Avenue biegst du rechts ab, dann wieder links, als du die Melrose Avenue erreicht hast, aber sie sind immer noch hinter dir. Da bleibt nur eins.

Du fährst rechts ran, ziehst den Schlüssel ab, steigst gelassen aus, betrittst einen Vorgarten und läßt dich auf irgend jemandes Rasen nieder.

Als der Wagen deiner Verfolger vorbeifährt, winkst du ihnen lächelnd zu.

Du meinst Flüche zu hören, während der Wagen verschwindet.

Du gehst den Rest des Wegs nach Hause zu Fuß. Unterwegs rufst du bei einer Werkstatt an und gibst ihr den Auftrag, deinen Wagen für dich abzuholen.

Du hast zwar schon immer gelebt, aber so lebendig wie jetzt warst du nie. Du wirst ewig leben. Du bist gerissener als die alle zusammen. Du bist auf der Hut. Sie werden es nicht schaffen, etwas zu tun, das du nicht erkennen und dem du nicht auf die eine oder andere Weise entgehen kannst; so sehr glaubst du an dich selbst. Du kannst gar nicht sterben. Sterben, das tun die anderen, aber du doch nicht. Du glaubst felsenfest an deine Fähigkeit zu überleben. Es wird nie jemanden geben, der clever genug wäre, dich umzubringen.

Du bringst es fertig, Feuer zu schlucken, Granaten mit der Hand abzufangen, Frauen zu küssen, die Schweißbrenner als Lippen haben, Gangster am Kinn zu kraulen. Zu sein, wie du bist, diese Sorte Blut in den Adern zu haben, hat dich... zum Spieler gemacht. Zum Spieler? Es muß doch irgendeine Erklärung für deine morbide Lust am Risiko, an der Nähe der Gefahr geben. Also gut – erklär es einmal so: Es gibt deinem Ego enormen Auftrieb, jede solche Geschichte heil zu überstehen. Gib es nur zu – du bist eine eitle, selbstverliebte Persönlichkeit mit einem morbiden Hang zur Selbstzerstörung. Gedanken, die du natürlich verbirgst. Niemand gibt offen zu, daß er sterben will, aber es ist da, irgendwo im Innern. Selbsterhaltungstrieb und Todessehnsucht in ständigem Gezerre, hin und her. Die Todessehnsucht bringt dich in den Schlamassel, der Selbsterhaltungstrieb reißt dich mühsam heraus. Und du lachst über diese Leute und lachst und verachtest sie, wenn du siehst, wie sie der Ärger schüttelt, weil du heil und ungeschoren davongekommen bist. Du fühlst dich überlegen, gottähnlich, unsterblich. Sie sind unterlegen, feige, gewöhnlich. Und der Gedanke, daß Anne den Drogen den Vorzug vor dir gibt, bereitet dir mehr als nur ein bißchen Verdruß. Sie findet die Nadel aufregender. Soll sie doch der Teufel holen! Trotzdem... aufregend findest du sie dennoch – und gefährlich. Aber du kannst es mit ihr aufnehmen, jederzeit, jawohl, zu jeder beliebigen Zeit...

Es ist wieder vier Uhr morgens. Die Schreibmaschine klappert unter deinen Fingern, als es klingelt. Du stehst auf und gehst in der vollkommenen Stille vor Tagesanbruch zur Tür.

Weit weg, vom anderen Ende des Alls, sagt ihre Stimme: »Hallo, Rob! Anne. Schon aufgestanden?«

»Ja. Das ist das erste Mal seit Tagen, daß du dich blikken läßt, Anne.« Du machst die Tür auf, und sie kommt herein, geht herrlich duftend an dir vorbei.

»Ich hab Mike satt. Er macht mich ganz krank. Ich brauche eine ordentliche Dosis Robert Douglas. Ich hab wirklich genug, Rob.«

»So hörst du dich auch an. Mein Beileid.«

»Rob...?« Pause.

»Ja?«

Pause. »Rob... könnten wir morgen nicht ein bißchen wegfahren? Ich meine heute – heute nachmittag? Irgendwohin, ein Stück die Küste rauf, in der Sonne liegen, und uns einfach braten lassen? Ich brauch das, Rob, dringend.«

»Das meine ich auch. Klar. Ja. Teufel nochmal, ja!«

»Ich mag dich, Rob. Ich wünschte nur, du würdest diesen verfluchten Roman nicht schreiben.«

»Wenn du dich wirklich von diesem Pöbel lösen würdest, könnte ich unter Umständen damit aufhören«, sagst du. »Aber ich mag die Sachen nicht, die sie dir angetan haben. Hat dir Mike erzählt, was er mir antut?«

»Was tut er denn, Schatz?«

»Er versucht mich zur Ader zu lassen – ich meine, mich *wirklich* zur Ader zu lassen. Du weißt doch, wie's bei Mike unter der Wäsche aussieht, nicht wahr, Anne? Ein Feigling, ein Angsthase. Und Britz? Bei Britz ist es genau dasselbe. Ich kenne diese Typen – spielen den Helden, um ihren Bammel zu bemänteln. Mike will mich nicht umbringen. Er fürchtet sich vor dem Töten. Er glaubt, er kann mir soviel Angst einjagen, daß ich aufgebe. Aber ich mache weiter, weil ich nicht glaube, daß er genug Nerven hat, um bis zum Ende zu gehen. Er läuft lieber Gefahr, ein Verfahren wegen Drogenmißbrauchs an den Hals zu kriegen, als wegen eines Mordes hochzugehen. Ich kenne Mike.«

»Aber kennst du auch mich, Schatz?«

»Ich glaube, ja.«

»Sehr gut?«

»Gut genug.«

»Es könnte ja auch sein, daß *ich* dich umbringen will.«

»Das würdest du nicht wagen. Du magst mich.«

»Aber *mich*«, gurrt sie, »mag ich auch.«

»Du warst schon immer eine rätselhafte Frau. Ich hab nie gewußt und weiß bis heute nicht, was dich eigentlich umtreibt.«

»Der Selbsterhaltungstrieb.«

Du bietest ihr eine Zigarette an. Sie ist ganz nah bei dir. Du nickst nachdenklich. »Ich hab einmal gesehen, wie du einer Fliege die Flügel ausgerissen hast.«

»Es war interessant.«

»Hast du in der Schule junge Kätzchen in Spiritus seziert?«

»Mit Genuß.«

»Weißt du, was Dope dir antut?«

»Ich genieße auch das.«

»Und *das*?«

Du bist nahe genug, es braucht nur eine kleine Bewegung, um eure Gesichter zusammenzubringen. Die Lippen sind so gut, wie sie aussehen. Sie sind warm und willig und weich.

Sie stößt dich ein wenig von sich weg. »*Das* genieße ich *auch*«, sagt sie.

Du ziehst sie an dich, wieder kommen dir die Lippen entgegen, und du schließt die Augen...

»Verdammt!« sagst du und machst dich los.

Ein Fingernagel hat sich in deinen Nacken gekrallt.

»Tut mir leid, Schatz. Hab ich dir wehgetan?« erkundigt sie sich.

»Daß es aber auch jeder mal probieren muß«, sagst du. Du greifst nach deinem Lieblingsröhrchen und schüttelst ein paar Pillen heraus. »Gott, Lady, was für ein Griff. Geh in Zukunft vorsichtig mit mir um, ich bin von der zärtlichen Sorte.«

»Tut mir leid. Ich hab mich vergessen«, sagt sie.

»Überaus schmeichelhaft. Aber wenn es *das* ist, was passiert, wenn ich dich küsse, wäre ich ein blutiges Häufchen Elend, wenn ich noch weiter ginge. Warte mal.«

Noch ein Verband, auf den Nacken. Wieder rüber, um sie zu küssen.

»Immer sachte, Baby. Wir legen uns an den Strand,

und ich halte dir einen Vortrag darüber, wie gefährlich es ist, mit Michael Horn durch die Gegend zu ziehen.«

»Egal, was ich sage – du machst an dem Roman weiter, Rob?«

»Wild entschlossen. Wo waren wir stehengeblieben? Ah ja.«

Wieder diese Lippen.

Du parkst den Wagen kurz nach Mittag oberhalb einer in der Sonne brütenden Klippe. Anne rennt voraus, die Holztreppe hinunter, zweihundert Fuß lang, die zum Fuß der Felswand führt. Der Wind fährt in ihr Bronzehaar; in ihrem blauen Badeanzug wirkt sie drahtig. Du folgst nachdenklich. Du bist abgeschnitten, von allem. Die Städte weit fort, der Highway leer. Der Strand dort unten, umschlossen von der See, ist breit und leer bis auf riesige, von den Brechern übereinander getürmte, ausgewaschene Platten aus Granit. Wattvögel kreischen. Du beobachtest Anne, wie sie vor dir hinuntergeht. »Was für ein kleines Dummchen«, denkst du von ihr.

Ihr schlendert Arm in Arm, bleibt stehen und laßt die Sonne in euch dringen. Du glaubst, jetzt ist für eine Weile alles in Ordnung und gut. Das ganze Leben ist frisch und sauber – selbst Annes Leben. Du möchtest etwas sagen, aber deine Stimme klingt seltsam in der salzigen Stille, und außerdem tut dir von der spitzen Gabel immer noch die Zunge weh.

Ihr watet längs der Wasserlinie, und Anne hebt etwas auf.

»Eine Entenmuschel«, sagt sie. »Weißt du noch, wie du mit deinem Helm mit den Gummiwülsten und dem Dreizack tauchen gegangen bist, Kumpel? In der guten alten Zeit?«

»Die gute alte Zeit.« Du denkst an damals, an Anne und dich und was ihr damals gemeinsam erlebt habt. Die Fahrten entlang der Küste. Fischen. Tauchen. Schon damals war sie ein merkwürdiges Geschöpf gewesen. Es hatte ihr überhaupt nichts ausgemacht, einen Hummer zu töten. Sie hatte es genossen, sie zu säubern.

»Du warst ja so ein Draufgänger, Rob. Du bist es sogar heute noch. Bist das Risiko eingegangen, nach Ohrschnekken zu tauchen, wo dich diese Entenmuscheln doch böse hätten zurichten können. Scharf wie Rasierklingen.«

»Ich weiß«, sagst du.

Sie wirft die Muschel fort. Sie landet neben deinen abgelegten Schuhen. Als du zurückkommst, gehst du um sie herum und gibst acht, nicht draufzutreten.

»Wir hätten so glücklich sein können«, sagt sie.

»Ein schöner Gedanke, nicht?«

»Ich wünschte, du würdest es dir anders überlegen«, sagt sie.

»Zu spät«, sagst du.

Sie seufzt.

Eine Welle läuft auf den Strand.

Dir ist nicht bange davor, mit Anne hier zu sein. Sie kann dir nichts anhaben. Du wirst schon mit ihr fertig. Da bist du dir ganz sicher. Nein, dies wird ein angenehmer, fauler Tag, ohne jeden Zwischenfall. Du bist auf der Hut, auf jede Eventualität vorbereitet.

Du liegst in der Sonne, sie dringt dir bis in die Knochen und lockert dich innerlich, und du verschmilzt mit den Konturen des Sandes. Anne ist neben dir, und die Sonne vergoldet ihre edle Nase und bringt die winzigen Schweißtropfen auf ihrer Stirn zum Glänzen. Sie plaudert und plappert vergnügt über dies und jenes, und du bist fasziniert von ihr: Wie kann sie so schön sein – und diese riesige Schlange mögen, die dir in die Quere gekommen ist; wie so gemein und gewöhnlich – im verborgenen, irgendwo da drinnen, wo du es nicht finden kannst?

Du liegst auf dem Bauch, und der Sand ist heiß. Die Sonne ist heiß.

»Du holst dir noch einen Sonnenbrand«, sagt sie schließlich und lacht.

»Das glaub ich auch«, sagst du. Du hast das Gefühl, extrem clever zu sein, vollkommen unsterblich.

»Na, dann laß mich mal ein bißchen Öl auf deinen Rücken tun«, sagt sie und entfaltet das kleine, glänzende chinesische Patentlederpuzzle ihrer Handtasche. Sie hält ein Fläschchen mit klarem, gelbem Öl in die Höhe. »Das legt sich zwischen dich und die Sonne«, sagt sie. »Okay?«

»Okay«, sagst du. Du fühlst dich unheimlich gut, unendlich überlegen.

Sie begießt dich wie ein Ferkel am Spieß. Das Fläschchen schwebt über dir, und ein glitzernder, gelber, kühler, flüssiger Faden rinnt die schmalen Vertiefungen an deinem Rückgrat entlang. Ihre Hand verteilt ihn über deinen Rücken, massiert ihn ein. Du liegst da, stöhnst wohlig, die Augen geschlossen, und siehst den kleinen blauen und gelben Bläschen zu, die auf deinen geschlossenen Lidern tanzen, während sie mehr von der Flüssigkeit über dich gießt und dich lachend massiert.

»Mir ist schon ein bißchen kühler«, sagst du.

Sie massiert dich noch eine Minute oder etwas mehr, dann hört sie auf und sitzt still neben dir. Eine lange Zeit vergeht, und du liegst flach, gebacken in einem Sandofen, und magst dich nicht rühren. Auf einmal ist die Sonne nicht mehr so heiß.

»Bist du kitzlig?« fragt Anne von hinter deinem Rücken.

»Nein«, sagst du und ziehst dabei die Mundwinkel hoch.

»Du hast einen herrlichen Rücken«, sagt sie. »Ich würde ihn zu gern kitzeln.«

»Na los, kitzle«, sagst du.

»Bist du hier kitzlig?« fragt sie.

Du spürst eine ferne, träge Bewegung auf deinem Rükken.

»Nein«, sagst du.
»Hier?« fragt sie.
Du spürst nichts. »Du berührst mich ja nicht mal«, sagst du.
»Ich hab mal ein Buch gelesen«, sagt sie, »da stand drin, die sensorischen Teile des Rückens seien so schlecht ausgebildet, daß die meisten Leute nicht genau angeben können, wo sie berührt werden.«
»Quatsch«, sagst du. »Berühr mich. Mach weiter. Ich werd's dir sagen.«
Du spürst drei lange Bewegungen auf deinem Rücken.
»Und jetzt?« fragt sie.
»Du hast mich unterhalb des einen Schulterblatts gekitzelt, über eine Strecke von zwölf Zentimetern. Genauso unter dem andern Schulterblatt. Und dann die Wirbelsäule runter. Voilà.«
»Schlauer Bursche. Ich geb auf. Du bist zu gut. Jetzt brauch ich erst mal eine Zigarette. Verdammt, ich hab keine mehr. Was dagegen, wenn ich zum Wagen raufrenne und welche hole?«
»Ich gehe«, sagst du.
»Ach, laß nur.« Sie spurtet los, quer über den Strand. Du siehst ihr faul, schläfrig, beim Davonrennen nach, durch die Schlieren der aufsteigenden heißen Luft. Du denkst: Ziemlich merkwürdig, daß sie ihre Handtasche und das Fläschchen mit der Flüssigkeit mitnimmt. Diese Frauen... Trotzdem registrierst du, wie schön sie ist, wenn sie rennt. Sie steigt die hölzernen Treppenstufen hinauf, dreht sich um und winkt und lächelt. Du lächelst zurück, hebst deine Hand zu einem kurzen, lässigen Gruß. »Heiß?« ruft sie.
»Ich bin patschnaß«, rufst du lässig zurück.
Du spürst den Schweiß über deinen Körper kriechen. Die Hitze ist inzwischen in dir, und du versinkst in ihr wie in einem Bad. Du spürst den Schweiß in Strömen

über deinen Rücken rinnen, schwach und weit fort, als krabbelten Ameisen über dich. Schwitz es raus, denkst du. Schwitz es alles raus. Sturzbäche von Schweiß strömen an deinen Rippen herunter und kitzeln dich am Bauch. Du lachst. Mann, was 'ne Menge Schweiß! So hast du noch nie geschwitzt in deinem Leben. Der Duft jenes Öls, mit dem Anne dich eingerieben hat, liegt süßlich in der heißen Luft. Du bist müde. Döst vor dich hin.

Du schreckst auf. Dein Kopf schnellt hoch.

Droben auf der Klippe wird der Wagen angelassen, der Gang eingelegt, und jetzt, während du zusiehst, wie dir Anne zuwinkt, blitzt der Wagen in der Sonne auf, wendet und fährt weg, den Highway hinunter.

Einfach so.

»He, du kleine Hexe!« rufst du irritiert. Du versuchst aufzustehen.

Du kannst nicht. Die Sonne hat dich schlapp gemacht. Es schwimmt dir vor den Augen. Verdammt. Du hast zuviel geschwitzt.

Geschwitzt.

Du riechst etwas Neues in der heißen Luft. Etwas so Vertrautes und Zeitloses wie den salzigen Geruch der See. Einen heißen, süßlichen, ekelerregenden Geruch. Einen Geruch, der alle Schrecken der Welt bedeutet, für dich und alle, die sind wie du. Du läßt einen Schrei los und stehst unsicher auf.

Du trägst einen Umhang. Ein Gewand aus Purpur. Es haftet an deinen Hüften. Bedeckt, während du zusiehst, deine Lenden und breitet sich stetig wachsend über deine Beine und Knöchel. Es ist rot. Das röteste Rot auf der Farbenskala. Das reinste, herrlichste, schrecklichste Rot, das du jemals gesehen hast, rinnt rasch und rhythmisch über deinen Körper.

Du greifst dir an den Rücken. Du redest sinnloses

Zeug. Deine Hände ertasten drei lange, offene, unter den Schulterblättern ins Fleisch geschnittene Wunden.

Schweiß! Und du hast geglaubt, du schwitzt! Aber es war Blut! Du bist dagelegen, hast gedacht, es sei Schweiß, was da aus dir herauskam, und hast darüber gelacht, hast es genossen!

Du spürst überhaupt nichts. Deine Finger tasten unbeholfen und schwach. Dein Rücken spürt überhaupt nichts, ist fühllos.

»Na, dann laß mich ein bißchen Öl auf deinen Rücken tun«, sagt Anne, weit weg im gleißenden Alptraum deiner Erinnerung. *»Sonst kriegst du noch einen Sonnenbrand.«*

Eine Woge kracht auf den Strand. Vor deinem geistigen Auge siehst du den langen, gelben Faden jener Flüssigkeit, die sich auf deinen Rücken ergießt, verteilt von Annes herrlichen Fingern. Du spürst, wie sie dich massiert.

Eine Betäubungsmittellösung. Novocain oder Kokain oder so etwas in einer gelben Lösung, die auf deinem Rücken haften blieb und nach einiger Zeit jeden Nerv abgetötet hatte. Schließlich kennt sich Anne mit Narkotika doch bestens aus, oder?

Liebe, nette, schöne Anne.

»Bist du kitzlig?« fragt Anne in deiner Erinnerung noch einmal.

Du würgst. Und gibst eine Antwort, die in deinem blutigroten, schwindelnden Kopf verhallt: *Nein. Kitzle mich nur. Kitzle mich nur. Kitzle mich nur... kitzle mich nur, Anne J. Anthony, du anbetungswürdige Frau. Kitzle mich nur.*

Mit einer schönen, rasiermesserscharfen Entenmuschelschale.

Du hast weit draußen vor der Küste nach Ohrschnekken getaucht und dir an einem Felsen, an einer Kolonie rasiermesserscharfer Entenmuscheln, den Rücken aufgerissen, in breiten Striemen. Ja, das ist es. Tauchen. Unfall. Welch entzückender Plan.

Liebe, schöne Anne.

Oder hast du dir an einem Wetzstein die Fingernägel geschärft, mein Schatz?

Die Sonne hängt dir im Gehirn. Der Sand beginnt unter dir zu schmelzen. Du versuchst die Knöpfe zu finden, um dieses rote Gewand aufzumachen, von dir zu reißen. Sinnlos, blindlings, tastend suchst du nach den Knöpfen. Es sind keine da. Dieses Gewand ist von Dauer. Wie albern, denkst du in deiner Dummheit. *Wie albern, wenn du in deiner langen, roten, wollenen Unterwäsche gefunden wirst. Wie albern.*

Da müssen doch irgendwo Reißverschlüsse dran sein! Diese drei langen Schlitze lassen sich doch zuzippen, ganz fest, und dann hört dieses glitschige rote Zeug endlich auf, aus dir herauszulaufen. Aus dir, dem Unsterblichen.

Die Schnitte sind nicht besonders tief. Wenn du es nur zu einem Arzt schaffst. Wenn du nur deine Pillen nehmen kannst.

Die Pillen!

Du läßt dich nach vorne fallen, auf dein Jackett, und durchsuchst eine Tasche, dann die nächste, dann noch eine, krempelst sie um, reißt das Futter auf und brüllst und heulst, und vier Wellen krachen hinter dir auf den Strand mit einem Lärm wie von vorüberfahrenden Zügen. Und du nimmst dir noch einmal sämtliche leeren Taschen vor, in der Hoffnung, daß du eine vergessen hast. Aber da ist nichts außer ein paar Fusseln, einer Schachtel Streichhölzer und zwei abgerissenen Theaterkarten. Du läßt das Jackett fallen.

»Anne, komm zurück!« brüllst du. »Komm zurück! Es sind dreißig Meilen in die Stadt, zum nächsten Arzt. Ich kann nicht so weit laufen. Ich hab nicht so viel Zeit!«

Am Fuß der Klippe siehst du auf. Einhundertundvierzehn Stufen. Der Fels steht schroff und gleißend in der Sonne.

Es bleibt nichts übrig, als die Treppe hochzusteigen.

Dreißig Meilen bis zur Stadt, denkst du. *Ach, was sind schon dreißig Meilen!*

Welch ein herrlicher Tag für einen Spaziergang!

Kleine Flocken grauer Asche

Hier liege ich, genau in der Mitte des Raums, und ich bin nicht wütend. Ich bin nicht zornig. Ich bin nicht außer mir. Damit ein Mensch erst einmal außer sich gerät, zornig, wütend wird, muß er einen Reiz von außen verspüren, der seine Nerven in Tätigkeit versetzt. Die Nerven funken eine Nachricht ans Gehirn. Das Gehirn schickt hastige Befehle an alle Teile des Körpers zurück: zornig werden, wütend, außer sich geraten! Lider hochziehen, Augäpfel hervortreten lassen, Muskeln an die Arbeit! Pupillen erweitern! Lippen anziehen, von den Zähnen weg! Ohren rot! Stirn runzeln! Herzschlag! Blutdruck! Wütend werden, zornig, außer sich geraten!

Doch meine Lider werden sich nicht hochziehen. Meine Augen starren einfach nur leer zu einer farblosen, dunklen Zimmerdecke hinauf, mein Herz bleibt kalt, mein Mund starr, meine Finger schlaff. Ich bekomme keinen Zorn. Ich werde nicht wütend, gerate nicht außer mir. Und doch habe ich allen Grund, irritiert zu sein.

Detektive rumoren in meinem Haus herum, fluchen in den Zimmern, brüllen in die Nacht, trinken draußen auf der Auffahrt aus der Flasche. Reporter schießen rasche Blitze auf meinen erschlafften Körper ab. Die Blitzaugen verglühen, während sie explodieren, zu elektrischem Staub. Nachbarn gaffen durch die Fenster herein. Meine Frau rekelt sich in einem Sessel, von mir abgewandt, und ist bester Laune, statt zu weinen.

Sie sehen also selbst: Ich habe durchaus Grund, außer mir zu sein. Aber ganz gleich, wie sehr ich mir Mühe gebe, wütend zu sein, zu schäumen, zu toben – ich kann es nicht. Nichts reagiert. Über und in mir ist nur eine alles umschließende, kalte Schwerelosigkeit.

Ich bin tot.

Ich liege hier und schlafe, und diese Leute sind die Bruchstücke meines blutleeren Traums. Sie bewegen sich um mich her wie Aasgeier um einen verwesenden Kadaver, wie Raubkatzen, die sich an dem heißen, bei einem nächtlichen Mord vergossenen Blut berauschen, die dieses Blut in sich aufnehmen und auf den Seiten der Boulevardblätter wieder ausspeien – nur daß sich das Blut auf irgendeine Weise auf dem Weg vom Körper zu den ratternden Drukkerpressen in ein bitterböses Schwarz verwandelt hat.

Ein bißchen Blut reicht, eine Million Druckzylinder zu schwärzen. Ein bißchen Blut ist Chemie genug, zehn Millionen Druckerpressen anzutreiben. Ein bißchen Blut ist Adrenalin genug, um dreißig Millionen lesekundige, lesende Herzen klopfen zu lassen.

Ich bin heute abend gestorben. Morgen früh werde ich in dreißig Millionen Gehirnen noch einmal sterben, gefangen wie die Fliege im Netz, ausgesaugt von einem vielarmigen Publikum und über die Durchgangsstraßen ihrer Köpfe gejagt, um ersetzt zu werden von:

MILLIONENERBIN HEIRATET HERZOG!
EINKOMMENSTEUER SOLL STEIGEN!
BERGARBEITER STREIKEN!

Jetzt kreisen also die Geier über mir. Da ist der Leichenbeschauer, der gleichgültig meine Reflexe prüft, da die Hyänen von der Presse, die meiner Liebsten ihre Ansichten über den Tod entlocken wollen. Und hier die Faune und Ziegen mit ihren synthetischen Löwenherzen, die ängstlich durchs Fenster schielen, aber in sicherer Distanz zum Schrecken, und zusehen, wie die Raubkatzen umhertigern und die Mähnen schütteln.

Vielleicht ist meine Frau die gerissenste von allen. Sie gleicht nichts mehr denn einer kleinen, sanften Leopardin, die sich, in die gemusterte Umfriedung des Sessels geschmiegt, mit ihrem Tun zufrieden, den Schnurrbart putzt und das Fell leckt.

Der Detektiv, jetzt direkt über mir, ein gigantischer Löwe in dieser Welt der Lebenden, ist ein Mann mit wulstigen Lippen. Seine Lippen umspannen die lange, rauchende Zigarre wie ein Schraubstock, und wenn er mit diesem Schraubstock redet, blitzen seine Zähne gelblich auf. Ab und zu läßt er graue Asche auf mein Jackett fallen. Und er redet.

»Na gut, er ist also tot. Dann reden wir eben mit *ihr.* Eine Stunde, zwei Stunden, drei, vier – und was kriegen wir heraus? Nichts. Teufel nochmal, wir können doch nicht die ganze Nacht dableiben! Meine Frau bringt mich noch um! Ich bin nachts nie mehr zu Hause. Ein verdammter Mord am andern.«

Der Leichenbeschauer, so flink, so effizient, die Finger wie aufdringliche Greifzirkel, mißt meinen Umfang, meinen Durchmesser. Ist dort hinter seinen schrägstehenden, traurigen, grünen Augen noch etwas anderes als reinstes berufliches Interesse? Er hebt den Kopf, neigt ihn achtunggebietend und legt Nachdruck in seine Worte.

»Ist schnell gestorben. Das Messer hat es seiner Kehle wahrhaftig ordentlich besorgt. Und dann hat ihm der, der's war, drei Stiche in die Brust versetzt. Hervorragende Arbeit. Beeindruckend blutig.«

Der Detektiv wendet den bronzebehaarten Kopf meiner Frau zu und stöhnt. »Und sie hat keinen einzigen Blutspritzer abbekommen! Können Sie sich das erklären?«

»Was sagt *sie* denn dazu?« fragt der Leichenbeschauer.

»Sie sagt *gar nichts.* Sie hockt bloß da und grient sich einen und flötet: ›Ich sage nichts, bevor ich nicht mit meinem Anwalt geredet hab.‹ Großer Gott!« Der Detektiv kann sich nicht vorstellen, was Katzenfrauen fertigbringen. Aber ich kann es. Ich liege ja hier.

»Das ist alles, was sie sagt: ›Ich sage nichts, bevor ich nicht mit meinem Anwalt geredet hab.‹ Wieder und wieder, wie so'n verdammter Abzählvers.«

An der Tür beginnt ein Gezerre, das sofort alle Aufmerksamkeit auf sich zieht. Ein adretter, überaus muskulöser Reporter versucht sich hereinzudrängeln.

»He!« Der Detektiv streckt seinen Berg von Brustkasten vor. Er beißt wütend auf seine Zigarre. »Was zum Teufel geht hier vor?«

Ein Polizistengesicht schaut herein, heiß vom Gerangel. »Dieser Kerl will hier rein, Boss!«

»Wer zum Teufel glaubt er, daß *er* ist?« fragt der Detektiv.

Aus der Entfernung die Stimme des Reporters... »Carlton von der *Tribune*. H.J. Randolph schickt mich.«

Der Detektiv explodiert. »Kelly, Sie Schwachkopf! Lassen Sie den Burschen rein! Randolph und ich sind zusammen zur Schule gegangen. Klar?«

»Haha«, sagt der Leichenbeschauer, ohne eine Miene zu verziehen.

Der Detektiv wirft ihm einen erbosten Blick zu, während Officer Kelly den Weg freigibt und der Reporter Carlton schwitzend hereinkommt.

»Ich mußte rein«, lacht Carlton, »sonst wäre ich meinen Job losgewesen.«

»Hallo, Carlton!« Der Detektiv lacht ebenfalls. »Gönnen Sie der Leiche mal 'ne Pause und setzen Sie sich hin.«

Das ist ein Witz. Alle lachen, bis auf meine Frau, die sich als feminines S zwischen die Sessellehnen kringelt und sich zufrieden die Lippen leckt wie eine satte Katze.

Den anderen Reportern paßt es nicht, daß Carlton

reingekommen ist. Sie sagen aber nichts. Carlton sieht mich mit seinen babyblauen Augen an.

»Tja, eine Selbstoperation. Von einem Ohr zum andern. Wie will er in diesem Zustand beim heiligen Petrus vorsprechen?«

Der Leichenbeschauer ist stolz. »Ach, ich werd ihn zusammennähen, daß er wieder wie neu aussieht. Im Zusammenflicken von solchen Sachen bin ich ziemlich gut. Kommt von der langen Übung.«

Carlton ignoriert den Leichenbeschauer und eilt weiter, vollauf damit beschäftigt, Hieroglyphen aufs Papier zu bringen und Fragen abzuschießen. Er grinst, während er kritzelt. »Ist ja doll. Vielleicht ein Liebesnest. Diese ganze Staffage. Gott, er sieht aus wie Weihnachten, was? Ganz grün im Gesicht. Und breite rote Bänder aus Blut, wie zu einer Schleife aus Gerinnseln gebunden.«

Selbst der Detektiv kann das nicht einfach wegstecken und hüstelt ein wenig. Zum ersten Mal schaut meine Frau in ihrem Sessel nicht so ruhig und gelassen aus. Aber nur für einen Moment. Es geht vorüber. Wieder streicht sie den Saum ihres flaschengrünen Rocks über den wohlgeformten Beinen zurecht und blinzelt dem frisch gekommenen Reporter zu, als ob sie seine Neugier noch steigern wollte.

Doch jetzt kniet der Reporter vor dem Altar meines entweihten Leibes. Ein kalter Altar aus Marmor, von Gottes eigenen Händen herrlich behauen und erst vor kurzem noch einmal behauen von einem gewissen Jemand.

Mrs. McLeod aus dem Nachbarhaus schaut am Südfenster auf fetten Zehen von außen herein; ihre hellgrauen Augen sehen in der Nacht wie die eines Nilpferds aus. Ihre Stimme ist verschwommen, und sie zittert vor Erregung. »Na warte, wenn ich das Susan in Springfield schreibe! Wird die neidisch sein! Mein eigener mysteriöser Mord in meinem eigenen Vorgarten! Na, wenigstens beinahe. Wer hätte geglaubt, daß solche Sachen in *unserer* Gegend passieren? Also, ich sag dir, Anna, komm her und sieh dir das an. Siehst du, das ist der Detektiv, der Mann da mit dem Fett unter dem Kinn. Mir sieht er ja nicht sehr nach Detektiv aus, und dir? Er sieht wie ein schwerer Junge aus, wie ein Halunke. Und nimm mal diesen jungen Reporter dort, der sieht genau wie Philo Vance aus, nur jünger. Ich wette, er wird derjenige sein, der den Fall am Ende löst. Aber die Lorbeeren kriegen sie nie, so ist es nun mal. Jetzt schau dir mal die Frau da drüben in der Ecke an. Ich wette, sie war seine Geliebte, nicht seine Frau...«

»Machen Sie, daß Sie von dem Fenster wegkommen, Gnädigste!«

»Also ich denke, daß ich ein Recht habe, da hereinzuschauen!«

»Weitergehen, Gnädigste!«

»Junger Mann! Mir gehört dieser Rasen direkt bis zu diesem Fenster. Das ist mein Haus! Ich hab es Mr. Jameson selber vermietet!«

»Gnädigste, gehen Sie weiter.«

»Junger Mann!«

Das reicht, Mrs. McLeod, das reicht für eine lange Zeit!

Doch nun zurück zu den Leuten im Raum.

Carlton, der Reporter, wird jetzt von meiner Frau angezogen wie ein Planet von der Sonne. Er bombardiert sie mit Fragen, und sie läßt ihn in aller Ruhe auflaufen. Der Reporter ist schnell, und meine Frau ist gleichgültig, mit schweren Lidern und kein bißchen angespannt. Sie läßt sich nicht husch-husch in irgendwas hineintreiben. Sie sagt nur, was sie will. Und sie sagt es gurrend: »Ich kam aus dem Nachtklub nach Hause, und da lag er auf dem Boden und starrte zur Decke. Das ist alles, was ich weiß.«

Die anderen Reporter kritzeln ebenfalls. Sie hatten rein gar nichts aus ihr herausgekriegt, bis dieser Schönling Carlton auftauchte. Carlton schießt zurück: »Singen Sie im ›Bomba‹?«

»Ja. Ich bin eine sehr gute Sängerin. Ich kann das zweigestrichene C singen, wenn Sie wollen. Ich hatte einmal ein Angebot von der Metropolitan Opera Company. Aber ich habe es nicht angenommen. Ich kann die nicht leiden.«

Der Leichenbeschauer denkt sich sein Teil zu diesem Geschwätz. Er sagt es nicht, aber er hat denselben Gesichtsausdruck, den ich einmal hatte. Den Leichenbeschauer und den Detektiv wurmt es, daß das Rampenlicht von ihnen und ihrer Bühne zu diesem kleinen, knisternden Divertissement zwischen Mann und Frau geschwenkt ist. Den Detektiv erbost vor allem, daß es ihm nicht gelungen ist, meiner Frau auch nur das geringste zu entlocken, bis auf den Singsang, mit dem sie um einen Anwalt bat. Und dann kommt dieser junge Reporter...

Draußen hebt jemand ein kleines Mädchen ans Fenster. Für einen Augenblick verharrt es in ihm wie eingerahmt.

»Guck, Kleines, so was siehst du nie wieder...«

»Oh! Mama, was ist denn mit dem Mann?«

»Weitergehen, die Dame – bitte! Ich hab grade erst ein paar Leute verscheucht, und ich bin müde. Ich bin schon den ganzen Abend auf den Beinen. Verschwinden Sie!«

»Oh! Mama!«

Jetzt bin ich unsterblich! Im Gemüt dieses Kindes werde ich für immer der Tote bleiben, und in dunklen Nächten werde ich trunken durch die zitternden Korridore ihres Körpers streifen. Und sie wird schreiend erwachen und die Bettbezüge zerreißen. Eines Tages wird ihr Ehemann ihre roten Fingernägel in seinem fleischigen Arm spüren, und das werde ich sein, mitten in der Finsternis, wie ich eine würgende Klaue ausstrecke, um einmal noch nach dem Leben zu greifen!

»Hören Sie auf! *Hören Sie auf!«* mahnt der Detektiv und stiert Carlton, den Reporter, zornentbrannt an. »Ich bin derjenige, der ihr die Fragen stellt! Nicht *Sie,* Sie Schlauberger!«

Carltons Mundwinkel gehen nach unten. Er öffnet die Hände und zuckt ein wenig mit den Achseln. »Aber Sie wollen doch einen guten Bericht für die Zeitung, Captain, oder nicht? Mit Bildern? Klar wollen Sie das. Und dazu brauch ich eben ein paar Einzelheiten.«

Er soll seine Einzelheiten haben. Meine Frau hat 73 Zentimeter Brustumfang, eine 60-Zentimeter-Taille und 67 Zentimeter um die Hüften. Diese Einzelheiten werden irgendwo im Gehirn des Reporters notiert. Werden ihn, irgendeinen, daran erinnern, daß er sie nach der Beisetzung anruft!

Der Leichenbeschauer räuspert sich. »Also, was die Leiche da betrifft...«

Bei Gott! Ja, meine Herren, kommen wir auf mich zurück! Wozu liege ich hier herum?

Carlton läßt seine Stimme schnappen, als schnalzte er mit seinen schmalen Fingern. »Hinter Ihnen sind 'ne Menge Männer her, was, Madam?«

Meine Frau senkt die Lider über die Augen, schlägt sie wieder auf. »Ja, ich bin schon immer sehr gefragt gewesen. Ich denke, ich kann nichts dafür. Er...« Sie wirft den Kopf zu mir herum. »Er schien sich nie etwas aus den anderen Männern zu machen, die sich an meine Fersen hefteten. Irgendwie hat das wohl seine Ansicht bestätigt, ein... Vollblut geheiratet zu haben.«

Der Leichenbeschauer versetzt mir einen blitzschnellen Stoß in die Rippen; es wird wohl ein Medizinerscherz sein. Er beugt sich über mich und macht sich an mir zu schaffen, um nicht über ihre Wortwahl loszuprusten.

Die anderen Reporter summen jetzt wie ein aufgestörter Bienenstock. *Ihnen* wollte meine Frau ja nichts sagen, aber vielleicht ist an Carltons Körper etwas Provokatives, sein Aussehen vielleicht oder seine Lippen oder die Breite seiner Schultern... jedenfalls sind die Reporter sauer. »Hör auf, Carlton, jetzt laß es uns mal versuchen!«

Carlton dreht sich zu dem Detektiv um. »Wer hat den Mord begangen, Captain?«

»Wir treiben gerade ihre ganzen Freunde zusammen«, sagt der Detektiv überlegen, nickt und denkt noch einmal darüber nach.

Carlton nickt ebenfalls, geht, mit halbem Ohr zuhörend und unter Seitenblicken auf meine Frau, feierlich seine Notizen durch, grüßt meinen kalten Leib und marschiert quer durch den Raum. »Danke allerseits, danke, danke. Bin gleich wieder zurück. Will nur mal kurz telephonieren. Wünsche Erfolg bei der Arbeit.« Zu mir, mit einem Grinsen: »Warte nicht auf mich, Darling.«

Rums. Die Tür fällt ins Schloß.

»Na ja«, sagt der Detektiv, »dann hätten wir ja alles erledigt, was wir hier tun können. Fingerabdrücke. Spuren. Photos. Vernehmungen. Ich denke, wir können die Leiche...« Er hält inne, wird rot und macht dem Leichenbeschauer Platz, dem schließlich das Recht zusteht, seine amtlichen Verlautbarungen selber vorzutragen.

Der Leichenbeschauer weiß diese Höflichkeit zu schätzen und sagt nach einer angemessenen Zeit ernstlichen Nachdenkens: »Ich finde, wir können die Leiche wegbringen lassen. Ja.«

Einer der Reporter röhrt: »Sagen Sie mal, Sherlock, meinen Sie, das sieht nach Selbstmord aus? Wenn Sie mich fragen –«

»Ich frage aber nicht«, sagt der Detektiv. »Wie würden Sie sich dann diese Stichwunden erklären?«

»Ich sehe es so«, fällt der Leichenbeschauer ein. »Sie kommt nach Hause und findet ihn auf dem Boden vor. Er hat Hand an sich gelegt und ist gerade eben gestorben. Das erklärt, warum sie nichts von dem aus der Halsschlagader herausspritzenden Blut an sich hat. Offenbar hat sie dann die Selbstmordwaffe an sich genommen und dreimal auf ihn eingestochen in – sagen wir, freudiger? – Erregung. Sie war froh, ihn tot vorzufinden, und hat sich gehenlassen. In den Stichwunden ist kein Blut. Das beweist, daß erst später auf ihn eingestochen wurde, nachdem sie ihn liegend vorgefunden hatte.«

»Nein. Also nein!« brüllt der Detektiv. »Sie liegen *völlig* falsch. Total falsch! So ist es ganz bestimmt nicht gewesen! Ganz und gar nicht!« Er steht auf, das Haar fällt ihm über die Augen, und er stolpert blindlings durch Sackgassen, macht sich lächerlich, indem er auf seiner Zigarre herumbeißt und mit der geballten Faust in die geöffnete Hand drischt. »Nein! Nein, Sie haben völlig unrecht.«

Der Leichenbeschauer stößt mich in die Rippen. Er sieht mich an. Ich blicke zurück mit nichts in meinen Augen als kaltem, gleißendem Licht.

»Oh, aber der Leichenbeschauer hat recht!« Meine Frau macht sich diese Feststellung mit der Schnelligkeit einer zuschlagenden Leopardenpranke zu eigen. »Er hat vollkommen recht!«

»Jetzt aber mal langsam!« beklagt sich der Detektiv, der sieht, wie ihm der Fall aus der Hand gewunden zu werden droht.

»Genauso war's!« beharrt meine Frau schnurrend. Sie zwinkert mit großen, feuchten, dunklen Augen. »Ich kam rein. Er lag da. Und da ist... irgendwas über mich gekommen. Ich muß den Dolch genommen und gebrüllt haben, ich sei froh, daß er tot sei, und ihm noch ein paar Extrastiche versetzt haben.«

»Aber«, jammert der Detektiv kläglich, »so kann es doch einfach nicht gewesen sein!« Er weiß, daß es wahr sein könnte, aber es dauert, bis er in die Wirklichkeit zurückfindet. Demnächst wird er mit dem Fuß aufstampfen wie ein zorniges Kind.

»So ist es aber gewesen«, sagt sie.

»Na ja, es klingt vernünftig«, gibt der Detektiv vage zu. Er läßt absichtlich die Zigarre fallen, damit er Zeit hat, sie aufzuheben, abzuwischen und wieder in den Mund zu klemmen, bevor er nachdenken muß. »Tja, aber irgendwie paßt es doch nicht zusammen«, sagt er müde.

Der Leichenbeschauer macht sich zum Herrn der Lage. »Junge Frau, Sie werden zwar nicht wegen Mordes vor Gericht gestellt, aber wegen Leichenschändung werden Sie belangt werden.«

»Schnabel halten, Sie da«, brüllt der Detektiv und fuchtelt in alle Richtungen.

»Das geht in Ordnung«, stimmt meine Frau zu. »Bestrafen Sie mich. Machen Sie nur.«

Die Reporter verstärken mit ihrem Brüllen den wilden Chor der Stimmen.

»Stimmt das, Mrs. Jameson?«

»Sie können sich auf mich berufen. Es stimmt.«

»O Gott!« schreit der Detektiv.

Meine Frau reißt den Fall mit ihren lackierten Krallen in Fetzen, liebevoll, zärtlich, sorgfältig, gezielt – mitten durch. Der Detektiv schnappt nach Luft und versucht sie zum Schweigen zu bringen.

»Hört ja nicht auf sie, Jungs!«

»Aber es ist die Wahrheit«, sagt sie mit ehrlichen Augen.

»Sehn Sie?« prusten die Reporter.

»Alles raus!« brüllt der Detektiv. »Mir reicht's!«

Doch der Fall ist abgeschlossen. Die Reporter erklären ihn lachend für abgeschlossen. Blitzlichter flammen auf, meine Frau winkt nett für sie. Der Detektiv sieht zu, wie ihm die Ehre für die Lösung dieses Falls zwischen den Fingern zerrinnt. Er schafft es, die Fassung wiederzugewinnen. »Ach, hört mal, Jungs, also diese Bilder von mir für die Zeitung, die...«

»Welche Bilder? Haha! Punkt! Haha! Ausrufezeichen! Ha ha!«

»Raus hier! Alle!« Der Detektiv rammt seine Zigarre in einen Aschenbecher. Teile davon fallen auf mich. Niemand wischt sie weg.

Der Leichenbeschauer grinst, und draußen vor dem Fenster sieht die Menge atemlos zu. Man könnte meinen, daß jeden Augenblick der Beifall losbricht.

Es ist alles vorbei. Peever, der Detektiv, wendet den Kopf. »Auf geht's, Mrs. Jameson. Wenn ihr Reporter noch mehr wollt, dann kommt mit zur Wache.«

Die Körper geraten in Bewegung, durch die Luft, über den Teppich, zur Tür hinaus. »Junge, was 'ne Story! Und erst die Bilder – toll!«

»Schnell, Alice, schau durchs Fenster. Sie tragen ihn gleich raus!«

Jemand breitet ein Tuch über mein Profil.

»Ach, verflucht, wir sind zu spät dran. Jetzt können wir *über*haupt nichts mehr sehen!«

Sie verlassen den Raum, diese Reporter mit ihren sorglos, heiter unter dem Arm getragenen Bildern von mir, bei einem sogar in Farbe. Alle beeilen sich, noch rechtzeitig für die Morgenausgabe zurück zu sein.

Ich bin zufrieden. Ich starb vor Mitternacht. Deshalb schaffe ich es noch in die Morgenausgabe. Mr. Jones wird mich mitnehmen, zusammen mit seinem Schokoriegel. Wie aufmerksam von mir.

Der Detektiv zieht ein Gesicht. Meine Frau steht auf und geht aus dem Zimmer. Draußen vor der Tür nickt ein

Polizist einem Kollegen zu. »Wie wär's mit ein paar Krapfen und Sirup, drunten im ›White Log‹?«

Ich kann mir nicht einmal die Lippen lecken.

Der Detektiv wischt sich müde die Stirn. Er zieht eine frische Zigarre heraus und spuckt das abgebissene Ende vor meine Füße. Er sagt nichts, aber er denkt heftig. Seinem Gesicht nach ist er ein Mann, dessen Frau die Hosen anhat. Er hat Angst davor, jetzt zu ihr nach Hause zu gehen; er mag es, sich herumzutreiben, die ganze Nacht unterwegs zu sein. Die Leichen liefern ihm den Vorwand. Ich bin ein ziemlich guter. Doch wert bin ich nun nicht mehr viel. Er wird einen Routinebericht aufsetzen und nach Hause gehen.

Der Leichenbeschauer ist als einziger noch da. Er patscht mir auf die Schulter. »Und dir hat keiner Fragen gestellt, was? Nun denn, mein Freund, wie war's? Wurdest du von ihr oder ihren Freunden umgebracht, oder hast du dich wegen *ihr* umgebracht? Hä? Wer unglücklich liebt, ist doppelt unglücklich.«

Was mich angeht – ich sage nichts.

Es ist spät. Der Leichenbeschauer geht. Vielleicht hat auch er eine Frau. Vielleicht mag er Leichen, weil sie keine Gegenfragen stellen wie andere Leute.

Jetzt bin ich allein.

In wenigen Minuten werden ein paar kaugummikauende Sanitäter in ihren weißen Kitteln kommen. Sie werden einen oberflächlichen Blick auf mich werfen, mich achtlos auf eine Trage hieven und mich ohne Eile in einem langsamen Lieferwagen in die Stadt karren.

Und jetzt in einer Woche wird ein Mann, der sich Sorgen wegen seiner Einkommensteuererklärung macht, einen Hebel umlegen, und die Flammen werden mich verzehren. Ich werde im Kamin des Krematoriums emporwirbeln, in unzählbaren grauen Flöckchen.

Und wenn es so etwas wie eine Ironie des Schicksals gibt

und die Vorsehung in einer Woche einen steifen März- wind schickt, und wenn alle diese Leute – Carlton, meine Frau, der Detektiv, der Leichenbeschauer, die Reporter, Mrs. McLeod –, wenn alle diese Leute über die Straße gehen, vielleicht kriegen sie dann alle aus heiterem Himmel etwas in ihre verdammten Augen! *Alle* miteinander!

Kleine Flocken grauer Asche. Vielleicht.

Ein Abend für zwei

Es wäre falsch, wenn man behauptete, Douser* sei die Idee genau in dem Moment gekommen, als er von einem Mann von der Union Bridge gestoßen wurde. Um bei der Wahrheit zu bleiben – Douser reizte den Mann mit den Worten »Na los doch, stoß mich runter!« und trat dann höflich beiseite, um den Mann seinem Schwung zu überlassen.

Der Mann kreischte.

Das tat auch der Zug, der einen Augenblick später unten durchfuhr.

Ein paar Minuten später führte Douser ein Telephongespräch mit einem ziemlich üblen, feisten Herrn. Der Name dieses Herrn war Schabold. Douser unterhielt sich freundlich mit ihm. Keiner ließ sich zu irgendwelchen Ausfälligkeiten hinreißen.

»Ja, Schabold. Mein Name ist Douser Mulligan. Und der Tote unter der Union Bridge, von dem ich gesprochen habe, war einer von Ihren Gorillas...«

Es war keine erfreuliche Nachricht für Schabold. Douser tröstete ihn.

»Ich weiß, wie Ihnen zumute ist, Mr. Schabold. Jetzt hat es schon drei von Ihren Jungs in einem Monat erwischt. Einer hat sich versehentlich angeschossen und liegt noch immer im Krankenhaus. Der andere wurde betrunken auf der Main Street aufgelesen, als ihm Falschgeld aus der Tasche fiel. Traurig, traurig.«

* ›Douser‹, als Spitzname gebraucht, bezeichnet eine Person, die andere bloßstellt, hereinlegt, ihre Verbrechen aufdeckt. (A.d.Ü.)

Schabold sagte ein paar betrübte Worte, klang wie ein dicker Junge, der gerade eine Tüte Bonbons verloren hat: »Sind Sie der komische kleine Vogel, der sich immer am Zentralgefängnis rumtreibt? Der sind Sie doch?«

»Stimmt. Tja – äh, bis dann, Schabold.«

Douser bettete den Hörer auf der Gabel zur Ruhe.

Er ging in Richtung Gefängnis. Ein kalter Winterwind wehte. Jetzt wurde die Sache allmählich interessant. Die nächste Stunde würde er mit Sergeant Palmborg im Gefängnis verplaudern und dabei mit einem Auge geduldig auf eine große, ebenholzfarbene Limousine lauern, in der ein fetter Mann saß, der sich zu recht Sorgen machte. Das Leben war langweilig, bis auf Abende wie diesen, wo viele Leute verschiedensten Kalibers ihn, den kleinen Mann, gewaltig haßten. Jawohl, Sir!

Sergeant Palmborg stand eine Stunde später vor dem Gefängnis.

»Abend, Sergeant Palmborg!«

»Was, sind Sie schon wieder da?« Palmborg sah aus einer Million Meilen Entfernung auf ihn herunter. »Aha.« Er zündete sich mit gottähnlichen Bewegungen seine Pfeife an.

»Kann Sie denn gar nichts abschrecken?«

»Gar nichts«, sagte Douser.

Einen Moment herrschte Schweigen. »Vor einem Jahr haben sie Ihnen die Hundemarke abgenommen, weil Sie so verdammt voreilig waren.«

»Das war eine Falle. Sehen Sie.« Douser formte mit seinen Händen eine Falle. »Und was für eine! Fühlen Sie mal.«

»Und«, fuhr Palmborg gesetzt und ruhig fort, »sie haben Ihren Halfter ausgeraubt wie ein Vogelnest. Und jetzt sind Sie hier und gucken wie das Kätzchen, das den Kanarienvogel verputzt hat.«

»Ein schmackhaftes Mahl«, sagte Douser.

Der Sergeant sah über die Schulter. »Da drin kühlt eine Leiche aus. Ist gerade von den Gleisen gebracht worden. Einer von Schabolds Leuten. Natürlich wissen Sie überhaupt nichts von ihm.«

»Natürlich.«

»Er war einer der Revolverhelden, die an dem Raubmord in dieser Bank in Detroit beteiligt gewesen sein sollen. Aber man konnte ihn nie zur Strecke bringen.«

»Außer mit einer Lokomotive.«

Der Sergeant schnaubte. »Sie hängen tief drin, junger Mann. Ich weiß nicht, ob *Sie* Schabold an den Karren gefahren sind. Aber wer es auch getan hat, er hängt tief drin. Schabold wird sich das nicht gefallen lassen. Drei seiner Leute außer Gefecht, seit er vor einem Monat in die Stadt gekommen ist...«

Douser wollte gerade etwas dazu sagen, als ein Donnern durch die Winternacht hallte. Eine große, ebenholzfarbene Limousine röhrte aus dem Nichts heran. Auf ihrem samtüberzogenen Rücksitz hatte sich Schabold breitgemacht, fett, kalt, schweinsfarben, und starrte hinaus. »Nun...«, Douser sah auf die Uhr. »Pünktlich ist er ja...« Douser winkte.

»Douser«, bat der Sergeant, »lassen Sie das!« Der Wagen raste davon, war bald außer Sicht. Der Sergeant biß auf seine Pfeife. »Ich würde ja gern etwas über diesen Schieber wissen, diese wabblige Tonne Speck...«

Douser schwätzte drauflos. »Ich hab da 'ne Theorie. Schabold ist reich, war es schon immer. Warum also hat er sich dann auf krumme Dinger eingelassen, frage ich Sie? Denken Sie mal an die alte Binsenweisheit, daß jeder von uns eine schwache Stelle hat, die ihm zum Verderben werden kann. Das gilt auch für Schabold. Finden Sie seine schwache Stelle, und Sie haben ihn. Hören Sie mal zu, Sergeant...«

Sie unterhielten sich im aufkommenden Wind. Warteten. Dousers Herz hüpfte wie ein Spielzeugtamburin. Und als die ebenholzfarbene Limousine wieder heranbrauste, trat der Sergeant auf ein Zeichen vor und pfiff, um sie zu stoppen. Douser ihm auf den Fersen.

Die Limousine bremste hart ab. Schabold wurde gegen die Scheibe geschleudert. »Was soll denn das bedeuten?«

Der Sergeant lächelte. »Haben Sie Ihren Wehrpaß dabei?«

Schabold wies ihn unter dem Blitzen harter Ringe an weichlichen Fingern vor. Der Sergeant prüfte ihn und nickte den Leibwächtern vorn im Wagen zu. »Sie auch.«

»Wir – äh«, sagten die Leibwächter, »wir – äh, also wir mußten so schnell los, daß wir – wir haben sie vergessen.«

»Tja«, sagte der Sergeant. »Tja, dann müssen wir Sie dabehalten, bis das FBI Ihre Freistellung überprüft hat – morgen früh. Steigen Sie aus.«

»Morgen!« Schabold löste sich in großen, wabbligen Portionen von seinem Thron. Er studierte das Gesicht des Sergeanten, fand aber nichts und richtete seinen Zorn gegen seine Leute. »Ihr – vergeßlichen Deppen!«

»Sie können jetzt gehen«, sagte Palmborg zu dem feisten Mann. »Von Ihnen wollen wir nichts. Bei Ihnen ist alles in Ordnung.«

Schabold öffnete die wulstigen, roten Lippen, besann sich anders, stieg in den Wagen und setzte sich ohne ein Wort ans Steuer. Während er ihn beobachtete, mußte Douser unwillkürlich an einen gewaltigen grauen, hilflosen Fesselballon denken, der von eilfertigen Helfern, die stets in seinem Schatten liefen, durch die Stürme des Lebens gelenkt wurde. Jetzt waren die Halteleinen des Ballons gekappt. Laß die Gummiwurst Befehle brüllen, laß den Wind blasen. Jetzt war es Douser, der Antwort gab.

Douser schwang sich neben Schabold auf den Vordersitz, schlug die Tür zu und winkte dem Sergeanten zum Abschied.

»Holla!« polterte die Gummiwurst.

»Gute Nacht, Sergeant. Sie wissen ja, mit wem ich unterwegs war, falls ich morgen tot bin. Denken Sie dran.« Douser wandte sich dem fetten Mann zu. »Fahren wir!«

Es war schwer zu sagen, wer mehr erstaunt war. Münder standen offen. Jemand fluchte. Der Motor heulte auf, und der Wagen schoß röhrend über die winterlichen Straßen.

Douser machte es sich bequem, rückte den schmalen Hintern zurecht und lachte stillvergnügt. »Fahren Sie langsamer. Wir haben die ganze Nacht, um miteinander zu reden. Darüber, wie Sie mich umbringen könnten. Und wie ich Sie.«

Der Wagen fuhr langsamer. »In Ordnung, wie werden wir uns einig?«

»Keine Einigung. Das hier ist ein sicherer Ort, um die Nacht rumzubringen – zusammen mit Ihnen. In der Höhle des Löwen, wie Sie es wohl nennen würden. Alle haben gesehen, wie Sie mit mir in die Nacht verschwunden sind, fetter Mann. Das ist nur ein Punkt meines genialen Plans. Sie werden es nicht wagen, mir heute nacht etwas zu tun – und morgen auch nicht.«

Die Straße flog unter dem Wagen dahin, zum hektischen Wispern der Reifen.

»Ich will Ihnen sagen, was mit mir los ist, Schabold. Manchmal kann ich nächtelang nicht schlafen, weil ich an die Verbrecher denken muß, die frei auf dieser Welt herumlaufen. Ich werd schier verrückt davon. Dann fange ich an, etwas dagegen zu tun. Ich vergewissere mich, daß so ein Kerl wirklich ein waschechter Krimineller ist, und dann mache ich mich an die Arbeit. Ich hab Ihre jungen Freunde zuerst ausgeschaltet, weil Sie, falls mir etwas zustoßen sollte, wahrscheinlich versuchen würden, die

Schuld auf einen von denen zu schieben. Das ist Ihre übliche Masche. Aber ich wollte Sie – *allein.* Nur Sie, ich und die nächsten vierundzwanzig Stunden, mein Lieber. Jetzt sind Sie an der Reihe.«

Schabold wurde der Kragen zu eng. Seine Augen waren fahl, blind, blickten starr geradeaus. Seine Wangen zitterten.

Douser warf einen Blick auf die schnell vorüberziehende Gegend und sagte: »Da ist ja Ihr Haus, Schabold. Wenn Sie halten und sich eine Waffe holen wollen…«

Bremsen kreischten. Douser prallte an der Windschutzscheibe ab wie ein Ball. Schabold guckte schadenfroh und wuchtete sich aus dem Wagen, um über die Straße zu stampfen. Douser stolperte hinterher.

In der Küche fanden sie schließlich eine Waffe. Douser half gutgelaunt beim Suchen. »Ist sie im Mülleimer? Nein. Im Kühlschrank? Ich wußte, daß Sie vor dem Gefängnis nicht mit einer Waffe aufkreuzen würden. Wie ist es mit diesem Glas Erdbeermarmelade?«

Schabold fand die Waffe. Crackers mampfend folgte ihm Douser zurück zum Wagen. Niemand rief an, um irgend jemand zu bitten, jemandem zu Hilfe zu kommen. Der Wagen heulte wieder auf.

Schabold fing sich dank der Waffe, kam über den Schock der Lage hinweg. Die hellen Augen begannen hinter dem Fett zu denken. Er steigerte die Geschwindigkeit. Sie brausten durch Beverly Hills. Douser pfiff fröhlich vor sich hin. Als er das Pfeifen leid war, bat er den feisten Mann um einen Gefallen.

»Bitte, Mr. Schabold, holen Sie doch mal Ihre Waffe raus.«

»Wozu?«

»Einfach so.«

Schabold zog die Waffe. »Und…?«

Douser gab Anweisungen. »Halten Sie sie an meine Brust.«

Die Waffe preßte sich mit böser Freude gegen den Brustkorb von der Größe eines kleinen Vogelkäfigs.

Douser hauchte seine Fingernägel an und rieb sie mit einer trägen, schleppenden Bewegung gelangweilt auf seinen Kniescheiben. »Und jetzt... drücken Sie ab.«

Der Wagen wurde leiser, grummelte heiser. Schabold flüsterte: »Oh, wie gern würde ich diesen Abzug durchziehen. Immer wieder, nochmal und nochmal.« Die Augen in all dem Fett öffneten sich, schlossen sich, öffneten sich wieder. »Herrgott, was dieses Ding Ihrer Jammergestalt antun würde! Das wär's allein schon wert – beinah jedenfalls.«

»Beinah?« wunderte sich Douser. »Darf ich daraus schließen, daß etwa Bedenken bestehen?«

Die Waffe bohrte sich noch heftiger in seine Rippen.

»Machen Sie nur. Spielen Sie mit mir. Sie glauben, Sie haben mich soweit, daß Sie über mich lachen können. Spielen Sie mit mir. Nur weiter so.«

Der Wagen kroch langsam dahin, und der Wind blies heftig und kalt durch das Fenster. Schabold flüsterte weiter, ebenfalls langsam und kalt.

»Aber ich will nicht ins Gefängnis. Ich will keinen Ärger. Jedenfalls nicht jetzt.«

Er steckte die Waffe weg, unter gewaltiger Willensanstrengung.

Dousers Herz spielte Himmel und Hölle, zog Striche auf seinem Magen, hüpfte wild in ihm herum. Er schwitzte.

Schabold saß lange nachdenklich da, während sie in Richtung Meer fuhren. Salziger Wind wehte von den Sternen herein, und Schabold kaute an einer Idee wie an einem Klumpen Gummi, bis er Douser schließlich ein

Lächeln schenkte – die falsche Art von Lächeln. Douser schluckte heftig.

Der Ozean kam rasch näher und begrüßte sie mit dem Brausen der Brandung und schneeweißem, weitem Sand. Schabold hielt den Wagen an und sah den Wellen zu, und sein Wille wogte mit ihnen hin und her, während er versuchte, zu einem Entschluß zu kommen. Als er zu sprechen begann, war seine Stimme nachdenklich, leise. Der Zorn, die Aufregung, die Wut waren vergangen. In ihr lag der Tonfall eines Mannes, dessen Entscheidung gefallen war.

»Douser – entweder Sie oder ich...«

Dousers Herz hüpfte in seinem Käfig wie ein aufgeregter Kardinalvogel.

Schabold packte ein wenig aus. »Ich kam an die Küste, um Benzin zu verschieben. Ich bin Geschäftsmann, könnte man sagen. Sie kommen mir in die Quere, setzen meine Leute außer Gefecht, belästigen mich rund um die Uhr. Heute nacht habe ich mich entschlossen, Ihr Ableben persönlich zu überwachen. Ich erledige solche Jobs nie allein, ich brauche Hilfe. Und meine Leute sind bequeme Sündenböcke, denen ich Gefängnisstrafen anhängen kann, falls irgendwas dazwischen kommt. Die Sache in Detroit zum Beispiel – sie haben uns nie etwas beweisen können. Ich hab Louie Martin die Strafe für diesen toten Polizisten in Fort Worth aufgehalst. Es gibt immer einen Weg, Douser«, sagte er vertraulich, nachsichtig. »Ich bin in meinem Leben kein einziges Mal im Gefängnis gewesen. Ich bin stolz auf meine weiße Weste. Nie im Gefängnis gewesen. Sie wollten mich heute abend allein haben, um mit mir zu spielen, um mich fertigzumachen. Und jetzt, kleiner Mann,« endete er trocken, »raus aus dem Wagen, aber ganz langsam, bitte.«

Die Waffe bohrte sich wieder in Dousers Seite. Douser drückte vorsichtig die Tür auf, glitt hinaus. Schabold rutschte schwerfällig hinterher, mit Augen, die leuchteten wie die eines Heiligen.

»Gute Reise, Douser.«

»Seien Sie kein Dummkopf«, rief Douser.

Schabold drückte ab.

Er drückte so oft ab, bis die Waffe leer war.

BANG! Douser sprang zur Seite. BANG! Er krümmte sich. BANG! Seine Trommelfelle dröhnten. Die Kugeln jaulten wilde Gesänge. BANG! Querschläger prallten von der See ab wie Kiesel. Die Sterne tanzten wie Glühwürmchen. BANG!

Stille.

Die See kam und ging und hob ihre salzigen Säume.

Und aus der salzigen Stille kam Schabolds sanftes, ehrliches Gelächter.

Dousers Finger krabbelten wie benommene Spinnen über Brust, Bauch, Beine, Arme, flogen zu seinem Gesicht.

Schabold lachte und lachte. »Sie-hätten-Ihre-Füße-sehen-sollen!«

Douser sagte nur: »Ich lebe ja noch.«

»Klar doch!« Schabold lachte.

Douser sah beinahe enttäuscht drein. »Sie haben absichtlich danebengeschossen!«

Dem fetten Mann liefen vor Lachen die Tränen übers Gesicht. Es gefiel ihm, Douser mit seinen eigenen Mitteln zu schlagen. Jetzt stieg er wieder in den Wagen und steckte lachend den Zündschlüssel ins Schloß. »Ich muß Sie ja nicht umbringen, Douser«, sagte er. »Die ganze letzte Stunde habe ich darüber gebrütet, wie ich Sie umbringen könnte, solange ich noch kann. Es war eine Verlockung. Meine Gefühle hatten mich übermannt. Tja – und jetzt werde ich warten. Eine Woche. Oder einen Monat. Bis meine Jungs wieder aus dem Knast sind. Ich warte, bis mein Alibi wasserdicht ist, und dann werden Sie verschwinden, und man wird nie mehr was von Ihnen sehen. Überhaupt – was haben Sie schon gegen mich in der Hand?« Er war wieder obenauf. »Rein gar nichts! Ich muß nur eins tun – wegfahren, Sie hier lassen, nach Hause gehen, ins Bett steigen und die ganze Geschichte vergessen.«

»An Ihrer Logik stimmt nur eins nicht«, sagte Douser, während er in den Wagen langte und mit einer flinken Handbewegung die Schlüssel aus dem Zündschloß zog. »Ich habe es mir *nicht* anders überlegt. Sie können es verschieben, mich umzubringen, meinen *Sie.* Aber wer bringt *mich* dazu, es mir anders zu überlegen? Sie sind seit Jahren groß und fett und laut und reich. Ich würde alles tun, um Ihnen etwas anzuhängen. Auch wenn ich mich dafür selbst umbringen müßte.«

Schabold sah Douser an, als sei er ein Lebewesen von einem anderen Stern. »Sie sind verrückt. Völlig übergeschnappt!«

»Kann schon sein.« Douser klapperte mit den Autoschlüsseln. »Aber wenn Sie wegfahren und mich hierlassen, klettere ich auf die Klippen und springe runter. Vielleicht bin ich tot, vielleicht auch nicht. Aber in jedem Fall bedeutet das für Sie eine Gefängnisstrafe.«

Schabold konnte das nicht begreifen. »Ich rede mit einem Schwachsinnigen! Wenn Sie weiter so daherreden, muß ich Ihnen das Maul stopfen.«

»Aha!« rief Douser triumphierend. »Sehen Sie? Sie sitzen in der Falle! Egal, was Sie machen, Sie sitzen in der Falle. Bringen Sie mich um, dann stehen Sie alleine da, ohne jemanden, dem Sie dieses Verbrechen anhängen könnten. Bringen sie mich nicht um, dann bringe ich Sie um oder stürze mich von einer Klippe – wer weiß?«

»Haben Sie – haben Sie eine Waffe?«

Wenn das kein Witz war? »Nein. Nur meine Fäuste und meine Füße und den Ruf, ziemlich lästig zu sein. Ich kenne Sie, Schabold, Ich habe Sie lange beobachtet. Sonst hätte ich es nie riskiert, mit Ihnen mitzukommen. Irgendeine andere schräge Type hätte mich vielleicht erschossen. Sie nicht. Sie sind vorsichtig. Also, der Spaß ist vorbei. Sind Sie jemals ins Gesicht geschlagen worden?«

»Nein...«

»Na, also dann...« Douser schlug ihn ins Gesicht.

»He!« Schabold duckte sich hinters Lenkrad.

»Ich wette, Sie sind noch nie gegen das Schienbein getreten worden«, sagte Douser. »Ich wette, Ihnen ist noch nie etwas passiert – außer einer Sache. Der Sache, die Sie auf die schiefe Bahn gebracht hat. Was war's, Schabold?«

Schabold blinzelte.

»Sie haben mich gehört.« Douser beugte sich vor. »Was war's?«

Schabold wartete und sagte dann: »Neunzehnhundertneunundzwanzig.«

Douser nickte. »Hab ich mir gedacht. Verhätschelt, in Watte gepackt, Ihr ganzes Leben lang. Das Leben ist überhaupt nicht an Sie herangekommen. Neunzehnhundertneunundzwanzig aber, das hat Sie erwischt. Sie konnten die Wirklichkeit nicht ertragen. Sie kamen auf die schiefe Bahn und blieben reich – mit den falschen Mitteln. Genau das hab ich mir gedacht. Also, fetter Mann, reichen Sie mir die Hand. Ich bin das Leben, ich bin die Wirklichkeit, die Sie zum zweitenmal einholt. Ich bin das, vor dem Sie seit Jahren weglaufen. Leben. Schmerz. Wirklichkeit. Das bin ich. Schlagen Sie ein?«

Douser stand auf dem Trittbrett, mit einem Fuß im Wagen, und trat Schabold sanft gegen das Schienbein – anfangs noch sanft. »Ich sehe es so – jeden Tag werden Bullen umgebracht. Was soll's, wenn ich umgebracht werde? Ist auch nicht schlimmer. Ich hab meinen Spaß. Ich krieg meinen Mann. Da!«

»Aufhören! Aufhören! Aufhören!« schrie Schabold.

»Riskieren Sie es, mich zu töten! Machen Sie schon, fetter Mann!«

Schabold plumpste schwer aus der gegenüberliegenden Wagenseite. Douser kroch ihm nach.

Schabold japste nach Luft. »Sie können mich nicht provozieren! Bleiben Sie weg! Wegbleiben!«

»Schon mal gewürgt worden, Schabold? Na, dann wollen wir's mal probieren!«

Mit einem Brüllen wie ein Bär und einer einzigen Armbewegung schüttelte Schabold den an ihm hängenden Douser ab wie eine Küchenschabe. Er warf seine leergeschossene Waffe nach ihm, traf aber nicht. Douser trat ihm wieder in die Schienbeine.

»Das hebt die Stimmung, was? Prima!« Douser tanzte um ihn herum. »Sie werden wütend, Schabold. Schrecklich. Sie werden wütend, und Sie werden sterben! Sie sind eine Auster ohne Schale, wabblig und weiß!«

Schabold warf sich nach vorn. Douser flitzte um den Wagen. »Fangen Sie mich! Sie sind dran.«

Der fette Mann packte einen schweren Stein und warf ihn mit beiden Händen, wie ein Mädchen, das Basketball spielt. Er krachte gegen den Kotflügel. Douser duckte sich und rannte. Brüllend, in höchster Wut, unter vollem Einsatz seiner gewaltigen Lungen, wackelte Schabold in schwerfälliger Verfolgung hinterher. Er war vollkommen außer sich. Der Instinkt der Selbsterhaltung war besiegt, verschlungen von gedankenloser, tierischer Wut. Er knurrte.

»Douser, Douser, du kleine Laus!«

Sie lieferten sich ein seltsames, wie ein Traum anmutendes Rennen durch tiefen Sand; die Wellen gaben ihnen den Takt vor, und nur die Sterne sahen zu. Vor ihnen, eine halbe Meile weiter, lag eine Perlenkette aus Lichtern an der See – das Venice Amusement Pier – und spornte sie an.

Es war zwei Uhr morgens, als sie das Venice Pier erreichten, und die Zunge hing ihnen aus dem Hals. Das dunkle Pier lag völlig verlassen.

Schabold fiel heftig keuchend in einen müden Trott und sagte: »Oh, wie ich dich hasse, du Laus.«

Unter den Planken ging die See auf salzigen Füßen um die Pfeiler. Schabolds Füße waren schwer, dick, müde, alt, schlurften.

Wie ein Kolibri verharrte Douser einen Moment unter Schabolds zupackenden Armen und war im nächsten wieder verschwunden.

Dann machte sich Douser an irgend etwas zu schaffen.

Irgendwo erstrahlte ein Karussell in blendendem, grellem Licht. Schabolds blinde Augen brauchten lange, bis aus salzigen Schatten auf Messingstangen erstarrte Pferde wurden. Eine Dampforgel schnaufte. Douser legte fröhlich einen Hebel um. Die Pferde wurden mit einem Ruck springlebendig und liefen im Kreis. Douser drehte sich mit ihnen in ihrer kreisrunden Welt.

»Na los, fangen Sie mich, fetter Mann!«

Schabold gehorchte, aber die Drehscheibe warf ihn gnadenlos ab. Er ging zu Boden, und kurz darauf näherten sich hastige Schritte. Ein Nachtwächter leuchtete Schabolds fetten Wanst und sein schweißüberströmtes Gesicht mit einer Taschenlampe an.

»He, Sie da!«

Schabold stand auf und versetzte dem Mann einen furchtbaren Schlag. Er konnte jetzt keine Störungen gebrauchen. Der Nachtwächter knickte ein, stand wieder auf und rannte um Hilfe rufend davon.

»Sie haben gerade einen Mann umgebracht, Schabold!« höhnte Douser. Er tauchte auf, verschwand, tauchte wieder auf, verschwand. Die Orgel begleitete ihn mit ihrem Gekreisch.

Schabold begann vor Verzweiflung zu weinen. Er

streckte seine wütenden Finger aus, als ob sie, wenn er es sich nur heftig genug wünschte, diese kreiselnde Welt anhalten könnten, in der alles Feste schwankte und alle Pferde lachten.

Das Karussell hielt an. Mit einem dumpfen Grunzen und zitternden Wangen kletterte Schabold hinauf, nur um zu erleben, daß sich die kreiselnde Welt auf einmal wieder in Bewegung setzte. Kreischend hielt er sich an diesem schwankenden Universum fest. Douser konnte er nicht entdecken; nur einen Schatten, der sich durch einen Korridor entsetzlicher Musik davonmachte wie ein kleiner Vogel, der für immer verschwindet...

Sie fanden Schabold im Morgengrauen. Er saß auf dem größten Pferd des Karussells, das auf und ab schaukelte und sich unentwegt im Kreis herum bewegte. Die Musik plärrte dazu, und Schabold schaukelte in einem schweren, mechanischen, lethargischen Rhythmus auf und ab. Schabold mochte die Pferde. Er wollte um keinen Preis absteigen.

Er trat den Polizisten, der ihn aus seinem Sattel zu holen versuchte. Er trat noch einen weiteren Polizisten in den Bauch, und einen dritten biß er.

So steckten sie ihn ins Gefängnis.

Douser hörte die Geschichte ein paar Tage später, auf dem Schreibtisch des Sergeants sitzend, von dessen eigenen Lippen.

»Schabold ist völlig übergeschnappt. Er wurde wegen Erregung öffentlichen Ärgernisses festgenommen, das war alles. Aber er trat einen Polizisten. Dann beging er noch mehr Straftaten. Er rüttelte an den Gitterstäben, fiel Leute an, riß sich die Kleider vom Leibe, warf seine Diamantringe weg, brüllte, und schließlich brach er einem kleinen Kerl den Arm und behauptete, der kleine Kerl heiße Douser. Ja, Douser, stellen Sie sich das vor!

Schließlich gestand Schabold *alles.* Schwarzmarktgeschäfte, Morde, Raubüberfälle. Es war, als wollte er sich eine Last von der Seele wälzen, damit er sich wieder wohl fühlen konnte.«

Douser nickte philosophisch. »Genau wie ich sagte. Wir tragen alle den Keim unseres Verderbens in uns. Schabold hatte in seinem ganzen Leben nie mit der Wirklichkeit zu tun. Er schob seinen Speck und seine Leibwächter zwischen sich und das Leben. Aber was geschah? Er traf auf mich. Ich war wirklich. Ich tat weh. Ich war der Tod, das Unberechenbare und all die anderen Dinge, die er nie gekannt hatte. Er konnte mich nicht loswerden. So kehrte er in die tiefste Kindheit zurück, bekam einen Koller wie ein kleines Kind. Er ist ein weicher Typ. Wenn den das Leben beutelt, fällt er, so tief es nur geht, und wird mit einem Seil um den Hals wieder hochgezerrt. Ich sag Ihnen, Sergeant, es ist schon traurig.«

Douser rutschte vom Schreibtisch herunter. »Da haben Sie's – es gibt mehr als einen Weg, jemandem etwas nachzuweisen. Man kann es ihn auch selbst tun lassen. Das ist meine einzige Stärke. Ich bin kein Schnüffler. Ich weiß nur, wie ich Leuten auf den Wecker fallen kann. Ich sorge für Umtrieb. Bis dann, Sergeant.«

Der Sergeant sagte: »Wo wollen Sie hin?«

Douser runzelte die Stirn. »Also, in der Zeitung von heute morgen stand, daß Dutch Corelli heute um ein Uhr fünfzehn mit dem Zug eintrifft. Ich dachte, ich geh mal runter und werfe einen Dreckbatzen nach ihm, um sein Verhalten zu studieren, zwecks späterer Verwendung.«

»Da könnte Ihnen was zustoßen, Douser.«

»Was Sie nicht sagen! Darauf wäre ich gar nicht gekommen«, sagte der kleine Mann.

Einen Moment später rannte er hinaus in die Sonne, und der Sergeant lehnte sich zurück und schüttelte leise fluchend den Kopf...

Begräbnis für vier

Nehmen Sie es mir nicht übel«, sagte Douser, »aber Sie sehen wie ein Verbrecher aus.«

Der gutgekleidete Herr sah auf seine feinen Handschuhe, sein blitzblankes Schuhwerk und den über einem lässig gehaltenen Arm hängenden Siebzig-Dollar-Mantel hinunter. Dann blickte der gutgekleidete Herr auf Douser Mulligan und trat ein wenig zur Seite.

»Wie ein typischer Intelligenzverbrecher natürlich«, fügte Douser hastig hinzu, um den Mann nicht zu beleidigen. »Die bessere Sorte, das gebe ich zu.« Douser beäugte Schnitt und Verarbeitung seines Anzugs. »Exquisit. Exquisit!« Seine Maniküre. »Ausgezeichnet. Ausgezeichnet!« Seinen Haarschnitt. »Schönes, langes, graues Haar. Geschnitten. Und gekämmt. Sauberer Kragen. So.«

»Gehen Sie!« sagte der Mann. »Verschwinden Sie.«

»Ich will aber nicht«, sagte Douser.

»Wenn Sie nicht verschwinden«, sagte der Herr, »rufe ich die Polizei.«

»Das ist nicht Ihre Art«, bemerkte Douser. »Daß Sie das Wort ›rufen‹ benutzen, läßt darauf schließen, daß Sie mit einer leisen, ruhigen Stimme rufen würden, um die sich kein anständiger Polizist auch nur im geringsten scheren würde. Nach den Bullen müssen Sie schon *brüllen*. Sie, Sir, gehören aber nicht zu denen, die brüllen. Sie hassen öffentliches Aufsehen, Sie verabscheuen es, Aufsehen zu machen, Sie hassen es, einen Auflauf zu verursachen. Nein, nein.«

Die schmalen, grünen Augen des Herrn verrieten Belustigung. So um die fünfzig. Die eine behandschuhte

Hand spannte sich um den Griff eines Spazierstocks; er schien zu überlegen, ob er Douser darauf über den Platz reiten lassen sollte, doch dann lachte er ein ganz klein wenig. »Verschwinden Sie, Sie Zwerg.«

»Nicht«, beharrte Douser, »bevor Sie zugegeben haben, daß Sie ein Krimineller sind.«

»Also gut, wenn es Sie glücklich macht, ich bin ein Krimineller. Zufrieden?«

Douser blinzelte. »Nicht besonders. So macht es doch keinen Spaß. All die anderen Leute, mit denen ich zu tun hatte, wollten es auf keinen Fall zugeben. Dann mußte ich sie ins Schienbein treten oder in die Waden beißen. Ich kann Ihnen sagen, das ist 'ne Menge Arbeit. Aber Sie – das ist was Neues. Ein Kerl, der zugibt, daß er eine manikürte Laus ist. Es wird mir richtig leid tun, Sie hinter Gitter zu bringen.«

»Aha, das wollen Sie also«, sagte der weißhaarige Mann, während er sich einen schönen grauen Hut auf das schöne graue Haar setzte.

Douser zuckte mit den Achseln. »Ich wüßte keinen anderen Weg. Sie sind schlecht. Es sei denn, Sie wollten sich ändern. Dann könnten wir uns einig werden.«

Der bessere Herr stand da, nicht viel größer als Douser, der sehr kurz geraten war, und hinter ihm waren die im Zwielicht liegenden Bäume und Büsche des Parks, die besetzten Bänke, die Grüppchen debattierender Bürgersteig-Politiker, die gelben Taxen, die Passanten. Dahinter das rote und gelbe Neon der Theater und die rechteckigen Lichtfronten der Geschäfte. Der bessere Herr schüttelte den Kopf. »Sie sind schon ein komischer kleiner Kauz. Irgendwie mag ich Sie.«

»Seltsam; die meisten Leute hassen mich, sobald sie mich näher kennen.«

»Trinken Sie doch einen Kaffee mit mir«, bot der bessere Herr an. »Ich bin Earl Lajos, der Anwalt. Ich möchte gern wissen, was Sie umtreibt.«

»Ich auch, mit Betonung auf Ihre Umtriebe«, sagte Douser. »Wir reden ein bißchen, und ich entscheide mich, ob ich Sie hinter Gitter bringe oder nicht. Okay?«

»Na prima! Prima«, sagte Lajos. Sie verließen den Park im Gleichschritt.

Auf dem Teller vor Douser lagen Shrimps und sahen ihn an. Douser erwiderte den Blick seiner köstlichen Verwandten. Lajos ging formvollendet mit Messer und Gabel um, kaute kräftig und ruhig und nickte Douser zu, der seine Happen wie Popcorn in ein Spielzeug-Krematorium schaufelte.

»Sind Sie Detektiv?« erkundigte sich der Anwalt.

»Ich hab unter der Weste nur mein Herz«, erwiderte Douser traurig. »Der Distriktsanwalt hat mich erlegt und im Museum für ausgestorbene Säugetiere aufgehängt, Unterart Privatdetektive. Ist schon ein paar Jahre her.«

»Da ist mir doch gleich viel wohler«, sagte Lajos. Er spießte mit kalter Präzision die nächste Krabbe auf und verzehrte sie herzlos bis aufs letzte Molekül. »Ich habe von Ihnen gehört, Mr. ... Douser – stimmt doch? Ja, man nennt Sie den ›Quälgeist‹. Sie... reizen Leute. Weil Sie keine polizeiliche Autorität mehr haben, quälen Sie Kriminelle. Ich kann mich an den Fall erinnern. Ihr Bruder, ein Polizist, ist vor ein paar Jahren in San Francisco umgebracht worden, und das hat Sie wohl geistig ein bißchen – durcheinandergebracht. Ein reizender kleiner Kauz, aber ein unbeschreiblicher Quälgeist für Übeltäter.« Lajos kreuzte Messer und Gabel auf seinem ratzekahl geräumten Teller und beugte sich mit ernster Miene vor. »Also, wie würde es Ihnen gefallen, gleich *drei* Kriminelle auf einmal zur Strecke zu bringen? Nicht einen. Nicht zwei. Sondern *drei*! Zählen Sie nach.« Er hielt ein Trio wohlmanikürter Finger in die Höhe.

»Drei!« hauchte Douser. »Reden Sie weiter, McDuff!«

Lajos spielte mit seinem Wasserglas. »Natürlich müssen Sie mich ziehen lassen, ohne Geld zu verlangen, mich zu verletzen, mich zu demütigen oder mich bloßzustellen, sonst kriegen Sie die drei nicht.«

»Das hatte ich befürchtet.« Douser seufzte. »Drei gegen einen. Ein gutes Geschäft. Vier wären mir lieber, aber ich kriege nicht mal diese drei, wenn ich Ihr Spiel nicht mitspiele.« Er biß sich auf die Lippen. »Das Geschäft ließe sich machen, aber nur mit einer zeitlichen Befristung.« Lajos runzelte die Stirn; Douser redete schnell weiter. »Ich würde nur garantieren, Sie für drei Jahre nicht zu belästigen – oder sagen wir vier.« Lajos lächelte liebenswürdig. »Aber zuerst«, sagte Douser, »nennen Sie die Verbrecher. Ich will keine zweitklassigen Säufer oder Windhunde.«

»Ich stehe dafür ein«, sagte Lajos, »daß es sich bei diesen Burschen um erstklassige, stocksolide Verbrecher reinsten Wassers handelt – beste Ware. Ihre Namen lauten wie folgt: Calvin Drum, der berühmte Hollywoodschauspieler; William Maxil, der nächstes Jahr für den Posten des Distriktsanwalts kandidiert, und Joey Marsons, der Spezialist für Wettgeschäfte und Pferderennen.«

»Mein Gott!« rief Douser. »Ich kann's nicht fassen! Abgemacht, Mr. Lajos, abgemacht!«

Während sie in Lajos' schwerem Wagen nach Beverly Hills fuhren, rückte Lajos mit ein paar Details heraus; er legte dar, wie die drei zusammenarbeiteten, einander halfen, einander deckten. Jedoch seien »diese Herrschaften im Weg. Ihre Beseitigung würde mir Spielraum verschaffen. Ich will Ihnen helfen, Beweise gegen sie zu sammeln, Mr. Mulligan.«

»Komische Sache«, sinnierte Douser. »Ich denke schon lange über diese drei Vögel nach. Hab sogar einige Erkundigungen über sie eingezogen.«

»Tatsächlich?« sagte Mr. Lajos, als ob er das noch nicht gewußt hätte.

Lajos' Haus war ein riesiges weißes Kliff inmitten dunkler Bäume. Sie parkten auf der Ziegelauffahrt, gingen hinein, durchquerten einen Korridor und traten in ein Zimmer. Es ging ziemlich schnell, und Douser war auf alles gefaßt.

Eine Tür fiel zu, ein Schloß klickte, und Douser sagte sich: »Du liebe Güte, eine Falle! Das hätte ich wissen müssen. Hui, ist das aufregend!«

Die Herren Drum, Maxil und Marsons sahen grimmig von ihrem Kartenspiel auf und sahen Douser dastehen. So, wie sie dreinschauten, war er schon jetzt so gut wie tot. Lajos, hinter Douser, zog einen sauberen, netten kleinen Revolver und bohrte ihn ach so zartfühlend in Dousers Rückgrat. Drum, der Schauspieler, rief fröhlich: *»Surprise!«*

Drum drückte eine Kingsize-Zigarette aus, die auf die Länge einer normalen Zigarette heruntergebrannt war. »Sie kommen spät.«

»Weil wir«, sagte Douser, »unterwegs noch kurz bei Ihrer Frau Station gemacht haben.«

Drums dunkle, schwarze Brauen fuhren hoch. »Was!?«

Lajos lachte. »Hören Sie nicht auf ihn, Drum. Haben wir nicht.«

»Übrigens 'ne verdammt hübsche Frau«, sagte Douser.

Drum sagte mit Grabesstimme: »Wenn Sie Elice zu nahe getreten sind...«

»Ach ja – Elice!« sagte Douser, der nun einen Namen zur Hand hatte, den er benutzen konnte, wenn er eine Brechstange brauchte. Seine winzigen, funkelnden schwarzen Knopfaugen fraßen das rechteckige, verrauchte Zimmer in sich hinein, vermaßen in aller Eile die Distanzen zwischen Stühlen, Fenstern, der Tür und den

Gestalten um den runden Tisch. Klick. Klack. Klick. *Zing!* Fünfunddreißig mal zweiundvierzig mal fünfzehn Zentimeter mal acht...

Douser löste sich von der Waffe in seinem Rücken, als ob sie Konfetti verfeuerte. Er setzte sich auf einen leeren Stuhl und lehnte sich entspannt zurück. »Machen wir's jetzt, Lajos, oder sollen wir warten, bis sie sich in Sicherheit wiegen?«

Maxil, im ausgebeulten Straßenanzug, mit Doppelkinn und Bauch, sonst aber nicht besonders fett, saß zu Dousers Rechten. Seine Augäpfel, kleine, bleiche Bäuche in einem müden Gesicht, traten weiß hervor. Er hatte wulstige Lippen und wirkte ungewaschen. Zu Dousers Linken saß der nervöse, mit den Augen zwinkernde, wie ein Pferd aussehende Marsons, der weiter Karten auf den Tisch knallte. Auf der anderen Seite des Tisches saß Drum, der Hemdenreklame-Held. »Junge, Junge«, sagte Douser, »was wir mit euch vorhaben, Herrschaften...« Er schnalzte mit den Lippen. »Lajos und ich bewerben uns als Distriktsanwalt und Gemeinderat, nicht wahr, Großmama?«

Lajos trat ungestüm auf Douser zu. »Halten Sie gefälligst den Mund!«

Douser ignorierte diese kleine Unterbrechung. »Erst räumen wir euch dicke Kröten aus dem Weg, dann boxen wir uns rein und – nun ja, wißt ihr, Lajos kann es nun mal nicht leiden, die zweite Geige für euch Jungs zu spielen, und...«

Die hübsche, zierliche Waffe berührte Dousers rechtes Ohr. »Ja, Sir«, sagte er und hielt den Mund.

Lajos sah auf ihn hinunter. Seine aristokratischen Züge waren ein wenig angespannt, während er auf seine Freunde einredete. »Glaubt ihm kein einziges Wort! Er lügt! Ich hab ihn im Park getroffen, wie wir es geplant hatten. Ich bin auf und ab gelaufen, bis er aufmerksam wurde. Er ist auf den Köder hereingefallen. Ich hab ihm drei Kriminelle versprochen – und jetzt sind wir hier. Ganz einfach.«

Douser lachte ein wenig. »Ach, ihr gutgläubigen Trottel!«

Maxil kaute auf seiner Zigarre. »Schenken Sie sich das, Douser! Wir wissen über Sie Bescheid. Wir haben davon gehört, wie Sie Ärger machen, Leute quälen. Sie können uns nicht auseinanderbringen. Wir sind gute Freunde, stimmt's, Jungs?«

»Ja, klar doch, natürlich, äh - ja«, sagten alle mit matter Begeisterung.

»Sie können uns nicht auseinanderbringen«, sagte Maxil, wie um sich selber Mut zu machen.

»Stimmt«, sagten die anderen aus dem gleichen Grund.

»Sie können uns nicht hereinlegen«, sagte Maxil.

»Das bringen Sie nicht fertig«, sagten die anderen.

Douser zog seinen Stuhl an den Tisch und legte die schmalen Hände wie kleine, zapplige Spinnen auf die Tischfläche. Die Spinnen krabbelten zu seinen Worten hin und her. »Meine Freunde, haben Sie etwa nur einen Augenblick geglaubt, ich würde in eine so offensichtliche Falle wie diese tappen? Haben Sie etwa geglaubt, ich würde Großmama Lajos solche hanebüchenen Märchen abnehmen? Ich, Douser? Ihr kennt mich doch besser, Herrschaften. Sicher – vielleicht ist mir das Leben ja schnurzegal, aber zu so einer Sache würde ich doch trotzdem nicht auf Rollschuhen kommen. Denken Sie mal drüber nach.«

Er ließ ihnen Zeit, darüber nachzudenken. Lajos schluckte ein wenig Speichel hinunter. Drum, der Schauspieler, ließ die königlichen Insignien an seiner Kingsize in blauen Dunst aufgehen. Marsons spielte mit seinen Karten. Maxil befühlte sich mit neugierigen, großen Händen den Bauch.

Douser fuhr fort. »Ich habe diese Löwengrube nur aus einem Grund betreten, Jungs – weil Onkel Lajos mit den großen Grünen gewedelt hat.«

Die »Jungs« wurden aufmerksam. Douser fügte hastig hinzu: »Und wenn er mich jetzt erschießt, beweist das nur, daß er schuldig ist – daß er versucht hat, mich zum Stillhalten zu bewegen.«

Lajos Augen verengten sich zu kleinen, grünen Edelsteinen. Seine manikürte Hand spannte sich ungeduldig um die Waffe.

Douser kramte Zigarettenpapier und ein Päckchen Tabak hervor. Er begann sich ruhig eine Zigarette zu drehen. Als er halb damit fertig war und Tabak auf das gewölbte Blättchen geben wollte, sagte er: »Irgend so 'n verdammter Typ in irgend so 'nem verdammten Kriminalroman hat das andauernd gemacht. Jedesmal, wenn die Unterhaltung ins Stocken kam, hat er es gemacht. Ich kann mir ums Verrecken nicht vorstellen, warum. Sam Spade hieß der Bursche, glaube ich.«

Der rechteckige Raum hielt sie in einem Netz aus Rauch gefangen. Sie warteten.

Lajos schnaubte leise durch die gutgeschnittenen Nüstern. »So gehen unsere Pläne den Bach runter! Ich hatte Sie ja gewarnt, Maxil, daß es wie ein Kampf mit dem Fliegenfänger werden würde, falls wir uns Douser je schnappen könnten. Wir hätten uns nie darauf einlassen sollen. Jetzt ist er zwei Minuten im Raum, und sehen Sie – *sehen* Sie? –, bei der heiligen Mutter Gottes, wie er methodisch einen gegen den anderen aufhetzt? Sehen Sie's? *Sehen* Sie's?«

Maxil sagte mit verhangenen Augenlidern: »Ich seh's.«

Marsons zerfurchte seine Karten mit dem Fingernagel. »Bringen wir es zu Ende. Dieser Bursche pfuscht uns seit Jahren in alle unsere Geschäfte. Wir haben beschlossen, ihn umzubringen, bevor er auf uns losgeht. Also gut, bringen wir ihn um! Wir wollen doch nicht, daß er uns unsere Pläne für die Wahl im nächsten Frühjahr versaut, oder?«

Drum fluchte und sah richtig nett dabei aus. »Ja, das sage ich auch. Wir wollen, daß er umgebracht wird – na, dann bringen wir ihn doch um!«

»Was ist bloß an einer Maus, daß sie Elefanten zum Trompeten bringen kann?« wunderte sich Douser halblaut. Er warf die halbfertige Zigarette weg. »Eines Tages kann ich's auch, verdammt.« Er sah Maxil an. »Sie kandidieren für das Amt des Distriktsanwalts. Als Distriktsankläger werden Sie das Wettgeschäft decken, besonders in den Studios. Marsons ist Ihre rechte Hand, der perfekte Buchmacher-Präsident. Drum, besser bekannt als Drum-Tiddie-Um-Tum, wird der Hauptverbindungsmann zu den Schauspielerinnen und Schauspielern. Ein schönes Geschäft, das Sie da geplant haben. Und falls es Ärger gibt, haben wir ja noch unseren Mr. Lajos mit seinen sauberen Fingernägeln und seinem Chanel No. 5.« Douser rieb sich die Hände und lehnte sich zurück. »*Aber*«, rief er, »Mr. Lajos hatte auch noch eigene Pläne. Wie gern wäre er selbst Distriktsanwalt geworden! Also gibt er mir heute abend auf dem Weg hierher tausend Mäuse im voraus, und neun Riesen hab ich noch zu kriegen.«

Maxil sagte mit verhangenem Blick: »Warum erzählen Sie uns das? Warum haben Sie sich nicht an die Arbeit gemacht? Warum labern Sie nur herum?«

»Ich mag nun mal die Unverfrorenheit von Mr. Lajos nicht. Ich mag Leute nicht, die andere hereinlegen. Ich denke, er hat es verdient, selber hereingelegt zu werden.«

»Aber auf diese Tour«, sagte Maxil, »gehen Sie für Ihre Mühen drauf.«

»Ich gehe gern mal ein Risiko ein. Ich müßte eigentlich schon lange tot sein. Ich schätze, wir können uns auf ein Geschäft einigen: Ihr Jungs gebt mir Tips über andere

Kriminelle, die ihr nicht mögt, und überlaßt sie mir. Ich halte euch den Weg frei, und ihr laßt mich in Ruhe und ich lasse euch in Ruhe. Das ist mein Angebot. Ihr müßt nur eins tun: Ihr müßt mir Lajos überlassen. Er ist ein schleimiger Heimtücker, das könnt ihr mir glauben.«

Drum sagte: »Das hört sich nach einem guten Vorschlag an, was Maxil?«

»Vielleicht«, sagte Maxil, der nur schwer zu beeindrucken war, aber allmählich aufwachte. »Sie tun alles, um Verbrecher zur Strecke zu bringen, was, Douser?«

»Alles. Selbst wenn das heißt, ein paar davon zu schützen, damit ich ein Dutzend andere abservieren kann. Sie müssen sich auf dieses Spielchen einlassen, das sehe ich.«

Während dieses ganzen Palavers wurde Lajos immer größer und bleicher und ungehaltener. Er suchte nach Worten, hatte aber so schnell nicht die passenden zur Hand. Alle begannen zu viel zu denken.

»Er lügt!« schrie Lajos mit schriller Stimme.

Douser sagte: »Wählen Sie Rochester sieben-sechs-elf und verlangen Sie Bert. Bert wird Ihnen alles erzählen.«

Maxil liebäugelte mit dem Telephon. Lajos, der seinen Blick mitbekam, tigerte keuchend um den Tisch. »Wir werden niemanden anrufen, wegen gar nichts! Wir werden überhaupt niemanden anrufen!«

Maxil stippte etwa einen Zentimeter rosiggrauer Asche von seiner Zigarre und sagte zu Marsons: »Wählen Sie Rochester sieben-sechs-elf...«

»Wenn er das Telephon anrührt«, erklärte Lajos und richtete sich zu seiner vollen Größe auf, »dann mach ich nicht mehr mit! Dann ist es für mich vorbei, fertig, aus! Dann können wir uns nicht mehr trauen.«

»Es ist doch nur ein vorsorglicher Routineanruf«, sagte Maxil.

Lajos sperrte den Mund auf, klappte ihn schnell wieder

zu und schüttelte den Kopf. »Also gut. Rufen Sie an! Wählen Sie! Nur zu!«

Marsons wählte die Buchstaben und Zahlen und hörte der elektrischen Biene zu, die am anderen Ende der Leitung summte. Jemand tötete die Biene, indem er den Hörer abnahm. Douser saß klein und ruhig da. Drum beugte sich vor, wie er es in jener Szene von »Love, It's Nice« getan hatte. Maxil lauschte mit seinen fetten Augen. Marsons sagte nervös: »Bert?«

Der Hörer ruhte in Marsons Faust, die ihn in die Stille hielt, so daß Berts Stimme klein und dünn und hoch durch den Rauch zu verstehen war, wie von weither. »Ja?« sagte Bert.

Marsons zwinkerte heftig. »Ich rufe wegen dieser Geschichte von heute abend an, Bert«, sagte er.

»Meinen Sie die tausend Dollar?« fragte Bert.

Lajos schluckte, verlor in den Wangen und den feinen Linien um seinen Mund die letzte Farbe. Maxil zerquetschte seine Zigarre, bis sie aus war. Marsons hätte beinahe den Hörer fallen lassen. Drum fluchte. Douser lächelte.

»Ich bewahre es hier für Douser auf«, sagte Bert. »Bis er es abholt. Leicht verdientes Geld, das kann man sagen.«

Marsons legte den Hörer auf, in einer langen Stille.

»Es ist nicht wahr«, sagte Lajos und sah von Maxil zu Drum und Marsons. »Douser lügt!«

Maxil sagte: »Nehmen Sie ihm die Waffe weg, Drum.«

Drum stand auf und ging um den Tisch.

Lajos sagte: »Bleiben Sie mir vom Leib! Es ist eine Falle. Ihr müßt mir zuhören, mir eine faire Chance geben. Seid doch demokratisch!«

Drum kam näher. Er glaubte nicht, daß Lajos schießen würde. Lajos glaubte es auch nicht. Es schien instinktiv.

Die Waffe ging mit einem lauten, scharfen Bellen und einem kurzen Strahl blauroten Feuers los.

»Umm!« sagte Drum. Es war der beste Text, den er je gesprochen hatte. Da stand er nun mit einer Kugel im Bauch.

Marsons warf seine Karten weg, als ob sie numerierte Brieftauben wären, die auf einmal flatternd die Flucht suchten. Maxil saß fett und erstarrt. Douser rückte nur ein wenig beiseite, um dem Unheil nicht im Wege zu sein.

Lajos sah auf das Einschußloch und konnte es nicht glauben. »Ich hab es nicht gewollt«, sagte er fassungslos. »Da!« Er erstarrte vor Schrecken. »Da, nehmen Sie!« Er warf die Waffe weg, und Marsons fing sie auf. »Ich hab das nicht tun wollen! Ich bin unschuldig! Es war ein Unfall!« schluchzte Lajos.

Drum stand da, und der Tod stand zu seinen Füßen und schlug ihm die Fasern, die Wurzeln seines Lebens weg. Dann rannte der Tod beiseite, schrie: »Baum kommt!« und Drum krachte nieder wie ein gigantischer Redwood-Baum, um still und friedlich liegenzubleiben.

Einer weniger! dachte Douser zufrieden. *Eigentlich zwei. Einer tot, der andere eines Mordes schuldig. Was 'ne Freude!*

Alle zitterten jetzt, selbst Maxil. Marsons sah aus wie die Flanke eines nervösen Palomino-Pferdes, so sehr zitterte er. Lajos lag nun auf dem Sofa in einer Ecke des Zimmers, zerknautschte seinen Maßanzug, flennte wie eine Frau und machte dabei seinen Zehn-Dollar-Schlips von oben bis unten naß. Douser war überaus aufgeregt und gespannt, genau wie im Zirkus.

»Maul halten!« rief Marsons dem weinenden Lajos zu.

Maxil sagte: »Hören Sie auf damit, Lajos. Na, na, alter Junge!« Als das Schluchzen nicht aufhören wollte, wandte sich Maxil Douser zu, dessen Herz einen wilden, rosigen Tanz tanzte. »Warum sind Sie wirklich hergekommen, Douser?«

»Um mit euch Jungs Bekanntschaft zu schließen und noch mehr Verbrecher zu treffen.«

Maxil zündete sich seine Zigarre an, als ob er alte Überlegungen und Mutmaßungen aufwärmte. »Und dafür setzen Sie Ihr Leben aufs Spiel?«

»Ich hab es auch früher schon aufs Spiel gesetzt, für weniger. Diesmal arbeite ich von innen nach außen. Früher kam ich von draußen. Aber so ist es besser.«

»Ihre Geschichte«, sagte Maxil, der seinen Gedanken mit großartiger, langsamer Gewandtheit auf der glühenden Spitze seiner Zigarre balancierte, »will nicht recht zusammenpassen. Wenn Lajos vorhatte, uns hereinzulegen, warum kamen Sie beide dann ganz locker hier hereinmarschiert? Warum sind Sie nicht schießend reingerannt?«

Dousers Herz hüpfte in alle vier Richtungen. Das war der richtige Moment, eine Zigarette zu drehen. Er zog Tabak und Papier heraus und begann sie zusammenzupfuschen, während er fieberhaft nachdachte, ohne zu einem Ergebnis zu gelangen. Schließlich sagte er: »Wir hatten vor, hereinzukommen und Sie erst einmal so lange zu bequatschen, bis Sie keinen Argwohn mehr hätten. Lajos hat es so gewollt. Er wollte Sie und Marsons erschießen und Drum die Waffe in die Hand drücken und Drum mit Ihrer Waffe erschießen, dann die Bullen anrufen und 'ne Fliege machen. Er brauchte meine Hilfe für den Fall, daß er die Nerven verlieren würde. Er hatte gedacht, ich könnte Leute treten und anbrüllen und schlagen und ihnen ins Kreuz steigen.«

Maxil hatte ordentlich daran zu kauen. Lajos hörte lange genug mit dem Schluchzen auf, um »Er... er lügt...!« hervorzubringen.

Douser lachte. »Sie versuchen doch nur, die eigene Haut zu retten. Drum, der große Charakterkopf von

›Studio Films‹, ist tot, und sehn Sie mal, wer ihn umgebracht hat. Nicht ich. Nicht Sie, Maxil. Sondern *er*. Junge, wie das stinkt! Na, dann versucht mal, *das* unter den Teppich zu kehren, Herrschaften.«

Maxil nickte schwer. »Trotzdem stimmt da etwas Wichtiges nicht...« Maxil setzte sich in seinem Stuhl auf und besah seine Wampe. »Warum hat Lajos nicht weitergeschossen, nachdem er Drum erschossen hatte, und mich und Marsons auch noch abgeknallt?«

Douser fummelte an seiner Zigarette herum und mußte zugeben: »Da haben Sie recht. Ein Punkt für Sie.«

Maxil dachte, daß der Punkt entscheidend sei, und sagte das auch. »Lajos hat die Waffe sofort sinken lassen. Er wollte Drum nicht erschießen. Es war ein Unfall. Ich glaube, in Wahrheit wollte er von Anfang an nur einen Toten – *Sie*, Douser. Wie wir es vorhatten. Er hat Sie hierhergebracht, weil Sie sterben sollten, und Sie haben sich aufs Quasseln verlegt. Im Keller hatten wir einen Betonklotz und in Santa Monica ein Boot bereitliegen, damit wir Sie den Fischen verfüttern konnten...«

»Unfall – Schwachsinn!« rief Douser. »Der alte Knabe hat die Nerven verloren. Auf dem ganzen Weg hierher hat er andauernd geflüstert: ›Hoffentlich schaff ich es, hoffentlich verlier ich nicht die Nerven!‹ Er hat ein Doppelspiel getrieben, und Sie können nicht beweisen, daß er es nicht getan hat. Hören Sie, Maxil, ab jetzt bin ich mit Ihnen im Geschäft. Sie sitzen jetzt in der Klemme, das müssen Sie zugeben, und zwar bis zum Kinn. Wie wollen Sie den Mord an Drum vertuschen?«

»Ich erschieße Sie und stecke Drum meine Waffe in die Hand. Und die Waffe von Lajos in Ihre«, sagte Maxil.

»Ich hab nie eine Waffe dabei«, sagte Douser.

»Heute abend hatten Sie eben doch eine dabei.«

»Ich hasse Waffen. Die Bullen wissen das. Sie brauchen mich nur mit einer zu finden und wissen, daß etwas stinkt. Sie werden Sie einkreisen, in die Mangel nehmen – und wissen Sie auch, daß Lajos da drüben sofort die ganze Geschichte herausschluchzen wird und wo Sie dann landen?«

Maxil sah betroffen drein. »Ich bin für jeden Vorschlag offen.«

»Bringen Sie Lajos um. Hängen Sie ihm den Mord an. Er ist sowieso zu nichts mehr nutze. Sie können ihm nicht mehr trauen.« Lajos brach wieder in hysterisches Schluchzen aus.

»Das ist 'ne gute Idee«, sagte Maxil. »Danke.«

»Gern geschehn.«

»Nein!« schrie Lajos.

Es ging ziemlich schnell. Klick-klack – die altbekannte Hitze im Blut, das altbekannte wilde Angstgeschrei. Der Raum barst vor Emotionen. Maxil drehte sich auf seinem Stuhl herum. »Nein!« brüllte Lajos. Douser schlug vor, ihn zu erschießen, bevor er zu hysterisch würde, und Maxil nickte, zog eine Waffe und überlegte weiter, längs ihres hellblauen Laufs. Überlegte und überlegte und überlegte. Er richtete sie auf Lajos. »Nein«, sagte Lajos mit heiserer, kratziger Stimme. »Wer ist hier der Boss?« fragte Douser. »Er oder Sie? Na los, Maxil, erschießen Sie ihn!«

Maxil erschoß ihn.

Douser erhob sich in einem Universum, dessen Kreiseln einem übel machte, und sagte: »Marsons, haben Sie eine Waffe?«

»Ja.« Marsons klopfte auf sein Schulterhalfter.

»Richten Sie sie auf mich, während ich rede, Marsons. Machen Sie schon. Holen Sie sie raus, zielen Sie! Braver Junge.« Douser schätzte die Entfernungen und das richtige Timing ab und atmete in kurzen, erregten Stößen. »Hören Sie mir zu, Marsons. Ist es nicht komisch, wie sich die Dinge entwickelt haben? So viele Leute erschossen?«

Maxil sagte: »Setzen Sie sich hin, Douser!«

Alle sahen verwirrt, irritiert, unsicher drein. Drum, der in voller Länge auf dem Teppich ausgestreckt lag, konnte nicht eine Minute glauben, daß er tot war. O nein, nicht der große, der eine und einzige Calvin Drum!

Ebensowenig akzeptierte Lajos die Realität des Todes. Sein Gesicht war lachhaft indigniert und zornig, an jenes erkaltende Ding gefesselt, das sein Körper gewesen war! Er und Drum waren gestorben, ohne zu glauben und zu begreifen, wie in aller Welt es so hatte kommen können. Das war doch nicht fair!

»Marsons, sehen Sie sich mal um«, schnappte Douser mit der ihm eigenen Beredsamkeit. Seine funkelnden schwarzen Augen irrlichterten von Gegenstand zu Gegenstand. »Drum ist tot. Und warum? Lajos hat ihn erschossen. Aber wer hat Drum gesagt, er solle Lajos die Waffe wegnehmen? *Maxil* war's! Maxil wußte, daß Lajos fickrig war, nervös wie eine kranke Katze, und daß er womöglich schießen würde. Aber er hat Drum trotzdem gesagt, er solle sich die Waffe schnappen. Es war ein Todesurteil! Sehen Sie sich Drum an. Tot! Dann erschießt Maxil zum Ausgleich Lajos. Mein Gott, Mann, das ist doch so auffällig wie die Nase in Ihrem Gesicht. Alle Ihre Kumpel sind tot! Komisch, was?«

»Douser!« brüllte Maxil und stand auf.

»Vorsicht, Marsons!« schrie Douser und rannte wie ein Wiesel durch den Raum, die Schußdistanzen abschätzend, schreiend, sich duckend, ausweichend. »Erschießen Sie Maxil! Erschießen Sie Maxil, bevor er *Sie* umpustet!«

Douser verschwand hinter Marsons und riß ihn beiseite, als Marsons feuerte. Die Kugel, die für Dousers sich schnell bewegenden Körper gedacht war, durchschlug Marsons Hüfte.

»O Maxil, du dreckiger Penner!« stöhnte der verwirrte, von Schmerzen gepeinigte Marsons, als er seine Lage erkannte. Unter Schmerzen zog er den Abzug durch. Marsons Waffe feuerte dreimal, rasch hintereinander. Drei Kugeln trafen Maxil, rammten ihn in seinen Stuhl. Maxil befühlte seinen neuen Bauch mit neugierigen, ungläubigen Fingern. Seine Augen traten vor und erstarrten. Mein Gott, mußte er gedacht haben, als der Tod kam, ich hatte doch immer nur einen Nabel! Aber sieh mal, *jetzt hab ich vier! Hab eben drei neue dazugekriegt!*

Douser grunzte, grub die Finger in Marsons Ellbogen, zog den Burschen nach hinten, trat ihm die Beine weg und rollte im Fallen auf die Seite. Er hörte, wie die Waffe ohne den Mann auf den Boden knallte und Marsons bitter fluchte. Douser kam als erster auf die Beine und trat Marsons ins reichlich seltsame Gesicht. Marsons drehte sich zur Seite und spielte toter Hund. Eine tiefe Stille breitete sich über das Schlachtfeld. Während er dort stand, wurde Douser bewußt, daß er zum ersten Mal in seinem Leben so viele verstörte Leichen in einem Raum beisammen sah.

Pfeifend wie irgendein Detektiv aus irgendeinem Detektivroman, nur ein klein wenig falsch, verzog sich Douser vom Schauplatz des Geschehens.

Das Drugstore-Telephon schluckte Dousers Nickel, während er eine Nummer wählte. »Hallo, Bert? Du hast das heute abend prima gemacht, Bert, prima...«

»Schon recht, Douser. Jederzeit, wann du willst. So'n Hausmeister wie ich kriegt's irgendwann mal über, die ganze Nacht nur sauberzumachen und zu schrubben, so ganz allein. Hab ich mich genau an das gehalten, was du mir gesagt hattest?«

»Ganz genau. Und vergiß nicht, Bert – von jetzt an jede Nacht. Immer den gleichen Spruch.«

Bert räusperte sich. »Ist es wegen der tausend Dollar? Ich bewahre sie hier auf, bis Douser sie haben will.«

»Fein, Bert, fein! Gute Nacht, Bert.« Douser legte strahlend auf. Vor dem Drugstore zog er Zigarettenpapier und Tabak heraus. Er versuchte sich eine Zigarette zu drehen. Schließlich warf er sie weg und trat wütend darauf. »Zum Teufel mit dem Ding! Aber ich lern's schon noch!«

Ein Mann ging vorüber. Er sah ganz nach Bankräuber aus. Douser starrte ihm nach.

»He, Mister!« rief Douser und holte schnell zu dem Fremden auf. »Haben Sie 'ne Zigarette?«

Die lange Nacht

Draußen vor dem Wohnblock kamen die Jungs zusammen. Alle: Gomez, Tony, der »Baron«, der »Sandmann von Kalifa« und die übrigen. Tony hüpfte auf und nieder und drosch mir wieder und wieder auf den Arm, bis ich ihm sagte, er solle aufhören oder ich schlüge ihm die Enchiladas aus dem Leib. Tony lachte mit offenem Mund, daß man seine kräftigen, langen, weißen Zähne sehen konnte, und fing dann an, dem »Baron« auf den Arm zu schlagen. Der »Baron« wurde sauer und gab Tony eins auf den Ellbogen, ziemlich hart. Tony jaulte und tat so, als ob er Sam, die Rumkugel, mit schnellen, kurzen Geraden eindeckte.

Es war eine von jenen Oktobernächten, in denen einfach etwas passieren muß, wo den einen etwas zustößt und die anderen nicht einmal hinsehen. Wir hingen rum und warteten darauf, daß Rudy Verdugos auftauchte. Er war drüben auf der anderen Straßenseite, dort, wo die Jukebox-Musik herausquoll, die sich genauso anhörte, wie die roten, grünen, blauen, violetten Lichter in den Plastik-Musikboxen aussahen. Wir hopsten herum und stellten unsere knackigen Hintern, unsere knallengen Hosenbeine und unsere orangefarbenen Sandalen zur Schau. Ich hatte mein neues schwarzes Hemd an.

»Hi.« Verdugos kam rüber, die weite, schwarze Sportjacke lässig über seinen Körper drapiert, der eigentlich nichts mehr als ein Haufen abgenagter Hühnerknochen war, aber dafür war Verdugos ein helles Köpfchen, und er war okay, und das war es, warum wir ihn mochten.

»Rudy! Rudy! Rudy!« riefen wir alle zugleich. Er war älter als wir.

Er sagte: »Maul halten!« und lächelte. Sein Gesicht war schmal wie das einer Ratte, und er hatte kleine, nadelspitze Zähne. »Was ist denn mit euch los, Jungs?«

»Wir haben die ganze Zeit auf dich gewartet«, sagten wir.

»So?« sagte er. »Dann seht euch mal *das* an.«

Wir starrten auf den Schlagring an seiner Faust. »Was ist denn das?« wollte jemand wissen.

»Ach – Trottel!« sagte Tony. »Na, das ist 'n Schlagring. Messing. Kann man gut gebrauchen.«

»Um die Schläger zu verbleuen, wenn sie kommen und uns *Pachucos** die Klamotten wegnehmen wollen«, sagte Verdugos, sehr ruhig, mit einem Leuchten in den Augen. »Aber das ist noch gar nichts. Ich hab so meine Beziehungen.«

»Toll, Rudy!« sagten sie. Ich hielt den Mund und sah zu.

»Haltet euch an mich, und ihr könnt euch 'n Taschengeld verdienen«, verkündete ihnen Verdugos, ohne auch nur ein klein wenig zu lachen.

Genau in diesem Augenblick kamen drei Besoffene vorbei, lauthals grölend, und zogen in Richtung Temple Street weiter. Verdugos warf ihnen einen finsteren, häßlichen Blick nach. »Gringos, lausige«, sagte er. »Ich sag euch, heut nacht gibt's hier noch Ärger.«

»Ja«, sagten wir.

Ich sagte: »Die Zeitungen behaupten, die Pachucos aus der Ufergegend hätten letzte Nacht einem Matrosen ein Messer reingerammt.«

»Glaub bloß diesen Zeitungen nicht«, schnappte Verdugos und warf mir einen wütenden, funkelnden Blick zu. »Wir haben doch auch ein Recht auf Leben, oder?«

»Klar. Klar doch, Rudy!« sagten wir unbehaglich. Ich kam mir alleingelassen vor. Auf einmal erkannte ich diese

* Bewohner der Slums, auffallend gekleidet.

Jungs nicht wieder. Nicht einen von ihnen erkannte ich wieder: Tony und Gomez und Verdugos und den Baron, mit ihrem nach hinten gestriegelten, schwarzglänzenden Haar.

Da schrie jemand, wie verrückt. Um den dreistöckigen Wohnblock rannten Leute, wie Küchenschaben, und aus dem Keller leckten Flammen. Rote Flammenfinger, die die alten, ausgelaugten, zundertrockenen Holzverschalungen hinaufkrochen. Ich hörte Mamacita kreischen.

Ich schrie auf. Ich rannte die Zufahrt entlang. »Okay, Mom! Okay, Mom!«

Jemand anders brüllte: »Ruft die Feuerwache an!«

Ich holte einen Gartenschlauch, von irgendwoher. Die Leute rannten durcheinander. Mama war aus dem zweiten Stock heruntergekommen und brüllte mir zu: »Freddie, Freddie, paß auf! Aah! Paß auf!«

Es zischte, als das Wasser gegen das heiße Holz klatschte.

Ich hörte eine Sirene, von weither, und einen Augenblick später das laute metallische Rumpeln, als die Löschwagen eintrafen und die Feuerwehrleute absprangen. Ich räumte das Feld und ließ der Schlagkraft richtigen Wassers den Vortritt.

Verdugos und die anderen Jungs standen auf dem Bürgersteig herum und sahen zu. Mama klammerte sich an mich. »O Gott!« rief sie, »im Keller ist noch einer! Ein Toter!«

Ich klammerte mich an Mama. Wir gaben uns Mühe, durch den Rauch zu sehen. Die großen Schläuche wanden sich auf dem verlassenen Hof wie ein Nest gewaltiger, sterbender Schlangen. Mein Magen fühlte sich genauso.

Nach fünf Minuten brachten sie die Leiche hoch.

»Wer ist es?« Auf dem Balkon im ersten Stock machte Fannie Florianna mit ihren schweren Füßen eine Menge Krach.

Wir konnten nicht sagen, wer es war, selbst als der Körper vor uns lag, durchnäßt, verrußt, verbrannt. Der Kopf war wie Holzkohle.

Die Feuerwehrleute leerten die Taschen und lasen den Namen. Es war Pesquarra, der parfümierte Kerzen für die Olvera Street machte.

Mama schwankte neben mir auf den Beinen. »Er hatte eine Frau, und ein Kind ist auch unterwegs. Und jetzt ist er tot. O Gott!«

Ich ging in den Keller hinunter. Als alles abgekühlt war und die Feuerwehrleute in einem entlegenen Teil des Kellers herumpolterten, stieg ich in die verbrannte Nässe hinunter. Ich mußte husten, wegen des Rauchs.

Ich traf die eiserne Feuerluke des Heizkessels offen an, und aus ihr quoll der Gestank von verbranntem Fleisch und Haar. *Aus* ihr heraus. Er traf meine Nase wie eine zuschlagende Faust. Ich langte hinein und fischte ein Büschel Menschenhaar heraus, um es in meiner Jacke zu verstecken. Die Feuerwehrleute waren zu beschäftigt, um es zu bemerken.

Droben hatte Pesquarras Frau gerade das neue Gesicht ihres Mannes gesehen. Der Laut, den sie von sich gab, war wie keiner zuvor.

Ich zitterte. Irgend jemand hatte Pesquarra mit dem Kopf voran in die Feuerung gestoßen. Und ihn dann wieder herausgezogen und woanders hin geschleppt und Feuer gelegt. Es sah ganz nach einem Unfall aus.

Ich goß Wasser und Asche in die Feuerung. Ich wußte nicht, was ich tat und warum. Dann taumelte ich die nassen Treppen hinauf wie ein tollwütiger Hund.

»Was ist denn los?« rief Mama, die mich sofort von oben bis unten ansah.

»Nichts«, sagte ich. »Laß mich in Ruh.«

Ich hatte nach nichts Besonderem gesucht. Es war einfach so gekommen. Ich war nur neugierig gewesen.

Ich zwang mich, Mama zu vergessen, und fand mich im Flur des Mietshauses wieder. Er roch nach Kohl und Menschen. In Pesquarras Behausung zu gelangen war einfach. Ich wunderte mich, wie ich mich in dem Qualm zurechtfand.

Ich schwankte.

Ich wußte nicht, wonach ich suchte.

Pesquarra hatte seine Behausung verlassen und mußte sich nun nie mehr Sorgen um die Miete machen. Er war so ein ruhiger, netter Kerl gewesen. Hatte nie mit jemandem geredet. Hatte auch nie Streit gesucht. Darum dachte ich, ich könnte womöglich etwas finden, was mir verraten würde...

Ich knipste ein Licht an. Parfümierte Kerzen lagerten in farbigen Schichten, und...

Jemand betätigte in aller Eile einen Schalter. Das Licht ging aus. Ich spürte, wie sich die Haare an meinen Beinen zu einer Gänsehaut aufrichteten. Ich glitt um einen Tisch, der tausend Meilen breit war. Im Dunkeln ging die Tür auf, und dort stand jemand und wartete. Ich war nicht der einzige, der in Pesquarras Behausung nachsehen gekommen war.

Ein Tier weiß immer, was es tun muß, wenn es in Bedrängnis gerät. Ich wußte es damals auch. Meine Stimme gehörte nicht mir, als sie fauchte: »Ich hab ein Messer. Komm bloß nicht rein. Raus hier!«

Die Person dort in der Tür zögerte nur für einen Moment. Dann krachte die Tür ins Schloß. Ich hörte Schritte den Flur entlangeilen. Ich meinte auch, kleine Glocken läuten zu hören.

Ich hatte es nicht eilig zu folgen. Ich lehnte mich gegen die Stille und ließ meinen Schweiß strömen, um ihn wieder trocknen zu lassen.

Das Licht ging an. Keine fünf Minuten waren vergangen, als mich ein anderes Geräusch aus meiner Suche riß. Auf der Straße schrie jemand. Schnell verließ ich Pesquarras Behausung. Ich rannte zur Feuertreppe und sah hinunter.

Auf der anderen Straßenseite, wo die Musik aus dem »Lucky Spot« dröhnte, lag ein Mann auf dem Bürgersteig, mit rotem Zeug am Kopf. Irgendwer hatte irgendwas geworfen. Zwei weitere Männer rannten leise und schnell die Straße runter. Sie verfolgten jemanden, der sich in eine Seitenstraße schlug.

Die Löschfahrzeuge rückten ab. Alle aus dem Haus waren draußen und gafften: Pietro Massinello und seine Hunde, in seinem bunten Hemd mit den Glöckchen dran. Sam, besoffen und dürr, mit seinem verschwommenen Blick. Gilbert Ramirez, nichts als Muskeln und rohe Körperkraft. Verdugos, dürr wie eine Ratte. Und die anderen Jungs. Ich fragte mich, wer von ihnen Pesquarra umgebracht hatte. Und warum.

Mama rief nach mir, laut und hoch wie eine Fabriksirene.

Ich ging rauf zum Abendessen.

Es gibt nichts Schöneres als auf dem Küchenherd siedendes, brodelndes, feuerrotes Chili. Es gibt nichts Schöneres als einen Eßtisch und eine Pyramide dampfender Enchiladas und offene, einen reifen Duft verströmende Weinflaschen und eine Mama, die uns Jungs zum Essen ruft.

Wir setzten uns rittlings auf unsere Stühle, schöpften uns die Chilischoten, die Bohnen, das Schweinefleisch in die Teller und griffen nach den Löffeln. Alle langten tüchtig zu. Bis auf mich und Joe, meinen Bruder. Er stand drüben am Fenster und sah runter.

Mama sah mich an. »Was'n los, Freddie?« Sie schob die Chilibohnen zu mir her. »Tu dir doch was auf den Teller.«

Das Chili sah aus wie Blut.

»Nee, Mom.« Ich rückte vom Tisch weg. Mir war übel. »Was ist drunten los?«

»Die Feuerwehrleute. Sie verschwinden. Alle. Si.« sagte Mama zufrieden.

Papa aß hastig, sein Schnauzbart tanzte auf und ab. »War auch kein großer Schaden. Bis auf Pesquarra. Wir müssen einen Blumenstrauß rüberschicken. So'n Pech auch.«

»Pech soll das gewesen sein?« sagte ich.

»Klar. Was sonst?«

»Nichts, nehme ich an. Was haben die Bullen gesagt?«

»Sie gaben dem Heizkessel die Schuld. Anschluß nicht in Ordnung oder so was. Pesquarra arbeitete grade dran. Das ist alles.«

Ich verkrampfte mich. Mir fiel ein, wie ich Wasser auf den Kessel gegossen und Asche darüber gestreut hatte, um den Geruch von Fleisch und Haar zu überdecken. Ich wußte nicht einmal warum, außer vielleicht, um Señora Pesquarra zu ersparen, daß sie erfuhr, daß ihr Mann mit dem Kopf voran in die Feuerung gestoßen worden war.

Joe stand immer noch still am Fenster und sah mit einem Gesicht hinunter, das so bleich war wie eine Kamee. Ein trauriges Gesicht irgendwie. Er sang traurige Lieder und spielte Gitarre, langsam und schön. Ich verstand ihn nicht. Ich stand mehr auf Jazz. Als Mama Joe jetzt Vorwürfe machte, weil er nichts aß, sagte er: »Heute nacht wird es noch Ärger geben, Mamacita. Die ganze Woche wird es Ärger geben. Was bin ich froh, daß ich kein Pachuco bin.«

»Schon kapiert!« Ich bekam rote Ohren und strich mir das schwarze Haar drüber. »Nur weil ich die Jungs mag, bin *ich* noch lange kein Pachuco!«

Joe musterte mich mit tiefer Traurigkeit. Er war ein stiller Fremder in einem lauten Haus. »Wenn ich dich mit einer Banden-Jacke erwische, zieh ich sie dir eigenhändig aus!« sagte er.

»Seid still, alle beide!« grollte Papa. Er stocherte in seinem Essen. Mama ging zu Joe hinüber und sah mit ihm zum Fenster raus. Sie sagte: »Die Schläger... Meinst du, sie kommen heute nacht?«

»Weiß ich nicht.« Joe blickte prüfend die Straße entlang. »Jedenfalls nicht viele. Fast nur die gewöhnlichen Rowdies, Typen, denen so was einfach Spaß macht. In Bell Gardens waren es gestern abend fünfhundert. Sie haben zehn Pachucos splitternackt ausgezogen und in einen Müllwagen geschmissen. Es hat ein paar Schlägereien gegeben, ein paar Verletzte. So was ist nicht gut für anständige Mexikaner wie uns, Mamacita.«

»Wir schlagen denen ihre verdammten Schädel ein!« sagte ich, so rot wie das Chili auf den Tellern. »Sie haben kein Recht, auf uns herumzutrampeln, nur weil wir uns anders anziehen!«

»Freddie!«

Ich hielt den Mund. Zitterte. Dann kam es mir. Plötzlich hatte ich es. Ich spuckte es aus. »Seht her!« sagte ich. »Seht her!« Ich zog das verkohlte Haar aus der Tasche und warf es auf den Tisch. »Seht ihr, was sie mit Pesquarra gemacht haben?«

»Was ist *das?*« fragte Mama. Sie und Joe kamen zusammen her.

Ich erzählte ihnen, was ich entdeckt hatte. Es war, als ob das Licht im Raum ausgemacht worden wäre. Das Gesicht von Mama wurde aschfahl, war nur noch Knochen, dunkle, nasse, riesige Augen und vor den Zähnen verkrampfte Finger. Joe schluckte. Papa brachte nichts mehr herunter.

»Das waren diese Krawallmacher«, sagte ich laut. »Seht ihr, wozu sie fähig sind? Das war Mord!«

»Nein, das trau ich denen dann doch nicht zu«, seufzte Mama.

Joe nahm den Kopf zwischen die Hände, mit verkniffenem Mund. Ich ließ ihm Zeit, darüber nachzudenken.

»So was würden sie nicht tun«, sagte Mama.

Ich war mir da nicht so sicher. Seltsam, wie man im Zorn Dinge sagt, die man eigentlich gar nicht glaubt. Es war nur so dahergeredet. Aber es hörte sich beinah überzeugend an.

Joe meinte: »Wir müssen es der Polizei sagen.«

Ich stand auf. »Nein. Da würde ich ja festgenommen. Ist schließlich meine Schuld, daß sie nicht wußten, daß Pesquarra mit dem Kopf voran in die Feuerung gestoßen wurde. Was hätte es für einen Sinn, es jetzt zu sagen? Sie würden ja doch keinen erwischen.«

»Entschuldigt mich«, sagte Papa. Er stürzte aus dem Zimmer hinaus auf den Balkon, um sein Abendessen loszuwerden.

Mama setzte sich schwer hin. »Was soll aus dieser Welt noch werden? Was sollen wir bloß machen?«

Papa kam zurück und blieb mit rotem Kopf und rollenden Augen in der Tür stehen. »Es heißt«, sagte er langsam, »daß die Deutschen hinter diesen Krawallen stekken. Vielleicht hatte Pesquarra etwas mit ihnen zu tun. Vielleicht hat er Dinge gewußt, die er nicht wissen sollte. Heute haben sich keine Fremden im Viertel herumgetrieben. Wir dürfen nicht voreilig sein. Vielleicht haben ihn irgendwelche Pachucos umgebracht. Wir warten erstmal den Morgen –«

Ich schlug die Tür hinter mir zu. Ich ging die Treppe runter, tastete mich durch das Dunkel, die abgestandenen Gerüche. Ich strengte mich an, einen Zorn auf die Krawallmacher zu bekommen, aber es war alles weg. Papa hatte recht. Keiner, der wußte, wo Pesquarra wohnte, konnte ein Fremder sein. Es mußte jemand sein, der sich hier drinnen auskannte wie eine Termite. Der, der in Pesquarras Tür gestanden hatte. Der Typ, den ich mit meinem Fauchen verscheucht hatte. Das war der Mörder.

Große Füße kamen auf der Treppe auf mich zu. Ein muskulöser Körper bewegte sich an mir vorbei. »Hi, Freddie.« Gilbert Ramirez stapfte weiter nach oben. Ich sah ihm nach und überlegte. Er? dachte ich. Er vielleicht?

Die Straße war wieder bis zum Rand voll Lärm. Durch ein Flurfenster sah ich den Mob kommen. An die fünfzig Kerle, alle um die achtzehn oder neunzehn, ein paar Anführer ein bißchen älter, alle gefährlich aussehend, und ihnen folgte eine Menge von etlichen hundert Köpfen. Es zog mir die Bauchmuskeln zusammen, machte mich wütend. Ich wußte, wonach sie suchten.

Am liebsten hätte ich losgebrüllt und Steine geworfen. Die Tür zu Fannie Floriannas Wohnung stand weit offen, und sie war bis zum letzten Zentimeter von ihrer massigen Gestalt ausgefüllt. Ihr rundes, rosiges Gesicht wirkte besorgt. »Komm besser rein, laß dich vor denen nicht blicken«, flüsterte sie hastig. So ein dünnes Stimmchen von so einer dicken Frau. Ich ging rein.

Ihre astrologischen Tabellen breiteten sich über ihr Zimmer wie Schneewehen. Kakerlaken huschten durch den Ausguß. Ein ordentlich gemachtes Bett, in dem seit Jahren keiner mehr geschlafen hatte. Sie schlief stets im Sitzen, in ihrem großen Sessel.

Fannie machte die Tür zu. »Meine Ahnungen sagen mir, daß heute nacht schlimme Dinge geschehen werden. Widder in Opposition zum Stier und in Konjunktion zu den Zwillingen. Das ist schlimm. Geh lieber früh zu Bett.«

»Ich brauche deine Tabellen nicht, um das vorherzusagen.«

Sie watschelte zu ihrem massigen Sessel. »Ich hab schon immer gewußt, daß es so kommen wird«, vertraute sie mir mit geschlossenen Augen an. »Es geschehen ja so viele Dinge. Und alles hat seinen Grund.«

Ich sagte nichts. Ich wußte, daß sie nur aus Ohren bestand. Zweihundertneunzig von ihren Pfunden waren zu gewaltigen Ohren geworden. Der Rest war animalischer Spürsinn. Die Menschen umkreisten sie wie die Planeten die Sonne. Alle brachten ihr Essen, schmeichelten ihr, halfen ihr. Selbst die Mäuse hätten ihr ihren Käse abgetreten. Sie hatte sie in der Hand.

Im Flur ging jemand. Ich hielt den Atem an und lauschte. Das gleiche tat Fannie. Vor der Tür, draußen in dem langen Tunnel, stand jemand.

Es klopfte, und Fannie rief »Herein«. Die Tür öffnete sich unter dem leisen Läuten kupferner Glöckchen. Pietro Massinello tänzelte herein, mit seinem Kahlkopf, auf dem sich das Licht spiegelte. Seine Hunde winselten an seinen Füßen, die in Sandalen steckten.

»Hallo, meine Königin!« sang er, während er sich verbeugte. Er stellte graziös eine Schüssel Salat auf den Tisch. »Für Euch, Eure Majestät.« Ich mußte lachen. Man wußte nie, wo bei ihm die Schauspielerei aufhörte und der Ernst begann. Auch er verwöhnte Fannie, wie alle anderen. Sogar ich. Ich erledigte Botengänge für sie, weil sie mich einmal beim Rauchen erwischt hatte und es Mamacita erzählt hätte, wenn ich ihr nicht zu Diensten gewesen wäre.

Die winzigen Glöckchen auf Pietros rotem Hemd glitzerten, ein musikalisch klingender Besatz. Ich starrte ihn an. Mir fiel wieder ein, daß der, der Pesquarra umgebracht hatte – wer es auch immer gewesen sein mochte –, unter leisem Läuten aus seiner Behausung weggelaufen war. Doch Pietro war ja nur ein kleiner, alter Mann, der nicht mehr alle Tassen im Schrank hatte.

»Ich muß nunmehro Abschied nehmen«, sang Pietro und tanzte mit einem Hund im Arm einen Walzer dazu. »Ich tanze auf der Main Street, mit meinem Plattenspieler, und sammle Geld für die Armen. Und wer sind die

Armen? Die Armen, das bin ich. Ich tu mir Schminke auf die Wangen und binde mir Glöckchen an die Hosen. Na, dann will ich mal hoffen, daß dir der Salat schmeckt!«

Florianna seufzte, als die Tür zuging. »Die Welt spielt verrückt heute nacht.« Ihr Busen, ein wahres Gebirge, wogte langsam und rhythmisch. »Dieser ganze Streit zwischen den Schlägern und den Pachucos – du weißt natürlich, daß er in diesem Haus hier angefangen hat.«

»Hä?« sagte ich.

Listig schloß sie die Augen. »Glaubst du, all der Ärger kommt von nichts und wieder nichts? Also nee!« Sie wackelte mit einem Wurstfinger. »Solche Dinge brauchen einen Klaps, damit sie ins Rollen kommen, so, wie man einem Neugeborenen einen Klaps gibt.«

»Wer steckt dahinter?« fragte ich.

»Ich werde dafür bezahlt, daß ich den Mund halte. Wenn du mir ein bißchen Geld gibst, krieg ich ihn vielleicht doch ein Stückchen auf.«

»Ich denk nicht dran!« sagte ich. »Ist es Verdugos? Dem macht so was Spaß.«

»Nein. Er wird vielleicht von anderen bezahlt. Von andern, die größer und besser getarnt sind als er. Bezahlt dafür, daß er sagt, was er sagt, und tut, was er tut.«

»Es gibt ein Gerücht, daß die Nazis hinter den Krawallen stecken. Ist es das?« fragte ich.

Sie blinzelte träge, wie ein Flußpferd. »Vielleicht. Vielleicht auch nicht. Es macht großen Spaß, so viel zu wissen und so wenig zu verraten.«

»Ach, du erzählst ja doch nur Märchen!« schrie ich.

Das schaffte sie. Sie biß an. Kichernd steckte sie die unförmige Hand in die Tasche ihres Kleids. »Du glaubst, ich lüge und hätte keine Beweise? Sieh her!«

Sie zog ein zusammengefaltetes Blatt Papier hervor und breitete es auseinander. »Faß es nicht an!« warnte sie mich. »Bleib, wo du bist, und sieh dir dieses Schriftstück an.«

Ich sah hin und pfiff leise. »Das ist ja auf Deutsch geschrieben!« Ich konnte seinen Inhalt nicht verstehen. Sie ließ es schnell wieder in ihrem Kleid verschwinden und kramte etwas anderes hervor. Es war aus Stoff. Ein Hakenkreuz. Sie sagte: »Meine astrologischen Formeln helfen mir. Sie sagen mir, wo ich mit Hilfe der Sterne suchen muß. Ich hab das da und das Schreiben in der Wohnung von jemandem gefunden!«

»Von jemandem in diesem Haus?«

»Ja. Glaubst du, die großen Nazis wohnen in dieser Ecke der Stadt? Nein. Sie fahren ab und zu in großen Autos vorbei, um zu sehen, was ihre Helfershelfer so treiben, das ja. Sie bezahlen ihre Helfer – arme Leute. Und der Aufwiegler ist mitten unter uns, redet und lebt wie alle hier. Jemand, den wir kennen. Jemand, dem wir jeden Tag begegnen. Ich hab das da und das Schreiben in seiner Wohnung gefunden, wie es meine astrologischen Berechnungen besagten.«

»In wessen Wohnung?« brüllte ich und streckte schnell die Hand aus.

Florianna verschränkte ihre feisten Arme über dem Schreiben und keifte: »Weg da! Du kannst die Sachen nicht haben. Ich schrei! Ich werd der Polizei sagen, daß ich das Hakenkreuz und das Nazi-Schreiben im Zimmer deines Vaters gefunden hab, wenn du mich anrührst!«

Ich zuckte zurück und sah zu, wie das Nazi-Abzeichen in demselben Versteck verschwand, in das auch das Schriftstück gewandert war. All der Ärger im Haus, die miese Stimmung, das Gerede, der Kummer – alles in dem geheimen Schreiben beschlossen, das in ihrem Besitz war. Ich stand da und stierte sie an.

»Wie kannst du nur so dasitzen, während sich die Leute auf der Straße deswegen die Köpfe einschlagen?«

»Was gehn die mich schon an?« erwiderte sie. »Ich hab hier meine eigene Welt, bin mitten in ihr drin. Ich kümmere mich nicht um die Leute da draußen. Was tun die schon für mich?« Sie beugte sich vor und lächelte. »*Wenn* du natürlich ein bißchen Geld...«

Reden hatte keinen Zweck. Ich drehte mich um und packte den Türgriff. Jetzt kann ich die Krawalle stoppen, dachte ich. Ich kann den Leuten die Wahrheit sagen, und sie hören auf, sich zu hassen. Ja, das werden sie tun. Oder doch nicht?

Die Brände sind ja schon gelegt. Vielleicht komme ich zu spät, um sie auszutreten.

Ich riß die Tür auf, sagte: »Ich komm gleich mit Geld wieder!« ging raus und schlug die Tür zu. Ich hatte gelogen. Ich hatte überhaupt kein Geld. Ich meinte, Schritte zu hören, die sich im Hausflur treppauf entfernten.

Im Moment war es ruhig auf den Straßen. Ich stand im Hausflur und lauschte dieser Stille, die entstand, wenn der Mob in Richtung Stadtmitte weiterzog.

In all der Dunkelheit um mich herum wurde mir klar, daß ich der einzige war, der wirklich *wußte*, daß Pesquarra ermordet worden war. Mom und Papa und Joe, die wußten es auch; aber *ich* war der einzige, der seine Nase mitten hineingesteckt hatte. Auch Florianna wußte es – vielleicht –, aber das half nichts. Mich fröstelte. Ich rannte im Dunkeln blitzschnell den Hausflur entlang. Ich stolperte über etwas, einen Körper, und schrie. Ich rappelte mich mühsam auf.

Es war nur Sam, der ein wenig nach Rum stank, auf dem Boden lag, über und über verdreckt und alt und zerknittert, und schlief.

Ich rannte raus und stellte mich unter die Straßenlampe. Das Haus war mit einem Mal viel zu groß und zu dunkel. Es waren so viele Leute im Haus. Und einer von ihnen wußte alles über die Krawalle und brachte die Pachucos dazu, damit anzufangen. Florianna wußte, wer er war.

War es Pietro, der mit seinen jaulenden Hunden sang und tanzte? Vielleicht war Pesquarra dahintergekommen, daß Pietro ein Nazi war, und hatte damit gedroht, es der Polizei zu stecken, und Pietro hatte ihn in die Feuerung gestoßen. Oder Verdugos? Er war gerissen und schnell und geldgierig. Oder vielleicht Sam, der ein bißchen zu gern trank? Und wie war's mit Gilbert Ramirez? So groß und stark und blöd, aber insgeheim vielleicht doch ganz clever ...?

Der Stein traf mich an der Schulter.

Ich wäre beinah umgefallen. Der zweite Stein verfehlte mich, pfiff vorbei.

Ich rannte los.

Fünf Schläger waren mir auf den Fersen. »Da ist einer von diesen verlausten Pachucos, die Pete verdroschen haben!« brüllten sie.

Ich raste die Straße runter, verschwand hinter einem Zaun, hetzte über einen Hof, hechtete über einen zweiten Zaun und verlor ihre Flüche und ihr Keuchen aus den Ohren. Ich duckte mich hinter einen Busch und wartete. Mein Herz schlug wie verrückt. Ich hockte vornübergebeugt, ausgepumpt, schwankte.

Sie stöberten herum wie bösartige Tiere, aber sie konnten mich nicht riechen, trotz all dem Knoblauch und all dem Chili, und sie hörten auch mein Herz nicht hämmern, obwohl es meine Welt mit Lärm erfüllte.

Nach einer Weile hatten sie die Sucherei satt und verzogen sich.

Nach geraumer Zeit trat ich den Rückweg an, über Zäune, durch Seitenstraßen. In der Ferne hörte ich eilige Schritte, schreiende Leute. Die Krawalle setzten wieder ein, nur ein paar Ecken weiter.

Ich schlich durch den Durchgang am Haus.

Irgend etwas brachte mich dazu, an den Stufen halt zu

machen, die in den ausgebrannten Keller führten. Mir war, als ob ich da unten etwas liegen sah.

Es war Joe.

Es war so leicht, ihn zu finden. Es war so leicht zu erkennen, daß er nie mehr mit mir herumstreiten würde. Joe lag da, zusammengekrümmt, mit einer klaffenden, blutverklebten Wunde quer über den Schädel.

Ich fiel auf die Knie und packte ihn.

»Joe! Joe!« sagte ich. O Gott, die Welt war vollends verrückt geworden. Und ich war mittendrin und konnte mich auf keine Seite schlagen. Das alles traf mich wie ein Erdstoß, schüttelte mich durch. Joe war in den Keller hinuntergegangen, um nachzuprüfen, ob wahr war, was ich über Pesquarra gesagt hatte. Und der Mörder hatte ihn beim Herumschnüffeln erwischt und umgebracht, aus Angst, daß Joe die Bullen holen würde.

Es hätte so ausgesehen, als ob es die Schlägertrupps getan hatten. Ein Fall mehr. Eine von diesen Sachen eben. Genau wie bei Pesquarra. Verbrannt, weil er zu viel über die Krawalle wußte. Und Joe – ermordet, weil ich meine Nase ins falsche Loch gesteckt hatte. Niemand würde für seinen Tod zur Verantwortung gezogen.

Und was war mit mir?

Jemand, der auf leisen Sohlen durch das Haus eilte, jemand, der in diesem Augenblick darauf wartete, bis er mich hatte und fertigmachen konnte. Das wäre eine heiße Schlagzeile für die nächste Ausgabe der Morgenzeitungen. Das wäre Öl ins Feuer, würde die Leute noch wütender machen.

So hatte ich schließlich die Seite gefunden, auf die ich mich stellen mußte. Joe hatte sie mir gezeigt, ohne ein Wort zu sagen. Er hatte mir gezeigt, welche Seite die richtige war. Nicht Verdugos und seine Bande von Jungs, die ihm nur nachliefen, weil er ihnen wer weiß was erzählte. Sie konnten nicht denken. Sie hatten Luft in den Köpfen, nichts sonst. Sie wußten nicht, was sie anrichteten, wenn sie den Nazis halfen.

Ich nahm Joes Hand. »Ich stehe auf deiner Seite, Joe. Ehrlich – ich stehe auf deiner Seite! Es tut mir leid, daß wir uns gestritten haben. O Gott, ich mein's ehrlich, Joe! Joe! Ich wünschte, ich hätte dir nie gesagt –«

Ich stand auf. Ich stieg voller Wut die Stufen hoch und wußte nicht, wo ich hinging, bis ich plötzlich merkte, daß ich den Knopf von Fannie Floriannas Wohnungstür drehte. Sie wußte alles. In kalter Wut, mit heftig knirschenden Zähnen und geballten Fäusten würde ich sie zwingen, mir zu sagen, wer Joe auf dem Gewissen hatte. Ich würde es aus ihr herausholen, und wenn ich sie umbringen mußte...

Ich machte die Tür auf und wurde ruhiger.

Das war leichter. Leichter, als Joe zu finden.

Florianna lag mitten im Zimmer auf dem Rücken, ihr Gesicht weiß und blau gefleckt. Ein Arzt hätte gesagt, sie sei an Herzversagen gestorben. Ich mochte gar nicht erst nachsehen, ob das Nazi-Abzeichen und das Schreiben weg waren. Sie waren weg.

Während ich neben ihr stand, überlegte ich mir, wie es wohl gewesen war. Ich sah zu ihrem Bett hinüber. Sie hatte seit Jahren nicht darin geschlafen. Sie konnte sich nicht hinlegen. Sie war so fett, daß sie im Liegen keine Luft bekam.

Jemand war hereingekommen, hatte sie zu Boden gestoßen und im Liegen festgehalten.

Das war alles, was er hatte tun müssen. Kein Kampf, kein Würgen, keine Knüppel, keine Kugeln. Er hatte Florianna nur runterdrücken und warten müssen, bis ihr Fett sie erstickt hatte und ihr rosiges Mondgesicht blau geworden war.

Noch so ein Unfall. Alles ganz prima, hervorragend gemacht. Drei Morde, und alle sahen wie Unfälle aus.

Jetzt war nur ich noch übrig.

Dann hörte ich droben, im zweiten Stock, den Münzfernsprecher klicken. Ganz leise öffnete ich die Tür und lauschte. Ich hörte eine Stimme flüstern. Ich bekam nur ein paar Worte mit.

»Polizei? Ja... Schicken Sie einen Streifenwagen! Auf der Straße liegt eine Leiche. Ja – Rowdies...«

Ich nahm auf der Treppe nach oben drei Stufen auf einmal, ohne Rücksicht darauf, daß ich Lärm machte.

Als ich das Telephon erreichte, schwang der Hörer hin und her wie ein Pendel. Jemand rannte den Flur hinunter. Ich brüllte dem flüchtenden Schatten nach. Er hätte in zwanzig Türen verschwinden, hätte sich drei Treppen aussuchen können. Dann war der Schatten fort.

Ich ging zurück zum Telephon und hängte ein.

In diesem Augenblick wurde mir alles klar. Ich wußte, wer Pesquarra ermordet hatte. Ich wußte, wer der Nazi war und wie klug es von ihm gewesen war, sich zu tarnen. Erst Pesquarra. Dann Joe. Dann Florianna.

Der Mörder hatte sich alles gut zurechtgelegt.

Denn jetzt kamen *sie* die Treppe rauf. Die Schläger. Sie schnappten mich, bevor ich abhauen konnte. Es waren etwa zwanzig von ihnen. Sie sahen wie Kids von der High School oder vom College aus, die auf Nervenkitzel aus waren.

»Schnappt euch den verdammten Pachuco!«

»Sind noch mehr hier im Haus? Holt sie raus!«

»Klopft an alle Türen! Geht rein und holt sie!«

»He, du da drin, mach auf!«

Sie zerrten mich die Treppe runter und raus auf die Straße. Sie war voll Licht. Hunderte von Autos, Stoßstange an Stoßstange, mit aufgeblendeten Scheinwerfern. Straßenbahnen, die im Stau steckten, und eine tausendköpfige Menge, die sich voranwälzte wie eine Springflut, die redete und wartete und aufheulte, als sie sah, wie ich herausgezerrt wurde.

Der Mörder hatte ihnen gesteckt, daß ein Pachuco in

dem Haus sei, und sie waren gekommen, um mich zu holen. Auch der Mörder trieb sich jetzt in der Menge herum, unter die andern gemischt, und wartete. Ich versuchte etwas zu sehen.

Ich kämpfte. Ich trat um mich und schwang die Fäuste. Ich brüllte mich heiser. Sie schlugen mich auf den Mund, und meine Lippen platzten und bluteten, und ich versuchte zu sagen: »Wartet – ich bin doch jetzt auf eurer Seite! Nehmt meine Klamotten, aber laßt mich in Ruhe, laßt mich die Bullen holen! Ich weiß jetzt, wer meinen Bruder umgebracht hat! Es hat was mit den Nazis zu tun! Das könnt ihr nicht wissen. Herr im Himmel, mach, daß sie mich laufen lassen!«

Aber der Lärm war so laut. Fanfaren tuteten, Burschen brüllten, Straßenbahnen kreischten, Pfeifen trillerten, und die Menge drängelte heran, um zu sehen, wie ein richtiger, lebendiger Pachuco aussah, dem die Eingeweide aus dem Leib getreten wurden. Ich wurde von einem zum andern geschubst, in einem Kreis aus Benommenheit. Ich fiel, und jemand trat mich in den Bauch. Ich kroch, und jemand warf einen Stein, der meinen Rücken traf. Ich kroch zurück an die Mauer, und ein zweiter Stein traf mein Bein. Sie jubelten. *Ich bin doch auf eurer Seite!* dachte ich. *Bitte, laßt mich auf eurer Seite sein!*

Manchmal lassen sie einen im Krieg nicht die Seite wechseln.

Da kamen die Bullen. Ein Streifenwagen röhrte heran, unter lautem Sirenengeheul, dessen Echo von allen Häusern widerhallte.

Der Mob gab eine Gasse frei, um sie durchfahren zu lassen. In dem ganzen Durcheinander kam ich frei und rannte los. Jemand stellte sich mir in den Weg, und ich versetzte ihm mit meiner tauben Faust einen wilden Schlag; er ging zu Boden. Ich schaffte es, schluchzend. Meine Kleider waren zerrissen, ich schmeckte Blut, während ich lief, und ich sah Joe, der immer noch dalag und auf den Leichenbeschauer wartete, und rannte weiter, auf einer Tretmühle von Alpträumen. Ich fiel über einen Zaun und kroch hinter ein dichtes Gebüsch, blieb mit dem Gesicht im Dreck liegen...

Es ging gegen Mitternacht, bis die Polizei die Straße wieder sauber und breit und leer geräumt hatte. An allen Ecken und Enden jaulten Sirenen.

Sie kamen und brachten Joe fort. Ich hörte Mama schreien. Ich wand mich, als ob Haken in meinen Lungen wären und an mir zerrten. *Ach, Mama, wenn ich jetzt nur deinen Kopf halten könnte! Wenn ich es Joe bloß nicht gesagt hätte, wäre er noch am Leben!*

Aber ich konnte jetzt noch nicht zu ihr gehen. Erst mußte noch etwas erledigt werden. Die Nacht war erst zur Hälfte um, und ich war noch nicht fertig damit. Ich rappelte mich auf und ging auf den verlassenen Gassen zwischen den Blocks zurück. Ich begegnete niemandem. Ich betrat den »Lucky Spot« mit seiner Jukebox. In der Tür blieb ich stehen. Der Barmann sah auf, blickte mich an.

»Bleib weg von hier, Kleiner«, warnte er mich. Meine zerfetzten Klamotten gefielen ihm wohl nicht. »Du bist noch minderjährig. Und jeden Moment können die Bullen kommen.« Ich hörte ihn kaum. Ich sah mir alle Leute an den Tischen an.

Verdugos war mit einem blonden Mädchen da. Vor ihnen auf dem Tisch stand Bier. Verdugos lachte.

Sam war auch da, dürr, mit wirren Augen. Sein unrasiertes Gesicht war von Schweiß bedeckt. Er stand an der Theke und goß sich gerade ein Glas Rum ein.

Auch Pietro Massinello war da, mit seinen kleinen Glöckchen und seinen Hunden, die auf dem Tisch saßen und Schnaps aus einer Untertasse schlabberten. Sein buntes Hemd läutete. Die Glöckchen spielten eine lustige

Weise, die gar nicht mehr lustig war. Aus der Jukebox dröhnte *La Compañera.*

Ich stand immer noch da.

Auch Gilbert Ramirez war da, groß und dumm und besoffen.

Die ganze Kneipe pulsierte ungefähr so wie eine eiternde Schnittwunde am Arm, die zu schmerzen beginnt.

Ich sah zu Verdugos hinüber und sah nach, was er trank: Bier.

Ich sah zu Pietro Massinello hinüber. Er trank nie etwas. Er sang nur und tanzte und spielte verrückt.

Sam trank Rum, wie immer. Eine bestimmte Marke, die sonst keiner trank.

Die Musik verstummte, und ich hing da wie eine Fliege im Netz. Der Schweiß rann mir über die Wangen, und ich blinzelte, um klarer zu sehen.

Sam wandte sich ab, torkelte zur Jukebox hinüber und steckte einen Nickel in den Schlitz. Die Münze fiel aber nicht. Benommen stierte er auf die vierundzwanzig Zahlen, um ein Lied zu wählen. Ich wartete. Dann ging ich auf ihn zu, bis ich ungefähr zwei Meter hinter ihm war, und sagte: »Sam?«

Er drehte sich um.

»Du trinkst Rum, Sam?« sagte ich.

»Klar. Ich trinke Rum«, sagte er.

»Ich kenne nur einen in der Gegend, der Rum trinkt.«

Seine Lider zuckten. Ich spürte, wie alle im Raum mich ansahen, mich mit ihren Suffaugen festnagelten. »Klar«, sagte Sam, »ich trinke Rum. Wieso?«

Ich schluckte und biß mich auf die Lippen. »Dann hast also du vor dem letzten Krawall die Bullen angerufen.«

Sam sah nach allen Seiten.

Dann sagte ich es ihm. »Du warst ganz schön clever. Jeder hat geglaubt, du wärst nur so 'ne olle Schnapsnase, ein

Säufer, ein lausiger alter Wermutbruder. Prima Tarnung. Wer würde schon einen alten Säufer verdächtigen. So'n Typ wie Verdugos, *der* sieht nun wirklich verdächtig aus. Aber 'ne Type wie du? Nee. Niemals!«

»Du machst wohl 'n Witz?« Doch ihm war nicht wohl in seiner Haut.

»Halt den Rand! Laß mich ausreden«, sagte ich. »Du hast die Bullen angerufen und ihnen gesteckt, daß da draußen 'ne Leiche liegt – Joe, mein Bruder. Du hast die Bullen angerufen, um sicherzugehen, daß den Banden die Schuld in die Schuhe geschoben wird. Dann bist du über die Hintertreppe runtergegangen, und der Mob ist zurückgekommen, und du hast sie nach oben geschickt, wo sie noch so einen verdammten Pachuco finden konnten. Mich! Du bist ein Mörder, Sam!«

»Das kannst du nicht beweisen, das kannst du mir nicht anhängen! Das kannst du nicht, Teufel nochmal!«

Ich konnte kaum noch reden. »Beim Telephonieren, Sam, hast du kleine Spucketropfen auf dem Hörer hinterlassen. Das macht jeder beim Sprechen. Jeder macht den Hörer naß. Aber du hast den Geruch von Rum auf dem Hörer hinterlassen, Sam! Der einzige im Haus, der Rum trinkt!«

Sams Miene hatte einen bösartigen Ausdruck. »Das beweist noch gar nichts. Warum hätte ich Joe umbringen sollen?«

»Pesquarra«, sagte ich, »der war als erster dran. Er hat gedroht, bei den Bullen über dich und die Nazis auszupacken – daß du Weiße und Mexikaner gegeneinander aufhetzt –, und deswegen hattest du allen Grund, ihn um die Ecke zu bringen. Ich war in seiner Wohnung, als du kamst, um nachzusehen, ob er noch irgendwelche Beweise gegen dich hatte. Du hast eins von Pietros Hemden geklaut, damit es sich anhörte, als ob Pietro dort rumschnüffelte. Dann mußtest du mich loswerden. Du hast Joe drunten bei der Heizung suchen sehen. Da hast du gewußt, daß ich es ihm gesagt hatte. Deshalb hast du Joe umgebracht und der Polizei erzählt, es seien die Banden gewesen...«

Sam rührte sich. Ich streckte die Faust aus.

»Du hast Joe zum Schweigen gebracht und gleichzeitig dafür gesorgt, daß es wieder nach Krawall aussah. Das war von Anfang an deine Aufgabe. Bring einen Mexikaner um und mach die Mexikaner wild. Dann bring vielleicht einen Yankee um, um die Yankees gegen die Mexikaner aufzuhetzen. Krawallpropaganda! Und Joe mußte dran glauben.«

Der Barmann war drauf und dran, hinter der Theke vorzukommen, um der Sache ein Ende zu machen. Ich sagte: »Und dann hast du Florianna ausgeschaltet, weil du Angst hattest, daß ich oder die Bullen sie zum Reden bringen könnten. Also hast du sie vom Sessel geschubst, und sie hat nicht mehr atmen können und ist gestorben. Ein Unfall, ganz einfach!«

Ich holte tief Luft. »Damit war also nur noch einer übrig, der im Haus herumschnüffelte – ich. Du hast versucht, mich vor deinen Karren zu spannen, wie du es mit Joe gemacht hattest. Damit die Nazis die ganze Stadt mit Krawallen überziehen konnten – Weiße gegen Dunkelhäutige. Aber ich bin davongekommen, Sam. Ich bin davongekommen, und du hast den Fehler gemacht, den Geruch von Rum am Telephonhörer zurückzulassen. Jetzt wissen wir also, was du bist, Sam. Alle diese Menschen sind tot, und nur deswegen. Drei Menschen tot, einfach so, Sam. Ist es das Geld wert gewesen? Ist es –«

Plötzlich griff Sam in sein Hemd, dann in die Innentasche seines Jacketts und zog etwas heraus. Er hatte einen Zacken zuviel in der Krone. Ich hatte mein Messer schneller zur Hand. Ich holte genau in dem Moment aus, als Sam schoß. Seine Kugel schlug klirrend durch die Fensterscheibe.

Sam hustete, sah auf das Messer in seiner Hühnerbrust

hinunter und wunderte sich, was es da sollte. Er schien keinen Schmerz zu spüren.

Dann beugte er sich ein wenig vor und versuchte das Messer zu packen. Er ließ seine Knarre fallen; sie schlidderte über den Boden. Alle sahen zu, wie er hustete und rückwärts gegen die Jukebox fiel. Sein Körper stieß die Münze in den Schlitz, bis es klickte. Die Mechanik setzte sich in Bewegung...«

Und Sam glitt an der Seite der Box zu Boden, ohne ein Wort. Ein Strom von Blut schoß zwischen seinen Lippen hervor.

Jemand rief die Bullen an. Ich stand da und zitterte und begann weinend nach meiner Mama zu rufen.

Laut und dröhnend begann die Jukebox zu plärren.

Es hätte schön klingen müssen in der Stille.

Tat es aber nicht.

Und jetzt liege ich hier in meinem Bett, oben in unserem Wohnblock. Morgen ist der Geburtstag von Joe. Er wäre einundzwanzig geworden. Ich liege da und höre zu, wie das Wasser aus einem Hahn tropft, den ich nicht abdrehen kann, weil es nur mein Herz ist, das hämmert und hämmert, Tropfen um Tropfen.

Und Musik dringt in mein Zimmer. Eine Musik übertönt das Geräusch meines Herzens, eine Musik, die ich nie mehr vergessen kann.

Es ist die Musik, die aus der Jukebox kam, zehn Sekunden, nachdem Sam begonnen hatte, auf dem Boden zu verbluten. Die Musik, die er mit seinem Nazi-Nickel bezahlt hatte und die immer weiter spielte, donnernd laut, noch lange, nachdem Sam schon tot war.

Ich kann diese Platte nicht zum Schweigen bringen! *Oh, madre mia!* Wie soll ich diese Platte so allein zum Schweigen bringen!

Ein Zirkus voller Leichen

Es war undenkbar! Raoul erschrak davor, war aber gezwungen, der Wahrheit ins Auge zu sehen, weil die Krämpfe im selben Takt auch durch sein Nervensystem fluteten. Über ihm flatterten die langen Zirkusbanner in Rot, Blau und Gelb hoch und gelassen im Nachtwind; die dickste Frau der Welt, der Hungerkünstler, die armlosen, beinlosen Schreckensgestalten starrten mit dem gleichen wilden Haß, der gleichen maßlosen Gewalttätigkeit auf ihn herunter, die sie im wirklichen Leben an sich hatten. Raoul hörte Roger an dem Messer in seiner Brust zerren.

»Roger, stirb nicht! Halt durch, Roger!« schrie Raoul.

Sie lagen Seite an Seite im warmen Gras, unter ihnen eine dünne Schicht stinkenden Sägemehls. Durch die offenen Planen des Hauptzelts, die wie die häutigen Schwingen eines prähistorischen Monsters hin und her schwangen, konnte Raoul das leere Gestell hoch oben im Zelt sehen, an dem sich Deirdre jeden Abend wie ein herrlicher Vogel durch die Luft schwang. Plötzlich kam ihm ihr Name in den Sinn. Er wollte nicht sterben. Er wollte nur Deirdre.

»Roger! Kannst du mich hören? Roger!«

Roger gelang ein Nicken. Sein Gesicht war vor Schmerz zu einem formlosen Klumpen verzerrt. Raoul richtete den Blick auf dieses Gesicht – die dünnen, scharfen Linien, die Blässe, die arrogante Anmut, die dunklen, tiefliegenden Augen, die zynischen Lippen, die hohe Stirn, das lange schwarze Haar –, und sah Roger wie jemanden starren, der sein Sterben in einem Spiegel beobachtete.

»Wer war es?« Raoul reckte sich mühsam, brachte seine hektisch arbeitenden Lippen an Rogers Ohr. »Einer von den anderen Freaks? Die Zyklopen? Lal?«

»Ich... ich...«, schluchzte Roger, »hab's nicht gesehn. Dunkel. Zu dunkel. Etwas Weißes. Zu schnell. Zu dunkel.« Er holte rasselnd Atem.

»Nicht sterben, Roger!«

»Egoist!« zischte Roger. »Denkst nur an dich selbst!«

»Was soll ich denn sonst tun? Du weißt doch, wie mir zumute ist. Nur an mich selbst denken! An was wohl würde jemand denken, wenn ihm die Hälfte seines Körpers, seiner Seele und seines Lebens genommen würde, wenn ihm ein Fuß amputiert und ein Arm ausgerissen würde? Nur an sich selbst, Roger. O Gott!«

Die Orgel verstummte, doch ihr Dampf zischte weiter, und Tiny Matthews, der gerade an ihr geübt hatte, kam hinter dem Zelt hervor durch das Sommergras angerannt.

»Roger, Raoul, was ist denn passiert?«

»Hol den Doktor, schnell, hol den Doktor!« ächzte Raoul. »Roger ist schwer verletzt. Eine Stichwunde!«

Der Liliputaner rannte davon, fiepend, gleich einer Maus. Es schien eine Stunde zu dauern, bis er mit dem Doktor zurückkam, der sich herunterbeugte und Roger das mit Ziermünzen besetzte Hemd von der schmalen, triefenden Brust riß.

Raoul schloß die Augen. Fest. »Doc! Ist er tot?«

»Fast«, sagte der Doktor. »Nichts, was ich tun könnte.«

»Doch!« flüsterte Raoul, während er die Hand ausstreckte, das Jackett des Arztes packte und sich darin verkrallte, als ob er seine Angst zerdrücken wollte. »Nehmen Sie Ihr Skalpell zur Hand!«

»Nein«, erwiderte der Doktor. »Nicht in dem Dreck hier.«

»Doch! Doch, ich flehe Sie an, schneiden Sie uns auseinander! Schneiden Sie uns auseinander, bevor es zu spät ist! Ich will frei sein! Ich will leben! Bitte!«

Die Dampforgel fauchte und zischte und keuchte; die brutalen Taugenichtse stierten herunter. Tränen drangen unter Raouls Lidern hervor.

»Bitte! Es ist doch sinnlos, daß wir beide sterben!«

Der Doktor griff nach seiner schwarzen Tasche. Die Taugenichtse wandten sich nicht einmal ab, als er das Tuch durchtrennte und die dürren Rippen von Raoul und Roger entblößte. Eine Dosis Betäubungsmittel, unter die Haut gespritzt, tat ihre Wirkung.

Dann begann der Doktor seine Arbeit an jenem dünnen Hautgebilde, das Raoul an Roger gefesselt hatte, den einen an den anderen; seit dem Tag ihrer Geburt vor siebenundzwanzig Jahren.

Roger sagte keinen Ton, wie sie so dalagen. Doch Raoul schrie.

Fieber überflutete ihn tagelang bis zum Rand des Erträglichen. Er durchtränkte das Bett mit Schweiß, schrie und sah immer wieder über die Schulter, um mit Roger zu reden – *aber Roger war nicht mehr da! Roger würde nie mehr dasein!*

Aber Roger *war* doch dort gewesen, siebenundzwanzig Jahre lang! Sie waren gemeinsam gelaufen, gemeinsam gestürzt, hatten einander gemocht und gehaßt, immer gemeinsam, einer das Echo des anderen, jeder ein Spiegel, der die perverse Individualität des anderen ein wenig verzerrt zurückspiegelte. Rücken an Rücken hatten sie gegen die Welt um sie herum gekämpft. Jetzt fühlte sich Raoul wie eine Schildkröte ohne Panzer, wie eine Schnecke, der unwiderruflich ihr Haus, ihr Schutz genommen war. Er hatte keine Wand mehr, an die er sich schutzsuchend anlehnen konnte. Nun kreiste ihn die Welt ein, nun konnte sie ihm in den Rücken fallen!

»Deirdre!«

In seinem Fieber brüllte er ihren Namen, und schließlich sah er sie sich über sein Bett beugen, ihr dunkles Haar hinter den Ohren zu einem schimmernden Knoten gebunden. In der Erinnerung sah er sie hundertmal um ihr Hanfseil wirbeln, ganz oben im Zelt, in ihrem enganliegenden Kostüm. »Ich liebe dich, Raoul! Roger ist tot. Der Zirkus reist nach Seattle weiter. Wenn du wieder gesund bist, kannst du uns nachfahren. Ich liebe dich, Raoul.«

»Deirdre, geh du nicht auch noch weg!«

Wochen vergingen. Häufig lag er bis zur Morgendämmerung wach und stellte sich Roger vor, der wie einst an ihn gefesselt war. »Roger?« Schweigen. Langes Schweigen.

Dann sah er hinter sich und begann zu weinen. Dort lebte jetzt ein Vakuum. Er mußte lernen, nie mehr hinter sich zu blicken. Wie viele Monate sein Leben an einem seidenen Faden hing, vermochte er nicht zu sagen. Schmerz, Furcht, Horror bedrängten ihn, und seine Wiedergeburt ging in der Stille vonstatten, in der Einsamkeit, einer statt zwei zu sein. Das Leben mußte ganz von vorn beginnen.

Er versuchte sich an das Gesicht oder die Gestalt des Mörders zu erinnern, aber es gelang ihm nicht. Er wälzte sich auf seinem Lager und führte sich die Tage vor dem Mord vor Augen – Roger, der die anderen Freaks beleidigte, der sich arrogant weigerte, mit irgend jemand auszukommen, selbst mit dem eigenen Zwillingsbruder. Raoul stöhnte auf. Selbst wenn er sie nicht reizte – Roger hatten die Freaks gehaßt. Sie hatten schließlich verlangt, daß sich der Zirkus ein für allemal von den Zwillingen trennte!

Nun – die Zwillinge gab es nicht mehr. Einer war unter der Erde. Der andere lag im Bett. Und Raoul lag da und machte Pläne und dachte über den Tag nach, an dem er zum Zirkus zurückkehren, den Mörder suchen, sein Leben leben, Father Dan, dem Zirkuspatron, gegenübertreten, Deirdre wieder küssen, die Freaks sehen und in ihren Gesichtern danach forschen würde, wer ihm das angetan hatte. Er würde niemanden wissen lassen, daß er das Gesicht des Mörders in den tiefen Schatten jener Nacht *nicht* gesehen hatte. Er würde den Killer im eigenen Saft schmoren lassen – er würde ihn rätseln lassen, ob Raoul mehr wußte, als er sagte!

Es war eine heiße Sommerdämmerung. Animalische Ausdünstungen in unendlichen Variationen von Schärfe fielen ihn aus allen Richtungen an. Raoul ging unbehaglich über die Lohe, erblickte den ersten Abendstern. Er war noch gar nicht an diese Freiheit gewöhnt und sah immer noch ständig hinter sich, um sich zu vergewissern, daß Roger nicht zurückblieb.

Zum ersten Mal in seinem Leben, wurde Raoul bewußt, nahm niemand von ihm Notiz! Der Anblick von ihm und Roger hatte Massen auf die Beine gebracht, überall, jederzeit. Und nun sahen die Leute nur auf die gespenstisch beleuchteten Bilder mit den Attraktionen der Show, und Raoul stockte das Herz, als er bemerkte, daß die Leinwand mit dem Gemälde von Roger und ihm entfernt worden war. An ihrer Stelle klaffte eine Lücke, wie wenn mittendrin ein Zahn gezogen worden wäre. Raoul ärgerte sich über diese unvorhergesehene Zurücksetzung, aber zur gleichen Zeit flammte in ihm ein ganz neues Gefühl von Individualität auf.

Er konnte rennen! Er mußte Roger nie mehr »Hier rum!« oder »Obacht, ich falle!« sagen. Und er mußte nie mehr Rogers bitterböse Kommentare ertragen: »Tolpatsch! Nein! Nein, nicht in diese Richtung. Ich will da lang. Na los doch!«

Aus einem Zelt reckte sich ein rotes Gesicht. »Teufel nochmal!« rief ein Mann. »Ich will verdammt sein! Raoul!« Er stürzte heraus. »Raoul, da bist du ja wieder! Ich hab dich gar nicht erkannt, weil...« Er schielte nach Raouls Rücken. »Also, ich meine, verdammt nochmal, willkommen zuhaus!«

»Hallo, Father Dan!«

Sie saßen in Father Dans Zelt und stießen an. Father Dan war ein kleiner Ire mit feuerrotem Haar, der viel und gern fluchte. »Bei Gott, mein Junge, ist das eine Freude, dich wiederzusehen! Tut mir leid, daß die Show weiterziehen und dich in diesem Zustand zurücklassen mußte. Herrgott nochmal! Deirdre hat sich aufgeführt wie'ne kranke Kuh wegen dir. Hat nur auf dich gewartet. Holla, holla, jetzt werd nicht gleich zapplig, du wirst sie bald genug wiedersehen. Trink erst mal deinen Brandy aus.« Father Dan schnalzte mit den Lippen.

Raoul schüttete sein Glas hinunter; es brannte. »Ich habe nie geglaubt, ich käme zurück. Es heißt, wenn ein siamesischer Zwilling sterben muß, dann stirbt auch der andere. Ich nehme an, Doc Christy hat bei der Operation ganze Arbeit geleistet. Hat Ihnen die Polizei viel Scherereien gemacht, Father Dan?«

»Paar Tage lang. Haben überhaupt nichts rausgekriegt. Sind sie dir auf die Pelle gerückt?«

»Ich habe einen ganzen Tag lang mit ihnen geredet, bevor ich nach Westen gekommen bin. Sie haben mich laufenlassen. Ich hatte sowieso keine Lust, mit denen zu reden. Das geht nur Roger und mich und den Mörder an.« Raoul lehnte sich zurück. »Und jetzt...«

Father Dan schluckte schwer. »Und jetzt...«, murmelte er.

»Ich weiß, was Sie denken«, sagte Raoul.

»*Ich*?« dröhnte Father Dan eine Spur zu herzlich und schlug Raoul aufs Knie. »Du weißt doch, ich denke mir nie was!«

»Es ist doch so: Sie wissen es, und ich weiß es auch, Papa Dan, daß ich kein siamesischer Zwilling mehr bin«, sagte Raoul. Seine Hand zitterte. »Ich bin einfach nur noch Raoul Charles DeCaines, arbeitslos, keine Kenntnisse außer in Gin Rummy. Ein wenig Saxophonspielen kann ich auch und eine Handvoll lahme Witze reißen. Ich kann Ihnen doch beim Zeltbau helfen, Papa Dan, oder Karten verkaufen oder Mist schaufeln. Ich könnte ja vielleicht auch eines abends ohne Netz vom höchsten Trapez springen – da könnten Sie fünf Dollar pro Sitz verlangen. Allerdings müßten Sie für *diese* Nummer jeden Abend einen neuen Mann auftreiben.«

»Halt's Maul!« brüllte Father Dan, dessen rotes Gesicht noch röter wurde. »Du kannst mich mal mit deinem Selbstmitleid! Ich werd dir sagen, was du von mir kriegst, Raoul DeCaines – harte Arbeit! Verdammt recht hast du – du wirst Elefantenscheiße schippen und Kameldung –, aber später, wenn du Kraft hast, kannst du vielleicht mit den Condiellas auf dem Trapez arbeiten.«

»Mit den Condiellas?« Raoul starrte ihn ungläubig an.

»Vielleicht, hab ich gesagt. Nur vielleicht!« erwiderte Father Dan schnaubend. »Und ich hoffe, du brichst dir dein krummes Genick dabei, verdammt nochmal! Hier. Trink aus, mein Junge, trink aus.«

Die Planen am Eingang schlugen aneinander und öffneten sich, und ein Mann mit starren, blinden Augen in einem dunklen Hindugesicht tastete sich ins Zelt. »Father Dan?«

»Hier bin ich«, sagte Father Dan. »Komm rein, Lal.«

Lal zögerte, und seine schmalen Nüstern zogen sich zusammen. »Ist noch jemand hier?« Sein Körper spannte sich. »Aha.« Blinde Augen schienen wäßrig auf. »Sie sind wieder da. Ich rieche den Schweiß von den beiden.«

»Ich bin's nur«, sagte Raoul, dem kalt geworden war, mit pochendem Herzen.

»Nein«, widersprach Lal sanft, aber entschieden. »Ich rieche euch beide.« Lal tastete sich in seiner Finsternis voran, schmale Glieder unter alter Seide; das Messer, das er bei seiner Nummer verwendete, glitzerte an seiner Taille.

»Vergessen wir, was war, Lal.«

»Nach Rogers Beleidigungen?« rief Lal leise. »O nein! Nachdem ihr beide uns die Show gestohlen und uns wie Dreck behandelt habt, bis wir schließlich gegen euch gestreikt haben? Vergessen?«

Lals blinde Augen verengten sich zu Schlitzen. »Raoul, du solltest besser wieder verschwinden. Du wirst nicht glücklich werden, wenn du bleibst. Ich werde der Polizei von dem zerschnittenen Gemälde erzählen, und dann wirst du gar nicht mehr glücklich sein.«

»Von welchem zerschnittenen Gemälde?«

»Dem Sideshow-Gemälde von dir und Roger in Gelb und Rot und Rosa, das am Hauptgang hing, mit der Überschrift SIAMESISCHE ZWILLINGE! In einer Nacht vor vier Wochen hörte ich im Dunkeln, wie etwas zerschnitten wurde. Ich rannte los und stolperte über die Leinwand. Ich zeigte sie den anderen. Sie sagten mir, es sei das Bild von dir und Roger, in der Mitte entzweigeschnitten, so daß ihr getrennt wart. Wenn ich das der Polizei erzähle, wirst du deines Lebens nicht mehr froh. Ich hab die zerschnittene Leinwand in meinem Zelt aufbewahrt...«

»Was hat das mit mir zu tun?« wollte Raoul wütend wissen.

»Das kannst nur du selbst beantworten«, erwiderte Lal gelassen. »Schon möglich, daß ich dich erpresse. Wenn du verschwindest, werde ich nicht sagen, wer es war, der in jener Nacht die Leinwand in zwei Hälften zerschnitten hat. Wenn du bleibst, könnte ich gezwungen sein, der Polizei zu erklären, warum du dir selber manchmal gewünscht hast, Roger wäre tot und nicht mehr mit dir zusammen.«

»Raus!« brüllte Father Dan. »Raus hier! Höchste Zeit für die Show!«

Die Zeltplanen raschelten. Lal war verschwunden.

Gerade als sie ihre Flasche geleert hatten, begann der Aufruhr; er begann damit, daß die Löwen brüllten und gegen ihre Käfige anrannten, bis die Gitterstangen klapperten wie lose Eisenzähne. Die Elefanten trompeteten, die Kamele sprangen in Wolken von Staub himmelwärts, die elektrische Beleuchtung fiel aus, Wärter rannten brüllend durcheinander, Pferde brachen aus ihrem von Seilen abgetrennten Stall aus, rasten ziellos durch die Menagerie und trugen den Tumult weiter; die Löwen brüllten noch lauter und zerfetzten mit ihrem Gebrüll die Nacht; Father Dan zerschlug fluchend seine Flasche auf dem Boden und warf sich fluchend, mit rudernden Armen ins Getümmel, griff sich die Wärter, brüllte Befehle in ihre verwirrten Ohren. Irgend jemand schrie, doch der Schrei ging in dem unglaublichen Getöse, dem Durcheinander, dem chaotischen Gebrüll der Tiere unter. Eine anschwellende Woge der Angst stieg aus den Kehlen der Menge, die an den Kassen nach Karten anstand; die Menschen gerieten in Gefahr, zertrampelt, die Kinder in Gefahr, erdrückt zu werden!

Raoul klammerte sich an eine Zeltstange und hielt sich daran fest, während ein Pulk Pferde an ihm vorbeidonnerte.

Einen Augenblick darauf gingen die Lichter an; die Wärter trieben die Pferde innerhalb von fünf Minuten wieder zusammen. Der Schaden wurde von einem schwitzenden, knallrot angelaufenen, unflätig fluchenden Papa Dan als gering veranschlagt, und alles beruhigte sich wieder. Alle waren mit heiler Haut davongekommen, bis auf Lal, den Hindu. Lal war tot.

»Kommen Sie und sehen Sie, was die Elefanten mit ihm gemacht haben, Father Dan«, sagte jemand.

Die Elefanten waren über Lal hinweggetrampelt wie über einen kleinen, dunklen, aus Binsen geflochtenen Teppich; sein hageres Gesicht war tief in das Sägemehl hineingestampft, sehr still und rot vor Blut.

Raoul drehte sich der Magen um, und er mußte sich zähneknirschend abwenden. In dem ganzen Durcheinander sah er sich plötzlich vor dem Zelt der Freaks stehen, dem Ort, wo er und Roger zehn Jahre ihres seltsamen, alptraumhaften Lebens zugebracht hatten. Er zögerte, steckte dann aber doch den Kopf durch die Planen und ging hinein.

Das Zelt roch noch genauso, voller Erinnerungen. Der Zeltstoff hing zwischen den blauen Stangen durch wie ein trauriger, grauer Bauch. Unter den bauchigen Bahnen standen in einem Rechteck die alten und unter den nackten Glühbirnen grell hervortretenden Piedestale, von denen die Farbe blätterte, und trugen ihre Last, die Freaks, dieses fette, dürre, armlose, beinlose Elend. Die Glühbirnen, dicke, fette Mistkäfer, summten in der Luft und warfen ihr Licht auf all die abgestumpften, dumpfen Gesichter jener mißgebildeten menschlichen Wesen.

Die Freaks richteten ihre unsteten, beklommenen Augen auf Raoul. Dann schweiften ihre Blicke schnell hinter ihn; sie suchten Roger, fanden ihn aber nicht. Raoul spürte die Narbe, fühlte die leeren, bläulichen Stiche auf seinem Rücken Feuer fangen. Roger erstand aus der Erinnerung. Seine Stimme rief die Freaks bei den bissigen Namen, die er sich für sie ausgedacht hatte: »Hi, Luftballon!« für die »Dickste Frau der Welt«. »Hallo, Glubschauge!« Das war für den einäugigen »Zyklopen«. »Und du, Encyclopaedia Britannica?« Das konnte nur den Tätowierten meinen. »Und du, Venus von Milo?« Raoul nickte der armlosen Blonden zu. Nicht einmal sechs Fuß Erde vermochten Rogers Lästermaul zu stopfen. »Kurzer!« Dort saß der beinlose Mann auf seinem blutroten

Seidenkissen. »Heda, Kurzer!« Raoul schlug sich mit der Hand vor den Mund. Hatte er das etwa *laut* gesagt? Oder war es nur Rogers zynische Stimme in seinem Hirn?

Tattoo, auf dessen Körper zahlreiche Köpfe gestichelt waren, bot den Anblick einer vorwärtsstürmenden Menge. »Raoul!« rief er glücklich. Er ließ stolz die Muskeln spielen und setzte die Tätowierungen in Bewegung wie in einem Zirkus mit drei Manegen. Er hielt den Kopf stets kerzengerade, weil der Eiffelturm, der unauslöschbar auf seinem Rücken prangte, auf keinen Fall einknikken durfte. Auf jedem Schulterblatt bauschte sich eine blaue Wolke. Er zog die Schulterblätter zusammen, lachte und rief: »Siehst du? Sturmwolken über dem Eiffelturm! Ha!«

Doch die verschlagenen Augen der übrigen Freaks waren wie ebenso viele scharfe Nadeln, die ein Netz aus Haß um ihn webten.

Raoul schüttelte den Kopf. »Ich kann euch Leute nicht verstehen. Ihr habt uns einmal aus gutem Grund gehaßt. Wir haben euch die Schau gestohlen, mehr Karten verkauft, mehr verdient als ihr. Aber jetzt – wie könnt ihr *mich* noch hassen?«

Tattoo brachte das Auge um seinen Nabel beinahe zum Zwinkern. »Ich will's dir erklären«, sagte er. »Sie haben euch gehaßt, weil ihr noch monströser wart als sie.« Er lachte. »Jetzt hassen sie dich noch mehr, weil du dem Schicksal entronnen bist, ein Freak zu sein.« Tattoo zuckte mit den Schultern. »Also ich, ich bin nicht neidisch. Ich bin ja schließlich auch kein Freak.« Er warf einen gleichgültigen Blick auf sie. »Sie haben es nie gemocht, so zu sein, wie sie sind. Sie haben ihre Nummer nicht gewollt, das waren ihre Erbanlagen. In meinem Fall ist es so, daß all das mein eigener Wille war – diese rosa Kriegsschiffe auf der Brust, die Inselschönheiten auf dem Bauch, die Blumen auf meinen Fingern! Das ist was anderes. Ich hab's so gewollt. Bei ihnen war's eine scheußliche Fügung der Natur. Meinen Glückwunsch, Raoul. Du bist davongekommen.«

Ein Seufzer erhob sich von dem Dutzend Piedestalen, zornig und hoch, als ob die Freaks erst jetzt richtig erkannt hätten, daß Raoul auf immer der einzige von ihrer Nummer war, der dem Joch des Freak-Daseins und dem Starren der Leute entronnen war.

»Wir treten in den Streik!« jammerte der Zyklop. »Du und Roger, ihr habt immer nur Ärger gemacht. Jetzt ist Lal tot. Wir streiken und zwingen Father Dan, dich rauszuwerfen!«

Raoul hörte seine eigene Stimme losbrechen. »Ich bin zurückgekommen, weil einer von euch Roger umgebracht hat! Abgesehen davon war und *ist* der Zirkus mein Leben. Und Deirdre ist auch hier. Keiner von euch kann mich abhalten, hier zu bleiben und den Mörder meines Bruders zu finden, und zwar auf meine Weise und wann es mir paßt!«

»Wir waren in jener Nacht alle im Bett«, greinte die Dickste Frau der Welt.

»Ja. So war's. So war's!« sagten sie alle im Chor.

»Es ist zu spät«, sagte »Wolkenkratzer«. »Du findest ja doch nichts mehr heraus.«

Die armlose Frau warf kokett die Beine in die Luft. »Ich hab ihn nicht umgebracht. Ich kann kein Messer halten, außer ich lege mich auf den Rücken und halte es mit den Füßen.«

»Ich bin halb blind«, sagte der Zyklop.

»Ich bin zu dick zum Laufen!« greinte die Dickste Frau der Welt.

»Hört auf! Hört endlich auf!« Raoul konnte es nicht mehr ertragen. Er schoß wutentbrannt aus dem Zelt, hastete etliche Schritte durch die Dunkelheit. Plötzlich sah er sie im Schatten auf ihn warten.

»Deirdre!«

Sie war die weiße Erscheinung aus jenen oberen Sphären, das Wesen, das jeden Abend durch den leeren Raum zwischen den Planen schwebte, zu den heiseren Rufen des mitzählenden Manegenmeisters wie ein Propeller hundertmal um die eigene Achse wirbelte: »... Acht-und-achtzig!« Eine Umdrehung. »Neun-und-achtzig!« Noch eine Umdrehung. »Neunzig!« Ihr starker rechter Arm, mit Muskeln bepackt, die knochigen Finger, die die Hanfschlinge umklammerten, die Knöchel, der Ellbogen, der Bizeps, der ihren Torso, ihre winzigen, vogelschwingengleichen Beine hinauf-, hinüber- und herunterzog, jede Umdrehung von einem Tusch des Schlagzeugs begleitet.

Nun, unter den Sternen, reckte sich ihr starker rechter Arm, an dem die Muskeln hervortraten, einem Seil entgegen, das ein Mann war; sie beugte sich vor, sah Raoul im Halbdämmer an, und ihre Finger packten zu, ließen lokker, packten wieder zu.

»Sie haben dich angepöbelt, stimmt's?« fragte sie flüsternd und sah mit glitzernden Augen an ihm vorbei, hinein zu den schäbigen Piedestalen mit ihrer jämmerlichen Bürde. »Aber ich hab auch etwas zu sagen. Ich bin eine wichtige Nummer. Ich hab Gewicht bei Papa Dan. Ich werd mich schon durchsetzen, Schatz.«

Bei dem Wort »Schatz« fiel die Anspannung von ihr ab. Die eben noch fest zupackende Hand ließ locker. Sie blieb stehen, mit hängenden Armen und halbgeschlossenen Augen, und wartete darauf, daß Raoul kam und sie in seine Arme schloß. »Was für einen Empfang wir dir bereitet haben«, seufzte sie. »Es tut mir ja so leid, Raoul.« Sie drängte sich an ihn, warm, voller Leben. »Ach Schatz, diese acht Wochen sind mir wie zehn Jahre vorgekommen.« Warm, vertraut, liebevoll zogen seine Arme sie näher. Und zum ersten Mal in seinem ganzen Leben murmelte kein Roger an Raouls Rücken: »He! Mach, daß du es hinter dich bringst, um Himmels willen!«

Sie standen um neun Uhr im Hauptgang. Dann die Fanfare. Deirdre küßte ihn auf die Wange. »Bin gleich zurück.« Der Manegenmeister rief ihren Namen. »Raoul, du mußt weg von den Freaks, du mußt dich hocharbeiten. Morgen probst du mit den Condiellas.«

»Werden die Freaks mich nicht hassen, wenn ich sie auf dem Boden zurücklasse? Sie haben Roger umgebracht; wenn ich ihnen noch einmal die Show stehle, fallen sie über mich her.«

»Zur Hölle mit den Freaks! Zur Hölle mit allem außer dir und mir!« erklärte sie, während sich ihre Finger aus Eisen prüfend an einer harzgetränkten Übungsschlaufe aus Hanf zu schaffen machten. Sie hörte ihre Auftrittsmelodie. Ihre Augen umwölkten sich. »Schatz, hast du schon einmal von den Gebetsmühlen der tibetanischen Mönche gehört? Jede Drehung des Rades ist ein Gebet an den Himmel – *Om mani padme hum.*« Raoul starrte zu dem Hochseil hinauf, um das sie gleich rotieren würde. »Jeden Abend, Raoul, jedes einzelne Mal, wenn ich mich um mich selber drehe, dann bedeutet das: Ich liebe dich, ich liebe dich, ich liebe dich so sehr, und das immer von neuem.«

Die Musik schwoll an. »Nur eins noch«, fügte sie hastig hinzu. »Versprich, daß du die Vergangenheit vergißt. Lal ist tot, er hat Selbstmord begangen. Father Dan hat der Polizei eine Geschichte erzählt, die dich nicht belastet, also vergessen wir die ganze traurige Angelegenheit. Die Polizei weiß nur, daß Lal blind war und in dem Durcheinander, als die Lichter ausgingen und die Tiere sich losrissen, ums Leben gekommen ist.«

»Lal hat nicht Selbstmord begangen, Deirdre. Und es war auch kein Unfall.« Raoul konnte es kaum sagen, konnte ihr nicht in die Augen sehen. »Als ich zurückkam, geriet der wahre Mörder in Panik und versuchte die Sache zu vertuschen. Lal hatte den Mörder ebenfalls in Verdacht, es gab also ein doppeltes Motiv. Lal wurde unter diese Elefanten gestoßen, um mich glauben zu machen, daß meine Suche zu Ende sei, aus und vorbei. Das ist sie aber nicht. Sie fängt gerade erst an. Lal war keiner, der sich das Leben genommen hätte.«

»Aber er haßte Roger.«

»Das haben *alle* Freaks getan. Und dann ist da noch die Sache mit dem Bild von mir und Roger, das zerschnitten wurde.«

Deirdre stand da. Sie riefen nach ihr. »Raoul, wenn du recht hast, dann bringen sie dich um. Wenn der Mörder versucht hat, dich auf eine falsche Fährte zu locken, und du machst weiter und weiter...« Sie mußte nun schon rennen, hinaus in die Musik, den Applaus, den Lärm. Sie schwang sich hinauf, hoch, immer höher.

Eine großblättrige Blume schwebte durch die Dunkelheit und ließ sich auf Raouls Schulter nieder. »Ach, du bist's, Tattoo.«

Der Eiffelturm war krumm. Die Zwillingsblumen auf Tattoos Seiten schwankten wie in einem heftigen Sturm. »Die Freaks«, murmelte er benommen. »Sie sind auf Händen und Knien zu Father Dan marschiert!«

»Was?«

»Ja! Die armlose Frau gestikuliert mit ihren verdammten Beinen herum und schreit. Der beinlose Mann fuchtelt mit den Armen, der Liliputaner läuft auf dem Tisch herum, und der Riese stößt an die Zeltdecke! O Gott, sie sind völlig aus dem Häuschen! Die Dicke wird noch platzen wie 'ne reife Melone, ich schwör's! Der Dürre fällt noch auseinander wie 'n kaputtes Xylophon!«

»Sie behaupten, du hättest Lal umgebracht, und daß sie's der Polizei sagen wollen. Die Bullen haben grade erst aufgehört, Father Dan auszuquetschen, und er hat sie überzeugt, daß Lals Tod purer Zufall war. Jetzt sagen die Freaks, entweder Father Dan wirft dich raus, oder sie gehen zur Polizei und packen aus. Und deshalb läßt Father Dan dir ausrichten, du sollst zu seinem Zelt rüberkommen, aber *tout de suite*. Viel Glück, mein Junge.«

Father Dan ließ seinen Whisky ins Glas gluckern, starrte erst das Glas und dann Raoul an. »Es zählt nicht, was du getan oder nicht getan hast, sondern was die Freaks *glauben*. Sie sind am Kochen. Sie sagen, du hättest Lal umgebracht, weil er die Wahrheit über dich und deinen Bruder...«

»Die Wahrheit?« rief Raoul. »Was *ist* die Wahrheit?«

Father Dan konnte ihm nicht in die Augen blicken, er mußte wegsehen. »Daß du es satt hattest, daß du es nicht mehr aushalten konntest, an Roger gefesselt zu sein wie ein Pferd an einen Baum, daß du – daß du deinen Bruder getötet hast, um endlich frei zu sein. *Das* sagen sie!« Father Dan sprang auf und stapfte durch das Sägemehl. »Ich glaube es nicht – *noch* nicht.«

»Aber«, rief Raoul, »aber *womöglich* wäre es das Risiko doch wert gewesen. Das ist es doch, was Sie meinen?«

»Sieh mal, Raoul, es hört sich immerhin einleuchtend an. Hätte einer von den Freaks Roger umgebracht, warum zum Teufel bist du dann noch am Leben? Warum hat er dich nicht auch umgebracht? Wäre er das Risiko eingegangen, sich von dir erwischen zu lassen? Nicht für Geld und gute Worte. Teufel nochmal! Von den Freaks hat keiner Roger umgebracht.«

»Vielleicht hat er Angst gekriegt. Vielleicht wollte er, daß ich überlebe und leide. Das wäre wahre Ironie, kapieren Sie das nicht?« wandte Raoul verwirrt ein.

Father Dan schloß die Augen. »Ich sehe nur, daß ich so einen Kopf habe!« Er streckte die Hand aus. »Und diese

Geschichte mit dem zerschnittenen Bild von dir und Roger, das Lal gefunden hatte? Es läßt darauf schließen, daß jemand Roger tot und dich lebendig haben wollte. Also hast du womöglich einen der anderen Freaks für diesen Job bezahlt, vielleicht hattest du selbst nicht den Nerv dazu...« Father Dan marschierte mit raschen Schritten auf und ab. »Und nachdem der Auftrag erledigt war, hat dein Mörderfreund das Bild im Triumph zerschnitten!« Father Dan hielt inne, um Luft zu holen, sah in Raouls verwirrtes, verzweifeltes Gesicht. »In Ordnung!« rief er, »vielleicht bin ich besoffen. Vielleicht bin ich übergeschnappt. Vielleicht hast du ihn *nicht* umgebracht. Verschwinden mußt du trotzdem. Ich kann kein Risiko mit dir eingehen, Raoul, so sehr ich dich mag. Ich kann wegen dir doch nicht meine ganze Sideshow sausen lassen!«

Raoul erhob sich unsicher. Das Zelt um ihn herum schwankte. In seinen Ohren dröhnte es wie verrückt. Er hörte seine eigene Stimme in einem merkwürdigen Ton sagen: »Geben Sie mir noch zwei Tage, Father Dan. Das ist alles, worum ich bitte. Wenn ich den Mörder finde, wird sich alles wieder beruhigen, das verspreche ich. Wenn ich ihn nicht finde, verschwinde ich. Auch das will ich versprechen.«

Father Dan starrte mürrisch auf seine Stiefelspitze im Sägemehl. Dann stand er widerstrebend auf. »Also gut. Zwei Tage. Aber das ist auch alles. Zwei Tage und keinen mehr. Du läßt dich nicht so leicht unterkriegen, was, Zwilling Numero zwo?«

Sie ritten gemeinsam durch die schlummernde, von einem Flüßchen geteilte Stadt und redeten ernst und küßten sich still. Er erzählte ihr von Father Dan, dem zerschnittenen Bild, von Lal und der Gefahr, seine Arbeit zu verlieren. Sie nahm sein Gesicht in ihre Hände, sah zu ihm auf.

»Schatz, gehen wir weg! Ich will nicht, daß dir etwas zustößt.«

»Nur zwei Tage noch. Wenn ich den Mörder finde, können wir bleiben.«

»Es gibt auch noch andere Zirkusse, andere Gegenden.« Ihre grauen Augen waren aufgewühlt. »Ich würde meine Arbeit aufgeben, nur damit wir in Sicherheit sind.« Sie packte seine Schultern. »Ist Roger denn so wichtig für dich?« Bevor er begriff, was sie vorhatte, hatte sie ihn im Dunkel herumgewirbelt, ihre Ellbogen in die seinen eingehakt und preßte ihren schmalen Rücken gegen sein von einer Narbe entstelltes Rückgrat. Sanft flüsternd sagte sie: »Jetzt hab ich dich zum ersten Mal für mich allein. Verlaß mich nicht.« Sie ließ ihn langsam los, und er drehte sich um und nahm sie wieder in die Arme. Sie sagte ganz, ganz sanft: »Verlaß mich nicht, Raoul. Ich will, daß nie wieder etwas zwischen uns steht...«

Schlagartig lief die Zeit rückwärts. In seinem Geist hörte Raoul, wie Deirdre eines Tages fragte, warum er und Roger sich nie unter das Messer eines Chirurgen begeben hätten. Und Rogers zynisches Gesicht stieg aus Raouls Gedächtnis wie ein Stück Treibholz in einem Tümpel bei ablaufender Flut; es lachte Deirdre trocken an und gab zur Antwort: »Nein, meine liebe Deirdre, nie. Dieser Operation müssen nämlich zwei zustimmen. Und ich weigere mich.«

Raoul küßte Deirdre und suchte Rogers bitteren Kommentar zu vergessen. Dabei fiel ihm der erste Kuß ein, den er von Deirdre bekommen hatte, und Rogers unwirsche Stimme: »So mußt du sie küssen. Raoul! Hier, laß es mich dir vormachen! Darf ich mal kurz unterbrechen? Nein! Nein! Raoul, du bist so was von unromantisch. So ist's schon besser. Macht es euch was aus, wenn ich mir ein bißchen Luft zufächle?« Kurzes Lachen. »Es ist ein bißchen schwül.«

»Maul halten! Schnauze! Aufhören!« schrie Raoul. Er schüttelte sich energisch und kehrte unsanft in die Wirklichkeit zurück – in Deirdres Arme...

Am Morgen wachte er mit dem unbeherrschbaren Wunsch auf, loszurennen, Deirdre zu holen, die Sachen zu packen, den nächsten Zug zu nehmen und zu verschwinden, all das für immer hinter sich zu lassen. Er ging in seinem Hotelzimmer auf und ab. Wegzugehen, dachte er, zu verschwinden und nie herauszufinden, wie die andere Hälfte seines Selbst auf jenen Hunderte von Meilen entfernten Friedhof geraten war? Aber das *mußte* er doch einfach herausfinden!

Mittagszeit. Zirkusgehilfen, Freaks, Kartenverkäufer, Ausrufer und Clowns saßen an den Holztischen. Raoul stocherte lustlos in seiner Fleischportion. Es *gab* einen Weg, den Mörder zu finden. Einen *sicheren* Weg.

»Heute abend übergebe ich den Mörder der Polizei«, murmelte Raoul.

Tattoo ließ fast die Gabel fallen. »Ist das dein Ernst?«

»Reich einer mal das weiße Hauptzelt rüber!« rief jemand dazwischen. Ein Kuchen wurde vor Raouls grimmigem Gesicht vorbeigereicht, während er sagte:

»Ich habe die ganze Zeit gewartet – ich habe, seit ich zurückkam, auf den richtigen Moment gewartet und den Mörder beobachtet. In der Nacht, als er Roger umbrachte, hab ich sein Gesicht gesehen. Ich hab der Polizei nichts davon gesagt. Ich habe überhaupt niemandem etwas davon gesagt. Ich habe gewartet – auf die richtige Zeit und den richtigen Ort, um die Rechnung zu begleichen. Ich wollte nicht, daß mir die Polizei die Arbeit abnimmt. Ich wollte es ihm auf meine Art heimzahlen.«

»Dann war es Lal also nicht?«

»Nein.«

»Und du hast zugelassen, daß Lal dran glauben mußte?«

»Das hatte ich nicht erwartet. Er hätte den Mund halten sollen. Das mit Lal tut mir leid. Aber heute abend wird das Konto ausgeglichen. Ich werde die Leiche des Mörders persönlich der Polizei übergeben. Und es wird Notwehr sein. Sie werden mich nicht einsperren können, das schwör ich dir, wandelndes Gemälde.«

»Und was ist, wenn er dich vorher erwischt?«

»Ich bin ja schon zur Hälfte tot. Ich bin zu allem fähig.« Raoul beugte sich vor, voller Ernst, und nahm Tattoos blaues Handgelenk. »Du erzählst natürlich niemandem davon, ja?«

»Wer? Ich? Haha! *Ich* doch nicht, Raoul.«

Die aufregende Neuigkeit wanderte von Tattoo über die Dicke zum Hungerkünstler, über den zum Zyklopen, von dem zum Liliputaner und machte immer weiter die Runde. Raoul konnte nachgerade zusehen, wie sie weiterwanderte. Und er wußte, daß es jetzt zur Entscheidung kommen würde; entweder erwischte er den Mörder oder der Mörder ihn. Ganz einfach. Treib eine Ratte in die Ecke, und sie wird sich stellen. Aber was, wenn nichts geschah?

Nach Sonnenuntergang trieb er sich in sämtlichen dunklen Ecken herum. Er ging betont langsam zwischen den großen, blutroten Wagen durch, wo Eimer hätten herabfallen und ihm den Schädel einschlagen können. Es fiel aber keiner herunter. Er strich hinter den Raubtierkäfigen vorbei, wo Pranken aus einer aufgesprungenen Käfigtür über sein zernarbtes Rückgrat kommen konnten. Doch keine Katze setzte zum Sprung an. Er legte sich vor ein blaubemaltes Wagenrad und wartete darauf, daß es sich in Bewegung setzte und ihn tötete. Das Rad bewegte sich keinen Zoll, und ebensowenig wurde er von Elefanten zertrampelt, von über ihm zusammenstürzenden Zeltmasten erschlagen oder von einer Kugel getroffen. Nur die zackige Musik der Kapelle dröhnte in den sternenbesetzten Himmel, und er wurde während seines Todesspaziergangs immer beklommender und unglücklicher.

Er begann schneller zu gehen und pfiff laut gegen die Gedanken in seinem Kopf an. Roger war aus einer ganz bestimmten Absicht umgebracht worden. Raoul war *mit Absicht* am Leben gelassen worden.

Eine Beifallswoge hallte aus dem Hauptzelt. Ein Löwe fauchte. Raoul stützte den Kopf in die Hände und schloß die Augen. Die Freaks waren unschuldig. Das wußte er nun. Hätte die Schuld Lal getroffen oder Tattoo oder die Dicke oder die Armlose oder den Beinlosen, dann hätten sie Roger und ihn getötet. Es gab nur eine Lösung. Sie war so klar wie der Klang einer neuen Trompete.

Er begann mit schleppenden Schritten in Richtung Manegeneingang zu gehen. Es würde keinen Kampf geben, kein Blutvergießen, keine Vorwürfe, keinen Streit.

»Ich werde noch lange leben«, sagte er traurig zu sich selbst, »aber was wird es nach dieser Nacht noch geben, wofür ich lebe?«

Was hatte es Gutes, nun doch beim Zirkus bleiben zu können, was hatte es noch Gutes, wenn sich die Freaks wieder beruhigten und ihn akzeptierten? Was hatte es Gutes, den Namen des Mörders zu kennen? Nichts! Ganz und gar nichts – kein verdammtes bißchen! Auf seiner rastlosen Suche nach dem einen hatte er ein anderes verloren. Er war am Leben. Sein Herz schlug schwer und heftig, Schweiß strömte aus seinen Achselhöhlen, den Rücken hinunter. Schweiß stand ihm auf der Stirn, schweißig waren seine Hände. Am Leben. Und die bloße Tatsache, daß er noch am Leben war, daß er lebte, sein Herz schlug, seine Beine sich bewegten, war der Beweis dafür, wer der Mörder war. Es kommt nicht häufig vor, dachte er grimmig, daß ein Killer gefunden wird, weil jemand noch am Leben ist; normalerweise wird er gefunden, weil jemand tot ist. Ich wünschte, ich wäre tot. Ich wünschte, ich wäre tot!

Dies war die letzte Zirkusvorstellung in seinem Leben. Er merkte, wie er sich den Manegeneingang entlangschleppte, hörte den schwindelerregenden Lärm der Musik, des Beifalls, des Gelächters über die Clowns, die in den Nebenmanegen alberten und sich balgten.

Deirdre stand im Manegeneingang, ein Wunder aus Sternen und Weiß, rein und unschuldig, einem Vogel gleich. Sie drehte sich um, als er auf sie zukam. Ihr Gesicht war blaß, und unter den Augen hatte sie schmale, blaue Bänder von durchwachten Nächten; aber sie war schön. Sie beobachtete die Art und Weise, wie Raoul mit hängendem Kopf auf sie zukam.

Die Musik hielt sie umfangen. Er hob den Kopf. Er sah sie nicht an.

»Raoul«, sagte sie, »ist was?«

Er sagte: »Ich habe den Mörder gefunden.«

Das Becken spielte einen krachenden Tusch. Deirdre sah ihn lange an.

»Wer ist es?«

Er gab keine Antwort, sondern redete mit sich selbst, leise, wie im Gebet, starrte unverwandt hinaus in die Manegen, in die Menge. »Du bist erledigt. Egal, was du tust, es hilft nichts. Mit Roger war ich unglücklich. Ohne ihn bin ich noch schlechter dran. Als ich Roger hatte, wollte ich dich; jetzt, wo Roger nicht mehr da ist, kann ich dich nie mehr besitzen. Hätte ich die Jagd aufgegeben, wäre ich meines Lebens nicht mehr froh geworden. Jetzt, wo die Jagd vorbei ist, bin ich durch das, was ich entdeckt habe, noch unglücklicher geworden.«

»Du... du willst den Mörder also einsperren lassen?« fragte sie schließlich nach langer Zeit.

Er stand einfach da, wortlos, unfähig, etwas zu denken, zu sehen, zu reden. Er spürte, wie die Musik lauter wurde, sehr laut. Er hörte, von weit her, den Manegenmeister Deirdres Namen ausrufen. Er spürte, wie ihre kräftigen Finger ihn einen kurzen Augenblick lang hielten, mit aller Kraft, und ihre warmen Lippen ihn heftig küßten.

»Leb wohl, Schatz.«

Leichtfüßig, unter dem Funkeln und Glitzern all ihrer Schmuckmünzen, eilte Deirdre über die Lohe, in den Beifallssturm, mit aufwärts gerecktem Kopf; sie starrte hinauf zu ihren Seilen und ihrem Himmel, und die Musik prasselte auf sie ein wie ein Sturzregen. Das Seil zog sie hinauf, hoch, immer höher. Die Musik verstummte mit einem Schlag. Die Trommel setzte zu einem gleichmäßigen, monotonen Wirbel an. Sie begann mit ihren Drehungen.

Auf einen Wink von Raoul trat ein Mann aus dem Schatten, nachdenklich auf einer Zigarre kauend. Er blieb neben Raoul stehen, und sie starrten eine Zeitlang wortlos nach oben.

Dort, wo Deirdre war, hoch oben im Zelt in den steten, weißen Strahl eines Scheinwerfers gebannt, die schmale Stange fest im Griff, schwangen ihre Beine in einem großen Kreis um ihren muskulösen Körper: Aufschwung, Überschlag, Abschwung.

Der Manegenmeister posaunte die Überschläge aus, einen nach dem andern: »Eins-zwei-drei-vier-!«

Und Deirdre drehte sich, wieder und wieder, wie eine Larve, die an einem Kokon spinnt. *Wenn ich mich da oben drehe, Raoul, dann denk an die Gebetsmühlen der Mönche.* Raouls Gesicht verfiel. *Om mani padme hum. – Ich liebe dich. Ich liebe dich. Ich liebe dich!*

»Sie ist'n hübsches Ding, was?« sagte der Detektiv an Raouls Seite.

»Ja. Und sie ist die, die Sie suchen«, erwiderte Raoul

langsam, den Worten, die er sprechen mußte, keinen Glauben schenkend. »Ich habe diesen Abend überlebt. Das ist der Beweis. Sie hat Roger umgebracht und unser Bild zerschnitten. Sie hat Lal umgebracht.« Er fuhr sich mit der zitternden Hand über die Augen. »In fünf Minuten ungefähr ist sie wieder unten, dann können Sie sie festnehmen.«

Sie starrten beide zusammen hinauf, als ob sie nicht recht glauben wollten, daß sie dort war.

»Einundvierzig, zweiundvierzig, dreiundvierzig, vierundvierzig, fünfundvierzig«, zählte der Detektiv. »He, warum weinen Sie denn? Sechsundvierzig, siebenundvierzig, achtund...«

Eine halbe Stunde in der Hölle

Das Zimmer war in einem schrecklichen Zustand. Die Bilder waren gewaltsam von den Wänden gerissen worden, die Möbel lagen kreuz und quer durcheinander. In der Täfelung und den Tapeten waren tiefe Kratzer, dort, wo Mr. Caldwell, der Blinde, mit seinen Fingernägeln gegraben, Halt gesucht, sich angeklammert hatte. Der Schaden war geradezu phänomenal.

Lieutenant Chris Priory vom Morddezernat Green Bay City, Kalifornien, stand lange neben mir und guckte nur.

Caldwell, die dunklen Brillengläser zu Pulver zermahlen, lag gegen die hintere Wand gelehnt, in deren Mitte, eine Hand nach oben gereckt, als ob er sich durch ihre entmutigende Dicke krallen wollte. Im Hinterkopf hatte er ein tiefes Loch. Ein junger, gutaussehender Mann mit sensiblen Zügen, dunklem, lockigem Haar und gesunder Gesichtsfarbe. Der Tod hatte seiner Schönheit ziemlich geschadet.

»Gott, was 'ne Bescherung«, sagte ich.

Wir konnten die Vermieterin weinen hören, drunten im Erdgeschoß.

Priory sah mich an und sagte nachdenklich: »Caldwell war blind.«

»Ja«, erwiderte ich. »Die Vermieterin sagte, er sei am 17. Oktober angekommen, und seine Augen seien laufend schlechter geworden. Zwei Wochen später war er stockblind, und er ist es seitdem geblieben. Das war vor sechs Wochen.«

»Merkwürdig«, murmelte Priory. »Wenn gestern abend

jemand kam, um Caldwell umzubringen, dann müßte man doch meinen, daß er ihn ganz einfach um die Ecke hätte bringen können, ohne diese ganze Sauerei. Es muß gute zwanzig Minuten gedauert haben, dieses Zimmer derart zuzurichten. War doch völlig unnötig. Ein Blinder ist jedem Killer auf Gnade oder Ungnade ausgeliefert. Ein ordentlicher Schlag auf seinen ungeschützten und nichtsahnenden Kopf –« Priory brach ab, lief hinüber und ging neben der Leiche in die Hocke. »Er hat verzweifelt versucht, zu entkommen, Reißaus zu nehmen, hat versucht, in wilder Panik die Tür zu finden, bevor er starb.«

Ich warf einen Blick auf die Möbel, die zerkratzten Wände. »Oder wurde das Zimmer so verwüstet, damit es nach einem Kampf aussieht?«

Priory schüttelte den Kopf. »Das meiste stammt von Caldwell. Sehen Sie sich mal seine Fingernägel an: Tapetenfetzen, Gips, ein Splitter von der Tür, ein Faden von der Couch. Und hier, seine Hosen, am Knie: vom heftigen Rutschen ganz abgeschabt. Die Spitzen seiner Schuhe zerkratzt vom Treten gegen die verschlossene Tür.«

»Brutal«, sagte ich.

»Brutal, ja«, gab Priory zu. »An seiner Stirn auch, sehen Sie mal. Diese Beulen stammen von frontalen Zusammenstößen mit der Wand, während der Flucht. Dieser Schnitt auf der Wange kommt davon, daß er gegen ein Bild geknallt ist und sich an den herunterfallenden Splittern geschnitten hat. Die tödlichen Schläge wurden ihm von hinten beigebracht, als er mit den bloßen, zerschundenen und blutenden Fingernägeln ein Loch durch die Wand zu graben versuchte . . .«

Ich schluckte beklommen. »Mal angenommen, daß das alles stimmt, was ist das Motiv? Vielleicht hat der Killer hinterher nach Geld, Briefen oder Wertsachen gesucht.«

Priory bückte sich und zeigte auf den Bezug eines Sessels. Er wies mich darauf hin, daß er zwar von Fingernägeln aufgekratzt, aber von der Polsterung nichts herausgerissen oder verschoben war. Dasselbe beim Sekretär. Die Schreibplatte war zerkratzt, aber die Schubfächer waren alle geschlossen und Bleistifte, Füller und Briefpapier darin am rechten Fleck. Nirgends, weder um die Bilder noch hinter ihnen, waren die Kratzer mehr als oberflächlich. Ein Mann, der etwas suchte, hätte tiefe Löcher in den Putz geschlagen und die Bezüge von den Möbeln gerissen. Ich mußte zugeben, daß dies zutraf. Die Spuren waren überall ganz einfach die eines Mannes, der mit ungestümen, hastigen Fingerbewegungen über die Flächen gekratzt hatte. Die Bilderrücken waren nicht im geringsten beschädigt, und ebensowenig waren an irgendeiner Stelle Nägel aus dem Teppich gezogen worden.

Ich stand auf. »Das wäre also abgehakt. Vielleicht trug Caldwell irgendwas am Leib?«

»Dann hätte ihn der Mörder niedergeschlagen und es an sich genommen, oder? Aber nein, der Mörder ging überaus methodisch vor, kaltblütig, ließ sich Zeit. Oder er *mußte* sich womöglich Zeit lassen. Könnte ja sein, daß...«

»Daß *was?*«

Priory hob die Schultern. »Na, dann woll'n wir mal mit der Vermieterin reden.«

Die Vermieterin lag im Bett. Ihr schmales, eingefallenes Gesicht war fast so weiß wie das zerknüllte Kopfkissen. Sie hob schwach die Hand und begann zu berichten.

»Mr. Caldwell ist auf den Tag genau vor zwei Monaten eingezogen. Fast am Durchdrehen war er! Ich hatte großes Mitleid mit ihm. Er erblindete zunehmend, und zwei Wochen, nachdem er das Zimmer genommen hatte, war es vollends Nacht um ihn geworden. Ich hab ihn oft da droben schluchzen hören. Ich hab dann immer bei ihm angeklopft – das war, bevor ich bettlägrig wurde –, und er faßte sich und kam mit nassen Wangen, um die Tür aufzumachen. Und wenn ich dann versuchte, ihn zu trösten, dann sagte er immer: ›Ich hab etwas Furchtbares getan. Ich hab etwas Furchtbares getan. Jetzt weiß ich, wie es ist. O mein Gott, wie dunkel!‹«

»War Caldwell sein richtiger Name?«

»Ich weiß es nicht. Er wirkte furchtbar nervös, als ob er vor jemandem auf der Flucht wäre. Wenn irgendwer in seine Nähe kam, schrie er: ›Wer ist da?‹, und ich hab dann immer gesagt: ›Es ist ja nur Miss Tarvey, Sir‹ oder: ›Es ist nur der Fleischerjunge, er bringt ein Huhn.‹ Ein gewöhnlicher Blinder hätte höflich gefragt. Nicht Mr. Caldwell. Sein Gesicht wurde immer ganz blaß, und seine Hände zitterten, und beim Geräusch von Schritten ist er jedesmal zusammengefahren.«

Die Vermieterin hielt inne, um Atem zu schöpfen. »Ich bin ganz allein hier, und Mr. Caldwell war der eine von meinen beiden Mietern. Meine andere Mieterin, Miss Tarvey, arbeitet nachts, sie war also außer Haus. Dieser Mann, der kam, um Mr. Caldwell zu besuchen, hatte vorher schon angerufen. Miss Tarvey nahm den Anruf entgegen. Der Mann fragte, wo der Blinde wohnt. Er hat ihn nicht beim Namen genannt, er hat einfach nur gefragt, wo der Blinde wohnt. Mir kam das merkwürdig vor. Und Miss Tarvey sagte ihm, droben im ersten Stock, und die Stimme am Telephon fragte, in welchem Zimmer, auf welcher Seite des Flurs, und Miss Tarvey sagte, erstes Zimmer rechts. Dann machte das Telephon auf einmal klick. Ohne auch nur Dankeschön zu sagen! Und eine Stunde später, um neun Uhr, als Miss Tarvey gegangen war, kam dieser Mann in das Vestibül.«

»Er hat nicht an die Haustür geklopft?« fragte Priory.

»Nein. Ist einfach reingegangen. Ich weiß noch, daß ich ›Wer da?‹ gerufen habe. Es kam keine Antwort, aber ich hab mir keine großen Gedanken darüber gemacht. Er ging rauf und klopfte an Mr. Caldwells Tür. Dann hörte ich, wie die Tür geöffnet wurde, wie Mr. Caldwell aufschrie und wie die Tür zugeschlagen und abgeschlossen wurde.«

»Und dann fingen diese Geräusche an?«

Die Vermieterin seufzte und schloß die Augen. Ihre Stimme war schwach, ausdruckslos, wie aus weiter Ferne. Ihre Finger zerknüllten den Bettüberwurf, während sie ihren Bericht fortsetzte.

»Dann fingen diese leisen Geräusche an. Und ich lag hier im Bett und konnte überhaupt nichts tun. Zuerst ging ein Mann auf und ab. Es war nicht Mr. Caldwell, das merkte ich an seinem Gang. Dann hörte ich einen peitschenden Schlag. Mr. Caldwell schrie auf. Ich setzte mich mühsam im Bett auf. Ich rief: ›Mr. Caldwell, ist alles in Ordnung?‹, aber er hat mich nicht gehört, nehme ich an. Dann hörte ich, wie Mr. Caldwell auf die Tür zugegangen ist.«

»Gegangen? Mit festem, gleichmäßigem Schritt?«

»Ja. Wie Sie im Park spazierengehen würden. Und dann begann dieser andere Mann ebenfalls zu gehen, und dann haben sie drei oder vier Minuten nichts anderes getan, als da oben herumzumarschieren. Ich lag angespannt da und hab gelauscht.«

»Sie liefen einfach so herum?«

Die Vermieterin lag da und lauschte der Erinnerung, die noch immer frisch und lebendig für sie war. »Ja. Es hörte sich so – so seltsam an. Sie gingen umher und redeten. Ich konnte kein einziges Wort verstehen. Erst hat Mr. Caldwell etwas gesagt, und dann hat der andere etwas gesagt«, erinnerte sie sich. »Dann fingen sie an, ein wenig schneller zu gehen, mit zunehmendem Tempo, schneller und schneller. Mr. Caldwell rannte ein paar Schritte, und der andere rannte ein paar Schritte hinter ihm her. Dann rannte Mr. Caldwell wieder los, stieß irgendwo an, fiel hin, rappelte sich auf, rannte weiter, und der Mann mit großen Schritten immer hinter ihm her.«

Ich warf einen Blick zur Decke. Die Vermieterin fuhr sich mit der Zunge über die verwelkten Lippen, riß die Augen noch weiter auf, starrte, machte heftige, von der Erinnerung gespeiste Bewegungen, mit weiß vortretenden Augäpfeln und engen, dunklen, zu jenem Zimmer hinauf gerichteten Pupillen.

»Hin und her, hin und her, schneller und schneller, schneller und schneller. Und sie begannen einander anzuschreien. Ich weiß nicht, was, ich hab's nicht verstanden. Liefen und liefen und liefen, die beiden. Schließlich sind sie gerannt, schnell, wie walzertanzende Mäuse. Seltsam. Merkwürdig. Ich hielt mich mühsam aufrecht und rief: ›Mr. Caldwell, lassen Sie das, ich kann nicht schlafen!‹ Aber sie brüllten immer lauter. Und dann das Geräusch von dumpfen Schlägen und so ein Kratzen wie von Mäusen oder Ratten in den Wänden. Bilder krachten herunter. Möbel kippten um wie tonnenschwere Stämme, daß die Lampen wackelten! Ich hörte Glas bersten. Ich hörte einen Tisch fallen wie einen abgesägten jungen Baum. Ich hörte, wie an der Klinke gerüttelt wurde, schnell, schnell. Mr. Caldwell fing an zu kreischen. Dann – dann wieder dieses Kratzen . . .« Sie hauchte es, schwer atmend, mit starren Augen, unfähig, sich zu rühren. »Noch mehr Gebrüll und Gerenne, hin und her, hin und her, wie ein gigantisches Pendel da droben in dem Zimmer, und noch mehr Ratten in den Wänden. Mr. Caldwell brach zusammen. Ich hörte ihn kämpfen, kratzen und scharren, direkt da oben, *da – sehen Sie?* Er scharrte, wie ein Hund an einem Kaninchenbau scharrt, schluchzte wild. Und dann –«

Die Vermieterin brach ab, spannte den ganzen Körper an.

»Dann hörte ich die letzten Geräusche. Die Geräusche

von Schlägen, die Mr. Caldwell wieder und immer wieder trafen. Wieder und wieder.«

Die Vermieterin löste sich aus ihrer Verkrampfung und sank auf das Bett zurück, ruhte, mit Schweiß auf der Stirn, und kam unter Seufzen zum Ende.

»Direkt danach kam der Mann die Treppe herunter, ganz leise, und ging zur Tür hinaus. Ich versuchte zu schreien, aber es hat noch sechs Stunden gedauert, bis Miss Tarvey kam und die Polizei holte.«

Ich hatte mich hingesetzt. Priory blickte finster, war aufgeregt. »'Ne abscheuliche Geschichte«, murmelte er. »Sie haben die Stimme von Mr. Caldwell bis zuletzt gehört?« Die Vermieterin nickte. »Das beweist, daß all das geschah, während Caldwell noch am Leben war. Und auf den Beinen auch noch. Dem Mörder blieb kaum noch Zeit zum Suchen.«

»Ja, Sir. Er kam sofort herunter und ist gleich weggegangen.«

Ich steckte mir eine Zigarette an und sah eine Weile der Streichholzflamme zu. »Dieser Mörder muß sich ja prächtig amüsiert haben. Prächtig.«

»Eine halbe Stunde hat das gedauert«, sagte die Vermieterin. »Dreißig Minuten lang haben sie da oben herumgetobt, rannten herum wie Gespenster in einem Alptraum.«

»Dreißig Minuten lang hat er mit seinem Opfer gespielt«, sagte ich.

Priory knurrte. »Also irgendwo ist da der Wurm drin.« Er wandte sich zur Tür. »Tja – wenn Sie mich entschuldigen wollen, ich hab noch ein paar Anrufe zu erledigen. Ich bin dann ein paar Stunden in der Stadt und sehe zu, ob ich nicht 'ne Maus auftreibe, die Walzer tanzen kann. Sie bleiben hier und passen auf, wie die andern Jungs vom Morddezernat das Zimmer filzen, ja? Braver Junge.«

»Ist das Ihr Ernst?« fragte ich. Doch Priory machte sich einfach auf die Socken.

Am späten Nachmittag kam Priory in bester Laune wieder. Er redete aufgekratzt und lief auf und ab. »Douglas, mal angenommen, Sie wären ein Killer. Es wäre keine Kunst, einen Blinden aufzuspüren. Ein Blinder kommt unbemerkt nicht weit. Und schnell erst recht nicht. Die Leute erinnern sich an ihn. Wenn Sie also der Killer wären, wie würden Sie sich an Ihr Opfer ranmachen, wenn es – sagen wir mal – in der nächsten Stadt wohnte?«

»Ich würde mit dem Auto hinfahren, ihn umbringen und aus der Stadt verduften.«

»Warum?«

»Wenn ich den Zug oder Bus oder ein Taxi nehmen würde, würden sich die Leute an mich erinnern. Ein Taxifahrer könnte eine Beschreibung von mir geben.«

»Und wenn Sie eine Narbe im Gesicht hätten?«

»Um so mehr Grund für mich, mit dem eigenen Wagen zu fahren und so schnell wie möglich wieder heimzukommen, vorzugsweise nachts, damit nicht einmal meine eigenen Nachbarn wüßten, daß ich überhaupt weg war.«

»Und Sie würden sich zur Ausführung dieses Mordes keine halbe Stunde Zeit lassen?«

»Niemals!« rief ich. »Ich würde es so schnell wie möglich hinter mich bringen.«

»Aha. Und genau damit hat sich unser Mörder verraten. Denken Sie daran, daß es ihn eine halbe Stunde Zeit gekostet hat. Eben deswegen weiß ich, wie er aussieht! Ich habe die Straße von vorn bis hinten abgeklappert und die Leute gefragt, ob sie den Mörder gesehen haben, habe jeden Taxifahrer, jeden Busbahnhof überprüft. Totale Fehlanzeige. Der Mörder *muß* mit dem eigenen Wagen gekommen sein.«

»Wie können Sie anhand derart dürftiger Indizien eine Beschreibung des Mörders geben?«

Priory sah mich traurig an, wie ein treues, aber unsagbar dämliches Hündchen. »Einfach auf Grund der halben

Stunde, die der Mörder brauchte. Wollen Sie drauf wetten, Douglas, mein Junge?«

»Allerdings, verdammt nochmal. Sie können mir doch nicht erzählen, daß dieser Hinweis reicht, um einem Verbrecher auf die Spur zu kommen!« Wir schlugen ein.

Jetzt zog Priory eine Liste aus der Tasche. »Hier sind drei Leute, die einzigen Verdächtigen in der Stadt, die Caldwell getötet haben könnten. Sie waren's aber nicht.«

»Was für Leute?«

»Leute, die eine halbe Stunde brauchen würden, um einen Mord zustande zu kriegen«, sagte er; es war zum Verrücktwerden. »Aber ihr Alibi war hasenrein, durch die Bank. Was hab ich also gemacht? Ich hab meinen Hauptverdächtigen drüben in Orange City aufgetan. Einen jungen, ziemlich wohlhabenden Herrn namens John Melton, der am Morgen des sechzehnten Oktober überfallen...«

»Und Caldwell traf hier am siebzehnten Oktober ein, am Tag darauf.«

»Genau. Caldwell floh nach dem, was er getan hatte. Dieser Verdächtige in Orange City paßt in jeder Hinsicht in mein geistiges Bild von diesem Killer. Die Polizeiakten sind in diesem Punkt geradezu zwingend. Und ich habe ein überaus logisches und schreckliches Motiv für diesen Mord gefunden. Dieser Melton hat sich nach dem Überfall auf ihn geweigert, den Täter zu nennen; deswegen ist von Caldwell in den Akten auch nicht die Rede, aber allein schon die bloße Art der Attacke läßt wenig Zweifel offen, daß er es war, der Melton angegriffen hatte. Sollen wir rüberfahren und Melton als unseren Mörder festnehmen?«

»Sind Sie sich denn derart sicher?«

»Absolut. Ich habe keine andere Spur, an die ich mich halten könnte. Nicht eine einzige verdammte Spur. Niemand hat den Mörder gesehen. Keine eindeutige Identifizierung der Leiche. Nur die tanzenden Mäuse. Wenn – und ich betone das *Wenn* – wenn der Mord ohne lange Umstände geschehen wäre, wäre ich wohl nie auf die Lösung gekommen. Es war einfach die Tatsache, daß der Mörder eine halbe Stunde brauchte. Denken Sie drüber nach, Douglas, während Sie mich nach Orange City rüberfahren, wo wir uns unseren Mann schnappen werden.«

So fuhren wir nach Orange City. Ich reichlich durcheinander. Priory ganz ruhig, sich seiner Sache völlig sicher.

In Orange City öffnete Mrs. Melton auf unser Klingeln, eine ältliche, freundlich, aber abgespannt aussehende, rundliche Frau, die Mutter unseres Verdächtigen. Sie hörte sich Priorys Erklärung, daß es sich um eine bloße Formsache handle, an und ermahnte uns, doch Rücksicht zu nehmen, weil John sehr erschöpft sei; dann ließ sie uns ein und wies noch auf den Umstand hin, daß die letzten beiden Monate für John einen schweren Schock bedeutet hätten. Priory versicherte, daß er vollkommen verstehe, und wies mich, als wir das Wohnzimmer der ziemlich wohlhabenden Familie betraten, mit einem Nicken auf einen Sessel, während er selbst in einen Nebenraum weiterging, wo ich ihn mit Melton reden hören konnte. Mrs. Melton zog sich in einen anderen Teil des Hauses zurück.

Ich hatte schon begonnen, zapplig zu werden, als ich ihn schließlich durch die Tür sagen hörte: »Offen gesagt, Mr. Melton, ich ermittle in der Sache eines Freundes von Ihnen namens Caldwell.«

Meltons Stimme klang sehr jung, klar und selbstsicher. »Ich kenne niemand, der so heißt, Lieutenant.«

Priory räusperte sich. »Er war ungefähr in Ihrem Alter und stand letzten Oktober kurz vor der Erblindung, als er plötzlich von hier nach Green Bay umzog. Hilft das der Erinnerung an ihn ein bißchen nach?«

Ein langes Schweigen. »Ach, Sie meinen Bill Calder?«

»Calder – Caldwell, das ist ja so ziemlich dasselbe. Er war am Erblinden, nicht wahr?«

»Ja.«

»Und am Morgen des sechzehnten Oktober, hat Sie da dieser Calder – oder Caldwell – im Verlauf einer Auseinandersetzung, bei der es um seine Erblindung ging, tätlich angegriffen?«

Nach einem noch längeren Schweigen erwiderte Melton: »Hat er.« Seine Stimme klang plötzlich viel älter. »Wie könnte ich das jemals vergessen?«

»War er ein Freund?«

»Wir waren niemals Freunde. Wir liebten die gleiche Frau, falls das irgendwas zu sagen hat.«

»Allerdings. Nachdem er auf Sie losgegangen war, zog Calder-Caldwell in einem Zustand heftiger seelischer Erregung nach Green Bay um. Er schien zu erwarten, daß jemand hinter ihm her war und ihm an den Kragen wollte. Könnten Sie mir mehr über Ihre Auseinandersetzung an diesem Oktobertag sagen? Wie fing es denn an?«

»Es war alles wegen Doris. Sie ist eine wunderschöne Frau. Daß Calder sie heiraten würde, war damals so gut wie beschlossen, aber dann kehrte sein altes Augenleiden wieder. Er entdeckte, daß er bald völlig blind sein würde. Es hat ihn schier verrückt gemacht, vermute ich.«

»Und dann...«

»Dann hat sich Doris von ihm getrennt. Sie wollte nicht mit einem Blinden verheiratet sein. Es war ihr klar, daß es eine Sache von wenigen Wochen war, bis er völlig hilflos sein würde, ohne Aussicht auf Heilung.« Eine Pause. »Doris und ich, wir haben uns praktisch unmittelbar darauf verlobt.«

»Hört sich aber nicht gerade nach einer besonders netten Person an«, bemerkte Priory.

Melton lachte bitter. »Ist sie auch nicht.«

»Sie haben sie nicht geheiratet?«

Wieder diese Bitterkeit. »Nein. Dann ist *das* passiert.«

»*Das?* Was meinen Sie damit?«

Melton holte tief Luft. Ich beugte mich in meinem Sessel im Wohnzimmer vor. Melton erklärte es.

»Ich war glücklich, triumphierte, hatte Oberwasser. Am Morgen des sechzehnten Oktober besuchte ich Calder – oder Caldwell, wie Sie ihn nennen. Wir hatten uns schon immer gehaßt, und deshalb habe ich den Mund wohl zu voll genommen. Ich sagte etwas, das ich nicht hätte sagen sollen. Es machte ihn fertig. Ich konnte zusehen, wie er deswegen in sich zusammenfiel. Ich hätte es nicht sagen sollen. Herrgott, hätte ich bloß meinen Mund gehalten, ich wäre jetzt mit Doris glücklich...«

Melton schien das Weitersprechen schwerzufallen. Priory fragte ihn: »Was haben Sie Calder gesagt, das ihn dazu brachte, auf Sie loszugehen?«

»Ich hab ihn angesehen, gelacht und erklärt: ›Doris und ich werden heiraten. Sie will nicht mit einem Blinden verheiratet sein.‹«

»Großer Gott!« rief Priory aus.

»Doch«, sagte Melton schwach, »das hab ich gesagt. Ich war ein Narr. Calder brüllte: ›Ich sehe immer noch gut genug, um dich fertigzumachen!‹ und hat mich angefallen.«

Schweigen.

»Am Tag darauf hat Calder die Stadt verlassen. Die Polizei hat mich vernommen, aber ich wollte keine Anzeige riskieren und ihr auch nicht sagen, wer mich angegriffen hatte.«

»Und Doris, die hat Sie dann nicht geheiratet?«

»Nein. Sie ist mit einem anderen verschwunden.«

Priory sagte: »Nun ja, immerhin ist Calder wiederaufgetaucht. Er wurde in der letzten Nacht in Green Bay ermordet. Mr. Melton, Sie waren nicht zufällig letzte Nacht in Green Bay, was? Nachdem Sie Caldwell in sechswöchiger, mühsamer Suche aufgespürt hatten?«

»Nein. Meine Mutter kann Ihnen bezeugen, daß ich hier war und schlief.«

»Ihre Mutter liebt Sie; sie würde alles sagen. Sie würde Ihrem Chauffeur, der Sie hinfahren mußte, auch gutes Geld dafür zahlen«, erwiderte Priory. »Tut mir leid. Sie sind verhaftet.«

»Und wo sind Ihre Beweise?«

»Beweise? Zuerst mal Ihr Motiv. Ein starkes, ein schreckliches Motiv. Aber vor allem anderen der Zustand, in dem wir Caldwells Zimmer vorgefunden haben, und *wie lange es gedauert hat, Caldwell zu töten.* Es gab auch andere Spuren, die Sie wahrscheinlich erst viel später entlarvt hätten, aber der eine Umstand, daß es so lange dauerte, deutete direkt auf Sie. Es war mir möglich, Sie sofort einzukreisen.«

»Ich kann das nicht begreifen.«

»Sie beide, wie Sie herumstolperten, hinfielen, Wände und Möbel, Türen und Vorhänge zerkratzten, Bilder herunterwarfen und einander immer schneller von Wand zu Wand jagten, dreißig Minuten lang, bis Sie ihn schließlich hatten und ihm mit Ihrem Stock den Schädel einschlugen!«

Ich stand unsicher aus meinem Sessel auf.

Ich hörte Meltons Stimme, gebrochen, belegt und zittrig.

»Ja. Ja! Es ist mir egal! Es war Glück, daß ich es nach Hause geschafft habe. Ich wollte sowieso aufgeben. Es gibt überhaupt nichts mehr, für das es wert wäre, zu leben. Ich wollte nur eines – ihn finden und töten! Zwei Blinde, die durch ein Zimmer stolpern. Der eine weicht aus, will sich retten, hinter Tischen, Stühlen, Sofas, der andere sucht weiter und weiter und weiter, will ihn finden und töten! Es hat mich eine geschlagene halbe Stunde gekostet, bis ich ihn hatte, Mr. Priory.«

»Douglas!« rief Priory mir durch die geschlossene Tür zu. »Kommen Sie rein!«

Ich machte die Tür auf und trat ein. Der Fall war gelöst.

Mr. Melton saß da und blickte mich an, ohne mich zu sehen, den rotweiß gestreiften Blindenstock mit der massiven Bleispitze gegen das Knie gelehnt, die Augen vernarbt und erblindet seit jenem Oktobermorgen, an dem er sich über Caldwells Augenleiden lustig gemacht hatte und als Caldwell in wilder Wut schreiend über ihn hergefallen war, Melton zu Fall gebracht und seine Augen mit gnadenlosen Fingernägeln für immer zerstört hatte.

Ein langer Weg nach Hause

Charlie Guidney hämmerte das Herz in der Brust, als er die Treppe geschafft hatte. Er sah gehetzt aus, wie er sich an das Geländer lehnte und dachte: Nun gut, wieder ein Tag geschafft. Das Büro liegt hinter mir. Die Rechenmaschinen liegen hinter mir. Ich kann mich auf einen gemütlichen Feierabend freuen. Er zuckte zusammen. Das Herz da drin in ihm ratterte wie eine aus dem Tritt geratene, kaputte, ein kolossales Saldo aufaddierende Rechenmaschine – Haben: NULL. Was hatte sein Doktor gesagt?

»Ihr Herz hat ein bißchen Ruhe nötig. Gönnen Sie ihm einen Urlaub.«

Schmächtig und bleich schleppte sich Charlie Guidney den Flur im vierten Stock entlang. Er fürchtete sich davor, mit seiner Frau über seine Gesundheit zu reden, über sein Herz...

Er blinzelte sich den Schweiß aus den müden Augen. Den ganzen heißen Tag lang hatten die Rechenmaschinen in all den langen, hallenden Bürosälen gesungen wie Millionen metallischer Grillen. Mr. Sternwell hatte ihn angebrüllt. Er hätte Sternwell am liebsten umgebracht. Konnte er denn nicht begreifen, daß Charlie ein kranker Mann war?

Charlie blieb vor der Tür zu seiner Wohnung stehen. Drinnen wartete die rothaarige, ältere Frau, die er einmal geliebt hatte. Würde es ihr recht sein, wenn er verreiste, sich ein bißchen Ruhe gönnte? Nein. Ihr Mund klappte jedesmal zu wie eine Falle, wenn er auf seine Krankheit zu sprechen kam. Ihre Augen verrieten boshaftes Vergnügen, während ihre Lippen sagten, er sei kerngesund, er brauche nur mehr Nachtschlaf.

Er legte die zitternde Hand auf den Türknauf. Entweder konnte er endlich in einen ausgedehnten Urlaub verschwinden, oder er würde diesen Mr. Sternwell eines Tages in gerechtem Zorn im zehnten Stock aus dem Fenster werfen.

O dieses ewige Einerlei! Rein in die Straßenbahn, raus aus der Straßenbahn! Die Arbeit! Diese unendlich langweiligen Gespräche mit Lydia über halbgarem Essen! Er fürchtete um seinen Verstand. Manchmal dachte er sogar daran, Lydia umzubringen. Die Art und Weise, wie sie sämtlichen jüngeren Männern im Haus nachsah – mit starrem, fiebrigem Blick –, als ob sie Spielzeug wären, das nur darauf wartete, benutzt zu werden!

Die Tür ging von innen auf. Zum Vorschein kam ein junger Mann, der Charlie Guidney mit einem Nicken seines Blondschopfs einen verdutzten Gruß entbot. »Oh! Hi, Mr. Guidney! Hab grade Ihr Radio in Ordnung gebracht.«

Charlie sah Travis nach, wie er den Flur hinunterging, und trat dann ein. Seine Frau saß breit auf das graue Sofa gefläzt, mit einer Hochglanzillustrierten als Kopf. Hinter den gemächlich umgeschlagenen Seiten hervor sagte Lydias Stimme eisig: »Du bist aber spät dran.«

Schon hatte sie ihn wieder aus der Fassung gebracht, wie immer. »Es ist doch erst fünf nach sechs«, sagte er.

»Und morgen abend ist es zehn nach sechs, und am Abend drauf zwanzig nach«, sagte sie in scharfem Ton hinter ihrer Lektüre, »und es wird später und später und *später*!«

Er reckte so lange den Hals, bis er ihre große, weiße Nase, ihr breites Kinn und ihre Augen sehen konnte, die glitzerten wie zwei Scherben aus blauem Glas »Mein Herz. Der Doktor...« begann er.

»Dein Herz!« höhnte sie. »Wieder mal dein verdammtes Herz, was? Also *ich* kann zu meinem großen Leidwesen keinesfalls erkennen, daß du tot wärst! Gott hab mich selig«, murmelte sie.

»Aha!« brüllte er hilflos. »Du willst doch nur ablenken, mich an der Nase herumführen! Der junge Radiobursche, dieser Travis, ist wieder mal zu Besuch gewesen.« Sie grinste affektiert und blätterte in ihrer Illustrierten, ohne darin zu lesen. Das machte ihn fuchsteufelswild. Er sah sich grimmig in dem schäbigen Zimmer um, wie wenn er nach etwas suchte, mit dem er es ihr heimzahlen konnte.

»Guck mal!« rief er. »Eine Maus!«

»Iiih! Wo?« kreischte sie. Sie hob die riesigen Füße vom Boden, erblaßte unter ihrer schreienden Rothaarperücke, und ihre schreckgeweiteten Augen irrten suchend umher.

Es gab keine Maus. Er hatte wieder zum selben alten Trick gegriffen. Ihre Augen funkelten ihn unverwandt an. »Dafür«, verkündete sie betont langsam, »ziehe ich dir diese Woche zehn Dollar mehr von deinem Gehaltsscheck ab. Zehn Dollar, oder du kochst dir eine Woche lang dein Abendessen selbst, wie letzten Monat schon einmal!«

Er stand wortlos da, streckte die Hand aus und wollte ganz einfach nur sagen: »Die Ehe hat uns gemein und kleinlich werden lassen. Verschwinden wir aus Los Angeles, Lydia. Wenn wir von hier weggingen, könnten wir vielleicht ein neues Leben beginnen. Vielleicht würdest du wieder so, wie du einmal warst...«

Es hatte keinen Sinn; er wußte es. Lydia gehörte zu jener Sorte Frauen, die einem aus purer Bosheit Sahne in den Kaffee schütteten, wenn man ihn schwarz am liebsten mochte, und das Radio auf Orkanstärke stellten, wenn einem der Schädel brummte. Wie hätte er ihr seine

Krankheit, seine Sehnsucht eingestehen können? Sie hätte gesagt, daß sie sich eine Reise um seiner Gesundheit willen doch gar nicht leisten könnten. Da saß sie lieber da und sah ihm beim Sterben zu. Ihn schwindelte. Sternwell. Büro. Doktor. Lydia. Mord. Er zögerte. *Mord.* Holla! Innerlich lachend hob er den Kopf.

»Nun mach schon die Tür zu und häng deinen speckigen Hut auf!« blaffte sie.

Er sagte tonlos: »Nein. Das nützt jetzt auch nichts mehr«, und suchte hektisch nach etwas, was er sagen konnte. »Ich hab nämlich gerade jemanden umgebracht!«

Lydia schien nicht recht zu begreifen. »*Wirklich?* Wie heißt er denn?«

Charlie lief rot an. »Ich sagte, ich hab gerade jemanden *umgebracht*!« rief er. »*Um-ge-bracht*! Abgemurkst! Gekillt!«

»Gekillt!?« kreischte sie. Sie war jetzt auf den Beinen. Charlie lehnte den Kopf gegen die Tür und schloß die Augen. Nun hatte er die Sache angefangen. Jetzt mußte er sie auch zu Ende bringen. Ein Rückzieher war nicht mehr drin. Mach's gut, redete er sich hektisch zu, mach's gut! Gib's ihr! *Mach weiter!* »Ich hab ihn direkt ins Herz getroffen«, sagte er in ungläubiger Verwunderung. »Ganze Arbeit.«

»Aber Charlie...!«

»Ich konnte nicht anders«, sagte Charlie. »Ich mochte seine Visage nicht. Er war einer von diesen Leuten ohne Kinn...«

»Aber... Charlie!«

»Ja ja.« Er lachte behutsam, sanft. »›Aber Charlie!‹ – Das hilft jetzt auch nichts mehr. Ich hab ihm das Herz durchs Rückgrat gepustet. Er hat ganz verwundert geguckt.«

Es war beinah, als *hätte* er jemanden umgebracht. Er stellte sich den Knall vor, das Blut, die Erregung. Sein

Herz pochte. Seine Stimme war hoch, schrill wie Alarmglocken in einem Traum.

Ihm gefiel, was es bei Lydia bewirkte. Ihren Mr. Travis und ihr Radio und ihre niederträchtige Grausamkeit hatte sie vergessen. Sie sah ihm zu wie einem Roboter, dessen Schlüssel sie verloren hatte. Er setzte sich hin. Seine Schuhe hinterließen eine Schmutzspur quer über den grünen Teppich.

Sie holte zu einem Verweis wegen des Drecks auf dem Teppich aus. Schmutz auf dem Fußboden war einfacher zu begreifen als ein Charlie Guidney, der ein menschliches Wesen getötet hatte.

Er sah erst den Dreck an und dann sie, in wundersamem Triumph. »Peng – und ab in die Hölle«, sagte er. »Er knickte über meiner Knarre ein wie eine Marionette. Gott, war das aufregend!« Lydia starrte ihn an wie eine Blinde und rang die Hände. Das Blut war ihr aus dem Gesicht gewichen. Wenn er sich *jetzt* verplapperte, konnte er himmlischen Beistand gebrauchen!

»Der Einfall kam mir heute im Büro. Mr. Sternwell brüllte mich an, und da hab ich mir gedacht, er sollte nicht so laut brüllen, ich kann das nämlich gar nicht leiden. Und dann hab ich mir gedacht, wozu ist der eigentlich noch auf der Welt? Er wird allmählich alt, und irgend jemand muß doch mal dafür sorgen, daß er aufhört, so herumzubrüllen...« Er beugte sich vor. »Irgend jemand. Aber wer? Auf einmal ist es mir dann gekommen...«

Er deutete lächelnd auf sich. »Ich. Mr. Charles Guidney, der kleine, ordentliche, feige und blasse Angestellte Charles C. Guidney. Blut, überall Blut.« Lydia zitterte, und so wiederholte er überaus sorgfältig: »Blut. Überall Blut.«

Lydias Gesicht war, wie es in zehn Jahren nicht mehr gewesen war. Alle Gemeinheit war in diesem Augenblick aus ihm gewichen. Sie war erschüttert. Plötzlich war Lügen die schönste Sache der Welt.

»Ich habe früher Feierabend gemacht«, sagte er. »Auf der Main Street kann man sich ohne Waffenschein keine Waffe kaufen, also hab ich mir eine geklaut. Als der Händler einen Augenblick nach hinten ging, hab ich sie mir geschnappt. Dann ging ich zurück ins Büro und folgte Mr. Sternwell die Treppe runter. In einer Seitenstraße hab ich ihn dann kaltgemacht.«

Lydia setzte sich unsicher hin.

»Tja, und jetzt bin ich auf der Flucht«, sagte Charlie schlicht. »Wir müssen aus der Stadt verschwinden, verreisen –«

»Das können wir uns doch gar nicht lei –«

Lydia bremste sich. Vielleicht stoppte sie der Gedanke an die fünftausend Dollar auf der Bank, die auf ihren Namen eingetragen waren. Vielleicht hätte auch sie schon oft weggehen wollen, es aber nie zugegeben. Sie war keine von jenen, die sich die Blöße gaben, den Plänen anderer zuzustimmen.

Vielleicht war das der Wendepunkt. Sie konnten verschwinden, gemeinsam von vorn anfangen, wenn sie jetzt zu ihm hielt. Wenn sie ihn aber wirklich haßte, würde sie ihn jetzt der Polizei übergeben, auf der Stelle. Es war die Nagelprobe auf ihre Liebe zu ihm, dachte sich Charlie, erstaunt über diese Weiterungen, die er gar nicht bedacht hatte, als er seine Lüge in die Welt gesetzt hatte. Die Peinlichkeit, wenn sie ihn *wirklich* der Polizei übergab. Er würde in ihrer Gegenwart mit der Wahrheit herausrükken müssen, und sie würde keifen und kochen und ihn noch mehr hassen als zuvor.

Lydia war sehr gefaßt. »Was soll ich deiner Meinung nach tun?« erkundigte sie sich.

»Du meinst, du willst mir helfen? Du liebst mich noch so sehr, daß du mit mir gehst?«

Sie musterte ihn still. Vielleicht wußte sie, daß er log. Vielleicht sah sie ganz neue Seiten an ihm, weil er genug

Phantasie bewiesen hatte, sich eine derartige Geschichte auszudenken. Vielleicht hinderte sie ihr Stolz daran, den Plan allein deshalb anzunehmen, weil er auf einen Urlaub hinauslief. Vielleicht spielte sie dieses Spiel selbst gerne mit. Sie war jetzt eine Revolverbraut. Er hätte fast gelacht.

Sie wiederholte: »Was soll ich deiner Meinung nach tun?«

»Ich packe die Koffer. Du reservierst Plätze im Nachtbus nach San Diego!« Er eilte geschäftig im Zimmer umher. »Wir vergessen die ganze Geschichte in Mexico, sechs Monate lang. Ach, wird das toll mit dir, Lydia!«

Ihre Miene war nachdenklich, während sie Hut und Mantel anzog. »Und spute dich«, sagte er, als er ihr das Geld für die Busfahrkarten gab. Sie ging zur Tür hinaus, schloß sie hinter sich. Singend und lachend stopfte Charlie Kleider in die Koffer. »Sie liebt mich!« flüsterte er verblüfft. »Es gibt also *doch* noch etwas, wofür es sich zu leben lohnt. Sie *hilft* mir tatsächlich, sie geht *mit mir*. Für sie gibt es nur *mich*!«

Beim Rasieren ließ er absichtlich die Rasiercremetube offen. Er gab sich gar nicht erst die Mühe, den Pinsel zu trocknen oder das Waschbecken zu säubern oder das Handtuch gerade aufzuhängen.

Lydia stand steif und stumm in der Badezimmertür. »Hier sind die Fahrkarten, Charlie«, sagte sie.

»Du hast aber lange gebraucht«, sagte er.

»Tut mir leid«, sagte sie.

»Mach das nicht noch mal«, sagte er. »Und bloß keine Ausreden!«

»Es waren massenhaft Leute da«, erklärte sie, während sie ihn im Spiegel unverwandt ansah und ihren Hut abnahm. »Ich kann von Glück sagen, daß ich überhaupt Karten gekriegt habe. Der Bus fährt Punkt neun.«

»Lydia –«, sagte er. Er zögerte. Er sah auf das Waschbecken hinunter, auf seine nassen Hände, dann in ihre Augen in Höhe der seinen. »Lydia, du weißt nicht, was das für mich bedeutet. Daß du zu mir stehst –«

»Ja, Charlie, ja«, sagte sie tonlos.

In der dunkel werdenden Straße drunten heulte eine Sirene auf. Einen Moment lang schaltete Charlie nicht. Dann riß er die Hände hoch, stieß einen gespielten Schrei des Entsetzens aus und stürzte aus dem Bad. »Sie umstellen das Haus!« er fuhr in seinen Mantel, klatschte sich den Hut auf den Kopf, packte die beiden Koffer, stellte sie wieder hin, nahm Lydia die Fahrkarten ab, stopfte sie in die Reverstasche, aus der sie zur Hälfte heraushingen, und flüsterte hastig: »Schnell! Die Hintertreppe runter und ab durch die Seitenstraße!«

Lydia stand stocksteif, den Kopf gesenkt, blickte zur Seite. »Der Streifenwagen ist vorbeigefahren, Charles«, klärte sie ihn auf.

»Tja, dann gehen wir wohl besser vorne raus, was? Ich nehme an, es sähe ziemlich eigenartig aus, wenn wir durch die Seitenstraße türmen würden. Na los doch, Lydia!«

Sie marschierte hinaus. Er ging durchs Wohnzimmer und lachte die Wände und die Decke aus. Er wischte sich die Schuhe an dem Sofa ab, das sie auf Raten angeschafft hatten. Er riß zwei geschmacklose Bilder von der Wand, nickte den zerdepperten Rahmen zu und war bereit für die Welt. Er ging aus der Wohnung und schlug die Tür zu, daß es krachte.

Ein beleibter Mann wartete draußen am Fuß der Treppe, als Charlie vorsichtig die Haustür schloß und um sich blickte. Lydia packte Charlie am Ellbogen und krächzte: »Mr. Kelly!«

Officer Kelly, der dies fälschlicherweise für einen Gruß hielt, grüßte zackig zurück. »Sieh an, schönen Tag auch Ihnen beiden, Mr. und Mrs. Guidney!« sagte er in bester Laune.

Lydia stolperte und wankte und blinzelte etliche Male, bevor sie den Kopf erst zu Charlie und dann zu dem Polizisten herumwarf. »Oh! Bitte, Mr. Kelly, Charlie wollte den Mann doch gar nicht umbringen!«

Charlie, wie vor den Kopf geschlagen, balancierte auf der obersten Treppenstufe, griff sich seine Frau und wirbelte sie retour zu sich. »Nein, nein, nein!« zischte er hektisch. »Nimm dich gefälligst zusammen!«

Lydia flehte den Polizisten über Charlies Schulter weg an: »Er wußte nicht, was er tat. Bitte, bitte, erschießen Sie ihn nicht!«

Kelly sagte von ganz weit her: »Er wußte nicht, was er tat? Was denn? Und wem?«

»Nichts. Nichts!« Charlie lächelte Officer Kelly zu. »Sie verstehen das nicht.«

Lydia klammerte sich an Charlie. »Er wird uns erschießen!« kreischte sie.

Charlies Herz begann heftig zu pochen; es bekam die sattsam bekannten Schmerzen.

»Jetzt aber mal langsam!« Kelly kam mit ausgreifenden, schwerfälligen Schritten seiner großen, plumpen Füße die Treppe herauf. Charlie stöhnte seiner Frau zu: »Geh rein, Lydia. Geh rein. Ist ja schon gut, Lydia. O Gott!«

»Von was«, wollte Mr. Kelly wissen, »reden Sie beide eigentlich?«

»Es ist Mr. Sternwell, er war alt und gemein, und jemand mußte ihn mal erschießen, und Charlie hat es getan!« brach es aus Mrs. Guidney wie ein Sturzbach heraus. Charlie gelang es, sie durch die Haustür zu bugsieren, die Tür zuzuknallen und sich zwischen sie und Officer Kelly zu stellen.

»Also?« knurrte Kelly unheilschwanger.

»Meine Frau hat's mit den Nerven. Sie – sie glaubt, ich – ich hätte einen Mann erschossen. Hab ich aber nicht. Nein Sir, hab ich nicht. War alles nur ein Witz. Nur ein Witz.«

»Alles nur ein Witz«, sagte Kelly. »Haha.« Er deutete mit dem Fuß auf die beiden Koffer. »Und natürlich schaffen Sie die Klamotten in den Koffern grade zum Trocknen in die Wäscherei rüber.«

Charlie machte ein verdattertes Gesicht. »Klamotten?« Dann entdeckte er das Gepäck zu seinen Füßen, und er ließ die Schultern sinken.

»Und«, sagte Kelly höflich, während er aus Charlies Reverstasche mit äußerster Delikatesse einen Streifen Papier fischte, »und dieses kleine grüne Stück Papier, das wäre also keine Busfahrkarte nach San Diego?«

»Ich sage Ihnen doch, meine Frau bringt alles komplett durcheinander.«

»Darf ich dann vorschlagen, daß *Sie* mich aufklären?« fragte Kelly ernst.

Charlie wurde ungehalten. »Rufen Sie doch auf dem Revier an! Fragen Sie doch nach, ob in den letzten drei Stunden irgendwelche alten Männer getötet wurden!«

»So beknackt bin ich auch wieder nicht«, sagte Kelly. »Vielleicht haben Sie die sterblichen Überreste versteckt.«

»Also bitte, Kelly, seh ich denn wie ein Verbrecher aus? Kommen Sie mal her!« Und er führte Kelly ein paar Stufen die Treppe hinunter und flüsterte die ganze Geschichte in eines von Kellys haarigen Ohren. »Verstehen Sie jetzt?« Er schloß: »Und wenn sie herauskriegt, daß es ein ausgemachter Schwindel ist, trag ich den Kopf nie wieder oben. Die zieht mir bei lebendigem Leib die Haut ab!«

Kellys Augen warfen ihm einen schalkhaften, verständnisinnigen blauen Blick zu. Kelly legte Charlie die

Hand auf die Schulter und gab ihm einen freundschaftlichen Klaps. »Das ist natürlich 'ne andere Sache. Ich werde die Katze schon nicht aus dem Sack lassen. Ich weiß genau, wie Ihnen zumute ist. Also *meine* Frau – manchmal, da... Aber das ist 'ne lange Geschichte, die spar ich mir lieber. Ich hoffe, es macht Ihnen nichts aus, wenn ich trotzdem mal anrufe, Mr. Guidney?«

Charlie lachte. »Klar doch, klar!« Er klopfte Kelly auf den breiten Rücken. Dann gingen sie zusammen über die Straße.

Kelly sprach gutgelaunt in die runde, metallische Muschel. »Kelly hier, ja.« Kelly lauschte. Charlie pfiff und wippte mit den Füßen. Mexico! Ruhe und Frieden! Das wahre Leben. Ein Traum wurde wahr. »Ach ja?« sagte Kelly. »Also, genau deswegen frage ich ja. Hören Sie mal...« Und dann erzählte er es ihnen. Und er lächelte. Charlie sah ihm zu. Kellys Lächeln löste sich auf wie Rauch in einem rauhen Wind. »Tatsächlich?«

Charlie trat von einem Fuß auf den andern. »Na, was ist denn nun, Kelly?«

Kelly lauschte weiter und sagte: »Ach – *hat* er?«

Charlie schluckte schwer. Er klammerte sich an Kellys Ellbogen. »Es ist doch nichts, oder?«

Kelly lauschte. »Tja, wenn das *so* ist... Mach ich.«

»*Was* wollen Sie machen, Kelly?« fragte Charlie.

Kelly sah ihn an und sagte dann ins Telephon: »Er steht direkt neben mir.« Dann legte er auf.

Charlie sagte: »Nein. Nein! Sehen Sie mich nicht so an. Nein!« Kelly erwiderte: »O doch, Mr. Guidney, das *muß* wohl so sein. Mr. Guidney, ich verhafte Sie hiermit wegen des Mordes an einem gewissen John Pastor, der vor einer halben Stunde an einer Schußwunde verblutend aufgefunden worden ist. Erschossen mit einer 22er Pistole, in einer Toreinfahrt, hinter ein paar Kehrichtkübeln, drüben in der Temple Street. Das ist grade mal acht Ecken von hier, nah genug, um mich annehmen zu lassen...«

Charlie trat Mr. Kelly genau in dem Moment vor die Schienbeine, als Mr. Kelly seine Handschellen hervorholte. Kelly grunzte. Charlie gab ihm eins mit der Faust. Kelly fiel hin und blieb regungslos auf dem Bürgersteig liegen. Im Fallen war sein Kopf ans Geländer geknallt.

Lydia saß drinnen an die Wand gelehnt, als Charlie die Tür aufriß. Sie war wie Eis. »Charlie, wir können nicht entkommen – wir schaffen es nie! Wir waren verrückt, es zu versuchen!«

Ihm klappte der Kiefer herunter. »Jetzt ist alles anders! Es ist etwas passiert. Warte auf mich, Lydia! Bin gleich zurück!«

»Und was ist mit den Busfahrkarten?«

»Die können wir jetzt nicht gebrauchen!« rief er. »Bis nachher, Lydia!«

»Charlie, komm zurück! Wo gehst du hin?«

»Ich weiß es nicht!« Die Tür fiel ins Schloß. Seine Schritte verhallten in der Straße.

Es war Nacht geworden. Charlie bedauerte sich, während er sich durch dunkle Ecken schlug. Wie war er nur in so was hineingeraten? Ein Leben lang sture Mittelmäßigkeit, und nun auf einmal – Bumm! Krach! Peng! – Jack the Ripper! Ihn fröstelte. Wie es so hieß: die kalte Hand des Schicksals...

Er blickte um sich. Dies war das schäbige Einkaufsviertel, wohin er und Lydia häufig einen Bummel gemacht hatten, um sich ein Chop Suey oder russisches Roggenbrot oder koscheres Corned Beef zu genehmigen. Schnapsläden, Waffenläden, kleine Cafés. Leere Parkplätze und dunkle Seitenstraßen. Betrunkene Männer, die ziellos umhertorkelten, Betrunkene auf den Parkplätzen und in den Seitenstraßen.

Tausende von Menschen in Los Angeles. Ein jeder von jenen, die ihn im Vorübergehen streiften, konnte ein Mörder sein, stets auf der Hut vor Streifenwagen. Wie hätte man sagen können, wer einer war – der Mann mit dem Hinkebein da drüben oder vielleicht die Frau dort mit der Einkaufstüte?

Du Narr, sagte er sich. Die Bullen werden dir deine Geschichte jetzt auf keinen Fall mehr abkaufen. Wie willst du die Busfahrkarten, die gepackten Koffer, die Flucht erklären – es sei denn als Flucht wegen eines Verbrechens, das du gerade begangen hast?

Du suchst nach einem alten Mann, den du nie zuvor gesehen hast, und nach dem, der ihn umgebracht hat. Du mußt den wahren Mörder finden. Bei einer Bevölkerung von anderthalb Millionen kann das doch kein Kunststück sein!

Bei Einbruch der Dunkelheit hatten die meisten Läden ihre Schutzgitter oder Klappläden geschlossen. Nur ein paar Geschäfte und Kreditvermittler hatten noch Licht; ihre Besitzer standen in den Eingängen, um ein wenig warme Sommerluft zu schnappen.

Charlie blieb an einer Türe stehen. »Ich höre, hier soll's ein bißchen Ärger gegeben haben?« Der Mann, den Charlie ansprach, verschränkte die Arme. »Ja. Da drüben in der Seitenstraße.«

»Ein alter Mann, was? Wer war er? Wer hat ihn denn umgebracht?«

»Ich weiß nicht. Nur so'n oller Penner. Was geht das *mich* an?«

»Haben Sie irgendwas gesehen?«

»Nichts. Ich hab bloß blaue Hemden und Sheriffsterne gesehen und Sirenen gehört.«

Charlie dankte ihm und ging weiter, und wieder überfiel ihn die Nacht. Ihm war danach, die Leute anzuhalten, ihnen ins Gesicht zu sehen und sie zu fragen: »Haben Sie etwa zufällig vor einer Stunde jemanden umgebracht? Nein? Na, dann besten Dank auch.« Ein paar Schritte weiter. Nächster Halt. »Mister, sind Sie ein Mörder?« Er suchte jeden offenen Laden heim. Niemand hatte was gesehen, reinweg gar nichts. Ist 'n richtig heißer Abend, was? Ob es morgen wohl Regen gibt? Wollen Sie echt reelle Ware kaufen, Mister? Kommen Sie rein, sehen Sie sich um!

Der Popcorn-Verkäufer stand an der Ecke Temple und Boylston Street. In einem Würfel aus Glas tanzte eine gelbblaue Flamme, und das Popcorn hüpfte in einem Gitterkäfig aus Metall. Der kleine, dunkelhäutige Verkäufer nahm Charlies Münze in Empfang, und sie kamen ins Plaudern.

»Der Tote? Johnny? Hat 'ne Menge gesoffen. Hat die ganze Zeit hier in den Einfahrten rumgelungert, hat nachts da auch geschlafen. Aber 'n Grund, den kaltzumachen, hatte keiner. Hatte doch kein bißchen Geld.« Der Verkäufer sah Charlie mit seinen wie eine Flamme flackernden Augen an. »Haben Sie ihn gekannt?«

»Ich – ich bin sehr nah mit ihm verwandt.«

Eine Straßenbahn ratterte in einer Sintflut mechanischen Getöses den Asphalthügel hinter ihm hinab. Inmitten dieses Tumults von Rädern, die sich an harten Schienen rieben, überstürzten sich Charlies Gedanken: Er sah sich in seinem schäbigen Büro jahrelang Zahlenkolonnen zusammenrechnen, Konten fingern, Bilanzen frisieren, den halben Sonnabend, sonntags frei; sah sich in der polternden Straßenbahn durch einförmige Straßen nach Hause fahren zu Lydia in ihrem Vierzig-Dollar-pro-Monat-Sarg, in dem sie sich um Kaffee, Kakao oder Tee zankten, abwechselnd das Radio an- und abdrehten und sich stritten, in welche Doppelvorstellung sie gehen sollten, in dem sie über die Hitze fluchten und über die Kälte stöhnten.

Doch nun hatte Charles Guidney – während er auf dem Nachhauseweg mit dem Gedanken spielte, Mr. Sternwell, seinen Boss, ums Leben zu bringen – seinem eigenen Leben eine Wendung gegeben. Er hatte sich und seine Frau mit einem Schuß aus einer Waffe schlagartig aus einem geregelten, arbeitsamen Leben ins Unvorhersehbare, in Irrungen, Wirrungen, ins Chaos befördert.

Dabei hatte er doch gar niemanden umgebracht! Er ärgerte sich über seine Schnapsidee. Je nun, du Schlauberger, hielt ihm sein Verstand entgegen, wenn du nicht meschugge und wenn du nicht der Mörder bist – *wer* ist es dann?

Er ging weiter. Er ging in Waffengeschäfte und Eisenwaren- und Trödlerläden. Er stellte die einzige Frage, die er stellen konnte: »Mister, hat Ihnen heute jemand eine Waffe abgekauft, 'ne Zweiundzwanziger?«

Die Antworten ließen nicht auf sich warten.

»Sie machen wohl 'n Witz!« sagte der eine. »Nein«, sagte der nächste. »Teufel nochmal, nee!« sagte der dritte.

»Gehen Sie mir nicht mit so was auf den Geist«, sagte der letzte. »Man braucht einen Waffenschein, um eine Waffe zu kaufen. Die Leute kaufen sich doch nicht jeden Tag 'ne Waffe!«

»Hat jemand darum gebeten, Ihre Waffen *ansehen* zu dürfen? Und wenn's nur einer war?« flehte Charlie.

»Ein Kunde oder zwei. Ich weiß es nicht mehr so genau.«

»Vermissen Sie vielleicht eine Waffe?«

Der Mann guckte vergrätzt. »Nein.«

Er ging noch einmal zu den übrigen Händlern, einem nach dem andern. Er wurde allmählich müde. »Vermissen Sie vielleicht eine Waffe?« fragte er.

»Warten Sie mal 'n Moment«, sagte der Besitzer des Ladens, bei dem er angefangen hatte. »Ich glaube nicht, aber...« Er zählte die Waffen in seiner Vitrine. »Nur acht! Es müßten doch neun sein. Eins, zwei, drei –« Er verstummte, und seine Augen traten vor. »Verdammt! Eine fehlt!«

»Erinnern Sie sich noch, wer sie sich heute angesehen hat?«

»Klar doch! Sicher! Nur eine Person. Hatte keine Erlaubnis, konnte die Waffe also auch nicht kaufen. Ich bin in den kleinen Raum dort hinten gegangen, und als ich wieder rauskam, war niemand mehr da. Muß die Waffe gebraucht haben. Hat sie einfach geklaut!«

»Können Sie die Person beschreiben?« fragte Charlie.

Der Besitzer verbreitete sich in größter Ausführlichkeit über die Besonderheiten jener Person, die für das Verschwinden einer Pistole vom Kaliber .22 verantwortlich war.

Charlie schlug sich die Hand vors Gesicht. Die Knie gaben unter ihm nach. Der Laden um ihn herum löste sich auf. Nach einiger Zeit gelang es ihm, den Besitzer wieder klar ins Auge zu fassen.

»Ein Mörder könnte also Ihre Waffe stehlen, jemanden ein paar Ecken von hier erschießen und die Waffe zurückbringen, bevor Sie merken würden, daß sie fehlt, oder?«

»Sicher, sicher, ich nehme es jedenfalls an. Aber sie ist ja nicht zurückgebracht worden. Sie ist immer noch weg.«

Charlie versuchte mit Nebel vor den Augen einen klaren Gedanken zu fassen. »Auf diese Weise könnte also jemand an eine Waffe kommen und sie benutzen. Die Polizei würde sie nie und nimmer aufspüren, und der Waffenhändler würde ebenfalls nie und nimmer Verdacht schöpfen. Die Polizei würde nicht auf den Gedanken kommen, die Waffen zu überprüfen, die Sie schon jahrelang hierhaben; sie würde wahrscheinlich fragen, ob eine fehlt oder ob Sie irgendeine .22er verkauft haben, aber das wäre auch alles.« Er erhob sich unsicher von seinem Stuhl.

»He, kommen Sie wieder zurück...«, sagte der Ladenbesitzer.

Völlig erledigt, ohne jedes Gefühl, machte sich Charlie auf den Heimweg.

Unterwegs fiel ihm ein kleiner Laden auf, dessen Lichter noch an waren, und in seinem Schaufenster befand sich etwas Bestimmtes – bestimmte Waffen, für die man keine Lizenz benötigte. Er ging hinein und legte etwas Geld auf den Kassentisch, und als er wieder herauskam, liebkoste die Hand in seiner rechten Manteltasche eine Waffe...

Es ging gegen zehn. Officer Kelly sah zu den Sternen über der Stadt auf und fluchte vor sich hin, als er hinter sich Schritte hörte. Er drehte sich um und wäre beinahe mit Charlie Guidney zusammengestoßen.

»Ich nehme an, Sie kriegen Ihren Mörder noch heute abend, Kelly«, sagte Charlie liebenswürdig.

»Da sind Sie ja wieder!« Kelly packte ihn. »Ein Glück für Sie, Freundchen, daß Sie aus eigenem Entschluß zurückgekommen sind!«

»Darf ich mich zuerst noch von meiner Frau verabschieden?«

Kelly wiegte den Kopf. »Ich denke, ich kann Sie Adieu sagen lassen. Gehen Sie schon.«

Sie stiegen durch das düstere Innere des Hauses. Charlie legte die Hand auf jenen überaus vertrauten Türknauf.

»Könnten Sie draußen warten, Kelly?«

Kelly konnte. Charlie schloß die Tür. Lydia brachte das Radio abrupt zum Schweigen, fuhr zu ihm herum.

»Ach, Charlie, gut, daß dir nichts passiert ist. Ich hatte schon Angst, sie hätten dich erschossen...«

»Beinah hätten sie's. Und sie tun's vielleicht auch noch.«

Sie sank auf die Couch. »Wir kommen bestimmt nicht davon. Charlie, warum hast du es nur getan?«

»Ich hab's gar nicht getan.«

»Was?« Ihre Augen weiteten sich.

»Ich habe gelogen. Hast du denn nicht gemerkt, daß ich von Anfang an gelogen habe, Lydia?«

»Wieso? Nein. Hab ich nicht«, sagte sie.

»Und ist dir da nicht ein toller Einfall gekommen, meine teure Gattin?«

»Ich verstehe nicht, Charlie.«

»Ich hab dich losgeschickt, Fahrkarten besorgen. Du mußtest nur in diesem Laden vorbeischauen, der auch Waffen führt, nach einem bestimmten Artikel fragen, wegen dem der Besitzer einen Augenblick lang aus dem Raum mußte, die Waffe stehlen, die Temple Street entlanglaufen, einen von den Dutzenden Säufern und Pennern aussuchen, die dort in den Eingängen schlafen, den Mann erschießen, zum Busbahnhof weitergehen, die Fahrkarten kaufen und wieder heimkommen.

Als du dann den Polizisten gesehen hast, hast du einen hysterischen Anfall vorgetäuscht, um mich ans Messer zu liefern. Ein guter Plan! Du hattest nur nicht bedacht, daß ich entkommen und mich bei den Waffenhändlern umtun könnte. Du hattest wahrscheinlich die Absicht, die Waffe morgen zurückzubringen. Deine Aussage gegen mich wäre vernichtend gewesen. Ich sei heimgekommen, hättest du gesagt, und hätte dir erzählt, ich hätte jemanden umgebracht. Genau das, was ich dir erzählt habe, nur daß ich gelogen hatte. Du hast gehofft, daß mich die Polizei bei der Festnahme vielleicht sogar erschießen würde. Die Busfahrkarten, unsere gepackten Koffer, meine Vorgesetzten, die von nichts wußten, unsere Freunde, denen unsere Pläne nicht bekannt waren – all das wären verdammt gute Beweise gegen mich gewesen.«

»Aber Charlie!«

»Ich auf Jahre im Gefängnis, womöglich sogar hingerichtet, und du – *frei!* Frei, mit deinen Busfahrkarten hinzufahren, wo du wolltest, in Begleitung deines Freundes Travis, mit deinen fünftausend Dollar von der Bank, mit denen du ihn bei der Stange halten wolltest. Keine Langeweile mehr, was, Lydia?«

Er schloß die Augen, so fest er konnte. »Tut mir leid, daß es so ausgegangen ist. Wir hätten glücklich sein, noch einmal von vorn anfangen können. Selbst wenn dir klar war, daß ich dir das mit dem Mord nur vorlog – du hättest mitspielen sollen. Es wäre schön gewesen, aufregend. Hast du mich all die Jahre so sehr gehaßt? Hast du denn nicht gespürt, daß alles anders werden mußte, wenn es mit uns wieder aufwärtsgehen sollte?«

»Du bist ja wahnsinnig!« schrie sie.

»Dann, Lydia«, sagte er, »sieh dir doch erst mal *das* an!«

Er riß die Waffe aus der Jacke, zielte und ging entschlossen auf sie zu. Sie starrte sie ungläubig an, fiel auf die Couch zurück, kreischte, krallte, suchte ihm zu entkommen.

»Charlie! Charlie! Charlie!« Es hörte sich an wie eine schrille Pfeife. Etwas zerbrach, explodierte in ihr. Er kam ihr mit der Waffe immer näher. »Ich hab's getan! Ich hab's getan! Ich hab ihn umgebracht! Aber nimm das Ding weg, nimm es weg!« schluchzte sie.

Die Tür flog krachend auf. Kelly stürzte herein, die Waffe im Anschlag. »Okay, Mr. Guidney. Ich hab sie gehört! Lassen Sie sie in Ruhe. Ab jetzt kümmere ich mich um sie. Geben Sie Ihre Waffe her!«

Charlie drehte sich mit geschlossenen Augen um. Er streckte die Hand aus und ließ die Waffe in Kellys erstaunte Finger fallen.

Die weiße Ratte mit den rosa schimmernden Augen wand sich in Kellys Hand.

Totenwache für einen Lebenden

Schon seit einer langen Reihe von Tagen war ein nicht enden wollendes Klopfen und Hämmern zu hören, begleitet von Lieferungen metallener und diverser anderer Teile, die Mr. Charles Braling in fiebriger Hast entgegennahm und in seine kleine Werkstatt schaffte. Er war ein sterbender Mann, ein schnell sterbender Mann, und er schien es furchtbar eilig zu haben, unter heftigem Husten und Speien noch eine letzte Erfindung zusammenzuzimmern.

»Was treibst du denn da?« erkundigte sich Richard Braling, sein jüngerer Bruder. Er hatte dem Hämmern und Klappern mit wachsendem Unmut und steigender Neugier zugehört und steckte nun seinen Kopf durch die Werkstattür.

»Scher dich fort, so weit wie möglich, und laß mich in Ruh!« entgegnete Charles Braling nur; er war siebzig, zittrig und hatte die meiste Zeit besabberte Lippen. Mit zitternder Hand setzte er die Nägel an, mit zitternder Hand landete er einen schwachen Hammerschlag auf einem starken Brett und fummelte sodann ein schmales metallenes Band in eine komplizierte Apparatur hinein. Alles in allem schien er voll und ganz in seiner Arbeit aufzugehen.

Richard schaute einen langen Moment aus bitteren Augen zu. Zwischen ihnen stand Haß. So war es schon seit etlichen Jahren, und das hatte sich trotz der Tatsache, daß Charlie nun sterbenskrank war, weder zum Besseren noch zum Schlechteren verändert. Die Gewißheit, daß sein Tod in greifbare Nähe gerückt war, beglückte

Richard, wenn er überhaupt daran dachte. Die fieberhafte Geschäftigkeit seines Bruders allerdings reizte ihn.

»Bitte, sag's schon!« bat er und wich nicht von der Tür.

»Also, wenn du es unbedingt wissen willst«, keifte der alte Charlie, der auf dem Kasten vor sich irgendeinen Klapperatismus befestigte, »in einer Woche werde ich tot sein, und ich – ich baue mir meinen eigenen Sarg.«

»Einen *Sarg,* mein lieber Charlie? Das sieht aber *gar nicht* nach einem Sarg aus. Ein Sarg ist doch nicht derart kompliziert. Also, rück schon heraus damit, was baust du *wirklich?*«

»Hab ich dir doch gesagt – einen Sarg! Einen außergewöhnlichen Sarg, das ja, aber eben trotzdem« – der alte Mann werkelte mit beiden Händen in dem großen Kasten herum – »eben trotzdem einen Sarg!«

»Aber es wäre doch einfacher, einen zu kaufen.«

»Nicht so einen wie den! So einen könntest du nirgends kaufen, niemals. Oh, das wird ein wirklich schöner, erstklassiger Sarg!«

»Man sieht ja regelrecht, daß du lügst!« Richard trat näher. »Dieser Sarg ist schließlich gut und gern seine zwölf Fuß lang. Sechs Fuß länger als normal!«

»Ach ja?« Der alte Mann lachte still in sich hinein.

»Und die verglaste Oberseite. Wer hätte jemals von einem Sargdeckel gehört, durch den man durchsehen kann? Was hat eine Leiche denn schon von einem durchsichtigen Deckel!«

»Ach, darüber mach dir mal keine Gedanken«, sagte der alte Mann mit Inbrunst. Und er ging vor sich hin summend und hämmernd wieder ans Werk.

»Dieser Sarg ist ja furchtbar breit!« brüllte der jüngere Bruder gegen den Lärm an. »Also, fünf Fuß ist er sicher breit. Ist doch völlig überflüssig!«

»Ich wünschte mir nur, ich könnte noch erleben, wie dieser fabelhafte Sarg patentiert wird!« schwärmte der alte Charlie. »Er wäre ein Geschenk des Himmels für all die armen Völker dieser Welt. Stell dir mal vor, wie er die Kosten der meisten Begräbnisse senken könnte. Ach, aber du weißt ja natürlich gar nicht, wie er das bewirkt, was? Wie gedankenlos von mir. Aber ich werd's dir nicht verraten. Wenn man diesen Sarg in Serie bauen würde ... Zuerst käme er teuer, versteht sich ... Aber wenn man ihn dann schließlich in großen Mengen bauen würde – was könnten die Leute da an Geld sparen!«

»Zur Hölle damit!« Und der jüngere Bruder stürmte aus der Werkstatt.

Es war ein wenig vergnügliches Leben gewesen. Der junge Richard war seit jeher ein derartiger Verschwender gewesen, daß kaum je zwei Münzen in seiner Börse geklingelt hatten; sein ganzes Geld war von seinem älteren Bruder Charlie gekommen, der die Unverschämtheit besaß, ihn unentwegt daran zu erinnern. Richard brachte Stunden um Stunden mit seinen Hobbies zu; am meisten liebte er es, im Garten Stapel aus Weinflaschen mit französischen Etiketten anzulegen. »Ich finde es herrlich, wie sie *glitzern*«, sagte er häufig, während er dasaß und an seinem Glas nippte und nippte und dasaß. Er war der Mann im Kreis, der den längsten grauen Aschenkegel für die längste gemessene Zeit auf einer 50-Cent-Zigarre halten konnte. Und er wußte, wie er seine Hände halten mußte, damit seine Diamanten im Sonnenschein glitzerten. Doch nicht etwa er hatte den Wein, die Zigarren, die Diamanten gekauft – kein Gedanke! Es war alles umsonst. Es war ihm gar nie erlaubt, selbst etwas zu kaufen. Es wurde ihm stets gebracht, ihm einfach gegeben. Er mußte um alles bitten, selbst um Briefpapier. Er betrachtete sich dafür, daß er es über sich gebracht hatte, sich von seinem klapprigen älteren Bruder so lange aushalten zu lassen, als Märtyrer von Format. Alles, was Charlie jemals angefaßt hatte, war ihm zu Geld geworden; alles, was Richard jemals versucht hatte, um zu einem auskömmlichen Einkommen zu gelangen, war danebengegangen.

Und nun bosselte dieser olle Maulwurf von Charlie an einer neuen Erfindung, die Richard womöglich noch Heu in die Scheuer fuhr, wenn seine Knochen längst in der Erde verfaulten!

So gingen zwei Wochen ins Land.

Eines Morgens schlich sich der ältere Bruder nach oben und entwendete die Innereien des elektrischen Phonographen. An einem anderen Morgen plünderte er das Gewächshaus des Gärtners. Zu guter Letzt erhielt er eine Lieferung von einer medizinischen Gerätefabrik. Richard, dem jüngeren, blieb eigentlich nur, herumzusitzen und mit ruhiger Hand seinen langen grauen Zigarrenaschenkegel in der Balance zu halten, während diese von Gemurmel begleiteten Streifzüge vonstatten gingen.

»Mit mir ist es aus!« rief der alte Charlie am Morgen des vierzehnten Tages und fiel tot um.

Richard rauchte seine Zigarre zu Ende, ohne sich seine innere Erregung anmerken zu lassen, legte sie samt ihrer herrlichen, langen, weißlichen Asche – fünf Zentimeter, ein echter Rekord! – beiseite und erhob sich.

Er ging zum Fenster und sah zu, wie das Sonnenlicht über die bauchigen, käfergleichen Champagnerbouteillen im Garten spielte und sie zum Glitzern brachte.

Er sah zum oberen Ende der Treppe hinauf, wo sein guter, alter Bruder Charlie friedlich am Geländer hingestreckt lag. Dann ging er zum Telephon und wählte ganz beiläufig eine Nummer.

»Hallo, ist dort der Green-Lawn-Bestattungsdienst? Hier Residenz Braling. Könnten Sie bitte mit einer Leichentrage vorbeikommen? Ja, für meinen Bruder Charlie. Ja. Danke. Danke.«

Noch während die Leichenbestatter Bruder Charles

auf ihrer Leichentrage aus dem Haus schafften, erhielten sie ihre Instruktionen. »Einfacher Sarg«, sagte Richard, der jüngere. »Kein Gottesdienst beim Begräbnis. Legen Sie ihn in einen Fichtensarg. So wäre es ihm wohl am liebsten gewesen – ohne große Umstände. Wiedersehn.«

»Und jetzt«, sagte sich Richard händereibend, »wollen wir doch mal sehen, was es mit diesem ›Sarg‹ auf sich hat, den sich der teure Charlie gezimmert hat. Ich nehme nicht an, daß er merkt, daß er nicht in seiner ›Spezial‹-Kiste beerdigt wird. Haha!«

Er betrat die Werkstatt im Erdgeschoß.

Der Sarg stand mit geschlossenem Deckel vor weitgeöffneten Verandatüren, fix und fertig, in allem so sorgfältig gearbeitet wie die edlen Innereien einer Schweizer Uhr. Er war riesig und ruhte auf einem langen, langen Tisch, mit Rollen untendran, damit er sich leicht bewegen ließ.

Innen war der Sarg, das sah er durch die Glasscheibe, sechs Fuß lang. Es mußten sich also sowohl am Fuß- wie am Kopfende jeweils gute drei Fuß toter Raum befinden. Drei Fuß an jedem Ende, die – verschlossen von geheimen Klappen, die er auf irgendeine Weise aufkriegen mußte – sehr wohl etwas enthüllen mochten: aber was?

Geld natürlich. Das sah Charlie ähnlich, seinen Reichtum mit ins Grab zu nehmen und Richard ohne einen Cent zurückzulassen, von dem er sich die nächste Flasche kaufen konnte. Dieser alte Geizhals!

Er hob den Glasdeckel und tastete das Innere ab, fand aber keine versteckten Knöpfe. Ein kleines Schild aus weißem Papier, auf dem mit Tinte fein säuberlich etwas geschrieben stand, war mit Reißnägeln an der Seite des satinbezogenen Innenraums angebracht. Darauf stand:

DER BRALING-SPARSARG

Einfach in der Handhabung.
Kann vom Bestatter und von Familien,
die ihre Zukunft im Auge haben,
stets von neuem benutzt werden.

Richard schnaubte lässig. Wen, glaubte Charlie, konnte er damit hereinlegen? Doch da stand noch mehr:

GEBRAUCHSANLEITUNG:
LEICHE EINFACH IN DEN SARG LEGEN –

Welch ein Schwachsinn, das auch noch extra zu schreiben! Leiche in den Sarg legen! Natürlich! Was denn sonst? Er sah genau hin und las die Gebrauchsanweisung zu Ende.

LEICHE EINFACH IN DEN SARG LEGEN –
UND DIE MUSIK BEGINNT ZU SPIELEN

»*Das darf doch nicht wahr sein*!« Richard glotzte das Schild an. »Sag mir einer bloß, die ganze Arbeit war nur für einen . . .« Er ging zur offenen Tür der Werkstatt, trat auf die mit Platten belegte Terrasse hinaus und rief den Gärtner in seinem Gewächshaus. »Rogers!« Der Gärtner streckte den Kopf heraus. »Wie spät ist es?« fragte Richard.

»Zwölf Uhr, Sir«, erwiderte Rogers.

»Gut. Also, um zwölf Uhr fünfzehn kommen Sie hier rein und sehen nach, ob alles in Ordnung ist, Rogers.«

»Ja, Sir«, sagte der Gärtner.

Richard machte kehrt und ging in die Werkstatt zurück.

»Das werden wir schon noch herauskriegen...«, sagte er gelassen.

Es war ja schließlich vollkommen harmlos, sich in die Kiste hineinzulegen und sie einmal auszuprobieren. Er sah die kleinen Luftlöcher an den Seiten. Selbst wenn der Deckel zu war, Luft kam herein. Und Rogers würde in Kürze da sein. *Leiche einfach in den Sarg legen – und die Musik beginnt zu spielen.* Also wirklich – wie naiv vom alten Charlie! Richard wuchtete sich hoch.

Ihm war wie einem Mann, der in die Badewanne steigt. Er fühlte sich nackt und beobachtet. Er steckte den einen auf Hochglanz polierten Schuh in den Sarg, zog das Knie an, stieg vollends hinauf und machte eine kleine Bemerkung, ohne jemanden zu meinen, dann zog er das andere Knie an und hockte da, als ob er mit dem Badewasser noch nicht so recht zufrieden sei. Er ließ sich unter gutmütigem Glucksen nieder, legte sich zurück und stellte sich – »nur mal so zum Spaß« – vor, tatsächlich tot zu sein: wie die Leute Tränen über ihn vergossen, wie die Kerzen rußten und flackerten und die Welt ob seines Hinscheidens mitten in ihrem Lauf innehielt. Er setzte ein langes, blasses Gesicht auf, schloß die Augen und hielt das Lachen, das ihn ankam, hinter fest verkniffenen, zitternden Lippen zurück. Er faltete die Hände und bildete sich ein, daß sie sich wächsern und kalt anfühlten.

Zing! Zoing! In der Wand der Kiste wisperte irgendwas. *Zoing!*

Der Deckel krachte auf ihn nieder!

Als Außenstehender, wäre man eben gerade hereingekommen, hätte man wohl einen Tobsüchtigen erwartet, der wild um sich tritt, klopft, poltert und schreit wie ein in einen Schrank Gesperrter; das Geräusch eines sich windenden und wendenden Körpers; ein Bumpern von Fleischmassen und Fäusten; ein Quietschen und eine Art Pfeifen aus der Lunge eines verängstigten Menschen, dann ein Rascheln wie von Papier und ein schrilles Geräusch wie von vielen auf einmal trillernden Pfeifen; dann einen richtig tollen Schrei. Dann – Stille.

Richard Braling lag in dem Sarg und fühlte sich wohl. Er ließ all seine Muskeln erschlaffen. Er fing an zu kichern. Der Geruch dieser Kiste war keineswegs unangenehm. Durch die kleinen Löcher bekam er genug Luft, um bequem damit auszukommen. Er mußte nur die Hände heben und ein wenig drücken, ohne all dieses Treten und Schreien, und der Deckel ging auf. Man mußte eben nur Ruhe bewahren.

Er spannte die Arme an. Der Deckel war fest verschlossen.

Na ja. Deswegen drohte noch längst keine Gefahr. Rogers mußte jede Minute da sein. Es gab nichts zu befürchten.

Die Musik begann zu spielen.

Sie schien von irgendwoher im Kopfteil des Sarges zu kommen. Es war eine schöne Musik. Orgelmusik, sehr getragen und melancholisch, die sich so ganz nach gotischen Spitzbögen und langen, schwarzen Gewändern anhörte. Sie roch nach Erde und Raunen, hallte hoch von steinernen Mauern. Sie war so traurig, daß man schier heulen mußte, wenn man sie hörte. Topfpflanzenmusik, eine Musik für purpurrote und blaue Kirchenfenster. Die Musik der Spätsonne in der Dämmerung, zum Heulen eines kalten Windes. Die Musik einer Morgendämmerung, die nur aus Nebel und dem fernen Klagelied eines Nebelhorns bestand.

»Charlie, Charlie, Charlie, du alter Dummkopf, du! Das ist also dein toller Sarg, was?« Richard standen vor Lachen die Tränen in den Augen. »Nichts mehr als ein Sarg, der sein eigenes Requiem spielt! Ach du meine selige Großmutter!«

Er lag da und hörte aufmerksam zu, denn es war ein schönes Stück, und er konnte ja sowieso nichts tun, bis

Rogers kam und ihn herausließ. Seine Augen wanderten ziellos umher; seine Finger klopften sanfte Rhythmen auf die Satinpolster. Er legte seine Beine bequem übereinander. Durch den Glasdeckel sah er das Sonnenlicht durch die Verandafenster fluten, in dem Staubteilchen tanzten. Es war ein herrlicher Tag mit einem strahlendblauen Himmel, in dem zarte Federwölkchen schwammen.

Die Predigt begann.

Die Orgelmusik verstummte, und eine mitfühlende Stimme sagte: »Wir sind hier versammelt, jene, die den Verblichenen kannten, und jene, die ihn liebten, um ihm unsere Pflicht und Schuldigkeit zu erweisen...«

»Charlie, mein Guter, das ist ja *deine* Stimme!« Richard war entzückt. Eine vollautomatische, mechanisch aufgezeichnete Beerdigung, fürwahr! Orgelmusik, Ansprache, alles auf Platte! Und Charlie hielt sich seine eigene Totenrede!

Die sanfte Stimme sagte: »Wir, die wir ihn kannten und liebten, betrauern das Hinscheiden von...«

»*Wie* war das?« Richard fuhr auf, wie vor den Kopf gestoßen. Er wollte nicht recht glauben, was er gehört hatte. Er wiederholte es sich so, wie er es gerade eben vernommen hatte.

»Wir, die wir ihn kannten und liebten, betrauern das Hinscheiden von Richard Braling.«

Das war's, was die Stimme gesagt hatte.

»Richard Braling?« sagte der Mann in dem Sarg. »Wie das? *Ich* bin doch Richard Braling!«

Ein Versprecher, das verstand sich von selbst. Ein bloßes Versehen. Charlie hatte *Charles* Braling sagen wollen. Bestimmt. Ja. Natürlich. Ja! Bestimmt! Natürlich! Ja!

»Richard war ein guter Mensch«, sagte die Stimme, die mit ihrer Ansprache fortfuhr. »Wir werden zeit unseres Lebens keinen besseren finden.«

»*Mein* Name! Schon wieder!«

Richard begann sich unbehaglich im Sarg hin und her zu wälzen.

Wieso kam dieser Rogers nicht?

Das konnte kaum ein Fehler sein – diese zweimalige Nennung seines Namens. Richard Braling. *Richard* Braling! Wir sind hier versammelt... Werden ihn vermissen... Wir trauern. Einen besseren Menschen... Zeit unseres Lebens werden wir keinen besseren Menschen... Wir sind hier versammelt... Der Verblichene... Richard Braling. *Richard* Braling.

Zing! Zoing!

Blumen! Sechs Dutzend hellblaue, rote, gelbe, sonnengrelle Blumen klappten auf verborgenen Scharnieren am Oberteil des Sarges hoch!

Der süßliche Duft frisch geschnittener Blumen erfüllte den Sarg. Die Blumen wippten leise vor seinem verdatterten Blick auf und nieder und stießen lautlos gegen den Glasdeckel. Noch mehr Blumen klappten hoch, immer mehr, bis der Sarg ringsum von Blüten und Farben und lieblichen Gerüchen umgeben war. Gardenien und Dahlien und Petunien und Narzissen, die wippten und leuchteten.

»Rogers!«

Die Predigt nahm ihren Fortgang.

»...Richard Braling, der sein Leben lang allen guten und schönen Dingen zugeneigt war...«

Die Musik geriet ins Leiern, wurde abwechselnd lauter, wieder leiser, wie aus weiter Ferne.

»...Richard Braling, der das Leben genoß, wie man einen alten Wein genießt, den man an die Lippen führt...«

An der Wandseite der Kiste klappte ein schmaler Deckel auf. Ein schnelles, blitzendes, metallisches Ding schnellte vor. Eine Nadel bohrte sich in Richards Brustkorb, nicht sonderlich tief. Er schrie. Die Nadel schoß ihn mit einer farbigen Flüssigkeit voll, bevor er sie zu fassen kriegte. Dann schnellte sie zurück in ihre Halterung, und die Klappe fiel wieder zu.

»Rogers!«

Zunehmende Betäubung. Auf einmal konnte er weder Finger noch Arme noch Kopf bewegen. Seine Beine waren gefühllos und kalt.

»Richard Braling liebte die schönen Dinge des Lebens: Musik. Und Blumen...«, sagte die Stimme.

»Rogers!«

Jetzt konnte er es nicht mehr brüllen. Nur denken konnte er es noch. Seine Zunge lag reglos in seinem betäubten Mund.

Wieder öffnete sich eine Klappe. Eine Zange aus Metall, ausgefahren von stählernen Armen. Sein linkes Handgelenk wurde von einer riesigen Nadel punktiert.

Das Blut wurde aus seinem Körper abgelassen.

Irgendwo hörte er eine kleine Pumpe arbeiten.

»... Wir werden Richard Braling vermissen...«

Die Orgel schluchzte und seufzte.

Die Blumen sahen auf ihn herab, nickten mit ihren leuchtenden Blüten. Sechs Kerzen, schwarz und schlank, wuchsen aus unsichtbaren Höhlungen hervor und standen flackernd und blakend hinter den Blumen.

Eine zweite Pumpe nahm ihre Arbeit auf. Während sein Blut auf der einen Seite seines Körpers abfloß, wurde sein rechtes Handgelenk punktiert, fixiert, eine Nadel in es hineingeschoben, und die zweite Pumpe machte sich daran, Formaldehyd in ihn hineinzudrücken.

Schsch! Pause. *Schsch!* Pause. *Schsch!* Pause. *Schsch!* Pause.

Der Sarg setzte sich in Bewegung.

Ein kleiner Motor puffte und schnaufte. Auf beiden Seiten zog der Raum an ihm vorbei. Kleine Räder drehten sich. Sargträger waren überflüssig. Die Blumen schwankten, während der Sarg sanft auf die Terrasse unter dem klaren, blauen Himmel hinausschaukelte.

Schsch! Pause. *Schsch!* Pause.

»...Richard Braling wird eine schmerzliche Lücke hinterlassen, bei allen seinen...«

Liebliche, sanfte Musik.

Schsch! Pause.

»Ach, du süßes Geheimnis des Lebens, doch noch gefunden...« Ein Choral.

»...Braling, der Feinschmecker...«

»...Wahrheit, hab ich dich doch noch erfahren...« Der Choral.

Ein Starren aus den Augenwinkeln, ein Starren aus ermattenden Augen, auf jenes eine Schild:

DER BRALING-SPARSARG

GEBRAUCHSANLEITUNG:
LEICHE EINFACH IN DEN SARG LEGEN –
UND DIE MUSIK BEGINNT ZU SPIELEN

Droben schwankte ein Baum vorüber. Der Sarg schaukelte sanft durch den Garten, hinter Buschwerk, und trug die Stimme und die Musik mit sich fort.

»Nun ist die Zeit gekommen, wo wir die Hülle dieses Mannes der Erde übergeben müssen...«

Kleine, glänzende Spaten sprangen aus den Flanken des Sarges.

Sie begannen zu graben.

Er sah die Spaten Dreck in die Luft schleudern. Der Sarg senkte sich, polterte, senkte sich, polterte, senkte sich. Polterte wieder, senkte sich wieder.

Schsch! Pause. *Schsch!* Pause. *Schsch!* Pause. *Schsch!* Pause.

»Asche zu Asche, Staub zu Staub...«

Die Blumen leuchteten und schwankten. Der Sarg lag in der Tiefe. Die Musik spielte dazu.

Das letzte, was Richard Braling sah, waren die Spatenarme des »Braling-Sparsargs«, die nach oben ausfuhren und das Loch hinter sich zuschaufelten.

»Richard Braling, Richard Braling, Richard Braling, Richard Braling...«

Die Platte war hängengeblieben.

Keiner scherte sich darum. Keiner hörte zu.

»Ich bin doch nicht blöd!«

Ich bin doch nicht blöd! Nein, nein, Sir. Als die Männer vor Spauldings Eckkneipe sagten, in der Gegend hätte es 'nen Toten gegeben – glauben Sie, ich wäre sofort ins Büro des Sheriffs gerannt und hätte es denen gesteckt?

Da müssen Sie sich schon auf was anderes gefaßt machen! Ich hab mich nämlich umgedreht und bin weggegangen von diesen Männern, hab jede Sekunde oder so über die Schulter gelinst, ob sie hinter mir her grinsen, mit einem spitzbübischen Leuchten in den Augen, und bin erst mal gegangen, um mir die Leiche anzugucken. Es war die Leiche von Mr. Simmons in seinem leeren, hallenden Farmhaus, wo schon seit Jahren das Unkraut wucherte und der Rittersporn blühte, der Hüttensänger zwitscherte und am Weg die Prunkwinden wuchsen. Ich trampelte zur Haustür rauf, klopfte, und als niemand »Herein!« sagte, machte ich die quietschende Tür auf und guckte rein.

Erst dann bin ich zum Sheriff gegangen.

Unterwegs warfen mir Kinder Steine nach und lachten mich aus.

Der Sheriff kam mir schon entgegen. Als ich es ihm sagte, meinte er, ja, ja, das wisse er schon alles, ich solle Platz machen, aber dalli, und ich trat beiseite und ließ ihn und Mr. Crockwell, der nach Mist roch, und Mr. Willis, der nach Schmierfett roch, und Jamie MacHugh, der nach Seife roch, und Mr. Duffy vorbei. Der roch nach Bier aus der Bar.

Als ich wieder bei dem einsamen, grauen Haus anlangte, waren sie drinnen und beugten die Rücken wie

Arbeiter, die einen Graben ausheben. Ich fragte, ob ich reindürfe, aber sie murrten, nein, nein, Peter, verschwinde, du wärst ja doch nur im Weg.

So war es immer. Immerzu steckten mich die Leute in dieselbe Schublade, machten sie mich runter. Diese Kerle, die mir von der Leiche erzählten, wissen Sie, worauf sie warteten? Hatten von mir erwartet, daß ich schnurstracks zum Sheriff renne, ohne erst mal nachzusehen, ob sie logen oder nicht. Nicht mit mir, nie wieder! Ich hab kapiert, was los war, als sie mich im letzten Frühjahr zum siebenundzwanzigsten Mal nach 'nem Lufthaken und 'nem Wasserbalken schickten in genau so vielen Jahren; und als ich den ganzen Tag hinunter zu Wembleys Pier am Strand schwitzte, um einen Achtkant-Affenschlüssel zu holen, den ich seit siebzehn Jahren trotz aller Mühen nicht auftreiben konnte, bis heute nicht!

Aber diesmal legte ich sie aufs Kreuz: erst sah ich mal nach und lief dann erst um Hilfe.

Der Sheriff schlurfte eine halbe Stunde darauf aus dem Haus und schüttelte den staubigen Kopf. »Der arme Mr. Simmons. Sein Kopf ist so zerlöchert wie 'n rostiger alter Kanonenofen.«

»So schlimm?« fragte ich.

Der Sheriff warf mir einen bösen, gemeinen Blick zu und zwirbelte den Bart auf seiner Oberlippe, bis er wieder richtig saß. »Da hast du verdammt nochmal recht.«

»Ein mysteriöser Mord, was?« fragte ich.

»Mysteriös würde ich's nicht nennen«, sagte er.

»Wissen Sie, wer's war?« fragte ich.

»Nicht genau – und halt's Maul«, schnappte der Sheriff und ließ eine Zigarette zwischen den Fingern rollen, die er mit dem ersten Zug zur Hälfte zu Asche machte. »Ich bin noch am Nachdenken.«

»Kann ich helfen?« fragte ich.

»Du?« blaffte der Sheriff und sah zu mir auf, über meinen Berg von Fleisch und Knochen weg. »Und helfen? Ha!«

Alle lachten und hielten sich die dürren Rippen und prusteten die Backen auf und glitzerten mich aus höhnischen, glänzenden Augen an. Ich und helfen, das war ja nun wirklich zum Lachen.

Mr. Crockwell, der Farmer, lachte; und Mr. Willis, der Eisenwarenhändler und hart wie ein Bahnschwellennagel, lachte, als ob ein Vorschlaghammer auf ein glühendes Stück Eisen fiele; und das irische Barmanngelächter von Mr. Duffy ließ seine Zunge rosa im Mund auf- und abtanzen; und Jamie MacHugh, der weglief, wenn man nur »Buh!« schrie, sogar der lachte.

»Ich hab Sherlock Holmes gelesen«, sagte ich.

Der Sheriff sah mich von oben bis unten an. »Seit wann kannst du denn lesen?«

»Ich *kann* lesen, nur keine Sorge«, sagte ich.

»Glaubst, du kannst mysteriöse Fälle lösen, was?« rief der Sheriff. »Verschwinde, zum Teufel, bevor ich dir den dicken Bauch aus'm Leib trete!«

»Lassen Sie ihn, Sheriff«, lachte Jamie MacHugh und wehrte händewinkend ab. Er schnalzte mir mit der Zunge zu. »Du bist 'n erstklassiger Schnüffler, was, Peter?«

Ich blinzelte ihn sechsmal an.

»Schnüffler – Detektiv – 'n Sherlock Holmes, meine ich«, sagte Jamie MacHugh.

»Ach so«, sagte ich.

»Warum auch nicht!« lachte Jamie MacHugh. »Ich würde jederzeit mein Geld auf Big Pete setzen, *je-der-zeit*! Ist 'n starker, Bursche, Sheriff, strotzt nur so vor Kraft. Der könnte den Fall mit einem Schlenker seines großen linken Schuhs lösen, meint ihr nicht auch, Männer?«

Mr. Crockwell blinzelte Mr. Willis zu, und Mr. Willis

spuckte ein Lachen aus, das sich anhörte, wie wenn einer seine Pfeife auf einem flachen Stein ausklopft, und alle warfen dem Sheriff versteckte, verschmitzte Blicke zu, stießen einander in die Rippen und gluckstem.

»Aber immer! Ich würde gutes Geld auf Peter setzen, jederzeit! Hier sind fünfzig Cents. Darauf, daß Peter imstande ist, den Fall vor dem Sheriff zu lösen!« sagte Jamie.

»Also – hört mal!« schnauzte der Sheriff, der stocksteif dastand.

»Hier sind siebzig Cents. Gleiche Wette!« dröhnte Mr. Willis.

Und schon kam das silbrig glänzende Geld herein, und grüne Scheine, wie kleine, auf ihren haarigen Pranken flatternde Flügel.

Der Sheriff stampfte wütend mit dem Stiefel auf. »Verdammt komisch. Ohne mich kann so'n schwachsinniger Riese doch keinen Mordfall lösen!«

Jamie MacHugh wippte auf den Fersen. »Schiß?«

»Um Himmels willen, nein! Aber daß ihr mich alle zum Affen machen wollt!«

»Wir meinen's ernst! Hier ist unser Geld, Sheriff – halten Sie dagegen?«

Der Sheriff polterte, daß er das klar doch, verdammt nochmal tun werde, und tat es dann auch. Alle brachen in ein gewaltiges Gelächter aus, wie Baßtrommeln und Blechtrompeten. Jemand schlug mir auf den Rücken, aber ich spürte es nicht. Jemand rief mir zu, ich solle doch endlich da reingehen und es ihm zeigen. Peter, zeig's ihm! Aber es war alles wie unter Wasser, weit weg. Blut pochte auf großen roten Stiefeln durch meine Ohren und kickte mein Gehirn hin und her wie einen eingeschrumpften Fußball.

Der Sheriff sah mich an. Ich sah ihn an, meine schweren Arme hingen kraftlos herunter. Er mußte furchtbar lachen.

»Herrgott, ich hab den Fall gelöst, bevor Peter das Maul auch nur zum Spucken aufkriegt!«

Der Sheriff wollte mich nicht in das Zimmer mit der Leiche lassen, wenn ich nicht mit ausgestreckten Armen auf einem Bein stehen konnte. Das müßte ich doch fertigkriegen! Die anderen fanden das fair. Also tat ich es. Ich muß fast die ganze Zeit so dagestanden sein, auf einem Bein, mit ausgestreckten Armen, um mich im Gleichgewicht zu halten, während wir redeten und die anderen hämisch lachten, wenn ich zu schwanken anfing.

»Also«, sagte ich, »tot ist er.«

»Hervorragend!« Jamie MacHugh hatte sich vor Lachen verschluckt und schüttelte sich vor Husten.

»Und der Schädel ist ihm eingeschlagen worden«, sagte ich. »Mit einem schweren Gegenstand.«

»Kolossal! Wunderbar!« prustete Jamie.

»Und eine Frau war's nicht«, sagte ich. »Weil, eine Frau hätte nicht so heftig und hart zuschlagen können.«

Jamie lachte ein wenig leiser. »Nun ja, das muß man zugeben.« Er warf einen kurzen Blick auf die anderen, die Augenbrauen ein ganz klein wenig nach oben gezogen. »Das ist schon wahr; daran hatten wir noch gar nicht gedacht.«

»Damit sind schon mal alle Weibspersonen draußen«, sagte ich.

Mr. Crockwell zwirbelte den Sheriff: *»Davon* haben Sie aber keinen Ton gesagt, Sheriff.«

Die Zigarette des Sheriffs versprühte Funken wie ein Feuerrad am vierten Juli.

»Ich *wollte* es aber gerade sagen. Verdammt nochmal, das sieht doch jeder, daß das keine Frau gewesen ist. Peter, du gehst da rüber in die Ecke und erzählst dort weiter!«

Ich stellte mich auf einem Fuß in die Ecke.

»Und…«, sagte ich.

»Halt's Maul!« sagte der Sheriff. »Du hast genug gesagt. Jetzt laß mich mal.« Er zog sich die Hose über die Wampe hoch. Schweigen. Der Sheriff grummelte: »Also, wie er sagte, der Mann ist tot, Schädel eingeschlagen, eine Frau war's nicht, und…«

»Haha«, sagte Mr. Crockwell.

Der Sheriff schoß einen wütenden Blick auf ihn ab. Mr. Crockwell hielt sich die Hand vor den Mund.

»Und er ist seit vierundzwanzig Stunden tot«, sagte ich und zog mir den Rotz hoch.

»Das weiß doch jeder Dorfdepp!« brüllte der Sheriff.

»Das haben Sie vorhin auch nicht gesagt«, sagte James MacHugh.

»Muß ich denn alles sagen? Darf ich mir nicht auch was denken?«

Ich sah mich in dem leeren Zimmer um. Mr. Simmons war ein seltsamer Kauz. Er lebte allein in dem Haus, ohne Möbel, nur mit Teppichen hier und dort und einer Pritsche im oberen Stock. Wollte kein Geld für solche Sachen ausgeben. Sparte es lieber.

Ich sagte: »Einen größeren Streit oder Kampf hat es auch nicht gegeben. Nichts umgeworfen. Muß von jemandem umgebracht worden sein, dem er getraut hat.«

Der Sheriff begann schon wieder zu fluchen, aber Jamie MacHugh sagte ihm, er solle mich reden lassen, das sei verdammt interessant. Die anderen sagten das auch. Ich lächelte. Ich schloß sanft grinsend die Augen, öffnete sie wieder, und alle sahen mich zum ersten Mal in meinem Leben an, als ob ich es wert sei, neben ihnen zu stehen. Ich kam Schritt für Schritt aus meiner Ecke.

Ich kniete mich neben Mr. Simmons hin und sah ihn mir an. Er war voller Blut. Der Sheriff tat es mir hastig gleich, ging ebenfalls auf die Knie. Ich sah ganz genau hin. Der Sheriff sah ganz genau hin. Ich zupfte am Teppich. Der Sheriff zupfte am Teppich. Ich strich den rechten Ärmel von Mr. Simmons glatt. Raten Sie mal, wer den linken Ärmel von Simmons glattstrich? Ich machte ein summendes Geräusch, als ob ich einen Kamm und Papier im Kehlkopf hätte. Der Sheriff knirschte mit den Zähnen. Alle standen sie da, groß und säuerlich verschwitzt von der stillen, sommerheißen Hitze.

»Wie war das noch? Von einem Bekannten soll er umgebracht worden sein?« wollte Mr. Crockwell wissen.

»Sicher«, sagte ich. »Jemand, dem er traute. Keine Auseinandersetzung.«

»Das leuchtet ein«, sagte Mr. Willis, der sonst nie viel sagte.

»Tja«, sagte ich, »und welche Leute haben den Toten hier nicht leiden können?«

Die Stimme des Sheriffs war hoch und zittrig vor Ärger. »Simmons war nicht gerade beliebt. Hat sich ständig mit den Leuten gestritten. War ziemlich reizbar.«

Ich sah die Männer der Reihe nach an und fragte mich, wen ich wohl als den Mörder entlarven konnte. Meine Augen schnappten wie an einem Gummiband immer wieder zu Jamie MacHugh. Jamie hatte schon immer Schiß gehabt. Wenn man nur seine Streichhölzer verloren hatte und Jamie anstarrte, jammerte er schuldbewußt: »Ich hab sie aber nicht.« Wenn man eine Münze fallen ließ und sie fort war, sagte Jamie jedesmal: »Ich hab sie aber nicht genommen!«

Eigenartig. Irgendwas mußte ihn als Kind furchtbar erschreckt haben; immerzu fühlte er sich schuldig, ob er's war oder nicht. Deshalb konnte ich nicht anders, als ihn jetzt von oben bis unten zu mustern, bis er nervös wurde und den Kopf verlor. Das genaue Gegenteil von Eisenwaren-Willis, der stocksteif dastand, wenn es rings um ihn blitzte.

»Ich hab mal gehört, wie Jamie sagte, man müßte Mr. Simmons über den Jordan schicken«, sagte ich.

Jamie riß die Augen auf. »So was hab ich nie gesagt! Und wenn ich's gesagt hab – du weißt doch, daß man manchmal etwas sagt, was man gar nicht so meint.«

»Ich hab jedenfalls gehört, wie du's gesagt hast.«

»Also... also... also«, sagte Jamie dreimal. »Du... du... du bist nicht der Sheriff dieser Sta... Sta... Stadt! Du hältst ganz einfach die Klappe!«

Der Sheriff grinste wie ein Fuchs. »Aber Jamie, was hast du denn? Grade eben hast du Peter noch angefeuert, warst ganz auf seiner Seite.«

»Ich kann es nur nicht leiden, wenn mir jemand was anhängt, das ist alles, du Fettkloß«, sagte Jamie zu mir. »Los, geh in deine Ecke und steh auf einem Fuß!«

Ich blinzelte nicht einmal. »Ich hab bloß gehört, wie du gesagt hast, man müßte Mr. Simmons über den Jordan schicken.«

»Du siehst doch nicht etwa 'n bißchen nervös aus, Jamie?« bemerkte der Sheriff.

»Jetzt fällt's mir wieder ein«, sagte Mr. Willis. »Das hast du tatsächlich gesagt, Jamie. Du hast 'n gutes Gedächtnis, Peter. Muß man schon sagen.« Er nickte mir freundlich zu.

»Ich wette, daß es hier Fingerabdrücke von Jamie gibt«, sagte ich.

»Klar!« rief Jamie, der blaß geworden war. »Natürlich sind hier welche. Ich war gestern am frühen Nachmittag da, um mir meine dreißig Dollar von diesem verdammten Gauner wiederzuholen, der da mausetot auf dem Boden liegt, du Trampeltier!«

»Seh 'n Sie?« sagte ich. »Er *ist* dagewesen. Seine Fingerabdrücke sind überall. Wie die Ameisen beim Picknick.« Und dann sagte ich noch: »Ich wette, wenn wir mal in seiner Tasche nachsehen würden, dann würden wir dort

Mr. Simmons Brieftasche finden, voller Geld. Ich würde drauf wetten.«

»Mir durchsucht niemand die Taschen!«

»Ich werd's aber tun«, sagte ich.

»Nein!« sagte Jamie.

»Sheriff?« sagte ich.

Der Sheriff sah erst mich und dann Jamie an. »Jamie«, sagte er.

»Sheriff?« sagte Jamie.

»Wer hat mich dazu aufgefordert, den Fall zu lösen?« fragte ich. »Jamie war's, Sheriff.«

Die Zigarette hing dem Sheriff kalt an den Lippen und zuckte. »Stimmt.«

»Warum wollte er wohl, daß ausgerechnet ich den Fall löse, Sheriff?« fragte ich und gab auch gleich die Antwort: »Weil er glaubte, ich würde ja doch nur den ganzen Laden aufhalten, Ihnen Ärger machen, damit Sie nicht weiterkommen.«

»Na so was! Das stell sich mal einer vor«, murmelten die anderen und wichen zurück.

Der Sheriff gab sich einen Ruck.

»Peter, ich muß zugeben, daß da was dran ist. Jamie war wirklich ganz wild drauf, dich dazu zu bringen, Unheil anzurichten. Er hat mit diesen gottverdammten Wetten angefangen. Hat mich mit dir nervös gemacht, bis ich vor lauter Wald die Bäume nicht mehr gesehen hab.«

»Genau«, sagte ich.

»Also hört mal, ich hab niemanden umgebracht, ich hab Ihnen Peter doch nicht deswegen auf den Hals geschickt, Sheriff! O nein, das hab ich nicht!« sagte Jamie MacHugh, über dessen Stirn der Schweiß strömte wie Wasser aus diesen neumodischen Rasensprenklern in den Betonköpfen dieser aufreizenden nackten Frauenstatuen.

Der Sheriff sagte: »Laß dich von Peter durchsuchen.«

Jamie sagte nein, während ich seine Handgelenke mit

einer mächtigen Hand packte und festhielt und ihm mit der anderen in die Gesäßtasche griff und die Brieftasche des Toten herausfischte.

»Nein!« flüsterte Jamie wie ein Gespenst.

Ich ließ ihn los. Er drehte sich um, zittrig, und rannte los, wischte durch die Tür und schlug sie zu, bevor ihn jemand festhalten konnte.

»Los, schnapp ihn, Peter!« brüllten alle.

»Wollt ihr das wirklich?« fragte ich. »Ihr macht keinen Spaß wie mit dem Lufthaken und dem Wasserbalken?«

»Nein, nein«, brüllten sie. »Los, schnapp ihn!«

Ich schoß raus und rannte Jamie in der heißen Sommersonne nach, über einen grünen Hügel, durch ein Wäldchen. Was, wenn Jamie entkommt, dachte ich. Nein, das darf er einfach nicht. Ich renne, so schnell ich kann!

Kurz vor der Stadt hatte ich Jamie eingeholt.

Er hätte sich auf keinen Fall gegen mich zur Wehr setzen sollen.

Kracks.

Und jetzt sitzen die Leute an den Sommerabenden vor dem Büro des Sheriffs, lassen die Füße baumeln, was ein fleckiges Muster gibt, und sprechen, während der Rauch aus ihren offenen Mündern steigt, darüber, wie der Sheriff mich den Fall lösen ließ. Und der Sheriff sagt dann immer, es mache ihm nichts aus, er sei genauso froh, daß ich den Verbrecher gestellt habe, wie wenn er es selber gewesen sei; aber der Sheriff verzieht jedesmal das Gesicht dabei.

Die Kinder auf den Straßen treten mich nicht mehr vors Schienbein und werfen mir auch keine Steine mehr nach. Sie kommen und fragen, ob sie meine Hand halten dürfen, während wir durch die Stadt laufen. Sie bitten mich, ihnen zu verraten, wie ich es geschafft habe. Sogar die Damen in hübschen blauen oder grünen Kleidern lehnen sich über den Gartenzaun und fragen. Und ich poliere den verbeulten Sheriffstern, den der Sheriff von vor über zwanzig Jahren übrig hatte, immer auf Hochglanz, werfe einen Blick auf meine Brust, wo er glänzt, und erzähle allen immer wieder, wie ich den Fall Simmons gelöst und den Mörder gestellt habe, Jamie MacHugh, der sich das Genick brach, als er sich aus meinem Griff befreien wollte.

Niemand schickt mich mehr los, einen Lufthaken zu holen oder einen Schraubenzieher für Linkshänder. Sie glauben, wenn ich nichts sage, dann denke ich nach. Die Männer nicken mir aus ihren Autos zu und rufen: »Hallo, Peter!« und sie lachen nicht mehr über mich. Irgendwie bewundern sie mich, und heute morgen haben sie sogar gefragt, ob ich vorhätte, noch mehr Fälle zu lösen.

Ich bin jetzt richtig glücklich. Glücklicher als je in meinem Leben. Ich bin jetzt richtig froh darüber, daß Mr. Simmons ums Leben kam und ich die Chance kriegte, auf diese Weise mit Jamie MacHugh abzurechnen. Nicht auszudenken, wie lange mich diese Leute noch zum Narren gehalten hätten!

Und wenn Sie den Mund halten, die Finger kreuzen, bei Strafe des Todes, wenn sie sich über die linke Schulter spucken und hoch und heilig versprechen, es niemandem zu sagen, dann will ich Ihnen ein kleines Geheimnis verraten.

Ich hab Mr. Simmons selber umgebracht.

Sie verstehen doch warum, oder nicht?

Wie ich schon zu Anfang gesagt hatte – ich bin doch nicht blöd!

Die Frau in der Truhe

Johnny Menlo stampfte mit den Schuhen auf und setzte sich mit einem Rums auf den Fuß der Treppe, die unters Dach führte. Seine Lehrerin, seine ganz private Lehrerin, kam nun doch nicht, *überhaupt* nicht! Also bekam er *doch* niemanden ins Haus, der nur für ihn allein da war!

Drunten war die Party in vollem Gang. Ihr Lärm drang wie ein einziger Hohn nach oben – das Gelächter, die klirrenden Cocktailshaker, die Musik. Johnny hatte geglaubt, all dem entronnen zu sein, wenn er sich so weit droben so allein hinsetzte. Seine Lehrerin hatte heute kommen sollen. Doch sie war nicht gekommen.

Mom und Dad, vollauf damit beschäftigt, irgendwelchen Leuten zuzuprosten, widmeten Johnny so viel Aufmerksamkeit wie ihrem Schatten.

Johnny zog sich noch weiter zurück, treppauf in das vollkommen verstaubte Asyl des verwaisten Dachbodens. Selbst noch hier droben drang Partylärm von drunten in den Dunst und die Wärme des Nachmittags.

Johnny sah sich um. Unter Spinnwebschleiern standen in den düsteren Ecken vier Truhen. Ein Sonnenstrahl fiel durch ein kleines, verdrecktes Fenster und schuf ein wenig Helligkeit für Johnnys neugierige blaue Augen.

Die Truhe in der Nordecke zum Beispiel: Sonst war sie immer verschlossen, der Schlüssel irgendwo versteckt. Diesmal waren die Haspen zwar unten, doch die Blechzunge in der Mitte wies nach oben; die Truhe war offen.

Johnny ging zu der Truhe hin und klappte die Haspen auf. Er hob den Deckel. Auf einmal war der Dachboden eiskalt.

Da drin lag *sie.*

Ihr Körper zusammengekauert; jung, hübsch. Ihr schmales Gesicht wie mit Kreide auf die Schiefertafel ihrer Haare gemalt. Johnny keuchte, aber nicht zu laut. Er hielt sich am Rand der Truhe fest. Nur ihr Parfum war noch am Leben. Sie sah so einsam und verlassen aus, wie ihm zumute war. Er konnte sie so gut verstehen. Dachböden sind der Ort für verachtete, vergessene Dinge.

Der Tod war anscheinend durch Ersticken eingetreten. Jemand hatte den schweren, luftdichten Deckel über ihrer zusammengekauerten Schönheit zugeschlagen. Auf ihrem duftigen rosa Cocktailkleid wirkte ihre weiße Hand wie ein Abdruck ihrer selbst.

Einen Augenblick später fand er den zerknüllten Fetzen Papier auf dem Boden. Es war nur das Bruchstück einer Botschaft, in *ihrer* Handschrift.

...Du mußt es an mir gutmachen, die Art und Weise, wie ich behandelt worden bin. Das kann doch nicht so schwierig sein. Ich könnte Johnnys Lehrerin werden. Das würde meine Anwesenheit im Haus für alle erklären.

Ellie

Er betrachtete ihre stille Schönheit. Es schien, als wäre sie während der Cocktailparty eingenickt und als wäre sie hier heraufgetragen und der Deckel über ihr zugeschlagen worden, während sie schlief!

Das Dämmerlicht des Dachbodens schlug über Johnny zusammen, schüttelte ihn durch, fiel wieder von ihm ab und ließ ihn betäubt zurück. Er sagte: »Bist du meine Lehrerin? Bist du die eine, die ich nur für mich allein haben sollte? Aber sie – sie haben dich umgebracht! Warum sollte jemand meine Lehrerin umbringen?«

Ein zweiter Gedanke drängte den ersten rasch beiseite. Er, Johnny Menlo, einer der feinen Menlos, hatte eine

Leiche gefunden, oder etwa nicht? *Klar*! Seine Augen weiteten sich. Jetzt *mußten* Mom und Dad sich öfter um ihn kümmern.

Tja, und sogar Großmutter würde aufhören, den lieben langen Tag mit Onkel Flinny Schach zu spielen, würde sich an ihrem Brandy verschlucken, ihn durch dicke Gläser anstarren und rufen: »Mein Gott, Kind, hast du bei deiner Schnüffelei am Ende doch etwas gefunden, was?«

Natürlich! Klar! Johnny blinzelte heftig. Sein Herz raste.

William, sein Cousin, würde bei dieser Nachricht vielleicht sogar in *Ohnmacht* fallen!

Er, Johnny Menlo, hatte die Leiche gefunden. In den Zeitungen Photos von *ihm* statt von Mutter, in sämtlichen Klatschspalten!

Er barg den Brief in seiner Hosentasche, warf einen letzten, langen Blick auf die hübschen Brauen, die rosigen Lippen und das tiefschwarze Haar der Frau in der Truhe. Dann schloß er über ihrem Schlaf den Deckel.

Er würde brüllen. Ja, oben an der großen Treppe. Brüllen, bis der Himmel einstürzte und die Party unter sich begrub! Brüllen!

Sein Gebrüll war alles andere als schlecht.

Die Treppe runter, quer durch die Halle, mit seinem Gebrüll eine Gasse durch die verwunderten Reihen der Leute bahnend, erreichte Johnny das glitzernde Cocktailkleid seiner Mutter und krallte sich in ihm fest, ganz fest.

»Johnny! Johnny, was machst du denn hier unten? Was ist denn los? Ich hab dir doch gesagt –« Mutters Mädchengesicht sah über den Straß auf ihn herunter. Er grabschte sich noch eine Handvoll Flitter. Er brüllte es heraus.

»Mom, auf dem Dachboden ist eine Leiche!«

Die Gesichter, die sie angafften: wie die Gesichter im Fußballstadion. Mutter erstarrte, faßte sich wieder. »Laß mein Kleid los, Darling, du machst es ja noch schmutzig. Schau dir mal deine Hände an – voller Spinnweben und all so was. Jetzt geh hinauf in dein Zimmer wie ein braver Junge.« Sie tätschelte ihm den Kopf.

»Aber Mama!« schluchzte er. »Droben ist eine Lei –«

»Herr im Himmel!« murmelte jemand. »Genau wie der Vater.«

Johnny wirbelte wütend herum. »Sie da, Sie halten gefälligst den Mund! Da liegt *so 'ne* Leiche!«

Mutter sah ihn nicht. Sie sah ihre Gäste an, und Johnny konnte nur ihren herrlichen, schwanengleichen Hals sehen, das feste Kinn mit dem Puls, der unter ihm schlug, und ihre Finger, die das kastanienbraun schimmernde Haar zurückstrichen, das ihr übers Ohr gefallen war.

»Bitte verzeihen Sie Johnny«, sagte sie, »Kinder haben ja eine solche Phantasie, nicht wahr?«

Ihr Kinn kam herunter. In ihren blauen Augen war kein Leuchten. »Du gehst jetzt besser rauf, Johnny.«

»Aber Mom –«

Seine Welt brach zusammen. Der Flitter entglitt seinen Fingern. Auf einmal haßte er alle auf dieser Party, die ihn anstarrten.

»Du hast gehört, was deine Mutter gesagt hat, großer Krieger.«

Das war Dads volltönende Stimme, und das bedeutete, daß der Kampf verloren war. Johnny drehte sich abrupt um, feuerte einen letzten funkelnden Blick auf die Leute ab und rannte nach oben, während ihm die Tränen in die Augen stiegen.

Er drehte den Türknopf von Großmutters Zimmer. Sie saß an dem großen, spiegelnden Fenster und spielte Schach mit Onkel Flinny. Das Sonnenlicht brach sich in ihren Brillengläsern. Sie sah kaum auf.

»Entschuldige, Großmutter, aber...«

Sie lehnte ihren Stock gegen ihr dürres Knie. »Ja?«

»Auf dem Dachboden ist eine Leiche, und keiner will's mir glauben...«

»Verschwinde, Johnny!«

»Aber«, schrie er, »da liegt doch eine Leiche!«

»Das wissen wir. Das wissen wir doch schon. Jetzt lauf und hol Cousin William eine Flasche Cognac! Ab durch die Mitte! Nun geh schon!«

Johnny machte sich auf den Weg und holte den Cognac aus dem Weinkeller, klopfte an der Tür von Cousin William und glaubte zu hören, wie jemand hinter der Täfelung den Atem anhielt. Dann flüsterte Cousin William gehetzt:

»Wer ist da?«

»Cognac.«

»Oh! Prima! Prächtig!« Cousin Williams Gesicht mit dem fliehenden Hasenkinn kam zum Vorschein, und seine weichlichen Hände schossen hervor und griffen nach dem hingehaltenen Cognac. »Gott sei Dank. Und jetzt verschwinde und laß mich einen hinter die Binde kippen!«

Die Tür fiel ins Schloß, doch bevor sie zufiel, konnte Johnny schnell noch einen Blick in das unordentliche Durcheinander des Modeateliers von Cousin William werfen – auf die steif herumstehenden Ankleidepuppen mit ihren glänzenden Seidenstoffen, gerafft, zugeschnitten und ihnen angesteckt, auf die Aquarellskizzen von Capes, Hüten, Kostümen, die mit Reißnägeln an die Wände gepinnt waren. Große Ballen von Wolle und Spinnstoffen und all so was. Die Tür schnitt es ab, schloß es ein, und Cousin William wandte sich hinter dem schimmernden Türgriff zittrig seinem Cognac zu.

Johnny liebäugelte mit dem Flurtelephon. Sein Zorn war am Überkochen. Er dachte an Mom und Dad, wie sie tanzten, an Onkel Flinny und Großmutter, wie sie ihr ewiges Schach spielten, an Cousin William, wie er sich betrank, und kam sich in diesem großen, alten, hallenden Haus wie ein Fremder vor. Er riß den Hörer an sich.

»Ich... äh... also, ich möchte – geben Sie mir das Polizeirevier.«

Eine sonore Stimme unterbrach die Stimme vom Amt.

»Leg den Hörer auf, Johnny. Leg den Hörer auf und geh ins Bett.« Vaters überaus markante und kultivierte Stimme.

Johnny legte widerstrebend auf. Das also war der Dank dafür, daß er eine Leiche gefunden hatte! Er setzte sich hin und heulte vor Enttäuschung. Er fühlte sich wie die Frau in der Truhe. Nun hatten schon fünf Leute den Dekkel über ihm zugeschlagen. *Rums!*

Er wälzte sich im Bett herum, als Onkel Flinny sachte die Tür öffnete und seinen massigen Kopf mit den lockigen, dünnen Haaren hereinstreckte. Seine Augen waren rund, schwarz, sanft und friedlich. Er trat mit langsamen, vorsichtigen Bewegungen ein, setzte sich auf die Kante des Stuhls neben das Bett wie ein sehr, sehr leiser, kleiner Vogel. Er faltete die vogelähnlichen Finger.

»Wenn du schon so früh zu Bett gehst«, sagte er, »hab ich mir gedacht, ich komme lieber auch ein bißchen früher, um dir deine Gutenachtgeschichte zu erzählen. Ja?«

Johnny fühlte sich zu alt für Gutenachtgeschichten. Weil er in einem Haus voller Erwachsener aufwuchs, ohne viel Kontakt zu anderen Kindern, und weil er seinem Alter durch die vielen Erwachsenen und Erwachsenengespräche um sich herum um einiges voraus war, fühlte er sich über Gutenachtgeschichten weit erhaben. Aber er fügte sich, seufzte und sagte: »Okay, Onkel Flinny. Mach schon. Schieß los.«

Onkel Flinny preßte die Hände auf seine akkurat gebügelten Hosenbeine an den Knien, als ob sie jeden Augenblick explodieren konnten, und begann gemächlich mit seiner Geschichte.

»Nun, es war einmal eine wunderschöne junge Frau –«

Au weia! Johnny hatte diese Geschichte schon tausendmal gehört. Er zappelte. *Eine Leiche auf dem Dachboden, und er mußte sich so was anhören!*

»Und«, fuhr Onkel Flinny fort, »diese junge Frau verliebte sich in einen jungen Ritter und heiratete ihn. Lange Jahre lebten sie glücklich miteinander. Doch eines Tages kam der Schwarze Mann und entführte die schöne Frau und flüchtete mit ihr.« Onkel Flinny sah alt und traurig aus.

»Und dann kam ihr Mann nach Hause«, soufflierte Johnny.

Onkel Flinny hörte ihn überhaupt nicht. Er redete einfach weiter, in seltsamer, sanfter Eintönigkeit. »Ihr Mann folgte dem Schwarzen Mann bis in das Schwarze Land. Doch wie sehr er auch bat, und wie sehr er sich mühte, den Schwarzen Mann einzuholen, es gelang ihm nie. Seine Frau war für immer fort. Für immer.«

Onkel Flinnys Atem ging unregelmäßig, stoßweise. Seine Augen glühten rund und düster. Seine Lippen zitterten. Er war nicht mehr er selbst. Er war ein anderer, eine Million Meilen weit weg in jenem Schwarzen Land. Er packte seine Knie noch fester und beugte sich über sie.

»Doch ihr Mann suchte und suchte und schwor, den Schwarzen Mann eines Tages zu finden und zu töten – und, Wunder über Wunder, es glückte ihm am Ende doch! Er streckte den Schwarzen Mann nieder, aber – o Herr im Himmel! – als er den Schwarzen Mann niedergestreckt hatte, da sah er, daß der Schwarze Mann wundersamerweise seiner schönen Frau glich! Und er spürte zu seinem Entsetzen, wie er selber immer schwärzer und schwärzer wurde...

Ende. Johnny hoffte, daß nichts mehr nachkam. Onkel

Flinny saß seufzend in der Atmosphäre, die er mit seiner Erzählung heraufbeschworen hatte. Er hatte vergessen, daß Johnny auch noch da war. Seine Hände zitterten, und er bekam fast keine Luft mehr. Er saß einfach nur da.

Johnny zitterte, ohne einen Grund dafür zu wissen. »Danke. Vielen, vielen Dank, Onkel Flinny«, sagte er. »Danke für die tolle Geschichte.«

Onkel Flinny drehte sich mit leeren Augen zu ihm um. »Hä?« Seine Anspannung löste sich, als er Johnny erkannte. »O ja. Jederzeit. Wann immer du willst.«

»Du redest dich ja richtig in Rage, Onkel Flinny.«

Onkel Flinny öffnete leise die Tür. »Gute Nacht, Johnny.«

»Ach... Onkel?«

»Ja?«

Johnny bremste sich gerade noch. »Ach, nichts.«

Onkel Flinny schlurfte hinaus. Die Tür schloß sich sacht.

Johnny schlug wild auf die Matratze ein. »Die Dinge, die ich in den letzten Tagen tun mußte, um diese Familie bei Laune zu halten! Onkel Flinny zuhören – für Grandma den Laufburschen machen – Mutter aus dem Weg gehen – Vater gehorchen. Und Cousin Williams Alkoholspiegel aufrechterhalten. Bah!«

Er hatte sie satt, alle miteinander. Wieso kümmerte sich zur Abwechslung nicht mal jemand um *ihn?* Er konnte die Party hören, die unten weiterging. Er schlüpfte aus dem Bett und horchte an der Tür.

In der nächsten Stunde lauschte er dem Herzschlag des Hauses – den Tritten aller möglichen Füße auf den Treppen. Die herrischen, hastigen Schritte von Großmutter und ihren eifrigen Stock, mit dem sie die Höhen der Absätze ertastete. Das Schlurfen von Onkel Flinny. Die gleichmäßigen, weit ausholenden, kraftvollen Schritte von Dad. Das Dahinschweben von Mutter. Das nervöse, unbehagliche Trippeln von Cousin William.

Und Stimmen, die miteinander redeten, manche wütend, manche flehentlich, andere angsterfüllt, und alles durcheinander – Dad ruhig, Mutter keifend, Großmutter streng, Cousin William weinerlich, Onkel Flinny ruhig. Ein- oder zweimal quietschte die Tür zum Dachboden.

Nicht einer kam auch nur in die Nähe von Johnnys Zimmer. Die Party drunten ging weiter, ohne etwas von dieser ganzen Scharade mitzubekommen. Die Nacht brach schnell herein, und mit ihr kam die herbstliche Kühle.

Schließlich war es wieder still. Johnny rannte mit rasendem Herzen die dunklen, staubigen Treppen zum Dachboden hinauf. *Denen* würde er es *zeigen!*

Die Truhe war, seltsam genug, gar nicht besonders schwer. Sie war mühelos zur Treppe zu ziehen, und die Treppe führte hinunter auf den Flur. Ein zweiter Schubs vom oberen Flur, und runter, runter, runter ins Wohnzimmer! Ja. Dann mußten sie ihm glauben!

Johnny gab der Truhe einen Schubs.

Alle redeten durcheinander. Aus dem Hifi-Schrank tönte Musik. Mom und Dad inmitten der aufgekratzten Menge, zwei Flammen, um die die Schickeria-Schmetterlinge herumflatterten.

Mitten hinein in dieses ganze Treiben machte Johnny mit seiner dünnen Stimme vom oberen Ende der Treppe so etwas wie eine Proklamation. Er schrie mit aller Kraft:

»Mom! Dad!«

Alle drehten sich um und guckten, wie bei einer Ansprache.

Die Frau kam die Treppe runter.

Jemand mußte kreischen. Es hörte sich beinahe so an wie bei Cousin William. Aber alle sahen zu und wichen zurück, während die Frau in ihrem duftigen Cocktailkleid die Treppe herunterkam. Nun ja – sie *kam* nicht eigentlich herunter. Sie *rollte*.

Kopfüber und kopfunter, mit kraftlosen Armen, kraftlosen Beinen, schlenkerndem Kopf, dunkel wippendem Haar, um die eigene Achse kreisend, sanft auf den Stufen aufschlagend, kraft-, knochen- und leblos. Als sie den Fuß der Treppe erreichte, war Johnny auch schon hinter ihr.

»Ich hab's dir doch gesagt, Mom! Dad, ich hab sie wiedergefunden! Ich hab sie gefunden!«

Das Gesicht, das Mutter in diesem Moment machte, und wie sie »Johnny . . .!« sagte, würde er sein Leben lang nicht mehr vergessen. Und wie sie ihn ins Gesicht schlug.

Jemand sagte: »Man muß die Polizei rufen.«

Jemand andres hatte bereits den Hörer in der Hand und wählte. Dads Gesicht war wie eine nasse, graue Einöde, auf einmal müde und alt. Johnny taumelte unter dem Schlag seiner Mutter nach hinten und hielt sich am Geländer fest. Er dachte: Sie hat mich nie zuvor geschlagen. Niemals zuvor. Immer lieb und gut, manchmal vielleicht gedankenlos, aber sie hat mich vor dem heutigen Tag noch nie geschlagen.

Dann geschah es. Alle begannen zu lachen. Jemand deutete auf den Körper, und sie bekamen rote Wangen und lachten. Dad lachte auch, mit allem außer seinen Augen.

»Donnerwetter!« sagte jemand. »Das ist also die Leiche, die das Kind auf dem Dachboden gefunden hat?«

»Eine Schneiderpuppe!« erklärte jemand.

»Natürlich! 'ne Schaufensterpuppe. Kann man gut verstehen, wenn ein Kind das für 'ne Leiche hält.« Wieder Gelächter. Jede Menge davon.

»Eine Schaufensterpuppe!« Das Gelächter pflanzte sich fort, wurde lauter und lauter.

Johnny ging zitternd auf alle viere, kroch gebeugt nach vorn, berührte die ausgestreckte Hand, ließ sie los, berührte sie von neuem, spürte zitternd das harte, kalte Bakelit.

»Das ist nicht die Leiche«, sagte er und sah verwirrt auf. Er schüttelte rückwärtskriechend den Kopf. »Das ist doch gar nicht die Leiche«, sagte er. »Die Leiche war ganz anders. Lauwarm und weich. Es war eine richtige Frau.«

»Johnny!«

Dad hatte aufgehört zu lächeln. Mutter ballte die Faust, daß die Knöchel weiß vortraten.

Johnny sagte: »Ganz egal – die ist es nicht.« Er begann zu weinen. Die Tränen kamen wie auf der Windschutzscheibe während eines Sturms, löschten die Welt in Portionen von Nässe aus. »Ganz egal! Sie war tot! Und aus Gips war sie auch nicht!«

Das Haus war in dieser Nacht voller Geräusche. Menschen, die in abgeschlossenen Zimmern redeten. Streitereien. Einmal glaubte er Cousin William schluchzen zu hören. Füße stiegen Treppen, Lichter klickten aus und an. Schließlich waren alle im Bett, und Johnny setzte sich auf und warf die Decke zurück. Dieses Knirschen stammte von Cousin William, der seine Tür zweimal abschloß. Warum . . .? Weil jemand oder etwas im Haus umging?

Johnny fuhr auf. Sein Türknopf drehte sich. Die Tür ging einen Spalt weit auf. Jemand stand dort in der Düsternis und sah herein. Das Herz ist ein überaus bewegliches Ding. Wie Quecksilber. Es kann sich über das ganze Innere eines Menschen verteilen. Johnnys Herz war wie Quecksilber.

Die Tür blieb offen. Der Schatten blieb in der Tür stehen, starrte, spähte herein. Johnny sagte nichts. Dann zog sich der Schatten ganz prosaisch zurück, und die Tür ging zu.

Als er den Schlüssel im Schloß gedreht hatte, mit aller Gewalt, ließ Johnny auf dem Boden liegend seinem Atem freien Lauf. Der Druck von außen, einen Augenblick später, von jenem Schatten, der sich wieder zurückgezogen hatte, vermochte das Schloß nicht zu sprengen. Johnny horchte. Der Schatten ging weg.

Völlig erledigt kehrte Johnny zitternd ins Bett zurück. »Mom! Mom«, sagte er bei sich, »hast du eine Wut auf mich, weil ich vor der ganzen Gesellschaft eine Szene gemacht habe? Wärst du imstande, mich *umzubringen*, Mom? War da etwas zwischen der Frau in der Truhe und Dad, etwas, das du nicht mochtest, und hast *du* sie deswegen umgebracht? Und wenn ich nun dahintergekommen bin, wenn ich dir im Weg bin, was wirst du dann mit mir machen? Oh, Mom, du *kannst* es nicht gewesen sein!«

»Dad«, sagte er, »*du* hast mir befohlen, den Hörer aufzulegen. Hast *du* etwa auch Angst, daß es herauskommt? Angst wegen deiner Geschäfte, deines Geldes, deines Ansehens im Club, was, Dad? Warst du derjenige, der da im Flur stand, still, dunkel und nachdenklich? Du bist mir von der ganzen Familie der liebste. Aber jetzt, heute bist du so still und siehst mich nicht einmal mehr an.«

Cousin William. Er hätte die Leiche verschwinden lassen und durch eine Puppe ersetzen können, um Johnny bloßzustellen. Er hätte an ihrer Stelle eine seiner Schneiderpuppen in die Truhe stecken können. War sie Williams Freundin gewesen? Hatte sie irgendwie Ärger gemacht? Oder hatte Cousin William einfach Angst um seinen Ruf? Um sich und seine Puppen und seine berühmten, teuren Kostüme für teure Frauen? War er es, der vor wenigen Augenblicken den Türknopf gedreht hatte?

Vielleicht war es aber auch Onkel Flinny mit seinen Gutenachtgeschichten und seiner stillen Art. Er liebte

Mutter – seine Schwester – über alles. Er hätte alles für sie oder Papa oder Großmutter oder Cousin William getan. War er zu einem Mord fähig, für sie oder Dad oder die anderen, um dieses Haus zusammenzuhalten, intakt und ungeschoren?

Großmutter. Spielte jeden Tag eiskalt ihr Schach und trank reichlich Brandy dazu. Ihr ganzes Leben bestand darin, das ganze Haus auf Trab zu halten. Ihr ganzes Leben bestand aus Klatsch und Tratsch, Standesdünkel und Fragen des guten Geschmacks. Was, wenn jemand in das Haus kam und versuchte, statt ihrer die erste Geige zu spielen? Was hätte sie der wohl angetan?

Alle! Alle miteinander!

Johnny sank zitternd auf die Matratze. Da betrat eine Frau ein altes Herrenhaus, in dem es nach Mottenkugeln muffelte, und urplötzlich kriegten es alle mit der Angst zu tun. Nur *eine* Frau!

Johnny tastete über den Nachttisch neben seinem Bett und suchte die Notiz, die er im Staub des Dachbodens gefunden hatte. Er fand sie und las sie in Gedanken noch einmal durch:

...Du mußt es an mir gutmachen, die Art und Weise, wie ich behandelt worden bin. Das kann doch nicht so schwierig sein. Ich könnte Johnnys Lehrerin werden. Das würde meine Anwesenheit im Haus für alle erklären.

Ellie

Johnny wälzte sich auf die andere Seite.

»Ellie, meine Lehrerin, wo bist du jetzt?« fragte er die Dunkelheit. »Liegst du jetzt ganz allein im Atelier von Cousin William bei all den anderen steifen Puppen? Spielst du mit Großmutter Schach, nur daß du keine Züge machst? Bist du in dem dunklen, kalten Keller wie die Weinkisten, die dort auf lange Jahre lagern? Irgendwo bist du heute nacht noch in diesem großen Haus. Morgen vielleicht schon nicht mehr. Es sei denn, ich finde dich vorher...«

Der Garten hinter dem Haus war riesig, etliche Morgen mit Obstbäumen und Ziergarten, dem Swimmingpool, Bade- und Bedienstetenhaus unmittelbar hinter dem Hauptbau. Sonnenlicht verfing sich zwischen einer Reihe von Platanen und einem hohen, grünen Zaun, der all dies von der Straße trennte. Dort stand eine Eiche, auf der man am Nachmittag herumklettern konnte, und genau dort kam auch ein Polizist auf seiner Streife auf dem Bürgersteig jenseits des Zauns vorbei. Johnny kletterte hoch und wartete.

Unter ihm war der Polizist. Johnny rüttelte an einem Ast, daß die Blätter raschelten.

»Tag, mein Junge.« Der Polizist sah hinauf. »Paß bloß auf, daß du nicht runterfällst.«

»Das ist mir egal«, sagte Johnny. »Wir haben eine tote Frau im Haus, und alle halten es geheim.«

Der Polizist brachte ein Lächeln zustande. »So, so.«

Johnny beugte sich vor. »Ich hab sie in einer Truhe gefunden. Ich hab gestern abend versucht, die Polizei anzurufen, aber Dad hat mich nicht gelassen. Ich hab die Truhe ausgeleert, und sie ist die Treppe runtergekullert, aber es hat sich rausgestellt, daß es eine Wachspuppe war. Es war gar nicht die Frau.«

»Aha.« Der Polizist gluckste. Die Sache machte ihm Spaß.

»Aber die andere Frau war echt«, beteuerte Johnny.

»Welche andere Frau?«

»Die erste, die ich gefunden hab. Cousin William ist Couturier. Er hat sie ausgetauscht. Sie hätten die mal alle heute morgen beim Frühstück sehen sollen. Versuchten, fröhlich zu tun. Genau wie im Kino. Aber sie können mich nicht an der Nase herumführen. Sie sind nicht fröhlich. Mutter sieht müde aus, und sie ist richtig gereizt. Ich frage mich, wie lange sie so herumlaufen können, ohne in Gebrüll auszubrechen.«

Der Polizist runzelte die Stirn. »Heiliger Bimbam, du redest genauso daher wie mein Kleiner. Der und seine Buck-Rogers-Rächer und seine Comics! Bei Gott, es ist ein Verbrechen, was die den Jungen zum Lesen geben. Die kriegen doch 'n Dachschaden davon. Morde. Leichen. Bah!«

»Aber es ist wahr!«

»Na, dann bis bald«, sagte der Polizist und ging weiter.

Johnny hing da, und der Baum zitterte im Wind. Dann ließ er sich jenseits des Zauns fallen und rannte hinterher. »Sie *müssen* kommen und nachsehen! Die schaffen sie weg, wenn Sie das bleiben lassen – und dann findet sie niemand mehr.«

Der Polizist übte sich in Geduld. »Sieh mal, kleiner Junge, ohne einen Durchsuchungsbefehl kann ich gar nirgends hin. Woher soll ich wissen, daß du nicht lügst?« Er meinte es als Scherz.

»Sie *müssen* mir einfach glauben – das ist alles.«

Der Polizist streckte die Hand aus. »Hier!«

Johnny nahm sie. Der Polizist begann zu gehen.

»Wo gehen wir hin?« fragte Johnny.

»Zu deiner Mutter.«

»Nein!« Johnny wehrte sich verzweifelt. »Das hilft überhaupt nichts! Sie wird mich dafür hassen! Sie wird nicht die Wahrheit sagen!«

Der Polizist führte ihn unbeirrt vors Haus und drückte auf die Klingel. Zuerst war ein Hausmädchen und dann Mutter an der Tür; ihr Gesicht war weiß wie Milch, ihre Lippen ein roter Wisch auf dem Weiß. Ihre Pompadour-Frisur hatte leichte Schlagseite. Unter ihren plötzlich stumpf gewordenen Augen waren blaue Ränder.

»Johnny!«

»Besser, Sie behalten ihn hier, Ma'am.« Der Polizist griff sich an die Mütze. »Wenn er auf der Straße rumläuft, passiert ihm noch mal was.«

»Danke, Officer.«

Der Officer sah erst sie und dann Johnny an. Johnny wollte etwas sagen, aber er konnte nur schluchzen. Zwei Tränen rannen ihm über die Wangen, als die Tür zuging und den Polizisten aussperrte.

Mutter sagte kein Wort zu Johnny. Nicht ein einziges Wort. Sie stand nur da, weiß und verloren, und krampfte die Finger zusammen. Das war alles.

Etliche Stunden später am Tag schrieb Johnny alles nieder, auf einem winzigen Blatt Papier. Alles, was er über die Frau in der Truhe wußte, alles, was er über Cousin William, Mom, Dad, Onkel Flinny und Grandma wußte. Er tunkte die Feder ein und schrieb es in Sätzen wie diesen nieder:

»Die Frau in der Truhe liebte Dad. Dad brachte sie um, als sie ins Haus kam.« Der Satz gefiel ihm gar nicht. »Entweder das, oder Mom hat sie umgebracht.« All die Jahre, die er mit dem Ansehen von Kriminalfilmen verbracht hatte, zogen an Johnnys geistigem Auge vorüber. »Dann hätten natürlich auch Großmutter oder Onkel Flinny sie umbringen können, weil ihre Sicherheit und Autorität bedroht war.« Ja. Johnny schrieb hastig. Wir wollen doch mal sehen. »Und Cousin William? Schließlich ist sie vielleicht seine Freundin gewesen.« Johnny hoffte irgendwie, daß sie es gewesen war. Er hatte nicht gerade viel für Cousin William übrig. »Vielleicht hat es im Leben von Großmutter irgend etwas gegeben? Oder im Leben von Onkel Flinny?« Tja, und wie stand es mit...

»Johnny!«

Großmutters Stimme. Johnny versteckte das Blatt.

Großmutter kam zur Tür herein und bugsierte Johnny durch den Flur in ihr Zimmer, ihren Stock als ungeduldigen Wegweiser nutzend. Sie setzte ihn ans Schachbrett und deutete mit einem Kopfnicken auf die weißen Figuren. »Das sind deine. Ich hab die schwarzen.« Sie dachte darüber nach, mit geschlossenen Augen.

»Ich hab immer die schwarzen.«

»Wir können nicht spielen«, erklärte Johnny. »Von deinen schwarzen Figuren fehlen zwei.« Er zeigte hin.

Sie sah hin. »Wieder dieser Onkel Flinny. Er nimmt mir jedesmal ein paar von meinen Figuren weg. Immer und immer wieder. Wir spielen trotzdem. Ich nehme, was da ist. Zieh.« Sie streckte einen dürren Finger vor.

»Wo ist Onkel Flinny?«

»Den Garten gießen. Zieh!« befahl sie.

Ihre Augen folgten dem Weg seiner Finger. Sie beugte sich langsam über die glänzenden Figuren. »Wir sind alle gute Menschen, Johnny. Zwanzig Jahre lang haben wir nun schon ein gutes Leben in diesem Haus gehabt. Wir hatten nie Ärger. Mach du uns auch keinen, Johnny.«

Er saß da. Eine Fliege flog gegen das große Fenster. Weit weg, drunten, floß Wasser aus einem Hahn. »Ich will doch gar keinen... Ärger«, sagte er.

Das Schachbrett verschwamm und zerfloß zu farbigem Wasser. »Dad sah heute beim Frühstück so blaß und komisch aus. Warum sollte ihm wegen einer Wachspuppe so zumute sein, Großmutter? Und Mom, die sieht drein, als wäre sie gespannt wie die Feder einer Uhr, die jederzeit zerspringen könnte. Wegen einer Puppe benimmt man sich doch nicht so, oder?«

Großmutter brütete über ihrem Läufer, selbstvergessen wie ein alter Einsiedlerkrebs in einem Panzer aus Spitzen. »Es war keine Leiche. Nur deine Einbildung. Vergiß es. Vergiß es.« Sie funkelte ihn an, als ob er daran Schuld hätte. »Mach dir ein schönes Leben, Kleiner. Halt den

Mund und falle niemandem lästig. Und vergiß es. Jemand muß dir diese Dinge ja sagen. Ich weiß auch nicht, warum immer ich es sein muß. Aber vor allem – vergiß es.«

Sie spielten Schach, bis es dämmerte. Dann wurde das Haus wieder viel zu schnell dunkel, alle beeilten sich, mit dem Abendessen fertig zu werden, und es schien, daß auch alle früh zu Bett gingen.

Johnny hörte den Schlägen der Uhr zu, einem nach dem anderen. Jemand klopfte an die Tür. Johnny sagte: »Wer ist da?«

»Onkel Flinny.«

»Was willst du, Onkel Flinny?«

»Zeit für deine Gutenachtgeschichte, Johnny.«

»Ach – also heute abend nicht, bitte, Onkel Flinny.«

»Ja? Bitte! Es ist eine ganz besondere Geschichte. Eine ganz, ganz besondere Gutenachtgeschichte.«

Johnny wartete. Dann: »Ich bin müde, Onkel Flinny. Ein andermal, ja? Nicht heute abend – bitte.«

Onkel Flinny ging weg, und nach einer Weile schlug die Glocke von neuem. Es war nach zehn. Die Zeit verging. Elf Uhr vorbei. Noch mehr Zeit verging. Kurz vor zwölf.

Johnny öffnete die Tür.

Das Haus lag in tiefem Schlummer. Man konnte es an dem stillen, unberührten Glanz auf der langen Treppe ins Untergeschoß sehen, auf die sich durch breite Glasfluchten klares Mondlicht ergoß, und daran, daß sich nirgends ein Schatten bewegte.

Johnny schloß die Tür hinter sich. Irgendwo, in einem stillen Land, atmete Großmutter schwer in ihrem riesigen Bett mit den vier mächtigen Pfosten. Dann ein Klingeln, ganz schwach, als ob hinter Cousin Williams Tür vorsichtig mit Flaschen hantiert würde.

Im Treppenhaus machte Johnny erst einmal halt. Er mußte nur umkehren, ins Bett gehen und alles vergessen, daran glauben, daß alles ein Irrtum war, und es würde keinen Ärger geben. Es wäre alles vergessen, und es würde genau da weitergehen, wo man vor ein paar Tagen gewesen war.

Mutter würde auf ihren Parties lachen. Dad mit seiner dicken Brieftasche würde ins Büro und wieder nach Hause fahren. Grandma würde heimlich ihren Brandy süffeln. Cousin William würde Nadeln in Puppenfleisch stechen, und Onkel Flinny würde auf immer und ewig seine überdrehten, sinnlosen Gutenachtgeschichten erzählen.

Doch so einfach war es dann auch wieder nicht. Es ließ sich nichts mehr zurückdrehen. Nur vorwärts. *Man kann nicht einfach vergessen.* Dad, sein einziger Freund, war ihm fremd geworden seit diesem – diesem Vorkommnis. Mutter ging es schlechter denn je. Ihre Augen sahen aus, als weinten sie nachts. Unter der glänzenden Fassade mußte ja auch in ihr Leben sein. Großmutter trank nun statt einer zwei Flaschen Brandy pro Woche. Und Cousin William würde wohl jedesmal, wenn er eine Nadel in eine Puppe stach, an die Frau in der Truhe denken, erbleichen, zusammenfahren und über seinem Cognac flennen.

Und sie, die schöne, dunkelhaarige Unbekannte in der muffigen Truhe, hatte so einsam ausgesehen, als er sie dort droben gefunden hatte. So ausgesperrt. Sie standen miteinander im Bunde. Sie war fremd im Haus – und war dafür getötet worden. Auch Johnny war nun ein Fremder im Haus. Er mußte sie wiederfinden, eben deswegen. Sie waren fast wie Bruder und Schwester. Sie verdiente es, gefunden zu werden. Sie verdiente es, daß man ihrer gedachte, nicht, daß man sie vergaß.

Johnny trat auf jede einzelne Stufe mit äußerster Behutsamkeit. Er klammerte sich an das Geländer, ließ die Finger weitergleiten. Sie war jetzt wohl kaum mehr auf dem Dachboden, und sie war auch wohl kaum in einem der oberen Zimmer. Wie hätten *die* wohl schlafen können, wenn sie ihnen so nahe war...? Drunten vielleicht. Irgendwo in der dichtesten Finsternis des Hauses. Im Bedienstetenflügel jedenfalls nicht.

Er hatte eben die unterste Stufe erreicht, als er eine der oberen Türen leise auf- und zugehen hörte. Danach kein Laut mehr; dennoch kam jemand ganz still und leise näher, blieb am oberen Ende der Treppe stehen und sah hinunter.

Johnny erstarrte. Er preßte sich an die Wand wie ein Schatten. Schweiß trat ihm aufs Gesicht. Schweiß perlte kitzelnd über die kleinen Teller seiner Hände. Er konnte nicht sehen, wer es war. Er stand nur da, wartete und sah hinunter, still und lauernd.

Es mußte einfach etwas geschehen. Man konnte sich nicht einfach ins Bett legen und alles vergessen. Johnny konnte die Fremde, die Frau in der Truhe, in der Einsamkeit ihres Todes einfach nicht vergessen. Auch der Mörder konnte nicht einfach vergessen – auch nicht den kleinen Jungen im Haus, der zu neugierig, zu vorwitzig war.

Johnny atmete ganz langsam. Er wartete noch einen Augenblick. Dann, als er sah, daß die Person am oberen Ende der Treppe nicht herunterkam, huschte er schnell durch die Halle, in die Küche hinein und zur Hintertür hinaus in die mondhelle Weite des Gartens.

Der Swimmingpool lag friedlich und unbewegt, ein schimmerndes Rechteck mit einem Saum aus Bäumen dahinter, über ihm die Sterne, neben ihm das Badehaus, zur Rechten und Linken die niedrigen Rabatten des Gartens. Weiter hinten das Gewächshaus und der Schuppen mit den Gartengeräten. Johnny rannte los.

Der Schatten des Geräteschuppens bot vorübergehende Zuflucht. Er blickte sich um und entdeckte keine Bewegung im Haus, kein Licht. Die Leiche war wahrscheinlich am ehesten in einem dieser Nebengebäude.

Wie schön es jetzt in seinem Bett gewesen wäre! Wie gut jetzt das Schloß an seiner Tür getan hätte! Johnny zitterte wie das Wasser im Pool. Plötzlich sah er jemanden am oberen Flurfenster stehen, nur die Andeutung einer stehenden Person. Sie sah herunter, wie sie von der Treppe heruntergesehen hatte... Dann war sie plötzlich nicht mehr da.

Dafür waren nun auf den Kieseln der Auffahrt an der Flanke des Hauses Schritte zu hören. Jemand kam von der Vorderfront des Hauses, unter den Platanen durch. Jemand bewegte sich im Schatten der Platanen, verstohlen und unentdeckt.

Dann, ganz plötzlich, brach sie ins Zwielicht. *Sie!* Nicht Mutter. Nicht Großmutter. Doch halb im Mondlicht, halb im fleckigen Schatten stand die Frau aus der Truhe.

Sie blickte Johnny an, quer über den Rasen, ohne ein Wort zu sagen.

Johnny schluckte schwer und blinzelte. Er suchte Halt an sich selbst, an Schenkeln und Knien, krallte sich mit den Fingern ein. Er duckte sich, kniff die Augen zusammen und starrte in tiefem Unglauben hin. Der nächtliche Wind ließ die Blätter der Platanen zittern. Von weit weg hupte ein Auto wie eine einsame Eule.

Sie war also gar nicht tot! Das ganze Haus hatte versucht, ihn an der Nase herumzuführen. Ein unfaßbarer Schabernack, den er nicht begreifen konnte. Sie waren alle gegen ihn! Seine Lehrerin war *quicklebendig*! Es hatte überhaupt keinen Mord, keinen Tod gegeben! Da war sie ja, für ihn allein. Sie war für ihn da, in der Stunde seiner tiefsten Einsamkeit!

Er spurtete hinaus ins Mondlicht. Keuchend, ohne zu schreien, ohne zu lachen, rannte er auf sie zu, über den Rasen, zu den Platten am Swimmingpool, über die Platten weg, um den Pool herum, auf die Platanen zu.

Sie stand da und erwartete ihn mit ausgestreckten Händen, um ihn in ihre sanften Arme zu schließen. Die Schatten der Platanen strichen über ihr Cocktailkleid und setzten es in verträumte Bewegung.

Er rief: »Ellie, bist du's?«

Er tauchte in den Saum der irrlichternden Schatten ein und schrie auf. Das Universum schien zu explodieren. Das Cocktailkleid schwang wie verrückt, schwankte in trunkenem Wahnsinn. Die Frau aus der Truhe kippte vornüber. Ein heiseres Keuchen. Sie fiel in Ohnmacht.

Nein! Sie fiel um! Ein Schatten schlug ihm ins Gesicht, ein-, zwei-, dreimal, und nahm ihm die Sinne. Er fiel auf die Knie, und bevor er wieder aufstehen konnte, griffen ihm Finger ins Gesicht, die ihm alle Kraft nahmen und sich fest über seinem schluchzenden Mund schlossen.

Mutter!

Der Gedanke traf ihn wie ein Schlag. Mutter, im Cocktailkleid der Frau aus der Truhe, die ihn in ihre Arme gelockt, ihn übertölpelt hatte.

Mutter, bring mich nicht um! Bring mich nicht um! wollte er schreien. *Es tut mir ja so leid, daß ich versucht habe, die Polizei zu holen! Mutter, du liebst doch Vater – ist das der Grund, warum du Ellie umgebracht hast? Mutter, laß mich los! Mutter, du hast ihr so ähnlich gesehen, wie du unter dem Schatten der Platanen gestanden bist!*

Aber die Hände wollten ihn nicht loslassen. Ein heftiger Ruck, der Anprall eines Körpers gegen ihn. Eine Serie von Schlägen. Die Finger waren so kräftig, so viel dicker, als sie hätten sein sollen. Viel dicker! Johnny schrie innerlich auf und holte unter furchtbar gurgelndem Pfeifen Luft.

Das Haus neigte sich über ihn, als ob es einfallen und ihn unter sich begraben wollte. Das große, alte Haus, in dem alles schlief und nichts von dem stillen Kampf ahnte, der sich an der ruhigen, spiegelnden Fläche des Pools zutrug.

Plötzlich ging ihm auf, daß es nicht Mutter war, nicht die Frau aus der Truhe. Die Finger waren zu kräftig. Wer war kräftiger als Mutter, strenger, schneller und härter?

Großmutter vielleicht?

Der Körper, der sich gegen ihn preßte, war zu hart. Er riß sich beinah los und sah die vom Mondlicht erhellte Fläche, das Cocktailkleid, das verlassen hingebreitet lag – und eine Schneiderpuppenhand, die sich ins Licht reckte. Die Puppe lag auf dem Boden, kaltes, totes Plastik. Jemand anders war hinter Johnny, hielt ihn, rangelte mit ihm.

Cousin William!

Aber es roch kein bißchen nach Cognac. So packte nur ein Nüchterner zu. Der Atem war rein und frisch und schnell, fast schon ein Schluchzen.

Vater!

Dad! versuchte er zu schreien. *Nein, tu's nicht, tu's bitte nicht!*

Dann eine Stimme. Etwas Kleines, Schwarzes klapperte auf die Platten neben dem Wasser, und auf einmal *wußte* es Johnny. Die Hände waren hart, die Stimme noch härter. Sie flüsterte: »Du hast deiner Mutter wehgetan!«

Das wollte ich doch nicht! schrie Johnny innerlich.

»Wenn du nicht gewesen wärst«, sagte die Stimme im Flüsterton, »hätte deine Mutter nie vom Tod der Schwarzen Frau erfahren!«

Ich wollte die Frau in der Truhe doch gar nicht finden! schrie Johnny tonlos und wand sich.

»Er wird sie noch *umbringen,* dieser Schock! Wenn sie stirbt, will ich auch nicht mehr leben. Sie ist alles, was ich noch habe seit jener Zeit vor zwanzig Jahren, als all das geschehen ist!«

Die Stimme hetzte weiter: »Ellie kam zu der Party. Sie

versuchten mich zu täuschen, so zu tun, als ob sie jemand anderes sei. Aber ich hab's gemerkt. Sie kam in ihrem Cocktailkleid nach droben, und ich gab ihr ein Glas Brandy mit einem Schlafmittel drin, und ich hab sie in die alte, alte Truhe gebettet, zu einem sanften Schlaf. Niemand hätte es erfahren, wenn *du* nicht rumgestöbert hättest. Ellie wäre einfach für immer verschwunden gewesen. Nur Großmutter und ich hätten davon gewußt! Aber du gehörst auch zu den Schwarzen, auch du bist ein Schwarzer, genau wie Ellie!« flüsterte die Stimme. »Manchmal, wenn ich dich anschaue, sehe ich *ihr* Gesicht! Und deshalb –«

Die Schwarze Frau. Johnnys Gedanken rasten, schmerzten, kämpften um Klarheit. *Onkel Flinny!*

Onkel Flinny, dachte er, warum nennst du Ellie die Schwarze Frau? Warum? Deine Gutenachtgeschichten, Onkel Flinny. So viele Jahre erzählst du nun schon dieselbe Geschichte, ein und dieselbe seltsame Geschichte von dem Schwarzen Mann und dem schönen Mädchen, und dann wurde aus dem Schwarzen Mann meine Lehrerin. Und warum hast du sie umgebracht? Was hat sie dir nur getan? Warum nennst du sie die Schwarze Frau? Was diese Gutenachtgeschichte wohl bedeuten soll! Ich weiß es nicht.

»Bring mich nicht um, Onkel Flinny! Das Wasser ist so kalt und glänzt so sehr heute nacht. Ich will nicht unter dem kalten Glanz liegen.«

Johnny klammerte sich an den Körper hinter ihm und ließ sich nach vorn fallen. Die beiden plumpsten schreiend in den Pool. Dieser schreckliche Schwindel beim Fallen. Die Finger ließen ihn los. Gerangel in nasser Finsternis. Wasser stach ihm in die Nasenlöcher, Blasen drangen ihm aus dem Mund.

Als Johnny auftauchte, kam ein lautes Geräusch von aus der Tiefe aufsteigender Luft, das schwache Aufbegehren eines alten Mannes gegen den gelassenen Zug der Fluten. Der Mann kam nicht mehr nach oben. Nur ein paar Blasen stiegen noch auf...

Johnny heulte, schluchzte vor sich hin, während er sich aus dem Pool zog und sie so einsam und schlaff daliegen sah – die Schneiderpuppe in dem Cocktailkleid. Sein Fuß trat gegen etwas Hartes und Schwarzes, das über die Platten zu rollen begann. Er hob es auf. Eine der schwarzen Schachfiguren, die Onkel Flinny andauernd vom Schachbrett in Großmutters Zimmer stibitzte.

Johnny hielt sie fest umklammert, ohne sie richtig wahrzunehmen, und sah auf den Pool mit den schwächer werdenden Wellen, unter denen Onkel Flinny schlief. Es war verrückt, so verrückt, daß er es nicht ertragen konnte.

Er sah aus getrübten Augen zum Haus, und er zitterte wie ein toller Hund. Überall gingen jetzt die Lichter an. Fenster, Rechtecke aus Gelb und Orange. Vater kam brüllend die Treppe heruntergerannt, und die Hintertür ging gerade in dem Moment auf, als Johnny schluchzend auf den harten, kalten Platten zusammenbrach...

Mutter saß auf der einen Seite des Betts, Dad auf der anderen. Johnny hatte sich ausgeweint, lag auf dem Rücken und sah erst Dad, dann Mom an. »Mom?«

Sie sagte nichts, lächelte nur schwach und hielt seine Hände ganz, ganz fest.

»Mom, ach Mom«, sagte Johnny. »Ich bin so müde, aber ich kann nicht schlafen. Warum? Warum, Dad?« Er sah nun wieder Dad an. »Dad, was ist geschehen? Ich verstehe es nicht.«

Dad fiel es schwer, darüber zu reden. Er erzählte es trotzdem. »Onkel Flinny hat vor zwanzig Jahren geheiratet. Seine Frau starb bei der Geburt ihres Kindes. Onkel Flinny hatte seine Frau sehr lieb. Sie war sehr schön und sehr lieb. Onkel Flinny haßte das Baby. Er wollte nichts mit ihm zu tun haben. Er betrachtete das Kind als Mörder. Du kannst dir doch vorstellen, wie ihm zumute war, oder? Verstehst du, wie ich mich fühlen würde, wenn Mom sterben würde?«

Johnny nickte schwach, keineswegs sicher, ob er es sich vorstellen konnte.

»Onkel Flinny hat das Mädchen irgendwo in ein Kinderheim gegeben. Wo, wollte er uns nicht sagen. Sie wurde erwachsen, war verbittert und haßte Onkel Flinny, weil er so gemein zu ihr war. Schließlich hatte sie ja nicht darum gebeten, auf die Welt zu kommen. Verstehst du, mein Junge?«

»Ja, Dad.«

»Tja, und vor genau einem Monat fand Ellie, die inzwischen kein Baby mehr war, sondern erwachsen, irgendwie heraus, wo wir leben. Sie schrieb einen Brief. Wir boten ihr eine Stelle als deine Hauslehrerin an, was nur recht und billig war. Wir glaubten, wir könnten es vor deinem Onkel geheimhalten. Als Ellie kam und während der Party nach oben ging, kam Onkel Flinny dahinter, wer sie war.«

Dad konnte einen Moment lang nicht weitersprechen. Er schloß die Augen. »Dann – dann hast du sie auf dem Dachboden gefunden. Wir versuchten, Stillschweigen darüber zu breiten. Wir versuchten, es dich vergessen zu machen. Es hatte keinen Zweck. Wir konnten es selbst nicht vergessen. Es mußte ja doch eines Tages herauskommen. Es stand aber so viel auf dem Spiel, unser ganzes Leben, so daß wir es zu vertuschen versuchten. Geld, Ansehen, das Geschäft und was die Leute gesagt hätten, diese Dinge haben uns dazu gebracht, mein Sohn... Aber eigentlich sind sie keinen feuchten Dreck wert!«

Johnny wandte den Kopf. »Ich hab immer wieder die Nase hineingesteckt...«

»Du warst unser Gewissen, nehme ich an. Ein ziemlich

umtriebiges. Du hast das Haus nicht zur Ruhe kommen lassen. Onkel Flinny glaubte, du wolltest Mutter wehtun. Deine Mutter – seine Schwester – war alles, was er nach dem Tod seiner Frau noch hatte.«

»Deshalb hat er versucht, es so aussehen zu lassen, als sei ich im Pool ertrunken...«

Mutter beugte sich plötzlich vor und drückte Johnny an sich. »Es tut mir ja so leid, Johnny. Manchmal sind wir eben blind. Ich habe nicht geglaubt, daß er dazu fähig wäre.«

»Und was ist mit der Polizei?«

»Die Wahrheit. Flinny hat sie umgebracht und Selbstmord begangen.«

Mutters Stimme schien fern, in sich gekehrt und müde. Johnny hörte sich sagen: »Onkel Flinny hat mir immer Gutenachtgeschichten erzählt, Mom. Ich versteh sie bis heute nicht. Immer nur über den Schwarzen Mann und die schöne Frau und...«

»Eines Tages, wenn du älter bist, wirst du es verstehen. Arme Ellie. Sie war die Schwarze Frau.«

Die Dinge verblaßten, immer mehr. Es war alles aus, vorbei. »Keine Gutenachtgeschichten mehr, bitte, Mom. Nie mehr, ja?«

Aus dem Dunkel der Müdigkeit sagte Mutter: »Nie mehr, Johnny.«

Johnny glitt erschöpft in seine Träume. Seine linke Hand öffnete sich, und das kleine, schwarze Ding in ihr fiel klappernd auf den Boden seines Schlafzimmers. Er schlief, bevor der Schwarze Ritter zu rollen aufgehört hatte.

Gestern hab ich noch gelebt

Jahre gingen ins Land, und nach all den Jahren des Regens und der Kälte und des Nebels, die über jenen Stein im Hollywood Cemetery hinweggegangen waren, auf dem der Name »Diana Coyle« stand, trat Cleve Morris aus dem Sturm in den Vorführraum des Studios und warf einen Blick auf die Leinwand.

Und dort war sie. Ihr langer, träger Körper, das rotschimmernde Haar und die dazugehörenden leuchtendgrünen Augen.

Cleve fragte in Gedanken: *Ist es kalt da draußen, Diana? Ist es kalt heute abend, da draußen? Ist der Regen schon bis zu dir vorgedrungen? Haben die Jahre die Bronzewände deiner letzten Ruhestätte schon zerfressen, und bist du noch immer – so schön?*

Er sah sie über die Leinwand schreiten, hörte ihr Lachen, und sie zerfloß vor seinen nassen Augen zu bunten, zuckenden Farbschlieren.

Hier drin ist es heute abend so warm, Diana. Du bist hier, deine ganze Wärme, und doch ist es pure Illusion. Vor drei Jahren haben sie dich begraben, und inzwischen sind die Autogrammjäger wie verrückt hinter irgendeiner anderen Schauspielerin hier im Studio her, einer neuen.

Bei diesem Gedanken gab es ihm einen Stich. Kein Grund für dieses Gefühl, doch mit Diana ging es allen so. Alle hatten sie geliebt, hatten sie gehaßt, weil sie so schön war.

Kann es sein, daß *du* sie mehr geliebt hast als die andern?

Wer, zum Teufel, bist du schon! Sie hat dich kaum mal

angesehen. Cleve Morris, ein kleiner Angestellter, der zwei Stunden am Tag als Pförtner per Summer Leute durch ein verschlossenes Tor schleuste und weitere sechs Stunden lang durch düstere Tonstudios streifte und nach dem Rechten sah. Sie hat dich kaum gekannt. Es war immer nur ein »Hello, Diana!« und ein »Hi, Sarge!« und ein »Gute Nacht, Diana!«, wenn ihr langes Abendkleid von der Rampe raschelte, und ein Zuzwinkern über ihre runde Schulter und ein »Nacht, Sarge, und seien Sie ein braver Junge!«

Drei Jahre schon. Cleve rutschte tiefer in seinen Sessel im Vorführraum hinein. Die Uhr an seinem Handgelenk zeigte acht Uhr. Das Studio war tot. Die Lichter gingen eins nach dem andern aus. Morgen war wieder jede Menge los, jede Menge. Doch nun, an diesem Abend, war er allein in diesem Raum und sah sich die alten Aufnahmen von Diana Coyle durch. In der Projektorenkabine hinter ihm musterte Jamie Winters, der beste Kameramann des Studios, die kompakten Filmspulen durch und gab sich die Ehre, sie vorzuführen.

Hier wärt ihr also, ihr beiden, spät am Abend. Der Film flackert, zerhackt ihr herrliches Gesicht. Er flackert wieder, und du wirst allmählich ärgerlich. Er flackert noch zweimal, lange Zeit, dann läuft er wieder glatt. Schlechte Kopie. Cleve versinkt noch tiefer in seinem Sessel, denkt an die Zeit vor drei Jahren zurück, ungefähr um dieselbe Abendstunde, ungefähr am gleichen Tag des Monats... vor drei Jahren... um dieselbe Stunde... Regen vom dunklen Himmel... vor drei Jahren...

Cleve war an diesem Abend an der Pforte. Menschen strömten durch das Tor, vom Regen durchnäßt, und niemand beachtete ihn. Er kam sich vor wie eine Mumie in einem Museum, dessen Wächter es schon seit langem müde waren, von ihr Notiz zu nehmen. Nur ein Apparat, der mit dem Summer das Tor für sie öffnete.

»Guten Abend, Mr. Guilding.«

R. J. Guilding dachte einen Augenblick darüber nach und winkte abwehrend mit der grau behandschuhten Hand. Den weißen Kopf schüttelte er auch noch dazu. »Das soll 'n guter Abend sein?« wollte er wissen. Produzenten werden so.

Summ. Tor auf. *Rums.*

»Guten Abend, Diana!«

»Was?« Sie trat im Schimmer durchsichtiger, winziger Edelsteine auf ihrem weißen, ovalen Gesicht aus der regnerischen Nacht. Er hätte sie am liebsten weggeküßt. Sie sah einsam und verlassen aus. »Ach, hallo, Cleve. Wieder mal Überstunden. Der verfluchte Streifen ist beinah fertig. Weia, was bin ich müde!«

Summ. Tor auf. *Rums.*

Er sah ihr nach und bewahrte den Duft ihres Parfums, so lange er konnte.

»He, Plattfuß!« sagte jemand. An die Pforte lehnte sich, mit einem ironischen Grinsen, ein Schönling namens Robert Denim. »Mach das Tor für mich auf, Provinzbubi. Sie hätten dir nie diesen Job geben sollen. Du hast doch den Prominententick. Armer Junge.«

Cleve sah ihn eigenartig an. »Sie ist nicht mehr mit Ihnen zusammen, was?«

Denims Gesicht war plötzlich keine Augenweide mehr. Er sagte einen Augenblick gar nichts, aber der Blick in seinen Augen beseitigte Cleves Zweifel. Denim packte das Tor und zerrte wütend daran.

Cleve hatte absichtlich nicht auf den Öffner gedrückt. Denim fluchte und wandte sich um, eine behandschuhte Hand zur Faust geballt. Cleve drückte grinsend auf den Öffner. Es war ein Grinsen, das Denims Zögern auf Null brachte und ihn entscheiden ließ, wieder nach dem Türknauf zu greifen und mit langen Schritten in die Hallen, ins Studio zu verschwinden.

Wenige Minuten darauf kam Jamie Winters herein und schüttelte den Regen ab, während er sich nach allen Regeln der Kunst aufregte. »Diese Diana, dieses Weibsstück – ich kann dir sagen, Cleve! Bleibt nachts auf bis in die Puppen und erwartet von mir, daß ich sie photographiere wie 'ne Zwölfjährige! Was für'n Job ich doch hab. Puh.«

Nach Jamie Winters kamen Georgie Kroll und Tally Durham, die wie eine Klette an ihm hing, damit sich Diana nicht an ihn heranmachen konnte. Es war jedoch bereits zu spät. Georgies Gesicht nach zu urteilen, hatte es ihn schon erwischt; und Tally war am Gesicht abzulesen, daß sie es wußte, aber nicht wahrhaben wollte.

Rums.

Cleve sah seine Anwesenheitsliste durch und kam zu dem Ergebnis, daß alle da waren, die heute abend arbeiteten. Die Anspannung fiel von ihm ab. Das hier war ein düsterer Bienenstock, und Diana war die von allen anderen Bienen verhätschelte Königin. Das Studio machte Überstunden: all die Lichter, Geräusche, Farben, Handgriffe nur ihretwegen. Cleve lehnte sich zurück, rauchte gemütlich eine Zigarette und lächelte über seine Gedankenflüge. *Diana, komm, nur du und ich, wir beide kaufen uns ein kleines Haus in San Fernando, wo einen jedes Jahr das Hochwasser fortschwemmt und die Wildblumen blühen, wenn es sich verzogen hat. Wie schön, mit dir in einem Kanu zu paddeln, Diana, sogar bei Hochwasser. In diesem Tal, Diana, hätten wir Blumen, Heu, Sonne und Frieden!*

Die einzigen Geräusche, die zu Cleve drangen, waren der Regen, der an die Scheiben schlug, ein gelegentlicher Donnerschlag und seine Uhr, die tickte wie eine Termite, die ein Loch in das Gewebe der Stille bohrt.

Ticktickticktick tick...

Der Schrei scheuchte ihn aus dem Sessel und halb durch den Empfang, ein Echo quer durch das ganze Gebäude.

Ein Skriptgirl schwankte plötzlich ins Blickfeld, auf fühllosen Beinen, und stotterte vor sich hin. Cleve schnappte sie und hielt sie fest.

»Sie ist tot! Sie ist tot!«

Die Uhr fing wieder von vorne an. *Ticktickticktick-tick.*

Blitze zuckten rings um das Studio, und ein kalter Wind peitschte Cleves Nacken. Ihm drehte sich der Magen um, und er hatte Angst, die einfache Frage zu stellen, die er am Ende doch stellen mußte. Statt dessen schob er das Unvermeidliche vor sich her, schloß die Bronzeflügel des Eingangs ab und sicherte alle offenen Fenster. Als er sich umdrehte, lehnte das Skriptgirl an seinem Tisch. In ihr war ein Zittern, als ob ein Teil einer komplizierten Maschine zersprungen war und sie zertrümmerte.

»Bühne zwölf. Gerade eben«, keuchte sie. »Diana Coyle.«

Cleve rannte durch die düsteren Flure des Studios. Das Geräusch seiner schnellen Schritte hörte sich in den großen, leeren Räumen verlassen an. Vor ihm fiel grelles Licht aus einer geöffneten Bühnentür. Menschen standen in das gewaltige Viereck gebannt, schockiert, reglos.

Er rannte auf den Set und machte mit pochendem Herzen halt, um den Blick zu senken.

Sie war der schönste Mensch, der je gestorben war.

Ihr silbernes Abendkleid bildete einen kleinen Teich um sie. Ihre Fingernägel waren fünf feuerrote Käfer, die schimmernd und tot auf jeder Seite ihres hingesunkenen Körpers lagen.

All die heißen Scheinwerfer sahen herunter und gaben ihr Bestes, sie warm zu halten; und sie erkaltete doch, rasend schnell. Mein Blut auch, dachte Cleve. Haltet mich warm, Scheinwerfer!

Der Schock hielt alle in seinem Bann wie auf einem Szenenphoto.

Denim, an einer Zigarette fummelnd, kriegte als erster den Mund auf.

»Wir waren mitten in der Aufnahme. Sie klappte einfach zusammen, und das war's auch schon.«

Tally Durham, in etwa von der Größe eines Salzstreuers, wanderte blind über die Bühne und sagte allen: »Wir glaubten, sie sei in Ohnmacht gefallen. Ich hab sofort das Riechsalz geholt!«

Denim zog furchtbar nervös an seiner Zigarette. »Aber das Riechsalz hat nichts genutzt . . .«

Cleve faßte Diana an, zum ersten Mal in seinem Leben.

Aber es war nun zu spät. Welchen Sinn hatte es noch, kalten Lehm zu berühren, der nicht mehr zurücklächeln konnte, mit grünen Augen und geschürzten Lippen?

Er berührte sie und sagte: »Sie ist vergiftet worden.«

Das Wort »Gift« breitete sich durch die düstere Tonbühne hinter den blendendhellen Scheinwerfern aus, kam als Echo zurück.

Georgie Kroll konnte nur stottern. »Sie – sie hat sich grade noch was zu trinken geholt – vom Getränkeautomaten – erst vor ein paar Minuten. Vielleicht –«

Cleve fand den Getränkeautomaten blind. Er roch an einer Flasche und stellte sie vorsichtig, unter Benutzung eines Taschentuchs, in eine studioeigene Lunchbox. »Daß keiner das anfaßt!«

Der Boden war beim Gehen wie Gummi. »Hat irgend jemand gesehen, daß jemand diese Flasche berührt hat, bevor Diana daraus trank?«

Hoch droben in dem gleißenden elektrischen Himmel sah ein junger Mann herunter wie ein Gott mit Kurzschluß und rief: »He, Cleve, kurz vor der letzten Klappe hatten wir Ärger mit der Beleuchtung. Jemand hat einen Hauptschalter umgelegt. Die Scheinwerfer waren etwa eineinhalb Minuten aus. Genügend Zeit, um die Flasche da zu präparieren!«

»Danke.« Cleve wandte sich Jamie Winters, dem Kameramann, zu. »Hattest du Film in der Kamera? Hast du Bilder von ihrem Tod?«

»Ich nehm's an. Klar.«

»Wie lange brauchst du, um sie zu entwickeln?«

»Zwei, drei Stunden. Ich muß aber erst Juke Davis anrufen und ins Studio holen.«

»Dann ruf ihn an! Nimm zwei Wachmänner mit. Sollen auf den Film aufpassen. Und mach mal dalli!«

Weit weg heulten Sirenen auf, und Hollywood ging zu Bett. Jemandem auf dem Set wurde plötzlich klar, daß Diana tot war, und er begann zu schluchzen.

Ich wünschte, ich könnte das auch, dachte Cleve. *Ich wünschte, ich könnte heulen. Was soll ich denn jetzt tun – durchgreifen und Sherlock Holmes spielen? Jeden verhören? Wo mein Herz nicht mehr schlägt?* Cleve hörte seine Stimme von alleine weiterreden.

»Wir machen heute Überstunden. Alle. Wir arbeiten so lange, bis wir diese Einstellung im Kasten haben. Und wenn wir sie nicht in den Kasten kriegen, dann gehen wir eben nicht nach Hause, denke ich. Alle auf ihre Plätze, bevor die Mordkommission da ist. Wir drehen die Einstellung noch mal. Alle auf ihre Plätze.«

Sie drehten die Einstellung noch mal.

Die Mordkommission traf ein. Der eine Detektiv hieß Foley, der andere Sadlowe. Der eine war klein, der andere groß. Der eine redete wie ein Wasserfall, und der andere hörte nur zu. Von dem, was Foley redete, wurde Cleve speiübel.

R. J. Guilding, der Produzent und Regisseur des Films, ließ sich in seinen Klappstuhl fallen, wischte sich die Stirn und versuchte Foley begreiflich zu machen, daß er die ganze Bescherung aus den Zeitungen und unter der Decke halten wollte.

Foley sagte ihm, er solle den Mund halten. Foley funkelte Cleve an, als ob er ebenfalls verdächtig sei. »Was haben Sie denn nun herausgekriegt, mein Junge?«

»Es war Film in der Kamera. Ein Film von Diana – von Miss Coyles Tod.«

Foleys Augenbrauen machten sich selbständig. »Also, Teufel nochmal, dann sehen wir uns den an!«

Sie gingen ins Labor hinüber, um den Film zu holen. Cleve hatte schlicht und einfach einen Bammel vor dem Gebäude, schon immer. Es war ein riesiger, düsterer, an ein Leichenhaus gemahnender Bau mit Gängen, die als Sackgassen endeten, und einem Labyrinth von schwarzen Wänden, die das Licht draußen halten sollten. Man stolperte durch pechschwarze Nacht, tastete sich an den Wänden entlang, verlor die Orientierung, machte kehrt, fluchte, wand sich durch Durchlässe, ging nach Süden, nach Osten, nach Westen und wieder nach Süden und fand sich plötzlich in einem grüngefleckten Raum von der Größe des Universums wieder. Nichts zu sehen außer Streifen und Blitzen grünen Lichts, schmalen Schlangen von Filmen, die sich über Spulen vom Boden hinauf bis zur hohen Decke und wieder retour wanden. Das einzige helle Licht schoß aus einem Projektor und übertrug das Negativ auf das Positiv, die im Gleichtakt durch parallele Öffnungen liefen. Dann wurde das Positiv umgelenkt und wanderte abwärts in eine lange Reihe von Entwicklerbädern. Der Raum war eine wimmernde Leichenhalle. Juke Davis hantierte mit grabschänderischen Bewegungen in ihm herum.

»Die Tonspur ist noch nicht drauf. Ich entwickle sie aber noch und kopiere sie später ein«, sagte Davis. »Also, Mr. Foley, hier ist Ihr Film.«

Sie nahmen den Film und begaben sich auf den Rückweg aus dem Labyrinth.

Im Vorführraum sahen Cleve und die Detektive Foley

und Sadlowe zu, wie der von Jamie Winters bediente Projektor die Todesszene für sie auf die Leinwand warf. Atelier 12, wo andere Polizisten in alphabetischer Reihenfolge sämtliche Anwesenden in die Mangel nahmen, war fest verrammelt worden.

Auf der Leinwand lachte Diana. Robert Denim erwiderte das Lachen. Es war sehr still. Sie machten den Mund auf, aber es kam kein Ton heraus. Hinter ihnen tanzten Menschen. Diana und Robert begannen ebenfalls zu tanzen, vergnügt, leise, gelöst. Als sie zu tanzen aufhörten, gerieten sie in einen ernsten Wortwechsel mit – Tally Durham und Georgie Kroll.

Foley ließ sich vernehmen. »Hatten Sie nicht gesagt, daß dieser Kroll auch in Diana verliebt war?«

Cleve nickte. »Wer nicht?«

Foley sagte: »Ja. Wer nicht. Na dann –« Er starrte mißtrauisch auf die Leinwand. »Und was ist mit dieser Tally Durham? War sie eifersüchtig?«

Gab es überhaupt eine Frau in Hollywood, die Diana nicht haßte, weil sie perfekt war? Cleve berichtete von Tallys Verhältnis mit Georgie Kroll.

»Es ist doch immer wieder dasselbe«, erwiderte Foley unter Kopfschütteln.

Cleve sagte: »Vielleicht hat Tally Diana umgebracht. Wer weiß. Georgie hätte ebenfalls ein Motiv. Diana hat ihn wie einen Hampelmann behandelt. Er wollte sie und konnte sie nicht kriegen. Das ist in Dianas Leben sehr vielen Männern passiert. Wenn sie jemals jemanden geliebt hat, dann war das Robert Denim, und das hat nicht gehalten. Denim ist ein bißchen zu – kaltschnäuzig. Ich nehme an, so würden Sie das ausdrücken.«

Foley schnaufte. »Das läuft ja wieder mal prächtig. In einer Szene hätten wir schon drei Verdächtige. Jeder von ihnen hätte diese Kronkorkenflasche mit Nikotin präparieren können. Das Licht war für anderthalb Minuten aus. In dieser Zeit hätte jeder, der schon mal im Gartengeschäft an der Ecke »Black Leaf Forty«-Nikotinsulfat gekauft hat, zwanzig Tropfen davon in das Getränk tropfen und zurück sein und harmlos tun können, als die Scheinwerfer wieder aufflammten. Verrückt.«

Sadlowe machte zum ersten Mal an diesem Abend den Mund auf. »Es müßte doch einen Weg geben, die Unschuldigen aus diesem Streifen herauszusortieren.« Eine brillante Bemerkung.

Cleve hielt den Atem an. Sie starb.

Sie starb, wie sie alles in ihrem Leben getan hatte. Man mußte die Art und Weise, wie sie es tat, bewundern, mit der Grazie, dem Temperament und der Selbstbeherrschung einer herrlichen Raubkatze. Mitten in der Szene vergaß sie ihren Text. Ihre Finger krochen langsam zu ihrer Gurgel, und sie wandte sich zur Seite. Ihre Miene änderte sich. Sie sah einen direkt von der Leinwand an, als ob sie wüßte, daß dies ihre größte und – für einen Zyniker – ihre beste Szene war.

Dann sank sie nieder wie ein seidener Baldachin, dessen Stützen auf einen Schlag weggerissen worden waren.

Denim beugte sich über sie und sagte offensichtlich: »Diana!«

Tally Durham schrie einen stummen Schrei, während das Bild wackelte, zu Dunkel, Zahlen und Brauntönen zerflackerte. Dann nur noch gleißendes Licht.

O Gott, drück doch irgendeinen Knopf! Spul den Film zurück und mach sie wieder lebendig! Drück auf den Knopf, wie man es in diesen komischen Wochenschauen sieht, wo verunglückte Züge wieder ganz werden, gestürzte Herrscher wieder auf ihren Thron gehoben werden, die Sonne im Westen aufgeht und – Diana Coyle von den Toten wiederaufersteht!

Aus dem Projektorraum sagte Jamie Winters' Stimme: »Das war's. Das war alles. Wollen Sie's noch mal sehen?«

Foley sagte: »Ja. Zeigen Sie's uns ein halbdutzendmal.«

»Entschuldigen Sie mich«, japste Cleve.

»Wo wollen Sie denn hin?«

Er ging hinaus in den Regen, der kalt auf ihn einschlug. Hinter ihm, dort drinnen, starb Diana wieder und wieder und wieder wie ein abgerichtetes Hündchen. Cleve biß die Zähne zusammen und sah zum Himmel hinauf und ließ die Nacht auf sich weinen, über und über, bis sie ihn völlig durchnäßt hatte, in vollendetem Gleichklang: die Nacht und er und die weinende Dunkelheit...

Der Sturm hielt bis zum Morgen an, im Studio wie außerhalb. Foley brüllte alle an. Alle erwiderten ruhig, daß sie nichts damit zu tun hätten; ja, sie hätten Diana gehaßt, aber zugleich auch geliebt; ja, sie seien neidisch auf sie gewesen, aber sie sei auch ein nettes Mädchen gewesen.

Foley kam der kolossale Einfall, alle Verdächtigen in den Vorführraum zu bitten und ihnen Dianas letzte Szene zu zeigen, womit er sie zu Tode erschreckte, ohne jedoch das geringste herauszubekommen. R.J. Guilding brach zusammen und schluchzte nur noch, Georgie quiekste und Tally schrie. Cleve drehte es den Magen um, und die Nacht wollte und wollte nicht enden.

Georgie sagte, ja, er habe Diana geliebt; Tally sagte, ja ja, sie habe sie gehaßt; Guilding bestätigte den Umstand, daß Diana mit ihren Allüren die ganze Produktion aufgehalten habe; und Robert Denim gab einen gescheiterten Versöhnungsversuch zwischen ihm und seiner früheren Frau zu. Jamie Winters berichtete, Diana habe die Nacht zum Tage gemacht und ihr Gesicht für saubere Aufnahmen verdorben. Und R.J. Guilding fauchte ihn an: »Diana hat mir aber gesagt, Sie photographierten sie absichtlich schlecht!«

Jamie Winters blieb ganz kalt. »Das ist nicht wahr. Sie

hat versucht, die Schuld an ihrem Teint jemand anders in die Schuhe zu schieben – mir.«

Foley fragte: »Waren Sie auch in sie verliebt?«

Winters antwortete: »Warum, glauben Sie, bin ich ihr Kameramann geworden?«

Als der Morgen kam, war Diana so tot wie am Abend vorher. Riesige Bühnentore donnerten zur Seite, und die Verdächtigen schleppten sich müde hinaus, stiegen in ihre Autos und fuhren nach Hause.

Cleve sah ihnen aus brennenden Augen nach. Er ging leise durch das Studio und sah überall nach dem Rechten, auch wenn es gar nicht nötig war. Er roch den süßlich-grünen Duft des Friedhofs hinter der Mauer.

Komisches Hollywood. Baut ein Studio direkt neben einen Friedhof. Direkt hinter der Mauer da. Gelegentlich schien es, als ob alle in der Filmstadt nur eins im Sinn hätten: auf die andere Seite dieser Mauer zu kommen. Manche ließen sich von einer Whiskywoge hinüberschwemmen, manche rauchten sich hinüber; alle freuten sich auf ihr Büro auf dem Friedhof von Hollywood – ohne Telephon. Nun, klettern hatte Diana jedenfalls nicht müssen.

Jemand hatte sie hinübergeschubst . . .

Cleve klammerte sich an das Lenkrad, fest, hart, hätte es am liebsten herausgerissen und der Welt zugerufen, sie solle ihm verdammt nochmal bloß nicht in die Quere kommen! Es fehlte nicht viel, und er wurde noch verrückt!

Sie trugen sie an einem strahlenden kalifornischen Tag zu Grabe, unter einer steifen Brise und viel zu vielen roten und gelben und blauen Blumen und der falschen Sorte Tränen.

Es war der erste Tag, an dem Cleve so viel trank, daß er sternhagelvoll war. Ein Tag, den er nie mehr vergaß.

Das Studio rief drei Tage später an.

»Sagen Sie mal, Morris, was ist denn mit Ihnen los? Wo sind Sie bloß gewesen?«

»In meiner Wohnung«, sagte Cleve benommen.

Er stellte kein Radio mehr an, ging nicht mehr nachts, seinen Träumen nachhängend, spazieren, wie er es immer getan hatte. Er mied Zeitungen; in ihnen waren große Photos von ihr. Das Radio sprach von ihr. Er hätte es deswegen fast entzweigeschlagen. Als die Woche vorüber war, war sie sicher unter der Erde, und die Zeitungen hatten die Riesenlettern anderweitig vergeben; am Mittwoch darauf brachten sie die Geschichte ihres Lebens auf Seite zwei; am Donnerstag auf Seite vier; am Freitag auf Seite fünf; am Sonnabend auf Seite zehn; und am folgenden Montag brachten sie das Schlußkapitel auf Seite neunundzwanzig, zwischen den Börsenberichten versteckt.

Es geht abwärts mit dir, Diana! Es geht abwärts mit dir! Du warst doch immer für die erste Seite gut!

Cleve ging wieder zur Arbeit.

Am Freitag war nichts mehr übrig als der neue Stein auf dem Friedhof von Hollywood. Die Zeitungen verrotteten in überlaufenden Gullys, wo die Druckerschwärze ihres Namens weggewaschen wurde; das Radio schrie Krieg, und Cleve arbeitete; seine Augen wirkten seltsam, verändert.

Er drückte den lieben langen Tag lang auf den Türöffner, und die Leute kamen herein und gingen hinaus. Jeden Morgen sah er Tally hereintänzeln, schlanker und kesser geworden und endlich glücklich, seit Diana nicht mehr da war, stets bei Georgie eingehängt, der ihr nun ganz allein gehörte, Geist und Seele ausgenommen. Er sah Robert Denim hereinkommen; sie wechselten niemals ein Wort miteinander. Er winkte Jamie Winters zu und war höflich zu Mr. Guilding.

Aber er beobachtete sie alle, wie ein Synchronregisseur, der auf einen genuschelten Satz oder einen verpatzten Einsatz lauert.

Und schließlich gaben die Zeitungen nebenbei bekannt, daß als Todesursache Selbstmord angenommen werde, und damit war dieses Kapitel vollends abgeschlossen. Einige Wochen später, Cleve hielt sich nach wie vor lesend und nachdenkend die meiste Zeit in seiner Wohnung auf, klingelte das Telephon.

»Cleve? Jamie Winters hier. Hör mal, Hobbydetektiv, hör auf damit. Du wirst auf einer Party erwartet, jetzt, heute abend. Ich hab 'n paar Schnipsel aus dem neuen Film von Clark Gable.«

Es ging eine Weile hin und her, und am Ende ließ Cleve sich breitschlagen und kam zu der Party. Sie saßen in Jamie Winters' Wohnzimmer vor einer kleinformatigen Leinwand. Winters zeigte ihnen Filmszenen, die nie in die Kinos kamen. Die Garbo, wie sie über ein Lampenkabel stolperte und auf ihr Podest plumpste. Spencer Tracy, wie er sich versprach und zu fluchen begann. William Powell, der der Kamera die Zunge herausstreckte, nachdem er seinen Einsatz geschmissen hatte. Cleve lachte das erste Mal seit einer Million Jahren.

Jamie Winters hatte eine unerschöpfliche Sammlung von Filmausschnitten, auf denen berühmte Stars in die Luft gingen und zensurwürdige Dinge äußerten.

Und als Diana Coyle auftauchte, war das wie ein Tritt in den Unterleib. Wie ein Schuß aus einer doppelläufigen Flinte. Cleve wand sich und japste, klammerte sich an den Sessel und schloß die Augen.

Dann, auf einmal, wurde er vollkommen ruhig. Er hatte eine Idee. Sie hatte ihn getroffen wie ein kalter Regenguß seine Wangen, während er auf die Leinwand sah.

»Jamie!« sagte er.

Aus der flimmernden Finsternis erwiderte Jamie: »Ja?«

»Ich muß mal in der Küche mit dir reden, Jamie.«

»Warum?«

»Warum? Spielt keine Rolle. Laß den Projektor laufen und komm mit.«

In der Küche nahm er Jamie in die Zange. »Es ist wegen dieser Filme, die du uns da zeigst. Die Fehler. Die rausgeschnittenen Szenen. Hast du noch welche von Dianas letztem Film? Geschmissene, schiefgelaufene Szenen, meine ich?«

»Ja. Im Studio. Ich sammle sie. Ist mein Hobby. Das Zeug wandert normalerweise in die Mülltonne. Ich hebe es auf, damit ich was zum Lachen hab.«

Cleve holte tief Luft. »Kannst du mir das Zeug mal mitbringen? Alles? Kannst du es morgen abend hierher mitbringen und es mit mir durchgehen?«

»Klar, wenn du willst. Ich weiß nur nicht...«

»Mach dir darüber mal keine Gedanken, Jamie. Mach nur, was ich sage, ja? Bring mir alle rausgeschnittenen Szenen, die Szenen, die schlecht waren. Ich möchte sehen, wer sie geschmissen hat, wer den meisten Ärger gemacht hat und warum. Machst du das, Jamie?«

»Sicher. Klar doch, mach ich, Cleve. Nun reg dich erst mal ab. Hier, setz dich und nimm 'n Drink.«

Am Tag darauf brachte Cleve kaum etwas herunter. Die Stunden gingen viel zu langsam herum. Abends aß er ein wenig und schluckte vier Aspirin. Dann fuhr er in einem mechanischen Alptraum zu Jamie Winters' Haus.

Jamie wartete mit Drinks und eingelegtem Film.

»Danke, Jamie.« Cleve setzte sich und trank nervös. »In Ordnung. Sehen wir sie uns an?«

»Action!« sagte Jamie.

Licht auf der Leinwand. »Klappe eins, Szene sieben, ›Die goldene Jungfrau‹: Diana Coyle, Robert Denim!«

Klack!

Die Szene lief an. Es war eine Szene am Ozean auf einer mondbeschienenen Terrasse. Diana redete.

»Eine herrliche Nacht! So herrlich, daß ich es gar nicht glauben kann.«

Robert Denim, der ihre Hände in den seinen hielt, sah

sie an und sagte: »Ich glaube, ich kann dich daran glauben machen. Ich – äh... Verdammt!«

»Cut!« brüllte Guildings Stimme aus dem Off.

Die Kamera lief weiter. Denims Gesicht war häßlich, wurde düster und faltig.

»Du willst die Kamera wohl schon wieder allein für dich, was?«

»Ich?« Diana war überhaupt nicht mehr schön. *So* jedenfalls nicht. Sie schüttelte ärgerlich den Goldstaub von ihren Flügeln. »Ich? Du halbgarer Schmierenkomödiant, du dreckiges Großmaul...«

Klick. Dunkel. Film zu Ende.

Cleve saß da und starrte vor sich hin. Nach einer Weile sagte er: »Sie konnten sich nicht ausstehen, was?« Und dann, beinahe zu sich selbst: »Was bin ich froh.«

»Hier ist noch was«, sagte Winters. Der Projektor surrte hektisch.

Die nächste Szene. Eine Partyszene. Gelächter und Musik; und mitten hinein drohend, beißend, bitter und anklagend:

»Du kannst mich mal!«

»Wenn du mir aber absichtlich den falschen Text sagst! Von all diesen billigen, gemeinen, kleinen...«

Diana und Robert Denim! Schon wieder hatten sie es miteinander!

Noch eine Szene und noch eine. Sechs, sieben, acht!

Dann eine, in der Denim sagte: »Bei Gott, jemand sollte dich ein für allemal zum Schweigen bringen, Lady!«

»Wer denn?« rief Diana, deren Augen funkelten wie kleine grüne Edelsteine. »Etwa du? Du rotznäsiger Dilettant?«

Und Denim, der zurückstarrte und ruhig sagte: »Ja. Vielleicht ich. Warum nicht? Gar keine schlechte Idee.«

Dann gab es auch noch einige knallheiße Szenen mit Tally Durham. Und eine, in der Diana den armen Georgie Kroll zur Schnecke machte, bis er nervös wurde und höchst widerwillig eine Entschuldigung herausdruckste. Alles auf Zelluloid; alles gute Beweise. Doch das Verhältnis zwischen Denims Ausbrüchen und denen von Tally oder Georgie lag bei sieben zu eins. Und es ging immer so weiter.

»Halt an! Mach Schluß!« Cleve erhob sich aus seinem Sessel. Sein Körper schob sich vor das Projektorlicht und warf einen schwankenden Schatten auf die Leinwand.

»Danke für die Mühe, Jamie. Ich bin auch müde. Kann ich – kann ich die Szenen mit Denim haben?«

»Klar.«

»Ich gehe noch heute abend zum Polizeipräsidium und zeige Robert Denim als den Mörder von Diana Coyle an. Also noch mal besten Dank, Jamie. Du hast mir sehr geholfen. Gute Nacht.«

Fünf, zehn, fünfzehn Stunden. Zähl sie nach zweien, vieren, sechsen. Laß die Stunden an dir vorbeirauschen. Sag den Bullen Bescheid und geh nach Hause und laß dich aufs Bett fallen.

Ab mit dir in die Gaskammer, Robert Denim! Wenn das kein braver, kleiner Mörder ist!

Und dann, mitten im tiefsten Schlummer, klingelte das Telephon.

»Hallo?«

Und eine Stimme sagte über das Telephon in der Dunkelheit: »Cleve?«

Und die Stimme sagte: »Hier ist Juke Davis, aus dem Labor. Komm schnell, Cleve. Ich bin verletzt. Ich bin verletzt, oh, ich bin verletzt...« Am anderen Ende der Leitung fiel ein Körper zu Boden.

Stille.

Er fand Juke in einer chemischen Flüssigkeit liegen, roter Chemie aus seinem eigenen Körper, die sich um die

Stelle, wo ein Messer seine Träume und sein Leben und seine Stimme für immer abgelassen hatte, als violetter See ausbreitete.

Ein Telephonhörer hing baumelnd von einer grünlichen Wand. Im Labor war es dunkel. Jemand hatte sich durch die dunklen Gänge hereingeschlichen, war aus dem Dunkel gekommen, und jetzt hörte Cleve, während er dastand, nichts als den Film, der sich auf seinen Spulen ewig weiterwand, wie eine Weinranke, die durch den mitternächtlichen Raum emporwuchs, um die Sonne zu finden. Benommen kniete sich Cleve neben Juke hin. Der Mann lag halb gegen das Kopiergerät gestützt, aus dem der Lichtstrahl des Projektors fiel, der Negativ auf Positiv übertrug. Er war dort hingekrochen, quer durch den Raum.

In einer geballten Faust fand Cleve einen Filmstreifen; die Gesichter von Tally, Georgie, Diana und Robert Denim darauf. Juke hatte etwas entdeckt, etwas über diesen Film, etwas über einen Mörder; und sein Lohn war prompt zu ihm durch das Dunkel des Studios gekommen.

Cleve ging ans Telephon.

»Hier ist Cleve Morris. Befindet sich Robert Denim immer noch im Zentralgefängnis?«

»Er ist in seiner Zelle und will nicht reden. Ich will Ihnen mal was sagen, Morris, mit diesen Filmausschnitten haben Sie uns 'ne taube Nuß untergejubelt...

»Danke.« Cleve hängte ein. Er sah zu Juke neben dem Kopierer hinüber. »Tja, wer war es dann, Juke? Denim war's nicht. Damit bleiben Georgie und Tally, was?«

Juke sagte nichts, und die Maschine sang ein sanftes, trauriges Lied dazu.

Ein Jahr verging. Noch eins. Und ein drittes.

Robert Denim unterschrieb einen Vertrag mit einem anderen Studio. Guilding starb bei einer New Yorker Neujahrsparty an zu viel Alkohol und einem schlechten

Herzen. Die Zeit nahm ihren Lauf, und alle vergaßen. Jedenfalls fast alle...

Diana, mein Kleines, ist es kalt heute nacht, da draußen...?

Cleve richtete sich in seinem Sessel auf. Drei Jahre. Er blinzelte. Die gleiche Nacht wie damals, kalt und regnerisch.

Das Bild flackerte.

Cleve sah kaum hin. Es flackerte immer weiter, merkwürdig. Cleve erstarrte. Sein Herz schlug im surrenden Rhythmus des Projektors. Er beugte sich vor.

»Jamie, würdest du die letzten hundert Fuß noch mal abspielen?«

»Klar doch, Cleve.«

Flecken auf dem Film. Ärgerliche dunkle Stellen. Lange Schatten, kurze Kleckse. Cleve buchstabierte. W... I... N...

Cleve öffnete die Tür des Projektorraums so leise, daß Jamie Winters ihn überhaupt nicht hörte. Winters starrte hinaus auf den Film auf der Leinwand, und es war ein seltsamer, glücklicher Ausdruck in seinem Gesicht. Das Gesicht eines Heiligen, der ein neues Wunder erlebt.

»Bester Laune, was, Jamie Boy?«

Jamie Winters fuhr zusammen, drehte sich um und lächelte unsicher.

Cleve schloß die Tür ab. Er hielt eine kleine, geduldige Rede. »Es ist viel Zeit vergangen. Ich habe selten mal gut geschlafen. Drei Jahre, Jamie. Und heute abend hattest du nichts vor. Also hast du einen Film laufen lassen, an dem du dich weiden konntest. Dich an Diana weiden und den Gedanken zu genießen, wie clever du doch warst. Vielleicht hat es auch Spaß gemacht, mich leiden zu sehen. Du weißt, wie sehr ich sie gemocht habe. Bist du in den letzten drei Jahren oft hierher gekommen, um dich an ihr zu weiden, Jamie?« fragte er sanft.

Winters lachte gutmütig.

Cleve sagte: »Sie hat deine Liebe nicht erwidert, war's nicht so? Du warst ihr Kameramann. Um das Konto auszugleichen, hast du begonnen, sie unvorteilhaft aufzunehmen. Es paßt alles zusammen. Ihre letzten beiden Filme waren schlecht. Sie sah verlebt aus. Es war nicht ihre Schuld. Du hast mit der Kamera getrickst. Daraufhin hat Diana gedroht, dich anzuschwärzen. Du wärst bei sämtlichen Studios auf die schwarze Liste gekommen. Du konntest ihre Liebe nicht bekommen, und sie hat deine Karriere bedroht. Was hast du also gemacht, Jamie Winters? Du hast sie umgebracht.«

»Das ist doch 'n schlechter Witz!« sagte Winters, der versteinerte.

Cleve fuhr fort: »Diana sah in die Kamera, als sie starb. Sie sah dich an. Darauf sind wir nie gekommen. Im Kino hat man immer den Eindruck, daß sie ins Publikum sieht, nicht auf den Mann hinter der Kamera. Sie starb. Du hast einen Film von ihrem Tod aufgenommen. Dann hast du mich einige Zeit danach zu einer Party eingeladen und mich mit den Filmausschnitten, die Denim in einem verdächtigen Licht zeigten, auf die falsche Fährte geführt. Ich bin darauf hereingefallen. Du hast alle anderen Ausschnitte vernichtet, die Denim in ein besseres Licht stellten. Juke Davis kam dahinter, was du triebst. Er arbeitete ständig mit Film, er wußte, daß du Ausschnitte sammelst. Du wolltest Denim eine Falle stellen, weil ein Verdächtiger hermußte, damit du sauber aus der Sache herauskamst. Juke hat dich gestellt, und du hast ihn erstochen. Du hast die paar restlichen Ausschnitte an dich genommen und vernichtet, die Juke entdeckt hatte. Juke konnte am Telephon nichts mehr sagen, aber er hat seine Hand in den Projektorstrahl gehalten und deinen Namen W-I-N-

T-E-R-S in schwarzen Klecksen auf den laufenden Film projiziert. Er hat an diesem Abend zufällig das Negativ von Dianas letztem Film kopiert! Und du hast vor zehn Minuten begonnen, ihn mir zu zeigen, weil du dachtest, es wäre nur ein beschädigter Streifen!«

Jamie Winters bewegte sich schnell, wie eine Katze. Er riß den Projektor auf und zog den Film mit einer einzigen wilden, tiergleichen Bewegung heraus.

Cleve traf ihn. Er schlug der Länge nach rückwärts hin und erschlaffte.

Der Fall war endgültig gelöst. Aber er war nicht glücklich oder stolz oder sonst etwas, sondern nur blind vor Wut, überflutet von heißem Zorn.

Während er immer wieder und wieder in Winters' Gesicht schlug, ihn mit einer Hand festhaltend, ihn mit der anderen eins ums andere Mal schlagend, konnte er nur an eines denken...

An einen Stein auf dem Friedhof von Hollywood, gleich hinter der Wand des Studios; an einen Stein, der bleiernen Regen über ihren bronzenen Namen schwitzte. Flüsternd, mit heiserer, erstickter Stimme konnte er nur eines sagen...

»Ist es kalt heute abend, da draußen, Diana; ist es kalt, kleines Mädchen?«

Und Cleve schlug zu. Wieder und wieder und wieder.

Tote stehen nie mehr auf

Als Sherry zu kreischen begann, packte ich das Lenkrad fester und fing an zu schwitzen. Ich roch ihre Süße und Wärme zwischen der säuerlichen Ausdünstung von Willie und dem scharfen Geruch von Mark auf dem Rücksitz, und meine Nase nahm auch von Hamphill Notiz. Hamphill neben mir auf dem Vordersitz roch frisch, nach Seife, und er versuchte mit ihr zu reden, sie zu beruhigen. Er nahm ihre Hand.

»Sherry, das geschieht doch nur zu Ihrem Besten. Bitte hören Sie mir zu, Sherry. Wir haben Sie gerade noch rechtzeitig aus Ihrem Haus geholt. Finlays Männer, die, die Sie bedroht haben, hätten Sie heute entführt. Ich schwör's Ihnen. In Gottes Namen, Sherry, wir beschützen Sie doch nur.«

Sie schenkte Hamphill keinen Glauben. Ich sah ihre dunkel schimmernden Augen im Rückspiegel gefangen, festgehalten wie verrückte, wilde Geschöpfe. Die Geschwindigkeit des Wagens lag bei fünfundsechzig Meilen. Hör auf ihn, Sherry, dachte ich, verdammt, er liebt dich, also gib ihm eine Chance!

»Nein! Ich glaube Ihnen nicht«, war, was sie sagte. »Sie sind auch Gangster! Ich kenne Sie!«

Sie versuchte sich aus dem Wagen fallen zu lassen. Vielleicht war ihr nicht bewußt, wie schnell wir fuhren. Der Boden flog als verschwommener Schatten vorüber. Sie kämpfte. Mark hielt sie fest. Dann Gebrüll, ein plötzlicher Schrei und – Stille . . .

Sherry sank auf dem Rücksitz viel zu schnell zusammen. Willie muß sie dumpf, ohne zu begreifen, angeblinzelt haben.

»Halt den Wagen an!« Hamphill packte mich am Ellbogen.

»Aber Boss...«, sagte ich.

»Du hast mich gehört, Hank, halt an!«

Das Motorengeräusch erstarb, und alles, was man noch hörte, war das Seufzen des Ozeans am Fuß der Klippen. Wir waren hoch über ihnen. Hamphill starrte nach hinten auf den Rücksitz, und Willies dümmliche Stimme sagte: »Sie ist eingeschlafen, Boss. Ich glaub, sie ist müde.«

Ich drehte mich nicht um. Ich sah auf die grauen Wolken am Himmel und die kreisenden, gellenden Möwen und auf Hamphills langes, schmales Gesicht neben mir, das zu einem betroffenen, schockierten Weiß verblaßt war, wie eine aus Holz geschnitzte, im Sand vergessene Maske, die in der Sonne bleicht und zerbröckelt.

Die Wogen liefen ein-, zwei-, dreimal auf den Strand. Jedesmal holte Hamphill durch seine winzigen, zusammengezogenen Nasenlöcher Luft. Dann griff er nach ihren Handgelenken, suchte nach einem Puls, den er nicht finden konnte, und schloß die Augen. Fest.

Ich stierte nach vorn. »Das Haus auf den Klippen ist gleich da vorn, Boss. Besser, wir gehen erst mal rein, für den Fall, daß Finlay und seine Leute uns folgen. Ich wette, die sind verdammt sauer auf uns wegen dieser Sache...« Ich verstummte.

Hamphill wußte nicht einmal mehr, daß es mich gab. Er ähnelte plötzlich etwas sehr Altem, wie jenem betagten, windumtosten, farbfleckigen Haus, das am Rand der felsigen Klippen stand.

Die Liebe zu Sherry hatte ihn eine Zeitlang wieder jung gemacht. Jetzt zauste ihn der salzige Meerwind, fegte ihm das Haar über die Ohren und schälte ihm die wiedergefundene Jugend ab; das Wasser stand ihm bis zum Hals und schwemmte seine Denkfähigkeit fort.

Ich ließ den Wagen an und fuhr die restliche halbe

Meile zu dem Haus auf der Klippe sehr langsam. Ich stieg aus dem Wagen und schlug die Tür zu, um den Boss aus seinem Alptraum zu wecken.

Wir gingen ins Haus, trugen sie zu viert. Die Treppen zur Haustür ächzten unter unseren Füßen.

Droben, in einem Zimmer nach Westen, legten wir Sherry auf ein altes, fülliges Sofa. Feiner Staub stieg aus den Poren der Polsterung und hüllte sie in einen pudrigen, von der Sonne beschienenen Schleier. Der Tod hatte ihre Züge ruhig werden lassen, und sie war so schön wie poliertes Elfenbein. Ihr Haar hatte die Farbe gewachster Kastanien.

Ganz langsam sank Hamphill vor ihr nieder und sagte ihr, was er für sie empfand, sanft, wie ein Kind, das zu einer Märchenprinzessin spricht. Er hörte sich nicht an wie Hamphill, der Bierkönig, oder Hamphill der Spielhallenhai, oder Hamphill, der Rennplatzboss. Hinter seiner Stimme heulte der Wind, weil Sherry tot und der Tag vorüber war...

Auf der Landstraße fuhr ein Wagen vorüber, und mich fröstelte. Jede Minute konnten jetzt, wenn wir sie nicht abgehängt hatten, ein paar von Finlays Leuten auftauchen . . .

Das Zimmer wirkte überfüllt. Es gab nur zwei Leute, die in ihm sein mußten. Ich gab Willie einen Stoß und nickte Mark zu. Wir gingen hinaus, und ich schloß die Tür, und wir standen, die Hände tief in den Taschen, im Flur und hingen vielen, vielen Gedanken nach.

»Du mußtest sie doch nicht so erschrecken«, sagte ich.

»Ich?« fragte Mark, riß ein Streichholz an der Wand an und hielt die Flamme unsicher an seine Zigarette. »Sie hat zu kreischen angefangen wie 'ne Dampfpfeife.«

»Du hast sie mit deinen Ausdrücken erschreckt«, sagte ich. »Schließlich war es keine richtige Entführung. Wir haben sie doch nur vor Finlay in Sicherheit gebracht. Du weißt doch, was für ’ne Schwäche der Boss für sie hatte – ’ne ganz besondere.«

»Ich wußte«, sagte Mark, »daß wir die Moneten für sie kassieren, die Sache dann Finlay anhängen und ihn ins Kittchen bringen wollten. Und wir wären mit einer weißen Weste dagestanden.«

»So ungefähr hast du’s kapiert«, sagte ich vorsichtig. »Nun will ich dir mal die Feinheiten sagen. Die ganze Sache hing davon ab, daß Sherry mitzog, wenn sie erst erfuhr, daß wir ihr nur Gutes wollten. Es war nicht viel Zeit, es ihr heute zu erklären, nachdem wir erfahren hatten, daß Finlay schon hinter ihr her war. Also haben wir sie geschnappt und sind verduftet. Der Plan sah vor, daß wir sie verstecken, dann Finlay in die Falle locken, Sherry einen Blick auf ihn werfen und der Polizei erzählen zu lassen, daß es Finlay war, der sie entführt hatte. Dann hätten sie Finlay eingesperrt, und die ganze Geschichte wäre gelaufen gewesen.«

Mark ließ Asche auf den Teppich fallen. »Nur Pech, daß Sherry jetzt tot ist. Niemand wird uns mehr abnehmen, daß wir sie nicht selbst entführt haben. Prima, was?« Einer von Marks kleinen, spitzen, schwarzen, blankpolierten Schuhen trat gegen die Wand. »Also, ich will nichts mehr mit ihr zu schaffen haben. Sie ist tot. Ich hasse Tote. Packen wir sie mit ein paar Steinen in eine Plane, und werfen wir sie irgendwo in der Bucht an einer tiefen Stelle ins Wasser. Dann verschwinden wir von hier, machen Kasse und –«

Die Tür ging auf. Hamphill kam heraus, blaß.

»Willie, geh und paß auf sie auf, während ich mit den Jungs rede«, sagte er langsam, ohne über seine Worte nachzudenken. Willie strahlte stolz und polterte rein. Wir drei verzogen uns in ein anderes Zimmer.

Mark hatte einen Mund von der Form seines eigenen

Fußes. »Wann holen wir uns das Geld und verschwinden, Boss?« Er schloß die Tür und lehnte sich gegen sie.

»Geld?« Der Boss hielt das Wort hoch wie etwas Merkwürdiges, das er am Strand gefunden hatte und jetzt hin und her wendete. »Geld.« Er fixierte Mark aus verschwommenen Augen. »Ich wollte überhaupt kein *Geld.* Ich hab das doch nicht wegen *Geld* gemacht –«

Marks üppige Fülle wand sich. »Aber Sie haben doch gesagt –«

»Ich habe gesagt – was hab *ich* gesagt!« Hamphill dachte nach, führte die dünnen Finger an die Stirn, als ob er das Nachdenken beschleunigen wollte. »Ich habe von Geld gesprochen, um dich zum Mitmachen zu bewegen, Mark. War's nicht so? Es war eine Lüge, Mark, es war alles gelogen. Ja. Alles gelogen. Ich wollte nur Sherry. Kein Geld. Nur sie. Ich wollte dich aus meiner eigenen Tasche bezahlen. Stimmt's, Hank?« Er sah mich seltsam an. »Stimmt's, Hank?«

»Stimmt«, sagte ich.

»Na, also *das* –« Zornfarbe stieg in Marks Wangen. »Die ganze verdammte Kiste war also nichts als 'n Gouvernantenjob für 'n Liebespärchen?«

»Kein Geld!« brüllte Hamphill und straffte sich. »Kein Geld! Ich hab nur den Weihnachtsbaum umgeworfen, um an den Stern auf der Spitze zu kommen. Aber ihr – ihr habt immer nur gesagt, ich sei bekloppt, mich in sie zu verknallen, ihr habt behauptet, es würde nicht klappen. Aber ich hatte alles geplant. Eine Woche hier. Später dann nach Mexico City, wenn sie mich besser gekannt hätte und nachdem wir mit Finlay fertig gewesen wären, damit er uns nicht mehr in die Quere kommen konnte! Und du, Mark, du hast deine gottverdammte Nase über mich gerümpft, du gottverdammter –«

Mark grinste. »Das hätten Sie schon sagen müssen, Boss, daß Sie nie vorhatten, mit ihrer Entführung Geld zu machen, damit ich es kapiert hätte. Es gab doch gar keinen Grund, mir was vorzumachen. Nee, Boss, nee. Natürlich nicht.«

»Vorsicht«, murmelte ich.

»Es tut mir wirklich leid«, sagte Mark und ließ die Lider über seine kleinen, grünen Augen sinken. »Wirklich. Ach, übrigens, Boss, wie lange werden wir hier bleiben? Pure Neugier, versteht sich.«

»Ich habe Sherry eine Woche Ferien versprochen. So lange bleiben wir hier.«

Eine Woche. Meine Brauen hoben sich. Ich sagte nichts.

»Eine Woche hier, ohne jeden Versuch, Kasse zu machen? Dasitzen und darauf warten, daß uns die Bullen finden? He, das ist aber toll, Boss, da bin ich ganz Ihrer Meinung, klar doch, ganz Ihrer Meinung«, sagte Mark. Er machte auf dem Absatz kehrt, drehte den Türknopf einmal heftig herum, ging hinaus und schlug die Tür hinter sich zu.

Ich legte die Rechte auf Hamphills schweratmende Brust, um ihn zu stoppen. »Nein, Boss«, flüsterte ich. »Nein! Er lebt überhaupt nicht. Er hat nie gelebt. Weshalb sich die Mühe machen, ihn umzubringen? Er ist tot, ich sag's Ihnen. Er ist schon tot auf die Welt gekommen.«

Der Boss hätte etwas gesagt, wenn wir nicht beide eine Stimme gehört hätten, die auf der anderen Flurseite hinter der anderen Tür ertönte. Wir machten die Tür auf, gingen über den Flur, öffneten langsam die andere Tür und sahen hinein.

Willie saß am Couchende wie ein großer, grauer, steinerner Götze, das Gesicht halb tot, halb lebendig, wie ein Fels, über den das Licht spielt. »Ruhen Sie sich nur schön aus, Miss Bourne«, sagte er in allem Ernst zu Sherry. »Sie sehen müde aus. Ruhen Sie sich nur aus. Mr.

Hamphill denkt viel an Sie. Das hat er mir gesagt. Er hat die ganze Sache wochenlang geplant, seit er Ihnen an diesem Abend in Frisco begegnet ist. Er hat nicht mehr schlafen können, hat nur noch an Sie gedacht...«

Zwei Tage vergingen. Ich weiß nicht mehr, wie viele Möwen über uns kreisten und kreischten. Mark zählte sie mit seinen grünen Augen, und für jede Möwe warf er eine gierig bis auf einen winzigen Stummel heruntergerauchte Kippe weg. Und als Mark die Zigaretten ausgingen, begann er Brecher und Muscheln zu zählen.

Ich saß herum und spielte Blackjack. Ich legte die Karten langsam ab, hob sie wieder auf, legte sie wieder langsam ab, schob sie zusammen, mischte sie und legte sie wieder ab. Ab und zu pfiff ich. Ich bin lange genug dabei. Warten macht mir nichts mehr aus. Wenn man so lange im Geschäft ist wie ich, macht einem überhaupt nichts mehr was aus. Sterben ist so gut wie überleben, und warten ist so gut wie hetzen.

Hamphill war entweder droben, in ihrem Zimmer, und redete wie ein Mann im Beichtstuhl, leise und ruhig, sanft und seltsam, oder er ging am Strand spazieren und kletterte über die Felsklippen. Er befahl Willie dann immer, sich auf einen Felsen zu hocken. Willie hockte fünf Stunden in der diesigen Sonne, Salzkristalle auf den rosigen Ohren, und wartete, bis der Boss zurückkam und ihm sagte, er solle runterkommen.

Ich spielte Blackjack.

Mark versetzte dem Tisch einen Fußtritt. »Quasseln, quasseln, quasseln – das ist alles, was er abends da oben macht, in einer Tour, verdammt! Wie lange sitzen wir hier noch fest? Wie lange sollen wir noch warten?«

Ich legte ein paar Karten ab. »Laß den Boss so Urlaub machen, wie es ihm in den Kram paßt«, sagte ich.

Mark sah mir nach, während ich hinaus auf die Veranda

ging. Er schloß die Tür hinter mir, und obwohl ich mir nicht ganz sicher war, meinte ich zu hören, wie drinnen seine Hände den Hörer abnahmen und die Wählscheibe drehten . . .

Spät an diesem Abend wurde der Nebel dichter, und ich stand mit Hamphill im oberen Stock in seinem Zimmer nach Norden und wartete.

Er sah aus dem Fenster hinunter. »Erinnerst du dich an das erste Mal, als wir sie sahen? Die Art, wie sie sich gab, die Art, wie sie sich mit der Hand durchs Haar fuhr, die Art, wie sie lachte? Da habe ich gewußt, daß es meine ganze Bildung und List und Freundlichkeit brauchen würde, sie jemals zu bekommen. War ich ein Narr, Hank?«

»Was soll ein Narr dazu sagen«, erwiderte ich.

Er wies mit einem Nicken auf die See hinaus, die auf die Felsen brach, zu einem Punkt, wo Nebelbänke über einem Streifen Land lagen, der sich wie ein Finger in die See hinausstreckte. »Sieh mal da rüber, Hank, zu dieser Landzunge. Dort draußen liegt eine alte kalifornische Missionsstation.«

»Unter Wasser?«

»Zwanzig Fuß ungefähr. Nur an klaren Tagen, wenn die Sonne herunterbrennt, ist das Wasser wie ein blauer Diamant, der die Mission umschließt.«

»Gut erhalten?«

»Das meiste. Man sagt, einer der ersten Padres hätte sie gebaut, aber das Land habe sich langsam gesenkt, und die kleine Kirche sei mit ihm versunken. An klaren Tagen kann man sie ganz still im Wasser stehen sehen. Vielleicht ist es nur eine Ruine, aber man glaubt, das ganze Gebäude zu sehen; die verblichenen Glasfenster, die Bronzeglocke im Turm, die Eukalyptusbäume im Wind...«

»Seetang und Dünung, was?«

»Egal. Gleiche Wirkung. Ich wollte, daß Sherry es sieht. Ich wollte am Fuß der Klippen mit ihr entlanggehen, mit ihr über diese großen Felsen steigen und in der Sonne braten. Das ganze alte Gift aus mir und alle Zweifel aus ihr herausbacken. Der Wind tut das mit einem. Ich dachte, ich könnte Sherry vielleicht die kleine Kirche zeigen, und vielleicht hätte sie dann nach einem Tag oder so wieder frei geatmet und wäre mit mir auf einem Felsen gesessen und hätte herauszufinden versucht, ob wir die Glocke im Kirchturm läuten hören.«

»Das kommt von der Glockenboje da drüben«, sagte ich.

»Nein«, sagte er, »es ist weiter draußen. Diese Glocke läutet unter Wasser, aber man muß sehr gut hinhören, wenn mal kein Wind geht.«

»Ich höre eine Sirene!« rief ich plötzlich und wirbelte herum. »Die Bullen!«

Hamphill hielt mich an der Schulter fest. »Nein, das ist nur der Wind in den Höhlungen der Klippe. Ich bin schon mal hiergewesen. Ich kenne das. Man gewöhnt sich daran.«

Ich spürte mein Herz pochen. »Boss, was machen wir jetzt?«

Dann verstummte ich. Ich spähte die weiße Betonstraße hinunter, die in der Nacht und dem Nebel glänzte. Ich sah, wie der Wagen den Highway entlangraste und den Nebel mit Lichtkegeln durchbohrte.

»Boss«, sagte ich, »sehen Sie mal durch das Fenster da.«

»Sieh selber nach.«

»Ein Wagen. Es ist der Sedan von Finlay. Den würde ich überall wiedererkennen.«

Hamphill rührte sich nicht. »Finlay. Ich bin froh, daß er kommt. Er ist der einzige, der all das zu verantworten hat. Den will ich sehen. Finlay.« Er nickte. »Ich will mit ihm reden. Geh und laß ihn rein. Aber leise.«

Der Wagen kam drunten knirschend zum Stehen; seine Türen wurden aufgestoßen. Männer stürzten heraus, überquerten hastig die Auffahrt, die Veranda; einer rannte nach hinten. Ich sah, daß sie vom Nebel nasse Waffen hatten. Ich sah weiße, vom Nebel nasse Gesichter.

Drunten läutete die Glocke.

Ich ging alleine die Treppe hinunter, mit leeren Händen, biß die Zähne zusammen und machte die Tür auf. »Immer hereinmarschiert«, sagte ich.

Finlay stieß seinen Leibwächter vor sich. Der Leibwächter hatte die Waffe im Anschlag und glotzte wie Popeye, als er mich einfach so dastehen sah. »Wo ist Hamphill?« wollte Finlay wissen. Ein zweiter Revolverheld stand hinter der Tür.

»Er kommt gleich runter.«

»Gut, daß du keine krummen Touren versucht hast.«

»Quatsch mit Soße«, sagte ich.

»Wo ist Sherry?«

»Droben.«

»Ich will, daß sie runterkommt.«

»Auch noch Ansprüche, was?«

»Soll ich ihm die Fresse polieren?« fragte Finlays Leibwächter.

Finlay sah das dunkle Treppenhaus hinauf, auf das Licht in der Tür, die droben aufging. »Was soll's.«

Hamphill kam sehr ruhig herunter, eine Stufe nach der andern, auf jeder vor Schmerzen eine Pause einlegend, als ob sein Körper alt und müde wäre und es keinen Spaß mehr machte, zu leben und herumzulaufen. Er war etwa zur Hälfte unten, als er Finlay sah. »Was wollen Sie?« fragte er.

»Es ist wegen Sherry«, sagte Finlay.

Ich spannte alle Muskeln an. Der Boss sagte von weither: »Was soll mit Sherry sein?«

»Ich will sie wiederhaben.«

»Nein«, sagte Hamphill.

»Vielleicht haben Sie mich nicht richtig verstanden. Ich sagte, ich will sie wiederhaben, und zwar jetzt!«

»Nein«, sagte Hamphill.

»Ich will keinen Ärger«, sagte Finlay. Seine Augen wanderten von meinen leeren Händen zu Hamphills leeren Händen, verblüfft über unser seltsames Verhalten.

»Sie können sie nicht kriegen«, sagte Hamphill schleppend. »Niemand kann sie mehr kriegen. Sie ist nicht mehr hier.«

»Wie haben Sie uns gefunden?« fragte ich.

»Das geht dich einen feuchten Dreck an!« sagte Finlay mit stierem Blick. Zu Hamphill: »Sie lügen!« Zu mir: »Er lügt doch, oder?«

»Sprechen Sie leise«, sagte ich. »Sprechen Sie doch leise in einem Haus, in dem ein Toter ist.«

»Ein Toter?«

»Sherry ist tot. Droben. Sprechen Sie doch leise. Sie kommen zu spät. Besser, Sie fahren in die Stadt zurück. Es ist alles vorbei.«

Finlay ließ seine Waffe sinken. »Ich gehe nirgendwohin, bevor ich sie nicht mit eigenen Augen gesehen habe.«

»Nein«, sagte Hamphill.

»Teufel nochmal.« Finlay schaute in Hamphills Gesicht und sah, wie sehr es einem Schädel ähnelte, dem die Haut abgezogen worden war, weiß und hart. »Okay, sie ist also tot«, sagte er. Endlich glaubte er es. Er schluckte. Er sah über die Schulter. »Wir können doch trotzdem noch Kasse mit ihr machen, oder nicht?«

»Nein«, sagte der Boss.

»Niemand außer uns weiß, daß sie tot ist. Wir können uns die Knete immer noch holen. Wir leihen uns nur was von ihr aus, von ihrem Mantel, eine Spange, einen Knopf, eine Locke von ihrem Haar – den Körper können Sie behalten, Hampy, alter Knabe. Mit bestem Dank von uns«, versicherte ihm Finlay. »Wir brauchen bloß ein paar Sachen von ihr, ihre Ringe oder ihre Puderdose, die wir ihrem Alten schicken können, damit er mit der Asche rüberkommt.«

Eine Ader auf Hamphills knochenharter Stirn begann zu pulsieren. Er beugte sich vor, straffte sich, die Augen funkelten.

Finlay fuhr fort: »Die Leiche könnt ihr ruhig behalten, die lassen wir euch da, dann kriegt ihr Jungs den Ärger ans Bein.«

»Kommt mir irgendwie bekannt vor«, sagte ich. Mir fiel unser Plan ein, nach dem wir dasselbe mit Finlay vorgehabt hatten. So ist das Leben.

»Machen Sie Platz, Hampy«, sagte Finlay und marschierte entschlossen los.

Hamphill legte mit der ruhigen Art, in der er beiseite trat, alle herein. Er drehte sich zur Seite, als ob er Finlay nach oben führen wollte, nahm zwei Stufen auf einmal, wirbelte herum. Finlay schrie auf, als ihm Hamphill zwei Schüsse in die breite Brust pumpte.

Ich schoß dem einen Gorilla die Waffe aus der Hand. Der zweite Revolverheld draußen fluchte, knallte die Tür auf und rannte herein, den Revolver im Anschlag. Er traf Hamphill am rechten Arm, gerade als er Finlay auffing, und sie fielen um und blieben zusammen liegen.

Ich erwischte den zweiten Leibwächter ohne Mühe mit dem ersten Schuß. Der andere stand da und hielt sich die schrecklich rote Rechte. Von der Hintertür näherten sich Schritte. Willie kam die Treppe heruntergetrampelt und rief:

»Ist alles in Ordnung, Boss?«

»Rauf!« sagte ich, half dem Boss von Finlays ruhigem Körper weg und auf die Beine. »Willie, bring ihn rauf!«

Der dritte Leibwächter rannte herein; vielleicht erwartete er, uns alle reglos daliegen zu sehen. Ich machte auch ihm die Hand zu Brei.

Willie half dem Boss die Treppe rauf und kam mit einem Strick wieder herunter, den er irgendwo gefunden hatte. Draußen waren keine Schritte mehr zu hören. Ich riß die Tür weit auf, ließ den Nebel herein und mein Gesicht abkühlen. Er roch so gut, daß ich mich einfach an die Wand lehnte, den Nebel einzog und genoß. Der Wagen stand mit ausgeschalteten Scheinwerfern da, aber es war keine Bewegung mehr zu sehen. Wir hatten alle erwischt.

»Okay, Willie«, sagte ich. »Fesseln wir sie.«

Hamphill lag wie langer, grauer Stamm auf der Couch in dem nach Westen gehenden Zimmer und kümmerte sich um seine Wunde. Ich schloß die Tür.

»Wir haben ein perfektes Alibi, wenn wir wollen«, sagte ich.

Er tupfte die Wunde mit einem weißen Handtuch ab.

Ich sah ihm mit festem Blick ins Gesicht. »Für die Bullen wird es so aussehen: Finlay und seine Jungs kriegen sich wegen der Möpse in die Wolle und schießen einander gegenseitig übern Haufen. Die Bullen finden sie hier, sobald wir sie anrufen und es ihnen stecken.«

Hamphills Augen flackerten schwach, seine Stimme war tonlos. »Später«, keuchte er, »später, Hank. Nicht jetzt.«

»Wir müssen aber jetzt darüber reden«, sagte ich. »Es ist wichtig.«

»Ich will Sherry nicht allein lassen.«

»Sehen Sie mal, Boss, Sie hat's bös erwischt. Ihnen geht's gar nicht gut.«

»Später, Hank«, seufzte er.

»Ja«, sagte ich kalt, aber verständnisvoll. »Später. Okay.«

Drunten war Mark und sah so weiß aus wie frischgefallener Schnee. Seine Hände zitterten, während er heftig an einer Zigarette zog, die er an Finlays Leiche gefunden hatte.

»Wo warst du, als die Schießerei losging?« fragte ich.

»Drunten beim Bootshaus am Strand. Bin spazierengegangen. Ich bin so schnell raufgerannt, wie ich konnte.«

»Du wirst wohl allmählich alt«, sagte ich. »Was für 'n Handel hast du denn mit Finlay am Telephon abgeschlossen?«

Mark fuhr zusammen, blies Rauch aus, fuhr sich mit der zitternden Hand über das unrasierte Gesicht, sah auf seine Zigarette und blickte mir dann in die Augen. »Der Nebel hat mich fertiggemacht. Das Warten hat mich fertiggemacht. Hat mich allen Mumm gekostet.« Er zeigte mir die geballte Faust. »Der Boss droben, wie er mit ihr redete – wie Wasser, das nicht aufhört, einem auf den Kopf zu tropfen. Also hab ich mir alles genau zurechtgelegt. Willst du's hören?«

»Schieß los!«

»Ich hab Finlay angerufen, ihm erzählt, ich wolle euch Jungs reinlegen, ich wolle Schluß machen, und sie könnten Sherry wiederhaben. Ich wußte, daß Finlay herkommen würde und daß wir ihn und seine Gang erwischen würden und ihnen die Sache anhängen könnten.«

»Das hast du alles gewußt, was?«

»Willst du mich einen Lügner nennen?«

»Jedenfalls hast du schön den Mund darüber gehalten. Wir hätten abgeknallt werden können. Es hätte so oder andersrum klappen können. Hätten wir gewonnen, hättest du zu uns gehalten. Hätte Finlay gewonnen, wärst du auf seiner Seite gewesen, was? Hätte ja sein können.«

»Teufel nochmal, nein! Es war eine Chance, das ist alles. Entweder hätten uns die Bullen hier mit Sherry gefunden und wir wären in der Gaskammer gelandet, oder wir hätten uns mit Finlay anlegen müssen. Dir und dem Boss konnte ich es nicht sagen, er hätte mich erschossen, wenn er es gewußt hätte. Das Warten hat mich nervös gemacht. Ich brauchte einen Sündenbock. Finlay war der richtige. Ich habe nur nicht gedacht, daß er so schnell hier sein würde, wie er war; deshalb war ich drunten am Strand, als es passiert ist. Ich hab sogar gehofft, daß Finlay sich Sherry schnappen würde, denn dann *hätten* wir abhauen müssen!«

»Okay«, sagte ich mit einem Nicken. »Bleibt aber immer noch ein kleines Problemchen. Der Boss will nicht gehen. Trotz der ganzen Mühe, die du dir gegeben hast, um eine falsche Spur zu legen, will er einfach nicht gehen. Was sollen wir also tun, Junior?«

Mark fluchte. »Wie lang sollen wir denn noch hierbleiben? Herrgott, nächste Woche noch oder vielleicht den nächsten *Monat*?«

Ich schob ihn weg. »Es stinkt hier drin. Geh und mach das Fenster auf.«

Ich war todmüde. Ich prüfte die Fesseln der drei Männer, um sicherzugehen, daß sie fest saßen, dann streckte ich mich auf der Couch aus. Mark ging nach oben. Jetzt konnte ich auch den Boss droben hören, der mit jemandem redete und vor Schmerzen stöhnte.

Ich schlief tief und träumte, daß ich unter dem grünen Wasser in die kleine Kirche vor der Landspitze ging. Fische umschwärmten mich wie eine zum Gottesdienst versammelte Gemeinde, und die bronzene Glocke läutete unter Wasser, und ein riesiger Tintenfisch legte sich wie ein fleckiges Altartuch über die Kanzel...

Ich wachte gegen vier in der Frühe vom Ticken meiner Uhr auf. Ich hatte das Gefühl, daß etwas nicht stimmte. Es stimmte so wenig, daß mir keine Zeit mehr blieb, etwas dagegen zu tun. Jemand schlug mir auf den Kopf. Ich fiel mit dem Gesicht voraus auf den Boden. Das war für eine ganze Weile alles.

Ich hatte furchtbare Kopfschmerzen, als ich zu mir kam. Ich blinzelte im Dunkel umher, spürte, daß meine Hände gefesselt waren. Es dauerte fünf Minuten, die Fesseln abzustreifen. Ich machte Licht.

Zwei von Finlays Leuten waren weg!

Ich fluchte, während ich mich von den Fußfesseln befreite, und rannte nach oben.

Hamphill lag erschöpft in tiefem Schlaf. Er rührte sich nicht, nicht einmal, als ich seinen Namen rief. Ich machte leise die Tür zu und ging in Sherrys Zimmer.

Die Couch, auf der Sherry Bourne gelegen hatte, war leer. Sherry war fort...

Die See kam heran, legte sich über den Strand und verzog sich mit einem schäumenden Seufzen, während meine Füße durch den Sand stampften.

Ich sah mit zusammengekniffenen Augen hinaus und sah das Ruderboot. Ein graues, in dem Mondlicht, das gerade durch den Nebel brach, kaum sichtbares Ruderboot.

Ein massiger Mann stand in dem Boot, mit langen, kräftigen Armen und dickem Schädel. Willie.

Mark stand am Strand, wo die Wellen seine kleinen, schwarzen Schuhe gerade nicht mehr erreichen konnten. Er drehte sich um, als ich näherkam. Ich sah zu Willie im Boot. Mark sah aus, als ob er nicht erwartet hätte, daß ich auftauchte.

»Wo will denn Willie hin?« fragte ich.

Mark sah auch zu Willie hinaus. »Er hat eine Ladung dabei.«

»Was für eine Ladung?«

»Eine Plane mit Ketten drum rum und Steinen drin.«

»Was macht er denn damit um vier in der Frühe?«

»Er versenkt sie. Es ist Finlay.«

»Finlay!«

»Ich konnte unten nicht schlafen, neben ihm. Und wenn dir mein Plan auch nicht gefällt, ich wollte ihn aus dem Weg haben. Eine Leiche weniger, falls die Bullen kommen.« Er besah sich meinen Kopf. »Hat dich jemand geschlagen?«

»Ungefähr vor einer halben Stunde. Gefesselt hat er mich auch. Während ihr hier unten Blödsinn getrieben habt, haben sich zwei von den Finlay-Jungs befreit und mir eins übergebraten.« Ich grinste ebenfalls ein wenig, um freundlich zu wirken. »Dann haben sie sich Sherry geschnappt und sind weggefahren, vor ein paar Minuten erst. Wie gefällt dir die Geschichte?«

»Sie haben Sherry geklaut!« Marks Augen weiteten sich, der Unterkiefer klappte herunter.

»Du bist 'n verdammt guter Schauspieler«, sagte ich.

»Was meinst du damit?«

»Ich meine, warum haben sie den Boss und mich nicht abgeknallt? Wir haben ja schließlich Finlay umgelegt, oder nicht? Warum haben sie mir eins über die Rübe gegeben, wenn ein Schuß in den Bauch besser gewesen wäre? Das paßt nicht zusammen. Das ist doch viel zu einfach – du hier unten, nun schon zum zweitenmal, wenn's anfängt, rund zu gehen. Verdammt hübscher Zufall, daß ihr mit Finlays Leiche hier unten seid und ihnen eine Chance gebt, die Fliege zu machen.«

»Ich kapier nicht, von was du da brabbelst«, blaffte Mark. »Wenn du mich fragst, dann solltest du froh sein, daß Sherry weg ist. Jetzt müssen wir nicht mehr hierbleiben und für Hamphill den Babysitter spielen.«

»Du bist nur ein bißchen *zu* froh«, sagte ich.

Willie war jetzt weit draußen in der Nacht, sah zurück und winkte uns zu.

Mark und ich sahen zu, wie Willie die Plane hochhob und über Bord warf. Es gab einen großen Platsch und viele kleine Wellen.

»O Gott«, sagte ich. Ich packte Mark ruhig an seinen Aufschlägen und zog ihn so nah heran, daß ich ihm ins Gesicht atmete. »Weißt du, was ich glaube?« Ich holte Luft. Ich packte ihn. »Ich glaube, du wolltest auf Teufel komm raus von hier weg. Deswegen hast du mir eins auf den Kopf gegeben, hast mich gefesselt. Dann hast du Finlays Leute gepackt, zu ihrem Wagen rausgeschleift, sie reingeworfen, den Wagen ein Stück weit die Straße runtergefahren, ihn hinter ein paar Büschen geparkt, sie dortgelassen und bist zurückgekommen. Ein guter Plan. Du hättest dem Boss erzählt, daß sie sich aus ihren Fesseln befreit, Sherry geschnappt hätten und abgehauen seien.« Ich sah zu Willie in dem Boot hinüber. »Ihr habt sehr wohl eine Leiche ins Meer gekippt – nur Finlays Leiche nicht!«

»Doch, die war's!« Er kämpfte, aber ich hielt ihn. »Du kannst überhaupt nichts beweisen. Von der Sache mit Sherry hab ich nicht die geringste Ahnung!«

»Du hättest mich abknallen sollen, Mark, es wäre überzeugender gewesen.« Ich ließ ihn los. »Du hast die Karten gezinkt. Ich kann nicht beweisen, daß Sherry in der Plane mit den Ketten und Gewichten war. Sherry loszuwerden war die wichtigste Sache in deinem Leben, was? Kein Beweis. Ab mit Schaden. Und das hieß, daß wir verschwinden konnten. Wir hätten sogar verschwinden *müssen.* Der Boss wäre hinter der ausgerissenen Finlay-Gang hergehetzt, um sich Sherry zurückzuholen, nur daß es eine Jagd nach einem Phantom gewesen wäre, weil Sherry nirgendwo ist außer da draußen, ungefähr vierzig Fuß unter Wasser, da, wo die kleine Kirche liegt!«

Willie wendete das Boot und begann mit langsamem Schlag unbeholfen zurückzurudern. Ich machte eine Zigarette an und ließ den Wind die Asche abstreifen.

»Komisch, daß du auf die Idee gekommen bist, sie ausgerechnet dort hinaus zu bringen. Ich glaube, wenn der

Boss es wüßte, würde ihm der Gedanke gefallen, daß sie da draußen ist bei der Bronzeglocke im Turm und all dem. Es ist nur euer Motiv dafür, sie dorthin zu bringen, das alles verdirbt, Mark. Ihr habt etwas Schmutziges gemacht aus etwas, das – na ja – wunderschön hätte sein können.«

»Du wirst es Hamphill doch nicht etwa sagen?«

»Ich weiß nicht. Irgendwo denke ich, es wäre das beste für uns, zu verschwinden. Ich weiß nicht.«

Willie setzte grinsend sein Ruderboot auf den Strand.

Ich sagte: »Hi, Willie.«

»Hallo, Hank. Jetzt ist Mr. Finlay bestens versorgt, was?«

»Sicher, Willie. Klar.«

»Er war nicht mal besonders schwer«, sagte Willie verwundert.

Auf der sandigen Betontreppe, die die Klippe hinunterführte, war das Knirschen von Schritten zu hören. Ich hörte Hamphill schluchzend vor Schmerzen herunterkommen; er stöhnte etwas, das sich anhörte wie: »Sherry ist weg. Sherry ist weg!« Am Fuß der Treppe brach es aus ihm heraus. »Sherry ist weg!«

»Weg?« sagte Mark mit gespielter Verwunderung. »Weg?« sagte Willie.

Ich sagte gar nichts.

»Finlays Wagen ist auch weg. Hank, hol unseren Wagen, wir müssen hinter ihnen her. Sie können doch nicht Sherry nehmen...« Er sah das Ruderboot. »Wofür ist das denn?«

Mark lachte. »Ich hab mir Willie geholt, damit er mir mit Finlay hilft.«

»Ja«, sagte Willie. »Platsch! Über Bord. Er war überhaupt nicht schwer. Leicht wie ’ne Feder.«

Marks Wange zuckte. »Du gibst wohl’n bißchen an, Willie. Ach, Hank, mach doch schon mal den Wagen fertig.«

Vielleicht verriet ich etwas mit den Augen. Hamphill sah erst zu mir hinüber, dann zu Mark, dann zu Willie, dann zum Boot.

»Wo – wo waren Sie, Hank? Haben Sie geholfen, Finlay zu verladen und zu versenken?«

»Nein. Ich war hinüber. Jemand hat mir eins auf den Schädel gegeben.«

Hamphill schwankte über den Sand.

»Was ist denn?« brüllte Mark.

»Stehengeblieben!« kommandierte Hamphill. Er steckte die Hand in eine von Marks Jackentaschen, dann in die andere. Er zog etwas heraus ins Mondlicht.

Sherrys Armreif und Ring.

Hamphills Gesicht war wie nichts, was ich in meinem Leben je gesehen hatte. Er starrte blind auf das Boot, und seine Stimme war weit weg, als er sagte: »Finlay war also leicht wie eine Feder, was, Willie?«

»Ja, Sir«, sagte Willie.

Hamphill sagte langsam: »Was hattest du vor, Mark, den Armreif und den Ring benutzen, wann es dir in den Kram paßt, um abzukassieren?« Er winkte Willie heran. »Willie, halt ihn!«

Willie hielt ihn fest. Mark schrie auf. Willie umklammerte ihn wie eine Boa constrictor, die einen Eber erwischt hat.

Hamphill sagte: »Geh mit ihm raus ins Wasser, Willie.«

»Ja, Boss.«

»Und komm alleine wieder.«

»Ja, Boss.«

»Boss, tun Sie das nicht! Nicht, Boss!« Mark brüllte und schlug wild um sich.

Willie marschierte los. Die erste Welle ergoß sich über seine großen Füße. Eine zweite schwappte leicht schäumend herein. Mark brüllte, und eine Woge umtoste, überdonnerte den Schrei und umklammerte ihn, wie Willie Mark umklammert hielt. Willie blieb stehen.

»Weiterlaufen!« sagte Hamphill.

Willie ging, bis ihm das Wasser an die Knie gestiegen war und weiter stieg, Fingerbreite um Fingerbreite, über seinen breiten Bauch, bis zur Brust. Marks Gebrüll war jetzt weiter weg, weil es der Nachtwind übertönte.

Hamphill stand da und sah zu wie ein erstarrter Gott. Eine Welle brach über Willie herunter, löste sich in vanillepuddingfarbenen Schaum auf und verlief sich, während Willie mit Mark weiterstapfte und verschwand. Sechs Wellen kamen herein, brachen sich.

Dann raste eine gewaltige Wasserwand herein und spülte uns Willie, allein, vor die Füße. Er stand auf, schüttelte sich das Wasser von den dicken Armen. »Erledigt, Boss.«

»Geh rauf zum Wagen und warte dort, Willie«, sagte Hamphill. Willie stampfte davon.

Hamphill sah zu der Landzunge hinaus und lauschte. »Was, zum Teufel, wollen Sie jetzt machen?« fragte ich.

»Das geht dich einen feuchten Dreck an!«

Er begann auf das Wasser zuzugehen. Ich streckte die Hände aus. Er riß sich von mir los, und in seiner Hand war eine Waffe. »Hau ab. Geh zum Wagen, zu Willie. Ich muß zu einer Messe«, sagte er, »und ich will nicht zu spät kommen. Also *los,* Hank!«

Er ging schnurstracks hinaus in das kalte Wasser. Ich stand da und sah ihm nach, solange ich seine aufrechte, kräftig ausschreitende Gestalt erkennen konnte. Dann kam eine gewaltige Woge und glättete alles zu salziger Einsamkeit . . .

Ich kletterte zum Wagen hinauf, machte die Tür auf und ließ mich neben Willie fallen.

»Wo ist der Boss?« fragte Willie.

»Ich werd dir alles erzählen, wenn es Morgen wird«, sagte ich. Ich saß da, und Willie tropfte vor Nässe.

»Hör mal«, sagte ich und hielt den Atem an.

Wir hörten, wie die Wellen hereinkamen und sich wieder zurückzogen, immer wieder, wie mächtige Orgelmusik. »Hörst du sie, Willie? Der Sopran da, das ist Sherry, und der Boss, das ist der Bariton. Sie sind auf der Empore, Willie, wo der Chor ist, und nach diesem *Gloria* finden sie die Erfüllung. Das ist wirklicher Gesang, Willie – hör ihn dir an, solange du noch kannst. So etwas wirst du nie wieder hören...«

»Ich hör überhaupt nichts«, sagte Willie.

»Du armer Tropf«, sagte ich, ließ den Wagen an und fuhr los...

Der Tod kommt schnell in Mexico

Im Morgenlicht huschten die Schatten der Kinder kreuz und quer über das rosa- und blaufarbene Pflaster der Plaza, während der alte Tomás, überaus verwittert, überaus ungehalten, auf der bronzenen Bank saß und mit seinen narbigen Händen hinter ihnen herfuchtelte. Ein kleiner mexikanischer Junge hielt eine Muleta und ein Holzschwert; ein anderer spielte den Part des wütenden Stiers.

»Nein, nein!« schrie der alte Tomás. »Nein, nicht so! Und *so* auch nicht!« Er sprang plötzlich auf, um den Jungen zu zeigen, wie eine *veronica* gemacht wird, *so*! Und noch einmal *so*! »Seht ihr? *So* stellt man sich hin, seht ihr?«

Die kleinen Jungs rannten hakenschlagend und kreischend davon.

Später kamen sie an und sagten: »Zeig uns deine Narben, Alter!«

Und der alte Tomás zog sein handgewebtes Hemd hoch, um seine rechte Hüfte zu entblößen und ihnen wieder einmal zu zeigen, wo ihn der *toro* vor dreißig Jahren aufgespießt hatte. Die Jungen berührten die Narbe. »Wie lang ist es her, daß du mit den Stieren gekämpft hast, Alter?«

»Noch bevor eure Mütter geboren wurden«, erwiderte er.

Eine junge spanische Frau überquerte das Pflaster der Plaza. Sie trug ein maßgeschneidertes graues Gabardinekostüm; ihr Haar schimmerte schwarz. Sie trug den Kopf hoch und würdigte den Alten keines Blicks, während sie an ihm vorüberging und die Treppen des Touristenhotels erstieg.

Tomás sah ihr auf dem ganzen Weg nach. Er sah, wie das klare Morgenlicht ihren Fesseln schmeichelte. Er sah die Schönheit ihres schwarzschimmernden Haars. Seine Augen folgten ihr. Er fuhr sich fast unmerklich mit der Zunge über die Lippen.

Auf dem Balkon im zweiten Stock des Hotels erschien einen Augenblick darauf ein junger, rosiger, blonder Mann. Der alte Tomás senkte den Blick, kniff die Augen zusammen und preßte die Lippen aufeinander. Der junge, rosige Mann auf dem Balkon sah herunter. Der propere, vorlaute amerikanische Tourist, der letzte Woche in die Stadt gekommen war. Der alte Tomás sah hinauf zu dem properen Mann auf dem Balkon. Und als der propere amerikanische Tourist sich abwandte und in sein Zimmer zurückkehrte, spuckte Tomás auf das rosa- und blaufarbene Pflaster und hatte auf einmal keine Lust mehr, das Spiel der Kinder mitzumachen.

Roby Cibber erwachte an diesem Morgen mit dem Gefühl, daß irgend etwas passiert war. Er konnte nicht genau sagen, was oder wie oder warum, aber im Lauf der Nacht war irgend etwas Außergewöhnliches geschehen. Er setzte sich auf, ließ die Beine über die Bettkante baumeln und sah lange auf seine Füße hinunter. Dann fiel ihm wieder ein, wo er war.

Er war in Guanajuato, Mexico, er war Schriftsteller, und heute abend war das Fest der Toten. Er war in einem kleinen Zimmer im zweiten Stock eines Hotels, einem Zimmer mit weiten Fenstern und einem Balkon, von dem man die Plaza überblicken konnte, wo morgens immer die Kinder herumtobten und lärmten. Er hörte sie auch jetzt wieder schreien. Und dies war der Tag des mexikanischen Totenfests. Ganz Mexico war von diesem Geruch des Todes durchdrungen, dem man nie entkam, egal, wohin man ging. Egal, was man sagte oder tat, nicht einmal, wenn man lachte oder trank, entkam man in Mexico dem Tod. Kein Wagen war schnell genug, kein Drink stark genug.

Er erschrak mitnichten, als er in dem fahlen Licht zum Nachttisch hinübersah. Nur mit einem schwachen Aufmucken des Herzens in seiner Brust betrachtete er den weißen Gegenstand, der auf dem Tischchen lag.

Ein kleiner, weißer Totenschädel aus Zuckerwerk. Es war einer jener Schädel, wie sie ihn am *Dia de Muerte* aßen, am Tag des Todes. Er bestand aus weißem Zucker und wäre zerbröselt, hätte man fest genug zugedrückt. Er hatte Augenhöhlen und Zähne und glitzerte wie ein hartgepreßter Schneeball.

Auf ihm stand sein Name.

Roby.

Mit einem dünnen, rosafarbenen Zuckerfaden quer über die Schädeldecke gekritzelt: sein Name.

Roby.

Der Schädel war nicht dagewesen, als er am Abend zuvor zu Bett gegangen war.

Jetzt war er da.

Das Zimmer war kalt. Er stand auf und klappte die breiten Fensterläden zur Seite, die die Nachtluft draußen hielten.

Er sah sich einen Augenblick lang blond und rosig im Wandspiegel, als er auf den Balkon hinaustrat, um sich von der Sonne bescheinen zu lassen und die gute Luft zu atmen. Er wandte sich nicht nach dem Schädel auf dem Nachttisch um. Er wollte ihn nicht noch einmal ansehen. Statt dessen blickte er vom Balkon auf die kleine, grüne Plaza mit dem bronzenen Rokoko-Musikpavillon und den Bäumen hinunter, die zu runden, grünen Trommeln gestutzt waren, und auf das blaue und rosafarbene Pflaster der Gehsteige, auf denen die Leute an den Donnerstagen und Sonntagen Arm in Arm zu einer Musik promenierten, die krachend und hämmernd in den stillen mexikanischen Himmel stieg.

Jetzt spielte keine Musik. Die Kinder rannten auf dem Pflaster umher. Der alte Tomás saß auf einer Bronzebank und erklärte ihnen das eine oder andere.

Roby Cibber ging in sein Zimmer zurück. Er faßte sich ans Gesicht. Er hatte eine Rasur nötig. Es war schön, das warme Licht der frühmorgendlichen Sonne zu spüren. Es war schön, zu leben, sich zu bewegen. Ihm war unwohl im Magen – zu viel Tequila gestern abend mit Celia Diaz. Seine Kehle war rauh – zu viel gesungen.

Jemand klopfte an die Tür. Er fuhr zusammen, lachte über sich selber, öffnete.

»*Buenas dias, Señor.*«

Die kleine Putzfrau stand im Flur. Ob er wohl schon bereit sei, das Frühstück einzunehmen? Eier und Speck warteten auf ihn. Und sie werde sein Zimmer putzen und aufräumen, wenn es ihm recht sei – es sei ihm doch recht?

Es war ihm recht. Dann drehte er sich um und bedeutete ihr, ihm zum Nachttisch zu folgen, wo er auf den kleinen Totenschädel aus Zuckerguß zeigte. Er redete auf Spanisch mit ihr. Ob sie wisse, wo das da herkäme? Ob sie gesehen habe, wie jemand im Lauf der Nacht sein Zimmer betreten habe?

Sie warf einen Blick auf den Schädel und lachte. In Mexiko ist der Tod eine gute Sache; er ist etwas, über das man beim Abendessen, beim Frühstück, bei einem Drink oder ohne einen Drink, mit einem Lächeln oder ohne ein Lächeln redet. Nein, Señor, gab sie ihm zu verstehen, sie habe niemanden sein Zimmer betreten oder verlassen sehen. Ob der Schädel aus Zuckerguß nicht schön sei? Und der Name des *Señor* so schön geschrieben!

Ja, mußte er zugeben, die Schrift sei schön.

Er ging unrasiert zum Frühstück hinunter.

Es gab Eier und Speck, wie immer. Die Mexikaner, dachte er, treiben es doch jedesmal bis zum Überdruß, wenn sie zufällig auf ein annehmbares Gericht stoßen. Jeden Morgen Eier und Speck, und das schon seit zwei Wochen. Seit er mit der Schreibmaschine unter dem Arm in Guanajuato angekommen war, jeden Morgen um neun dasselbe. Er stierte leicht verstimmt auf seinen Teller.

Celia Diaz kam lächelnd durch den Speisesaal. Sie trug ein maßgeschneidertes graues Gabardinekostüm, und ihr Haar war schwarz und glänzte.

Er stand auf, um sie an ihren Platz zu lassen, und sie sagten sich guten Morgen. »Ein schöner Morgen«, sagte sie. »Ein sehr schöner Morgen.«

»Ja«, sagte er.

Sie hatte dunkles Haar, jede Menge davon, und dunkle Augen, groß und neugierig und sanft, und volle Lippen, und sie sah in keiner Weise nach einer Frau aus, die eben gerade am frühen Morgen aufgestanden ist. Sie war ein Anachronismus. Sie sah aus, als ob es acht Uhr abends wäre, die schönste Zeit des Abends, wo alles dem Höhepunkt entgegentreibt, alles frisch und köstlich ist. Er sah sie an. Er sah nicht mehr weg.

»Du warst müde«, sagte sie ruhig.

»Bin ich immer noch«, sagte er. »Ich bin als müder Mann nach Mexico gekommen, und ich werde Mexico als müder Mann verlassen. Es ist ein Dauerzustand. Hat mit Wein, Weib und Gesang rein gar nichts zu tun. Es ist auch nicht die Höhe, die mir mitten am Nachmittag häufig Hitzewallungen und Gänsehaut verursacht. Nein, es ist nichts von alldem.«

»Vielleicht weiß ich, was es ist«, sagte sie, ohne den steten Blick von ihm zu nehmen, der ununterbrochen auf ihm ruhte.

»Das kannst du unmöglich wissen«, sagte er.

»Ich weiß es *doch*.«

»Nein, nein. Darauf würdest du nie kommen.« Er schüttelte den Kopf.

»Ich kenne die Amerikaner – sie haben in Mexico alle vor demselben Angst. Sie sehen andauernd aus Angst über die Schulter, sie schlafen schlecht, sie haben eine schlechte Verdauung. Sie lachen und sagen, es sei die Klimaveränderung. Aber das ist es nicht«, sagte sie. »Ich weiß, was es ist.«

Er legte die Gabel hin. »Was ist es dann?«

»Der Tod«, sagte sie.

Sonnenlicht strömte durch das breite, türhohe Fenster, streichelte die eine Hälfte ihres Gesichts, brachte das Tafelsilber zum Glänzen und ließ die bemalten Holzteller aufleuchten, die an den Wänden hingen.

Sie legte einen kleinen Schädel aus Zuckerguß auf den Tisch.

»Ich hab kurz in deinem Zimmer vorbeigeschaut«, sagte sie. »Die Putzfrau war dort. Ich hab das auf deinem Nachttisch gesehen.«

Er sah den Schädel an.

»Du hast Angst«, sagte sie.

Die Schrift war überaus zierlich, überaus grazil.

»Ja«, sagte er schließlich, während er sich in seinem Stuhl zurücklehnte. »Ich habe Angst.«

Zum Abschluß des Frühstücks nahmen sie einen Kaffee. Dann traten sie hinaus auf den grünen *Zócalo*. Sie gingen an dem alten Tómas vorbei, der auf der Bronzebank saß. »*Señorita, Señor*«, sagte er.

»Tomás«, sagten sie, während sie im Vorbeigehen einen kurzen Blick auf ihn warfen. Die Kinder kamen, als sie vorübergegangen waren, mit Holzschwertern und Muletas, um mit dem alten Tomás zu spielen.

Celia und Roby setzten sich auf eine Bronzebank und rauchten Zigaretten, eine nach der anderen.

»Wer sollte dir etwas antun wollen?« fragte sie.

»Ich weiß es nicht.« Er warf ein abgebranntes Streichholz weg. »Verdammt, ich kenne in Mexico doch überhaupt niemanden!«

»Warum bist du nach Mexico gekommen?«

»Um zu schreiben. Und dann war da noch dieser Freund von mir. Douglas McClure.«

»Ja, ich habe ihn gekannt. Er war letztes Jahr hier in Guanajuato. Er ist eines Abends plötzlich abgereist. Ich habe ihn nie mehr wiedergesehen. Ich war wie vor den Kopf geschlagen. Er hat mir nicht einmal geschrieben.«

»Mir auch nicht. Sein letzter Brief war von hier, letzten September. Niemals mehr etwas von ihm gehört. Ich weiß, was du denkst – daß ich einer von diesen halbgaren Hasardeuren auf der Suche nach einem Abenteuer bin. Offen gesagt, ich bin eigensüchtig wie der Teufel. Ich bin hier heruntergekommen, um Material für meinen Roman zu sammeln. Nebenher sehe ich mich nach McClure um. In drei von seinen Briefen hat er von dir berichtet, Celia. Darum hatte ich gedacht, du könntest mir vielleicht helfen.«

»Ich bin keine große Hilfe.« Sie hob die Hände. »Eine Woche war er da, die nächste war er verschwunden. Er war sehr nett. Wir haben viel geredet und häufig miteinander zu Abend gegessen. Als er verschwunden war, hab ich mir gesagt, ach ja, diese Amerikaner! Ich hab mir keine Gedanken gemacht. Hast du dich schon in Acapulco nach ihm umgesehen?« Sie lächelte scheu.

»Acapulco? Das ist alles, was ich gesagt kriege. Alle erzählen mir: ›Gehen Sie nach Acapulco!‹ Da gehen alle hin, die verschwinden. Ich bin hingegangen. Ich hab nicht einen Strandläufer gesehen, der wie Douglas McClure ausgesehen hätte. Jedenfalls war er zuletzt in dieser Stadt hier. Seine Briefe über dich waren sehr schmeichelhaft, Celia. Ich dachte, na ja, vielleicht hatte diese Celia Diaz einen spanischen Liebhaber, der eifersüchtig auf Douglas wurde und ihn umbrachte.«

»Das ist alles sehr schmeichelhaft und romantisch, aber kaum wahr«, sagte sie. »Ich bin eine moderne mexikanische Frau. Ich werde von meinen Landsleuten verachtet. Ich gehe allein aus, ich halte mich nicht an die Sitten. Aber ich bin bisher noch niemandes Frau. Es gab keinen eifersüchtigen Liebhaber, der deinem Freund etwas zuleide getan haben könnte. Erzähl mir von diesem Zuckerschädel, den du in deinem Zimmer gefunden hast.«

»Ich bin nah dran«, sagte er. »Ich muß nahe an Douglas dran sein. In manchen Nächten spüre ich beinahe, wie nah er mir ist. Ich hab so ein Gefühl, daß ich am Donnerstagabend beim Platzkonzert oder in einer Bar zufällig in ihn hineinrenne. Wer immer diesen Zuckerschädel in mein Zimmer gelegt hat, er war ziemlich dumm. Wenn er meint, er könnte mich vertreiben, dann ist er auf dem Holzweg. Ich habe Angst, aber ich gehe nicht. Der Zukkerschädel war ein Fehler. Er bekräftigt nur meinen Verdacht. Er hätte die Sache auf sich beruhen lassen und mich nicht zur Kenntnis nehmen sollen. Vielleicht bin ich nahe an Douglas dran, aber vielleicht hätte ich den nächsten Hinweis übersehen, Douglas nicht gefunden und wäre nächste Woche in die Staaten zurückgefahren.«

»Vielleicht *kannst* du den nächsten Hinweis gar nicht verfehlen«, folgerte Celia. »Vielleicht wußte er, daß dein nächster Schritt so folgerichtig sein würde, daß du deinen Freund gar nicht verfehlen könntest. Deshalb hat er dich gewarnt, bevor du den nächsten Schritt tust. Keine besonders nette Warnung. Was *ist* dein nächster Schritt?«

»Ich weiß es nicht.«

»Aber er weiß es. Es ist nichts, was du heute tun mußt, aber etwas, was du tun müßtest, bevor du nächste Woche schließlich die Stadt verläßt. Was könnte das sein, Roby? Was hast du in der kommenden Woche vor, was willst du noch sehen, das du noch nicht gesehen hast?«

Er hatte die Antwort.

Sie sah, daß er die Antwort hatte, und sie streckte schnell die Hand aus, um ihn zu beruhigen. Er zog heftig an seiner Zigarette, sein Blick wurde unstet, und seine Lungen sogen in mächtigen Zügen den Atem in ihn ein, stießen ihn wieder aus.

»Sag's mir«, sagte sie nach einiger Zeit. »Was ist der einzige Ort, an dem du noch nicht gewesen bist und den du noch besuchen willst, bevor du nächste Woche die Stadt verläßt?«

Er nahm einen tiefen Zug, ließ ihn langsam wieder ausströmen.

»Die Katakomben«, sagte er.

Der Friedhof lag auf einem Hügel. Er überblickte das ganze Städtchen. Die Stadt bestand aus Hügeln – Hügeln, die in Rinnsalen, Bächen und Flüssen aus Felsbrocken in die Stadt ausliefen, um sie mit rohen, schönen Steinen zu überschwemmen, die im Lauf der Jahrhunderte zu geschmeidiger Glätte poliert worden waren. Es war eine ausgesprochene Ironie, daß die beste Aussicht auf die Stadt vom Friedhofshügel aus zu haben war, wo hohe, dicke Mauern eine Ansammlung von Grabsteinen umgaben, die Hochzeitstorten glichen, mit weißen Engeln überzuckert und mit Schleifen und Bändern verziert, windschief und kaltschimmernd aneinandergelehnt. Er wirkte wie das Lager eines Tortenbäckers. Einige Gräber waren so groß wie Betten. Von hier konnte man an frostkalten Abenden auf das kerzenerhellte Tal hinuntersehen und die Hunde so hell bellen hören, wie eine auf einen flachen Stein geschlagene Stimmgabel klingt, und man konnte von hier in der Dunkelheit all die Leichenzüge den Hügel heraufziehen sehen mit den auf Schultern schwankenden Särgen.

Roby Cibber stand auf halber Höhe des Hügels und sah zur Friedhofsmauer auf.

»Geh heute nicht hinauf«, sagte Celia. »Kannst du nicht bis morgen warten?«

Seine Stimme war tonlos. »Nein. Ich bin jetzt zu dem Schluß gekommen, daß es der richtige Ort sein muß. Er ist mir die ganze Zeit im Kopf herumgegangen, aber ich wollte nicht hingehen und ihn mir ansehen. Ich wollte es mir nicht eingestehen, bis heute. Ich mußte zuerst überall sonst suchen. Der letzte Ort, an dem ich suchen wollte, waren die Katakomben. Ich habe von diesem schrecklichen Ort gehört und von den Mumien, die an Drähten von den Wänden hängen.«

Er ging langsam hügelaufwärts, entdeckte einen kleinen Getränkestand. Er lachte verdrossen. »Es ist warm. Celia, trink einen Orangensaft mit mir. Wir können es gebrauchen.«

»Du siehst schlecht aus.«

»Ich werde bald noch viel schlechter aussehen. Nach dem heutigen Tag werde ich den ganzen Rest meines Lebens schlecht aussehen.«

Sie standen im Sonnenschein, stürzten das Flaschengetränk hinunter, erzeugten mit den Lippen kindische Sauggeräusche an den Flaschenhälsen, ohne sich etwas dabei zu denken.

Er trank seine Flasche aus und sah zu dem kleinen Mädchen hin, das den Stand hütete. Sie hielt einen kleinen Leichnam aus Zuckerguß in der Hand. Sie aß ihn auf.

Er rührte sich nicht. Er sah zu, wie sie aß.

Dann wandte er sich seufzend ab und ging hügelaufwärts, ohne etwas zu sagen, während Celias Schatten leicht und behend neben seinem eigenen Schatten ging, immer weiter bergauf bis dorthin, wo die gußeisernen Gitter sich kreischend in uralten Angeln drehten und den Weg in den Friedhof freigaben.

Um die Kirche, auf dem Vorplatz, unter den dunkelgrünen Bäumen saßen Menschen und warteten. Sie warteten darauf, daß etwas geschah. Wenn es geschah, würden sie aufspringen und durcheinanderlaufen und Teil daran haben. Die Sonne senkte sich über die vielen Hügel und ließ mit schwachen Blitzen die blechernen Verkleidungen der Silberminen hoch droben erkennen. Die Leute warteten auf dem Platz, bis es schließlich sehr dunkel geworden war.

Roby Cibber ging langsam die Straße hinunter. Er machte halt und sah in die vielen Fenster. Er ging in irgendeine Taberna und trank ein Bier. Celia war bei ihm, würde ihn nicht allein lassen. Er dachte jedoch nicht an sie. Es war nicht wichtig.

Droben auf jenem Hügel war Douglas McClure, jetzt, in diesem Augenblick. In den Katakomben.

Du gingst den Hügel hinauf, zahltest dem Friedhofswärter einen Peso, und er schwenkte eine Stahltür zur Seite, und du stiegst die steinerne Wendeltreppe hinunter, die in die Tiefe führt, in die Katakomben. Du betratst einen langen, düsteren Gang mit hundertfünfundzwanzig Mumien, die einander das Gesicht zuwandten, an den Wänden hängend, mit offenen Mündern und unversehrten Bärten. Sie sahen aus, als ob sie bei deinem Eintreten aufgesprungen wären und stumm zu schreien begonnen hätten.

Du gingst an der Reihe der stehenden Toten entlang. Du sahst in die knochigen Gesichter mit ihrer straff gespannten Haut.

Bis du zum Körper von Douglas McClure kamst.

Roby Cibber ging die ansteigende Straße hinauf, bis sie in die Plaza vor der Kirche mündete. Irgendwo verlor er Celia.

Eine Blaskapelle mit fünf fleißigen Musikanten marschierte in flottem Schritt aus einem Gäßchen heran und schmetterte mit der bösartigen, unvorhersehbaren Zentrifugalkraft einer wildgewordenen Spieldose irgendein

Stück. Die Männer in den handgewebten Hosen droschen auf ihre Trommeln ein, bliesen in ihre Trompeten, kauten liebevoll an ihren langen schwarzen Klarinetten. Roby hörte ihnen teilnahmslos zu, ohne Begeisterung, während sie an ihm vorüberzogen.

Was wirst du jetzt tun?

Ich weiß es nicht. Mir ist übel. Ich habe Angst. Ich brauche heute Leute um mich herum, auf allen Seiten, die mich schützen. Ich brauche Lärm. Ich werde hierbleiben, inmitten der *Fiesta,* bis Celia kommt. Ich werde nicht durch irgendwelche dunkle Gassen gehen. Ich werde keinen Augenblick allein sein. Ich werde hier auf der Plaza bleiben, wo *er* mich nicht kriegen kann.

Wer?

Der, der Douglas McClure ermordete.

Die Kapelle marschierte auf das Podium, spielte den *Yankee Doodle.* Er kam aus den Blasinstrumenten merkwürdig fremd, verändert von dem Atem, der ihn blies, und den Gemütern, die ihn dachten, bevor er geblasen wurde. Es war nicht mehr der *Yankee Doodle;* es war etwas Furchterregendes.

Man will mich umbringen, dachte Roby Cibber.

Red nicht wie ein Hasenfuß. Geh zur Polizei.

Wozu sollte das gut sein? Vielleicht wußten sie bereits von McClures Körper in den Katakomben, hielten es aber unter der Decke, um keine Schwierigkeiten mit der amerikanischen Regierung zu bekommen. So was soll ja vorkommen.

Ein Stier wurde auf den Platz geführt, ein Stier aus Pappmaché auf den Schultern des alten Tomás, der grunzte und nach allen Seiten ausschlug. Der Stier ruhte auf einem Rahmen aus Schilf oder etwas, das aussah wie Schilf.

Wie war Douglas McClure gestorben?

Er hatte ein seltsames Loch zwischen den Augen.

Eine Schußwunde?

Nein. Ein *seltsames* Loch. Ich weiß auch nicht.

Die Menschen sprangen von den Bänken auf. Etwas explodierte. Der alte Tomás, der das Feuerwerk unter dem Bambus und dem Schilf seines Pappmaché-Stiers zündete, rannte über die Plaza und jagte die Leute vor sich her.

Der Stier spie Feuer. Gegen seinen Willen schrie Roby auf, als der Stier gewaltige Feuerbälle von sich gab. Aus Röhren unter dem Bullen schossen einer nach dem anderen leuchtende, runde, blendendhelle Feuerbälle hervor und rasten, stürzten in die Menge! Die Menge wich aus, zog sich zurück, kam wieder näher. Der alte Tomás, den Stier auf den Schultern, tapste lachend weiter. Die Augen des Stiers glühten, blitzten, spuckten unter lautem Krachen gelbe, orangefarbene Feuerschweife. Verborgene römische Kerzen, Dutzende davon, in und unter dem Stier. Alle stachen sie in die Luft, sprühten Funken, geißelten die Kinder gnadenlos mit schnellen Funken. Die Kinder schwenkten rote Tücher. Der Stier griff an. Alles schrie und lachte.

Unter den grünen, reglos stehenden Bäumen stolperten die Menschen und fielen über die Bänke, um dem feuerspeienden Stier zu entkommen. Ein kleiner Junge wurde an der Vorderseite seines Hemds von einem Feuerball versengt und sprang unter lautem Platschen in eine Tränke. Jetzt bestand der Stier nur noch aus Feuer, Glühen, Illumination. Die Leute stützten sich gegenseitig, keuchten, hielten sich die Seite und schnappten atemlos von der Jagd nach Luft.

Roby Cibber ließ sich von der Menge mitreißen. Er begann zu laufen, langsam erst, mit aschfahlem Gesicht, dann schneller. Er spürte den Drang, mitten im Zentrum des Geschehens zu sein, sich um sich selbst zu drehen, hinzufallen, zu lachen, sich an den Leuten festzuhalten, sie als Schild gegen wen immer zu benutzen, der ihn suchte, auf ihn lauerte. Und er wollte vergessen. Er rannte und lachte. Anfangs war es kein besonders munteres Lachen. Dann klang es hysterisch und erschöpft, aber er sprang weiter über Hecken, als der Stier erst ihn und dann jemand andres angriff. Der Stier wirbelte in alle Richtungen, spuckte Knallfrösche. Eine immense Rauchwolke stand in der Luft. Jemand ließ ein Dutzend Raketen los, die den Himmel zerteilten und zwischen den Sternen in einem grandiosen Himmelsgebäude aus grellem Rot zerstoben.

Der Stier begann eine neue Attacke. Die Menge um Roby Cibber wich zurück. Er drehte sich um, schrie vor Verwirrung und Begeisterung zugleich. Einen Augenblick lang gab es keine Angst mehr, nur die schlichte Furcht vor dem Knallfrösche speienden Stier und dem amoklaufenden Alten, Tomás. Ein Knallfrosch erwischte ihn am Ohr. Er schrie auf. Weitere Explosionen folgten. Er spürte, wie ihn etwas am Arm traf. Er taumelte. Er lachte. Er rempelte jemanden an.

Celia war da.

Er sah sie in der Menge an der Ecke des Platzes stehen und seinen wilden Verrenkungen zusehen.

Er kämpfte sich mit Püffen und Stößen und Rufen durch den wogenden Mob, bis er den Weg zu ihr geschafft hatte.

Er wäre beinahe hingefallen, als er sie erreichte.

Sie sah ihn mit einem Ausdruck uralten, erschöpften Entsetzens an.

»Du bist angeschossen!« sagte sie.

Sie sah auf das Blut, das aus seinem Arm strömte, warm und unablässig.

Die Kapelle schmetterte weiter, in mechanischem Tumult.

Er fiel auf die Knie und hielt sich an Celia fest, und ihre

Arme kamen zu ihm herunter, um ihn zu halten und zu versuchen, ihn aufzurichten...

Ärzte in Mexico sind keine große Hilfe. Wenn du in Panik bist, sind sie so ruhig und still in ihrer Unfähigkeit, daß du schreien möchtest. Vielleicht schreist du auch ein wenig. Der Arzt verbindet deine Wunde in aller Ruhe. Es ist *Fiesta*, Señor. Nichts weiter, nichts weiter. Irgendein Übermütiger hat geschossen. Ein Unfall, ganz einfach. Sie werden doch keine Anzeige erstatten, Señor? Wer sollte ihr schon nachgehen? Niemand. Und diese – diese Wunde . . . vielleicht stammt sie ja auch einfach von einer römischen Kerze, was? Nein? Nun ja, *tiefer* ist sie schon. Ja, ich muß es einräumen. Eine Schußwunde. Aber nur von einem Übermütigen. Vergessen Sie es, Señor, vergessen Sie es!

Roby Cibber trat aus der Praxis des Arztes, in Begleitung von Celia.

»Hast du gesehen, wer geschossen hat, Celia?«

»Ich habe nichts gesehen. Niemand hat etwas gesehen. Es war ein solches Durcheinander, ein solcher Lärm. Aber du hast Glück gehabt. Nur eine Fleischwunde.«

»Dieser Doktor! Sitzt da und philosophiert über den Tod! In Mexico ist man nirgends sicher, ob man allein oder mitten unter Menschen ist.«

»Vielleicht wäre es besser, wenn du in die Staaten zurückkehren würdest.«

»Nein. Ich bleibe. Ich muß Douglas aus den Katakomben kriegen und nach Hause schaffen lassen, wo er hingehört. Dann wird es ja auch noch eine Untersuchung geben. Aber gleich morgen früh... Was bin ich müde!« Er sah sie eiskalt an. Sie war eine Fremde. Alles war erschreckend und fremd. Er war sich jetzt nicht einmal mehr über sie sicher. Vielleicht war sie ja...?

»Du bist müde«, sagte sie. »Du gehörst ins Bett.«

Er ging in sein Hotel zurück.

Das Begräbnis wartete schon auf ihn.

Das Begräbnis stand auf einem kleinen Brett, das auf seinem Bett lag.

Er schloß die Tür, nachdem er Licht gemacht hatte, und lehnte sich gegen die Tür, während er sich das Begräbnis besah.

Es war ein überaus kleines Begräbnis. Ein winziger Priester mit einer winzigen Nuß als Kopf, der ein winziges kleines Buch hielt und in einer heiligen Geste die Hand hob. Winzige Meßknaben hielten winzige Fähnchen. Ein winziger Sarg und eine winzige Leiche aus Zuckerguß darin. Und ein Altar mit dem Bild der Leiche.

Auf dem Bild war Roby Cibber.

Er sah sich um. Jemand hatte sein Gepäck durchwühlt, ein altes Photo von ihm gefunden, auf die passende Größe zurechtgeschnippelt und auf den kleinen Altar geklebt.

Das Begräbnis war ohne erläuternden Brief. Das Begräbnis reichte auch so. Diese kleinen Brettchen mit den winzigen Figuren wurden auf dem Markt verkauft, für den *Día de Muerte*. Aber das da auf seinem Bett war in dem wartenden, stillen Zimmer schon ein wenig am falschen Platz, und ihm war kalt, sehr kalt, und er begann zu zittern.

An der Tür hinter ihm wurde leise geklopft. Er fuhr zusammen. Dann öffnete er die Tür, ganz kalt.

»*Señor!*« Wie ein Zischen. Der alte Tomás stand in dem düsteren Flur. Es roch nach Wein und Schweiß. »Es ist wichtig. Ich muß Sie sprechen.«

»Ich bin müde.«

Tomás steckte den Kopf herein, sah zum Bett, zu dem kleinen Begräbnis.

»Es geht um *das* da, Señor.« Tomás deutete auf das Begräbnis. »Vorhin, es ist noch nicht lange her, bin ich durch den Flur gelaufen. Ich habe gesehen, wie jemand mit diesem kleinen Begräbnis in Ihr Zimmer ging. Ich dachte, Sie würden das wissen wollen.«

Roby kniff mehrere Male die Augen zusammen. »Haben Sie sein Gesicht gesehen?«

»Es war kein Mann, Señor. Es war eine Frau.«

»Eine Frau?«

»Señorita Celia. Ich hab sie erkannt.«

»Es ist besser, wenn Sie wieder runtergehen. Mir ist kalt, und Sie sind betrunken.«

»Sie hat mich nicht gesehen. Sie hielt das Begräbnis in der Hand und ging hinein und kam ein paar Minuten später wieder heraus. Ist Ihnen nicht gut, Señor?«

Roby hielt sich an der Tür fest und schloß die Augen. »Mir ist nicht gut.«

»Señor, ich habe die Señorita jeden Tag beobachtet, mit Ihnen zusammen. Das ist etwas, was mexikanische Frauen nicht tun dürfen. Es ist bei uns nicht üblich, daß sich eine Frau mit einem Mann auf der Straße zeigt oder sich allein mit einem Mann trifft oder allein mit ihm spazierengeht. Und gestern hat Señora Licone, die die Totenschädel aus Zuckerguß macht, zu mir gesagt: ›Also, diese Celia, die muß verrückt sein! Sie ist zu mir gekommen und hat von mir verlangt, einen Zuckerschädel mit Roby, dem Namen des *Americano* drauf zu machen.‹ Ich hab mir nichts dabei gedacht, Señor, bis heute abend, als ich sah, wie sie das Begräbnis hereinbrachte, und vorhin, als Sie angeschossen wurden. Ich hab mir all diese Dinge durch den Kopf gehen lassen und bin dann zu Ihnen gekommen.«

Roby setzte sich mühsam hin, achtete auf die Bandage an der rechten Seite seiner Brust. »Können Sie mich heute abend noch zu Señora Licone bringen?«

»*Si, Señor.*«

»Ich muß mit ihr reden, wegen des Zuckerschädels.«

»*Si.*« Der alte Tomás feuchtete seine Lippen an. Sein

düsteres Gesicht wurde noch düsterer, seine dunklen Augen glühten. »Mir ist das alles seltsam vorgekommen, denn vor einiger Zeit ist ein anderer *Americano*...«

»Ein anderer?«

»Setzen Sie sich, Señor. Sie sehen so blaß aus. Ja, ein anderer *Americano*, in diesem Hotel, vor einem Jahr. Er und die Señorita waren viel zusammen. Ich sah sie zusammen im Hotel ein und aus gehen...«

Roby starrte zu Boden und sagte leise: »Celia, Celia...«

»Und dann ist dieser andere *Americano* eines Tages verschwunden!«

»Ja, ich weiß.«

»Und diese Celia hat so getan, als ob es sie völlig überraschte, daß er weg war. Sie hat sein Gepäck selber fortgeschafft, da können wir ganz sicher sein.«

»Warum sind Sie nicht zur Polizei gegangen?« Roby sah den Mann forschend an.

»Wozu, Señor? Ein *Americano* verschwindet, vielleicht in die Vereinigten Staaten. Ist das Mord? Ist das ein Verbrechen, Señor? Nein, nur diese Woche und die Dinge, die ich gesehen habe, haben mich nachdenklich gemacht. Diese Celia mit Ihnen zusammen, Ihre Verwundung heute abend, der Zuckerschädel, das kleine Begräbnis. Da fällt es mir auf einmal ein. Mir fällt dieser andere *Americano* ein. Dann komme ich zu Ihnen. Wollen Sie jetzt gleich zu Señora Licone, Señor?«

»Ich werde sie aufsuchen. Wohin gehen wir?«

»Es ist nicht weit.«

Sie gingen die Straße der Sargmacher hinunter. Selbst noch so spät am Abend hörte man Hämmern und Sägen. Durch offene Türen sah man die Sargschreiner bei ihrer Arbeit scherzen.

Celia, dachte Roby Cibber, die süße, sanftmütige Celia. Was ist geschehen? Hast du Douglas McClure geliebt, und hat er dir etwas getan, was deiner mexikanischen Logik, deinen mexikanischen Sitten zuwiderlief? Und hast du ihn dann in einer plötzlichen Aufwallung umgebracht, so, wie die meisten Morde in Mexico geschehen? Oh, der Tod kommt schnell hier unten. Kein langsames, brodelndes Gift, kein Plan. Es ist die plötzliche Tat, die dich einen Augenblick später schon wieder reut. Ein Schlag, ein Messer, ein Gewehr – es geht schnell, und dann ist es vorbei. Hat Douglas etwas gesagt oder getan, hat er versucht, dich zu umarmen oder zu küssen? Mochte ihn deine Familie nicht? Nahm dein Ruf Schaden, weil du mit ihm gesehen wurdest? Für uns Amerikaner eine Kleinigkeit, aber nicht für dich – war es das, Celia? Und so hast du ihn also getötet, in einem Augenblick der Leidenschaft, hast sein Gepäck aus seinem Zimmer geschafft. Es sah ganz so aus, als ob er abgereist wäre. Dann sorgtest du dafür, daß eine unidentifizierbare, nackte Leiche gefunden und in die Katakomben gebracht wurde. Vielleicht deshalb, damit du ab und zu zu ihm hinuntersteigen und ihn auslachen konntest – was weiß ich. Und dann kam ich, und du versuchtest, mich mit deinen Warnungen zu vertreiben, aber ich gehe nicht.

»Da lang, Señor.«

Sie bogen in ein dunkles Gäßchen. Die Sterne waren klar und kalt. Ein Hund bellte auf der anderen Seite des Steintals. Eine Gitarre schlug einen feinen, klaren, kristallenen Akkord an. Irgendwo sang traurig eine Stimme.

»Wie weit noch, Tomás?«

»Ein kleines Stück, Señor.«

Sie gingen im Mondlicht einen Hügel hinauf... Es gab keine Möglichkeit, die Leiche von McClure aus den Katakomben herauszuholen, oder, Celia? dachte Roby. Sie war gefunden und dort hinuntergebracht worden, aber du kannst niemanden bestechen, um sie wieder herauszubekommen; es hätte dich verraten. Vielleicht *wolltest* du sie gar nicht herausbekommen. Vielleicht hast du mit mir gespielt. Vielleicht *wolltest* du, daß ich Douglas dort finde.

Der Mond war ein weißes, blasses Auge, das über den Himmel und leeres Land starrte. Unter ihnen hingen ihre Schatten. Sie atmeten schwer beim Steigen.

Sie gingen auf ein bekannt wirkendes Gebäude zu. Am äußeren Zaun wehten im Winde die Fahnen.

»Ist das nicht die Arena, Tomás?«

»Ja, die Arena.«

»Und da wohnt Señora Licone?«

»Sie hat keine Wohnung. Sie haust unter der Arena, und dort macht sie ihre Zuckerschädel und die kleinen Brettchen mit den Begräbnissen. *Hier.*«

Sie traten hinaus in das helle, vom Mond erleuchtete, stille Rund der Arena. Der Sand war eine weiße, dümpelnde See, und die *Barreras* – die Ränge – drehten mondgetränkte Kreise, leer und still.

»Wie fühlen Sie sich, Señor?«

»Nicht besonders. War das ein Anstieg.«

»Sehen Sie dort hinüber«, sagte Tomás.

Sie sahen hinüber. Tomás ging zu einem schwarzen Bündel, das im Sand lag. »Na so was, Señor, da hat doch ein Torero seine Sachen liegenlassen!«

Da lag eine scharlachrote Muleta. Da lag eine zierliche *Biretta,* und da lagen ein Paar winzige schwarze Ballettschuhe und ein Degen, der im Mondlicht funkelte.

»Die hat jemand vergessen«, sagte Roby unbehaglich.

Tomás ging in die Hocke, um die Sachen anzufassen. »Eine Schande, so was zu vergessen. Sind gute Sachen.« Er hob die *Biretta* und streichelte sie liebevoll. »Waren Sie schon mal beim Stierkampf, Señor?«

»Ein paarmal. Hat mir nicht gefallen.«

»Señor! Diese *Americanos.*« Tomás setzte sich die *Biretta* auf den Kopf, rückte sie zurecht. Sein Körper straffte sich im Mondlicht. Er hielt die Hände gesenkt. »Wie sehe ich aus, Señor?«

»Gut. Prima. Wenn Sie mich also jetzt zu Señora Licone...«

»Sehe ich nicht gut aus?«

»Doch, prima, aber...«

»Wußten Sie, Señor, daß ich vor vielen Jahren der beste Torero von ganz Mexico war?«

»Zweifellos, aber...«

»Bitte um Gehör, Señor!« Tomás war auf einmal sehr groß; der Mond über ihm warf seinen langen Schatten auf den Sand. Auf einmal war er nicht mehr gebeugt, die Muskeln waren befreit, das dunkle Kinn war aufgerichtet, die alten Augen blitzten mit frischem Feuer. »Einmal habe ich hier an einem Tag mit drei Stieren gekämpft!« rief er. »Ja, die *Barreras* waren voller Leute, bis zum Himmel. Als ich fertig war, schnitten sie den Stieren die Ohren ab und gaben sie mir. Die Leute warfen Hüte und Handschuhe und Geldbörsen auf mich herunter. Es war wie ein Regen.« Er sagte es stolz.

Roby sah ihn an und sagte kein Wort. Die beiden standen sich gegenüber und musterten sich kalt.

Tomás bückte sich und nahm den Degen und die Muleta. »Ich habe die *veronicas* immer so gemacht, und so...« Er wirbelte um die eigene Achse, um zu demonstrieren, wie man es machen mußte. »Wunderschön.« Er bückte sich und zog an Stelle der *huaraches*, die er abgeschüttelt hatte, die kleinen Ballettschuhe an. »Und nun, Señor...« Er ging auf Roby zu.

»Señora Licone?«

»Ja ja, die Zuckerschädelmacherin.« Tomás streckte die Hand aus. »Da ist sie, sehen Sie sie?«

Roby drehte sich um. Im gleichen Augenblick brachte Tomás einen Stich in seinem Nacken an. »Señor!«

Roby schrie auf. Er taumelte rückwärts und wäre beinahe gefallen. Er legte die Hand auf den Nacken und entdeckte, daß sie von drei winzigen Nadeln durchbohrt war, an denen kleine, flatternde Bänder hingen, rot, weiß und grün. Er zog sie heraus und warf sie auf den Boden. »Tomás!«

»Señor!« rief Tomás. »Die *Banderillas!* Die Speere für den Nacken des Stiers. Haben Sie beim Stierkampf gesehen, Señor, wie die *Bandilleros* dem Stier die *Banderillas* in den Nacken stoßen? Das habe ich gerade getan!«

»Tomás! Tomás«!« schrie der Amerikaner und richtete sich auf.

Tomás stieß mit dem Degen nach ihm. Der Degen fuhr durch Robys Bein, hinein und hinaus. Er brach zusammen und fiel blutend hin.

»Tomás!«

Tomás beugte sich im Mondlicht über ihn.

»Wissen Sie, was heute abend geschehen ist, Señor?«

»Tomás!« keuchte der zu Boden gestreckte Mann.

»Ich habe versucht, Sie bei der *Fiesta* zu ermorden. Es war ein Kinderspiel. Meine Waffe war unter dem Rahmen des wilden Stiers versteckt. Aber Sie sind noch einmal davongekommen, Señor!«

»Bringen Sie mich zu der Zuckerbäckerin, Tomás!« Roby konnte kaum atmen. Sein Mund öffnete und schloß sich heftig. Ihm war übel.

»Es gibt keine Zuckerbäckerin. Wissen Sie, was morgen früh geschehen wird, Señor?« Er brüllte. »Morgen wird diese Celia nach Ihnen fragen. Und Sie werden aus dem Hotel verschwunden sein. Ihr Gepäck wird auch verschwunden sein. Und *Sie* werden auch verschwunden sein!«

Roby versuchte aufzustehen.

»Stehen Sie auf«, sagte Tomás. »Ich warte schon auf Sie.«

Roby kam auf die Beine. Schmerzen stachen wie Feuer

durch sein verletztes Bein. Er stand, schwankte. »Tomás, Sie sind verrückt. Legen Sie den Degen weg, Sie Narr.«

»Nein.«

»Warum sollten Sie mich umbringen wollen?«

»Deshalb.«

Tomás rückte sich die *Biretta* auf dem Kopf zurecht. Ohne die Schmerzen und das Blut und das grelle Mondlicht und den klaren Himmel wäre es lächerlich gewesen. »Ich werde schreien«, sagte Roby. »Die Leute werden es hören.«

»Das werden Sie doch nicht tun, Señor! Das Spiel verderben! Dann müßte ich Sie schnell töten. Den Degen zwischen die Augen.«

Roby zitterte. Ihm trat wieder Douglas McClure in den Katakomben vor Augen. Jetzt war klar, was das seltsame Loch zwischen den Augen bedeutete. Das Loch eines Stierkämpferdegens. So war McClure gestorben.

»Wir werden ein kleines Spielchen machen, Señor. Ich bin der beste *Toreador* der Welt. Sie, Señor, werden der Stier sein. Sie werden mich angreifen, ich werde Sie ablenken. Sie werden wieder angreifen. Ich werde Ihnen die Arme, die Beine, die Brust ritzen. Der Mond wird zusehen. Und die Sterne werden die *Barreras* füllen.«

»Was hab ich denn getan, Tomás?«

»Jeden Tag habe ich Sie beobachtet, wie Sie im Hotel ein und aus gingen. Ich habe Celia mit Ihnen gesehen. Sie ist eine von uns; sie gehört Ihnen nicht.« Tomás stand stolz und aufrecht da. »In der Sonne sind Sie gegangen und haben gelacht und nicht mit mir gesprochen. Jeden Tag, jeden Tag habe ich gesehen, wie Sie sie berührt und mit ihr geredet haben, und ich habe Sie gehaßt, Señor, ja, genauso, wie ich den anderen gehaßt habe. Den, der letztes Jahr im Hotel ein und aus ging – der junge *Yanqui*, der lächerliche Tourist. Und Celia hatte nur Augen für ihn, wie Sie jetzt der einzige sind, den sie sieht. Sie hat keine Augen für Tomás. Tomás, der einst der Stolz ganz

Mexicos war, von Oaxaca bis Guadalajara und Monterrey! Nein, Tomás ist ja schon alt, er kann nicht mehr in der Arena tänzeln. Kein Stier würde ihn auch nur ansehen, viel weniger eine Frau. Tomás taugt nicht einmal mehr für die Schweine. Die Leute spucken ihn an. Tomás wurde vor Jahren von einem Stier auf die Hörner genommen...«

Seine Hand machte eine hastige Bewegung. Die glatte Fläche seines Bauchs war vom Hemd entblößt, enthüllte den vernarbten, dürren, braunen Leib mit dem Mal der Hornspitze, die einst tief in ihn eingedrungen war.

»Sehen Sie, Señor? Sehen Sie? Das Zeichen meiner Ehre! Meines Berufs! Doch was bedeuten Narben schon für junge Frauen! Sie sind mit ihr gegangen, haben mit ihr gelacht. Ich habe zugesehen. Ich habe sie schon mit dem anderen beobachtet. Und als ich sie nicht länger zusammen sehen konnte, führte ich ihn eines Nachts hierher, ich, der *Toreador*, und er, das dumme Tier, und ich habe ihn getötet. Jetzt sind Sie gekommen, und auch Sie werden sterben!«

»Tomás, ich hab doch nichts gegen Sie alten Mann...«

»Ich bin nicht alt!« wütete Tomás. Er machte einen leichten Ausfall nach vorn und führte einen bösen Streich mit dem Degen. »Sie glaubt, ich sei alt, ja. Diese Celia! Jeden Tag kommt sie an mir auf meiner Bank vorbei und schaut mich nicht einmal an, und jeden Tag eines jeden Jahres habe ich ihre Schönheit bewundert, als sie vorbeiging. Und ich sagte mir, diese *Yanquis* sollen sie nicht haben. So viele, wie kommen werden, um mit ihr zu gehen, werde ich umbringen. Einen und dann zwei und dann drei und vielleicht ein Dutzend, bevor man mich erwischt. *Die* sollen sie nicht haben! *Ich* will sie haben!« Er zerfetzte mit dem Degen die Luft. »Und jetzt Bewegung, *Yanqui*! Stehen Sie nicht herum, bewegen Sie sich, laufen Sie, greifen Sie mich an! Liefern Sie mir einen Kampf!«

»Mein Bein... ich kann nicht laufen.«

»Ich werde Ihnen schon Beine machen!« Und Tomás schlug ihn mit dem Degen übers Gesicht, bis die Wut Roby soweit brachte, auf seinem gefühllosen Bein nach vorn zu springen. Tomás wich aus. »Gut«, schrie er und ließ die Muleta herumwirbeln. »Noch einmal!« Roby taumelte nach vorn. »Und noch einmal! Gut, gut!«

Roby holte keuchend Luft. Tomás warf einen Blick auf den Mond. »Es ist spät. Es ist Zeit für das Finale. Sie werden jetzt laufen, und ich werde Ihnen den Degen in Ihr Hirn stoßen.« Er hielt die Muleta so, daß sie im kalten Wind flatterte. Über allem lag das Mondlicht.

Robys Bein pulsierte wie ein gewaltiges Herz. Er konnte nicht klar sehen. Die Erde neigte sich, und die Sterne neigten sich. »Tomás«, sagte er sanft.

»Komm«, sagte Tomás und lockte mit der Muleta, mit gezogenem Degen, der kalt im Wind aufblitzte.

»All right«, sagte Roby.

»Jetzt«, sagte Tomás.

»Jetzt!« Roby sprang.

Der Degen glitzerte.

Roby fiel, rollte zur Seite, rollte immer weiter. Er stieß an die Beine des *Toreadors*. Er griff zu. Tomás schrie auf. Tomás fiel. Sie waren beide zusammen auf dem weißen Sand, wild, und in der Muleta, der Degen einmal in der Hand des einen, einmal in der Hand des anderen.

Dann befreite sich einer, stand auf, den Degen in seiner Hand. Der Degen stach hinunter und durch, nagelte den anderen in den weißen, mondbeschienenen Sand. »Das ist für *mich*«, sagte der eine mit dem Degen mit bebender Stimme und schwankte. Er zog den Degen heraus und stach ihn noch einmal in den sich windenden Körper. »Und das ist für Celia!« Heraus und wieder hinein.

»Und *das* ist für Douglas McClure!«

Als Celia Roby fand, kam er gerade die Straße herunter, am frühen Morgen, humpelnd, frisch aus der Praxis des Arztes; er hielt etwas Kleines, Weißes, Zuckriges in der Hand. Es war noch sehr früh; die Sonne erhob sich soeben über die blauen Hügel, und die Kirchenglocken läuteten, als sie ihn von fern sah. Roby hielt inne, blieb stehen und atmete die unglaublich süße Holzkohlenluft ein, ganz tief. Dann nahm er den kleinen weißen Totenschädel aus Zuckerguß mit dem Namen »Roby« darauf und zerbrach ihn in mehrere Teile, bevor er begann, ihn aufzuessen. So kam er näher, kauend und schluckend und lächelnd, und erwiderte ihren Gruß.

Ray Bradbury im Diogenes Verlag

Der Tod ist ein einsames Geschäft
Roman. Aus dem Amerikanischen
von Jürgen Bauer. Leinen

Die Mars-Chroniken
Roman in Erzählungen
Deutsch von Thomas Schlück
detebe 20863

Der illustrierte Mann
Erzählungen. Deutsch von Peter Naujack
detebe 20365

Fahrenheit 451
Roman. Deutsch von Fritz Güttinger
detebe 20862

Die goldenen Äpfel der Sonne
Erzählungen. Deutsch von Margarete Bormann
detebe 20864

Medizin für Melancholie
Erzählungen. Deutsch von Margarete Bormann
detebe 20865

Das Böse kommt auf leisen Sohlen
Roman. Deutsch von Norbert Wölfl
detebe 20866

Löwenzahnwein
Roman. Deutsch von Alexander Schmitz
detebe 21045

Das Kind von morgen
Erzählungen. Deutsch von Hans-Joachim Hartstein
detebe 21205

Die Mechanismen der Freude
Erzählungen. Deutsch von Peter Naujack
detebe 21242

Familientreffen
Erzählungen. Deutsch von Jürgen Bauer
detebe 21415

Der Tod kommt schnell in Mexico
Erzählungen. Deutsch von Walle Bengs
detebe 21641

Klassische und moderne Kriminal-, Grusel- und Abenteuergeschichten in Diogenes Taschenbüchern

● Joan Aiken
Die Kristallkrähe. Roman. detebe 20138
Der eingerahmte Sonnenuntergang. Roman detebe 21413
Tote reden nicht vom Wetter. Roman detebe 21477
Ärger mit Produkt X. Roman. detebe 21538

● Margery Allingham
Die Handschuhe des Franzosen. Kriminalgeschichten. detebe 20929
Trau keiner Lady. Roman. detebe 21567
Gefährliches Landleben. Roman detebe 21568
Süße Gefahr. Roman. detebe 21569
Judaslohn. Roman. detebe 21570
Wenn Geister sterben. Roman. detebe 21616
Überstunden für den Totengräber. Roman detebe 21630

● Eric Ambler
Die Maske des Dimitrios. Roman detebe 20137
Der Fall Deltschev. Roman. detebe 20178
Eine Art von Zorn. Roman. detebe 20179
Schirmers Erbschaft. Roman. detebe 20180
Die Angst reist mit. Roman. detebe 20181
Der Levantiner. Roman. detebe 20223
Waffenschmuggel. Roman. detebe 20364
Topkapi. Roman. detebe 20536
Schmutzige Geschichte. Roman detebe 20537
Das Intercom-Komplott. Roman detebe 20538
Besuch bei Nacht. Roman. detebe 20539
Der dunkle Grenzbezirk. Roman detebe 20602
Ungewöhnliche Gefahr. Roman detebe 20603
Anlaß zur Unruhe. Roman. detebe 20604
Nachruf auf einen Spion. Roman detebe 20605
Doktor Frigo. Roman. detebe 20606
Bitte keine Rosen mehr. Roman detebe 20887
Mit der Zeit. Roman. detebe 21054
Die Begabung zu töten. detebe 21631

● Jakob Arjouni
Happy birthday, Türke! Roman. detebe 21544
Mehr Bier. Roman. detebe 21545

● Charlotte Armstrong
Schlafe, mein Kindchen. Roman. detebe 21601

● John Bellairs
Das Haus das tickte. Roman. detebe 20638

● Robert Benesch
Außer Kontrolle. Roman. detebe 21081

● E.C. Bentley
Trent's letzter Fall. Roman. detebe 21628

● Anthony Berkeley
Der Fall mit den Pralinen. Roman detebe 21639

● Ambrose Bierce
Die Spottdrossel. Erzählungen. detebe 20234

● Gavin Black
Ein Drachen zum Fest. Roman. detebe 21560

● Robert Bloch
Nacht im Kopf. Roman. detebe 21414

● Kurt Bracharz
Pappkameraden. Roman. detebe 21475

● Peter Bradatsch
Waschen, Schneiden, Umlegen. Ein Dutzend Kriminalgeschichten. detebe 21272

● Ray Bradbury
Die Mars-Chroniken. Roman in Erzählungen. detebe 20863
Der illustrierte Mann. Erzählungen detebe 20365
Fahrenheit 451. Roman. detebe 20862
Die goldenen Äpfel der Sonne. Erzählungen detebe 20864
Medizin für Melancholie. Erzählungen detebe 20865
Das Böse kommt auf leisen Sohlen. Roman detebe 20866
Löwenzahnwein. Roman detebe 21045
Das Kind von morgen. Erzählungen detebe 21205
Die Mechanismen der Freude. Erzählungen detebe 21242

Familientreffen. Erzählungen. detebe 21415
Der Tod kommt schnell in Mexico. Erzählungen. detebe 21641

● Beat Brechbühl
Kneuss. Roman. Zwei Wochen aus dem Leben eines Träumers und Querulanten, von ihm selber aufgeschrieben. detebe 21416

● Fredric Brown
Flitterwochen in der Hölle. Schauer- und Science-Fiction-Geschichten. detebe 20600

● John Buchan
Die neununddreißig Stufen. Roman detebe 20210
Grünmantel. Roman. detebe 20771
Mr. Standfast oder Im Westen was Neues Roman. detebe 20772
Die drei Geiseln. Roman. detebe 20773
Basilissa. Roman. detebe 21249

● W. R. Burnett
Little Caesar. Roman. detebe 21061
High Sierra. Roman. detebe 21208
Asphalt-Dschungel. Roman. detebe 21417

● Karel Čapek
Der Krieg mit den Molchen. Roman detebe 20805

● David Carkeet
Minus mal Minus. Roman. detebe 21478

● Anton Čechov
Das Drama auf der Jagd. Eine wahre Begebenheit. detebe 21379

● Raymond Chandler
Der große Schlaf. Roman. detebe 20132
Die kleine Schwester. Roman. detebe 20206
Das hohe Fenster. Roman. detebe 20208
Der lange Abschied. Roman. detebe 20207
Die simple Kunst des Mordes. Essays, Briefe, Fragmente. detebe 20209
Die Tote im See. Roman. detebe 20311
Lebwohl, mein Liebling. Roman detebe 20312
Playback. Roman. detebe 20313
Mord im Regen. Rühe Stories. detebe 20314
Erpresser schießen nicht. Detektivstories I detebe 20751
Der König in Gelb. Detektivstories II detebe 20752
Gefahr ist mein Geschäft. Detektivstories III detebe 20753
Englischer Sommer. Geschichten und Essays detebe 20754

● Erskine Childers
Das Rätsel der Sandbank. Roman detebe 20211

● Agatha Christie
Villa Nachtigall. Kriminalgeschichten detebe 20133
Der Fall der enttäuschten Hausfrau Kriminalgeschichten. detebe 20826

● Douglas Clark
Die längste Freude. Roman. detebe 21578

● Wilkie Collins
Ein schauerliches fremdes Bett. Gruselgeschichten. detebe 20589

● Joseph Conrad
Lord Jim. Roman. detebe 20128
Der Geheimagent. Roman. detebe 20212
Herz der Finsternis. Erzählung. detebe 20363

● Manfred von Conta
Schloßgeschichten. detebe 21060
Der Totmacher. Roman. detebe 20962

● Stephen Crane
Das blaue Hotel. Klassische Geschichten aus dem Wilden Westen. detebe 20789
Die rote Tapferkeitsmedaille. Roman detebe 21299

● Freemann Wills Crofts
Die Frau im Faß. Roman. detebe 21476

● Claude Cueni
Schneller als das Auge. Roman. detebe 21542

● Guy Cullingford
Post mortem. Roman. detebe 20369
Wenn Wünsche töten könnten. Roman detebe 21591

● Daniel Defoe
Robinson Crusoe. Roman. detebe 21364

● Peter Dickinson
Das Giftorakel. Roman. detebe 21520

● Dolly Dolittle's
Crime Club. detebe 20277–20279, 20664, 21564

● Arthur Conan Doyle
Sherlock Holmes Geschichten. detebe 21211

● Friedrich Dürrenmatt
Grieche sucht Griechin / Mr. X macht Ferien / Nachrichten über den Stand des Zeitungswesens in der Steinzeit. Grotesken detebe 20851

Der Hund / Der Tunnel / Die Panne
Drei Erzählungen. detebe 20850
Aus den Papieren eines Wärters. Frühe Prosa
detebe 20848
Das Versprechen / Aufenthalt in einer kleinen Stadt. Erzählungen. detebe 20852
Der Richter und sein Henker. Kriminalroman
Mit einer biographischen Skizze des Autors
detebe 21435
Der Verdacht. Kriminalroman. Mit einer biographischen Skizze des Autors. detebe 21436
Justiz. Roman. detebe 21540

● Alexandre Dumas Père
Horror in Fontenay. Roman. detebe 20367

● Lord Dunsany
Smetters erzählt Mordgeschichten
detebe 20597
Jorkens borgt sich einen Whisky. Club-Geschichten. detebe 20598

● William Faulkner
Der Springer greift an. Kriminalgeschichten
detebe 20182
Die Spitzbuben. Roman. detebe 20989
Die Freistatt. Roman. detebe 20802

● Celia Fremlin
Klimax. Roman. detebe 20916
Wer hat Angst vorm schwarzen Mann?
Roman. detebe 21302
Die Stunden vor Morgengrauen
Roman. detebe 21515
Rendezvous mit Gestern. Roman
detebe 21603

● Egon Friedell
Die Rückkehr der Zeitmaschine. Phantastische Novelle. detebe 20177

● Felix Gasbarra
Schule der Planeten. Roman. detebe 20549

● Der goldene Gelbe 86
Sonderausgabe. Enthält folgende Romane: Raymond Chandler, Der große Schlaf / Patricia Highsmith, Zwei Fremde im Zug / Eric Ambler, Die Maske des Dimitrios
detebe 21412

● Der goldene Gelbe 87
Sonderausgabe. Enthält folgende Romane: Dashiell Hammett, Der dünne Mann/Margaret Millar, Liebe Mutter, es geht mir gut/Ross Macdonald, Unter Wasser stirbt man nicht
detebe 21524

● Der Goldene Gelbe 88
Einmalige Sonderausgabe. Enthält folgende Romane von Georges Simenon: Maigret amüsiert sich / Mein Freund Maigret / Maigret und die junge Tote. detebe 21597

● Gespenster
Gespenster / Mehr Gespenster / Noch mehr Gespenster. Die besten Gespenstergeschichten, herausgegeben von Mary Hottinger und Dolly Dolittle. detebe 20497, 21027 und 21310

● Robert van Gulik
Mord im Labyrinth. Roman. detebe 21381
Tod im Roten Pavillon. Roman. detebe 21383
Wunder in Pu-yang? Roman. detebe 21382
Halskette und Kalebasse. Roman. detebe 21519
Geisterspuk in Peng-lai. Roman. detebe 21622
Mord in Kanton. Roman. detebe 21623
Der Affe und der Tiger. Roman. detebe 21624

● Rider Haggard
Sie. Abenteuerroman. detebe 20236
König Salomons Schatzkammer. Roman
detebe 20920

● Dashiell Hammett
Der Malteser Falke. Roman. detebe 20131
Rote Ernte. Roman. detebe 20292
Der Fluch des Hauses Dain. Roman
detebe 20293
Der gläserne Schlüssel. Roman. detebe 20294
Der dünne Mann. Roman. detebe 20295
Fliegenpapier. 5 Stories. detebe 20911
Fracht für China. 3 Stories. detebe 20912
Das große Umlegen. 3 Stories. detebe 20913
Das Haus in der Turk Street. 3 Stories
detebe 20914
Das Dingsbums Küken. 3 Stories. Nachwort von Steven Marcus. detebe 20915

● Cyril Hare
Mörderglück. Kriminalgeschichten
detebe 20196
Tragödie im Gerichtssaal. Roman
detebe 21638

● W. F. Harvey
Die Bestie mit den fünf Fingern. Gruselgeschichten. detebe 20599

● E. W. Heine
Kille Kille. Makabre Geschichten
detebe 21053
Hackepeter. Neue Kille Kille Geschichten
detebe 21219
Wer ermordete Mozart? Wer enthauptete Haydn? Mordgeschichten für Musikfreunde
detebe 21437

Wie starb Wagner? Was geschah mit Glenn Miller? Neue Geschichten für Musikfreunde
detebe 21514

● O. Henry

Die klügere Jungfrau. Geschichten
detebe 20871
Das Herz des Westens. Geschichten
detebe 20872
Der edle Gauner. Geschichten. detebe 20873
Wege des Schicksals. Geschichten
detebe 20874
Streng geschäftlich. Geschichten
detebe 20875
Rollende Steine. Geschichten. detebe 20876

● Patricia Highsmith

Der Stümper. Roman. detebe 20136
Zwei Fremde im Zug. Roman. detebe 20173
Der Geschichtenerzähler. Roman
detebe 20174
Der süße Wahn. Roman. detebe 20175
Die zwei Gesichter des Januars. Roman
detebe 20176
Der Schrei der Eule. Roman. detebe 20341
Tiefe Wasser. Roman. detebe 20342
Die gläserne Zelle. Roman. detebe 20343
Das Zittern des Fälschers. Roman
detebe 20344
Lösegeld für einen Hund. Roman
detebe 20345
Der talentierte Mr. Ripley. Roman
detebe 20481
Ripley Under Ground. Roman. detebe 20482
Ripley's Game. Roman. detebe 20346
Der Schneckenforscher. Geschichten
detebe 20347
Ein Spiel für die Lebenden. Roman
detebe 20348
Kleine Geschichten für Weiberfeinde
detebe 20349
Kleine Mordgeschichten für Tierfreunde
detebe 20483
Venedig kann sehr kalt sein. Roman
detebe 20484
Ediths Tagebuch. Roman. detebe 20485
Der Junge, der Ripley folgte. Roman
detebe 20649
Leise, leise im Wind. Geschichten
detebe 21012
Keiner von uns. Erzählungen. detebe 21179
Leute, die an die Tür klopfen. Roman
detebe 21349
Nixen auf dem Golfplatz. Erzählungen
detebe 21517

● Edward D. Hoch

Frankensteins Fabrik. Roman. detebe 21561

● E.W. Hornung

Raffles – Der Dieb in der Nacht. Geschichten
detebe 20237
Raffles – Der Amateur-Einbrecher. Geschichten. detebe 21579

● Gerald Kersh

Mann ohne Gesicht. Phantastische Geschichten. detebe 20366

● Hans Werner Kettenbach

Minnie oder Ein Fall von Geringfügigkeit
Roman. detebe 21218

● Russische Kriminalgeschichten

Von Fjodor Dostojewskij bis Anton Tschechow. detebe 21127

● Klassische Kriminalnovellen

von François de Pitaval bis Anton Čechov
detebe 21500

● Jonathan Latimer

Leiche auf Abwegen. Roman. detebe 21592

● Maurice Leblanc

Arsène Lupin – Der Gentleman-Gauner
Roman. detebe 20127
Die hohle Nadel oder Die Konkurrenten des Arsène Lupin. Roman. detebe 20239
813 – Das Doppelleben des Arsène Lupin
Roman. detebe 20931
Der Kristallstöpsel oder Die Mißgeschicke des Arsène Lupin. Roman. detebe 20932
Die Gräfin von Cagliostro oder Die Jugend des Arsène Lupin. Roman. detebe 20933
Arsène Lupin kontra Herlock Sholmes
Roman. detebe 21026
Die Insel der 30 Särge. Roman
detebe 21198
Die Uhr schlägt achtmal. Roman
detebe 21254

● Sheridan Le Fanu

Carmilla, der weibliche Vampir
detebe 20596
Der ehrenwerte Herr Richter Harbottle
Unheimliche Geschichten. detebe 20619

● Gaston Leroux

Das Geheimnis des gelben Zimmers
Roman. detebe 20924

● Marie Belloc Lowndes

Jack the Ripper oder Der Untermieter
Roman. detebe 20130

● Ross Macdonald

Dornröschen war ein schönes Kind. Roman
detebe 20227
Unter Wasser stirbt man nicht. Roman
detebe 20322
Ein Grinsen aus Elfenbein. Roman
detebe 20323
Die Küste der Barbaren. Roman
detebe 20324
Der Fall Galton. Roman. detebe 20325
Gänsehaut. Roman. detebe 20326
Der blaue Hammer. Roman. detebe 20541
Durchgebrannt. Roman. detebe 20868
Geld kostet zuviel. Roman. detebe 20869
Die Kehrseite des Dollars. Roman
detebe 20877
Der Untergrundmann. Roman. detebe 20878
Der Drahtzieher. Sämtliche Detektivstories I
detebe 21018
Einer lügt immer. Sämtliche Detektiv-stories II. detebe 21019
Sanftes Unheil. Roman. detebe 21178
Blue City. Roman. detebe 21317
Der Mörder im Spiegel. Roman. detebe 21303

● W. Somerset Maugham

Silbermond und Kupfermünze. Roman
detebe 20087
Auf Messers Schneide. Roman. detebe 20088
Rosie und die Künstler. Roman. detebe 20086

● Margaret Millar

Liebe Mutter, es geht mir gut . . . Roman
detebe 20226
Die Feindin. Roman. detebe 20276
Fragt morgen nach mir. Roman. detebe 20542
Ein Fremder liegt in meinem Grab. Roman
detebe 20646
Die Süßholzraspler. Roman. detebe 20926
Von hier an wird's gefährlich. Roman
detebe 20927
Der Mord von Miranda. Roman
detebe 21028
Das eiserne Tor. Roman. detebe 21063
Fast wie ein Engel. Roman. detebe 21190
Die lauschenden Wände. Roman
detebe 21421
Nymphen gehören ins Meer! Roman
detebe 21516

● Mord

Mord / Mehr Morde / Noch mehr Morde
Das Standardwerk englischer und amerikanischer Kriminalstories. Herausgegeben von Mary Hottinger. detebe 20030-20032

● Wahre Morde

Die berühmtesten Kriminalfälle und -prozesse aus England. Herausgegeben von Mary Hottinger. detebe 20587

● Fanny Morweiser

Lalu lalula, arme kleine Ophelia. Roman
detebe 20608
La vie en rose. Roman. detebe 20609
Indianer-Leo. Geschichten. detebe 20799
Die Kürbisdame. Erzählungen
detebe 20758
Ein Sommer in Davids Haus. Roman
detebe 21059
Voodoo-Emmi. Erzählungen. detebe 21541

● Magdalen Nabb

Tod im Frühling. Roman. detebe 21566

zusammen mit

Paolo Vagheggi

Terror. Roman. detebe 21604

● Hans Neff

XAP oder Müssen Sie arbeiten? fragte der Computer. Ein fabelhafter Tatsachenroman
detebe 21052

● Edgar Allan Poe

Die schwarze Katze und andere Verbrechergeschichten. detebe 21183
Die Maske des roten Todes und andere phantastische Fahrten. detebe 21184
Der Teufel im Glockenstuhl und andere Scherz- und Spottgeschichten. detebe 21185
Der Untergang des Hauses Usher und andere Geschichten von Schönheit, Liebe und Wiederkunft. detebe 21182
Die denkwürdigen Erlebnisse des Arthur Gordon Pym. Roman. detebe 21267

● Patrick Quentin

Bächleins Rauschen tönt so bang. Kriminalgeschichten. detebe 20195
Familienschande. Roman. detebe 20917

● Jack Ritchie

Der Mitternachtswürger. Detektivgeschichten. detebe 21293
Für alle ungezogenen Leute. Detektiv-Geschichten. detebe 21384
Gedächtnis ade. Kriminalgeschichten
detebe 21565

● Saki

Die offene Tür. Erzählungen. detebe 20115

● Maurice Sandoz

Am Rande. Unheimliche Erzählungen
Deutsch von Gertrude Droz-Rüegg
detebe 20739

● Karl W. Schlegel

Richter wider Willen. Roman. detebe 21422

● Bernhard Schlink & Walter Popp

Selbs Justiz. Roman. detebe 21543

● Science-Fiction-Geschichten des Golden Age

Von Ray Bradbury bis Isaac Asimov. Herausgegeben von Peter Naujack. detebe 21048

● Klassische Science-Fiction-Geschichten

Von Voltaire bis Conan Doyle. Herausgegeben von William Matheson
detebe 21049

● Hermann Harry Schmitz

Buch der Katastrophen. detebe 20548

● Georges Simenon

Maigrets erste Untersuchung. Roman
detebe 20501
Maigret und Pietr der Lette. Roman
detebe 20502
Maigret und die alte Dame. Roman
detebe 20503
Maigret und der Mann auf der Bank. Roman
detebe 20504
Maigret und der Minister. Roman
detebe 20505
Mein Freund Maigret. Roman. detebe 20506
Maigrets Memoiren. Roman. detebe 20507
Maigret und die junge Tote. Roman
detebe 20508
Maigret amüsiert sich. Roman. detebe 20509
Hier irrt Maigret. Roman. detebe 20690
Maigret und der gelbe Hund. Roman
detebe 20691
Maigret vor dem Schwurgericht. Roman
detebe 20692
Maigret als möblierter Herr. Roman
detebe 20693
Madame Maigrets Freundin. Roman
detebe 20713
Maigret kämpft um den Kopf eines Mannes
Roman. detebe 20714
Maigret und die kopflose Leiche. Roman
detebe 20715
Maigret und die widerspenstigen Zeugen
Roman. detebe 20716
Maigret am Treffen der Neufundlandfahrer
Roman. detebe 20717
Maigret bei den Flamen. Roman
detebe 20718
Maigret und die Bohnenstange. Roman
detebe 20808
Maigret und das Verbrechen in Holland.
Roman. detebe 20809
Maigret und sein Toter. Roman
detebe 20810
Maigret beim Coroner. Roman. detebe 20811
Maigret, Lognon und die Gangster. Roman
detebe 20812
Maigret und der Gehängte von Saint-Pholien
Roman. detebe 20816
Maigret und der verstorbene Monsieur Gallet
Roman. detebe 20817
Maigret regt sich auf. Roman. detebe 20820
Maigret und das Schattenspiel. Roman
detebe 20734
Maigret und die Keller des Majestic
Roman. detebe 20735
Maigret contra Picpus. Roman. detebe 20736
Maigret läßt sich Zeit. Roman. detebe 20755
Maigrets Geständnis. Roman. detebe 20756
Maigret zögert. Roman. detebe 20757
Maigret und der Treidler der »Providence«
Roman. detebe 21029
Maigret hat Angst. Roman. detebe 21062
Maigrets Nacht an der Kreuzung. Roman
detebe 21050
Maigret erlebt eine Niederlage. Roman
detebe 21120
Maigret gerät in Wut. Roman
detebe 21113
Maigret verteidigt sich. Roman
detebe 21117
Maigret und der geheimnisvolle Kapitän
Roman. detebe 21180
Maigret und die alten Leute. Roman
detebe 21200
Maigret und das Dienstmädchen. Roman
detebe 21220
Maigret und der Fall Nahour. Roman
detebe 21250
Maigret im Haus des Richters. Roman
detebe 21238
Maigret und der Samstagsklient. Roman
detebe 21295
Maigret in New York. Roman
detebe 21308
Maigret und die Affäre Saint-Fiacre. Roman
detebe 21373
Sechs neue Fälle für Maigret. Erzählungen
detebe 21375
Maigret stellt eine Falle. Roman
detebe 21374
Maigret in der Liberty Bar. Roman
detebe 21376
Maigret und der Spion. Roman. detebe 21427

Maigret und die kleine Landkneipe. Roman
detebe 21428
Maigret und der Verrückte von Bergerac
Roman. detebe 21429
Maigret, die Tänzerin und die Gräfin. Roman
detebe 21484
Maigret macht Ferien. Roman. detebe 21485
Maigret und der hartnäckigste Gast der Welt
Erzählungen. detebe 21486
Maigret verliert eine Verehrerin. Roman
detebe 21521
Maigret und sein Rivale. Roman. detebe 21523
Maigret in Nöten. Roman. detebe 21522
Maigret und die schrecklichen Kinder. Roman
detebe 21574
Maigret und sein Jugendfreund. Roman
detebe 21575
Maigret und sein Revolver. Roman
detebe 21576
Maigret auf Reisen. Roman. detebe 21593
Maigret und die braven Leute. Roman
detebe 21615
Maigret und der faule Dieb. Roman
detebe 21629

● Henry Slesar

Das graue distinguierte Leichentuch. Roman
detebe 20139
Vorhang auf, wir spielen Mord! Roman
detebe 20216
Erlesene Verbrechen und makellose Morde
Kriminalgeschichten. detebe 20225
Ein Bündel Geschichten für lüsterne Leser
Roman. detebe 20275
Hinter der Tür. Roman. detebe 20540
Aktion Löwenbrücke. Roman. detebe 20656
Ruby Martinson. Geschichten. detebe 20657
Schlimme Geschichten für schlaue Leser
detebe 21036
Coole Geschichten für clevere Leser
detebe 21049
Fiese Geschichten für fixe Leser. Deutsch von Thomas Schlück. detebe 21125
Böse Geschichten für brave Leser
detebe 21248
Die siebte Maske. Roman. detebe 21518
Frisch gewagt ist halb gemordet. Geschichten
detebe 21577
Das Morden ist des Mörders Lust. Sechzehn Kriminalgeschichten. detebe 21602

● Muriel Spark

Memento Mori. detebe 20892
Robinson. Roman. detebe 21090
Päng päng, du bist tot. Erzählungen
detebe 21533
Hoheitsrechte. Roman. detebe 21580

● R. L. Stevenson

Die Schatzinsel. Roman. detebe 20701
Der Junker von Ballantrae. Roman
detebe 20703
Die Entführung. Roman. detebe 20704
Catriona. Roman. detebe 20705
Die Herren von Hermiston. Roman
(Fragment). detebe 20702
Der Pavillon auf den Dünen / Der seltsame Fall von Dr. Jekyll und Mr. Hyde
Zwei Novellen. detebe 20706
Der Selbstmörderklub / Der Diamant des Rajahs. Zwei Geschichtensammlungen
detebe 20707
Die tollen Männer und andere Geschichten
detebe 20708
Der Flaschenteufel und andere Geschichten
detebe 20709
Der Leichenräuber und andere Geschichten
detebe 20710
Der gefährliche Archipel. In der Südsee I
Roman. detebe 21449
Der Palast der vielen Frauen. In der Südsee II
Roman. detebe 21450

● Bram Stoker

Draculas Gast. Gruselgeschichten
detebe 20135

● Julian Symons

Auf den Zahn gefühlt. Geschichten
detebe 20601
Ein Pekinese aus Gips. Kriminalgeschichten
detebe 20740

● Lydia Tews

Wer nicht träumt, ist tot. detebe 21513

● Susanne Thommes

Der falsche Freund. Roman. detebe 21380
Brüderchen und Schwesterchen. Roman
detebe 21423
Totensonntag. Kriminalroman. detebe 21474

● Roland Topor

Der Mieter. Roman. detebe 20358

● B. Traven

Das Totenschiff. Roman. detebe 21098
Die Baumwollpflücker. Roman
detebe 21099
Die Brücke im Dschungel. Roman
detebe 21100
Der Schatz der Sierra Madre. Roman
detebe 21101
Die Weiße Rose. Roman. detebe 21102
Aslan Norval. Roman. detebe 21103
Regierung. Roman. detebe 21104
Die Carreta. Roman. detebe 21105

Der Marsch ins Reich der Caoba. Roman
detebe 21106
Trozas. Roman. detebe 21107
Die Rebellion der Gehenkten. Roman
detebe 21108
Ein General kommt aus dem Dschungel
Roman. detebe 21109
Die Geschichte vom unbegrabenen Leichnam
Erzählungen. detebe 21110
Die ungeladenen Gäste. Erzählungen
detebe 21111
Der Banditendoktor. Erzählungen
detebe 21112

● Mark Twain

Tom Sawyers Abenteuer. Roman
detebe 21369
Huckleberry Finns Abenteuer. Roman
detebe 21370
Kannibalismus auf der Eisenbahn und andere Erzählungen. detebe 21488
Der gestohlene weiße Elefant und andere Erzählungen. detebe 21489
Die Eine-Million-Pfund-Note und andere Erzählungen. detebe 21490
Der Prinz und der Bettelknabe. Eine Erzählung für junge Menschen jeden Alters
detebe 21507

● Jules Verne

Reise um die Erde in achtzig Tagen. Roman
detebe 20126
Fünf Wochen im Ballon. Roman
detebe 20241
Von der Erde zum Mond. Roman
detebe 20242
Reise um den Mond. Roman. detebe 20243
Zwanzigtausend Meilen unter Meer. Roman in zwei Bänden. detebe 20244 + 20245
Reise zum Mittelpunkt der Erde. Roman
detebe 20246
Der Kurier des Zaren. Roman in zwei Bänden. detebe 20401 + 20402
Die fünfhundert Millionen der Begum
Roman. detebe 20403
Die Kinder des Kapitäns Grant. Roman in zwei Bänden. detebe 20404 + 20405
Die Erfindung des Verderbens. Roman
detebe 20406
Die Leiden eines Chinesen in China. Roman
detebe 20407
Das Karpathenschloß. Roman. detebe 20408
Die Gestrandeten. Roman in zwei Bänden
detebe 20409 + 20410
Der ewige Adam. Geschichten. detebe 20411
Robur der Eroberer. Roman. detebe 20412
Zwei Jahre Ferien. Roman. detebe 20440
Das erstaunliche Abenteuer der Expedition Barsac. Roman. detebe 21237
Die Insel der Milliardäre. Roman
detebe 21243
Die Eissphinx. Roman. detebe 21268
Die großen Seefahrer und Entdecker. Eine Geschichte der Entdeckung der Erde im 18. und 19. Jahrhundert. detebe 21401

● Lewis Wallace

Ben Hur. Eine Erzählung aus der Zeit Christi. detebe 21291

● Hans Weigold

Eines der verwunschenen Häuser. Roman
detebe 21070

● H.G. Wells

Der Krieg der Welten. Roman. detebe 20171
Die Zeitmaschine. Roman. detebe 20172

● Weltuntergangsgeschichten

Von Poe bis Dürrenmatt. detebe 20806

● Ethel Lina White

Die Wendeltreppe. Roman. detebe 21640

● P. G. Wodehouse

Promenadenmischung. Lustige Geschichten I
detebe 21056
Der Pennymillionär. Lustige Geschichten II
detebe 21226

● Cornell Woolrich

Der schwarze Vorhang. Roman. detebe 21625
Der schwarze Engel. Roman. detebe 21626
Der schwarze Pfad. Roman. detebe 21627

● Cesare Zavattini

Liebenswerte Geister. Erzählungen
detebe 21058